젠틀한 악마

단글

젠틀한 악마 2

초판 1쇄 인쇄 2016년 4월 20일
초판 1쇄 발행 2016년 5월 3일

지은이 별하얀
발행인 오영배
기획 박성인
책임편집 김다슬
표지·본문 디자인 권지연
제작 조하늬

펴낸곳 (주)삼양출판사·단글
주소 서울시 강북구 도봉로 173
대표 전화 02-980-2112 **팩스** / 02-983-0660
편집부 전화 02-980-2116 **팩스** / 02-983-8201
블로그 blog.naver.com/dan_gul
출판등록 1999년 3월 11일 제9-00046호

ISBN 979-11-313-0598-0 (04810) / 979-11-313-0596-6 (세트)

단글은 (주)삼양출판사의 로맨스 문학 브랜드입니다.

ROMANCE STORY

2

GENTLE Devil

젠틀한 악마

별하얀 장편소설

달

| 차 례 |

6장
설렘 주의

하연이 두유를 마시며 의자에 앉아 있었다. 그때, 김천으로 향하는 버스가 출발한다는 기사의 고함 소리에 그녀는 몸을 일으켰다. 금요일 오후 애매한 시간이라 그런지 버스에 오른 승객은 몇 안 됐다. 하연도 자리를 잡은 뒤, 휴대폰을 꺼냈다.

"고모. 저 지금 출발해요."

[그럼 언제 도착하니?]

"한 세 시간 정도 걸릴 거 같은데요. 저 신경 쓰지 말고 미용실 일 보세요. 어차피 애들하고 약속도 있고."

[오야, 알았다. 이따 보자.]

하연이 창가 너머로 풍경을 감상했다. 하연은 시간이 날 때면 고모가 계신 김천에 다녀오곤 했다. 고모의 얼굴도 보고 오랜만에 친구들도 만나 회포를 풀 생각에 하연은 기분이 들떴다.

한창 창밖 구경을 하던 그녀는 가방에서 다이어리를 꺼냈다.

"성빈 씨는 화요일에 들어온다고 했으니까."

성빈의 입국 날짜에 하연이 동그라미를 쳤다. 다이어리를 덮은 하연이 전에 성빈이 사 줬던 레몬 마카롱과 막대사탕을 꺼냈다. 그녀는 마카롱을 한입 베어 물었다. 달콤함이 입 안에 번졌다.

*   *   *

성빈이 문을 열고 현관으로 골프 가방과 캐리어를 집어넣었다. 각자 바쁜 사정으로 골프 모임이 파토난 덕분에 예정보다 일찍 귀국할 수 있었다.

간단히 샤워부터 끝낸 성빈이 탄산수를 입에 물었다. 현관으로 걸어간 그는 가방 속에서 작은 상자를 꺼냈다. 자그마한 큐빅이 박힌 심플한 머리핀.

성빈이 잠시 고민했다. 오늘 귀국한 줄 모르는 하연을 깜짝 놀라게 해 주고 싶어서, 직접 찾아가기로 마음먹었다.

퇴근 시간이라 도로가 제법 막혔지만, 순조롭게 여자 집 앞에 도착을 했다. 그런데 안에 사람의 기척이 없었다.

"아직 라임산가. 아니면 약속 있을 수도 있겠고."

성빈이 다시 차에 올라 호텔로 방향을 돌렸다.

　　　　*　　　*　　　*

　십대 시절을 쭉 보냈었던 고모의 단독주택 안으로 하연이 들어섰다. 제 방에 간단히 짐을 풀고 있는데, 친구에게 전화가 왔다. 벌써 술상 다 봐 놨다고 얼른 건너오라는 재촉에, 하연은 편한 복장으로 갈아입고 건너편 집으로 향했다.

　이미 평상에는 먹음직스러운 안주들을 늘어놓고 막걸리 사발을 기울이고 있는 아름과 영선이 보였다. 하연을 반갑게 맞아 주는 친구들이다.

　"그나저나 하연이 너 아직도 서점에서 일해?"

　"아니. 딴 일해."

　"그래? 뭐 하는데?"

　사발을 들어 올린 세 여자가 건배를 했다.

　"그냥 사무실 다녀."

　"아니 다른 게 아니라 우리 오빠가 너 요즘 무슨 일 하냐고 물어보더라고."

　"그건 왜 물었는데?"

　"감호동 공용 도서관에 사서 자리가 하나 비는데 한참 동안 비어 있어서 골친가 봐. 딱히 위에서는 지원도 안 해 주고. 네가 서점에서 일하기도 했고, 책도 좋아하니까 자리 맡기엔 괜찮지. 한가해서 업무도 할 만할 거야."

　김치전을 찢으며 하연이 말없이 웃었다. 그때 듣고 있던 영선이 끼어들었다.

"너 어차피 달순가? 그 남자랑도 헤어졌잖아."

"야, 하연이 새로운 남자친구 생겼어."

"벌써?"

"저번에 잠깐 얼굴 봤었는데, 과장 하나도 안 보태고 연예인인 줄 알았어. 진짜 잘생겼던데?"

하연은 저도 모르게 어깨가 으쓱했다. 영선이 입술을 삐죽거렸다.

"정말? 어떤 스타일인데?"

"일단 키가 커. 피부는 정말 하얗고, 자연스럽게 흘러내리는 흑발은 윤기가 장난 아니야. 콧대도 정말 높고 살짝 올라간 입술에는 자신감에 넘쳐. 속눈썹은 어찌나 길던지……."

듣다보니 하연의 기분이 묘했다.

"강아름. 너 남의 남자를 왜 그렇게 유심히 관찰했어? 듣다보니 기분이 묘하네."

"아하하, 보는 순간 딱 내 스타일이라서 자세히 좀 봤어."

어이가 없는 하연이 혀를 내둘렀다.

"그런데 동원 오빠는 잘 지내?"

"응, 잘이야 지내지. 근데 집에서는 은근히 걱정이 많아. 나이는 먹어가는데 연애 사업이 잘 안 되나 봐."

하연이 대답 없이 막걸리를 홀짝였다.

"아깝다. 사실 우리 집에서 하연이 너 탐내고 있었는데. 너 고등학교 때도 우리 오빠 잘 따랐었잖아."

아름이 쓴 입맛을 삼켰다.

"됐네요. 추억은 추억일 때 아름다운 거라잖아. 짠이나 해."

청아한 공기와, 오랜만에 보는 친구들, 친숙한 고향 음식까지 곁들이니 술이 절로 들어갔다. 하연이 기지개를 쭉 폈다. 새까만 어두운 밤하늘 사이로 쏟아질듯 반짝이는 별을 보며, 그녀는 숨을 깊게 몰아쉬었다.

"역시 집이 좋긴 하다."

＊　　　＊　　　＊

호텔에 들렀다 온 성빈이 자정을 넘긴 시간을 확인하며, 골목 안으로 차를 유턴했다.

녹색 문 다세대 주택 앞. 차를 능숙하게 주차하고 내린 성빈이 이 층을 올려다봤다. 이번에도 불이 꺼져 있었다.

"벌써 자나."

성빈이 계단을 성큼성큼 올라가더니 벨을 눌렀다. 그는 정장 안쪽 주머니에서 상자를 꺼내, 헤어핀을 다시 한 번 들여다보곤 슥 도로 집어넣었다. 안에서는 여전히 인기척이 없다.

만약 자고 있다고 하더라도 벨소리 때문에 진작 깼을 텐데? 이상하게 생각한 성빈이 몇 번이고 다시 벨을 눌렀다. 여전히 전혀 반응이 없다. 문을 세게 두드려 봐도 안 나오는 거 보니, 이 여자 없는 게 확실하다.

계단을 무섭게 내려온 성빈이 신경질적으로 휴대폰을 눌렀다. 신호음은 가는데 안 받는다.

"이 여자가 지금 이 시간에 밖에서 뭐하는 거야. 이제 보니깐 날 새는 게 아주 취미구만. 상습범이야."

신경질적으로 머리를 쓸어 털며 성빈이 몇 번이고 통화버튼을 눌렀다.

안 받는다. 절대 안 받는다. 정말로 안 받는다. 영원히 안 받는다. 도대체 이렇게 전화를 안 받을 거면, 휴대폰은 왜 들고 다니는 건데!

성빈이 결국 못 참고 휴대폰에 옥박을 질러 댔다.

"이 여자야! 도대체 이 시간에 뭐하고 있느라고 전화를 안 받는 건데! 한두 번도 아니고 진짜 사람 도는 꼴 보고 싶어서 이래?!"

이번에도 안 받으면 이 여자 정말 가만두지 않겠다고 마음먹은 성빈이 통화버튼을 눌렀다.

역시나 안 받는다. 결국 멘탈이 부서진 성빈이 휴대폰을 잡은 손에 부숴 버릴 듯이 힘을 콱 주었다.

"정말 가만 안 둬."

[뭐라?]

성숙한 여자의 음성에 성빈이 적잖게 당황했다.

'누구지?'

목소리를 가다듬은 성빈이 차분하게 상대방에게 물었다.

"전화 받으신 분은 누구십니까."

[나 하연이 고모인데. 그쪽이야말로 누구인지?]

성빈이 삐딱하게 서 있던 자세를 얼른 고쳐 세우며 대답했다.

"저 하연 씨 남자 친구 됩니다."

[그럼 달수고?]

성빈은 뇌세포가 분열되는 걸 느꼈지만, 티를 안 내며 차분하게 대답했다.

"새로운 남자 친구 입니다."

[헤어졌다고 하더니만 진짜였네. 그런데 뭔 일인가?]

"저 하연 씨 옆에 있으면 좀 바꿔 주실 수 있습니까."

[지금 옆에 가스나 집에 놀러 가서 아직 안 들어왔는데?]

성빈은 중대한 선택의 기로에 서 있었다. 알겠다고 수긍하고 그냥 끊을 것인가. 아니면 이 야밤에 탱탱볼처럼 시도 때도 없이 튀어 나가는 여자의 버릇을 고치러 당장에 쫓아갈 것인가.

한편으로 뭔가 불길한 예감이 들었다. 성빈의 선택은 오래 걸리지 않았다.

"고모님. 거기 주소 좀 말씀해 주시겠어요?"

[와? 지금 오려고?]

성빈이 그렇다고 대답하자 고모가 목청을 가다듬더니 또박또박 주소를 불러 주기 시작했다.

성빈이 심각한 얼굴로 집중해 들었다. 하지만 정확하게 알아들을 수 없자, 뒷머리를 쓸어내리며 조심히 말했다.

"저 죄송한데. 혹시 문자로 보내 주실 수 있나요?"

[젊은 사람이 못 알아듣고 답답하네! 내 문자는 못 쓰고 사진으로 보내 줄게.]

"네, 고모님. 제 번호가 말입니다."

성빈이 얼른 틀리지 않게 또박또박 번호를 불러 주고선 전화를 끊었다.

띠링—

생각보다 문자는 빨리 왔다. 고모님이 보낸 문자를 확인해 보니 사진이 도착을 하긴 했는데…… 일반 우편물에 박힌 주소가 개미 글자만큼 작게 찍혀 있었다.

성빈은 비서인 정구에게 전화를 했다. 안 받는다. 올빼미족인 거 뻔히 아는데, 대체 이 자식까지 왜 안 받는 건데.

「안 자면 전화 받아라. 죽는다.」

정구에게 메시지를 날리고 정확히 일 분 뒤 다시 전화를 걸었다.

[네. 사장님. 예정보다 일찍 도착하셨네요?]

"너 지금 어디야."

[저 지금 한강 둔치에 있는 카페인데요.]

"일단 끊어."

*   *   *

그 시각 비서는 카페에서 태희와 심야 데이트 중이었다. 하지만 사뭇 무거운 분위기가 그들을 메우고 있었다.

태희가 노트북으로 페이스북에 올릴 사진 작업을 하다가 고개를 들었다. 이유 모를 심각한 분위기를 풍기고 있는 정구의 눈치를 살폈다.

"이사님 전화예요?"

"별로 중요한 건 아니에요."

"정구 씨. 도대체 뭐 때문에 그렇게 심각한 건데요."

"태희 씨는 저한테 할 말 없어요?"

사실 정구는 지금 사장이고 나발이고 굉장히 절망에 빠져 있었다.

태희와 서로의 마음을 확인하고 사귀게 된 뒤, 온전히 자기 것이 된 줄로만 알았던 그녀는 여전히 페이스북에서 수많은 남정네들과 교류를 하고 있었다. 그중에서도 전에 정구의 마음에 질투를 불러 일으켰던 그 의문의 남자가 문제였다. 꾸준히 두 사람의 사진이 올라오고 있었기 때문이다.

'난 세컨드라도 되는 걸까? 혼자만 태평하고…… 태희 씨, 정말 너무하네.'

오랫동안 두 남녀는 말이 없었다. 이런 분위기가 적응이 안 되는 태희가 난감해하고 있는데, 카페 문이 열렸다. 그리고 익숙한 실루엣의 등장. 놀란 태희가 엉거주춤 일어났다.

"이사님. 여긴 어떻게!"

"아. 태희 씨도 있었어요?"

지금 왜 둘이 이 야심한 밤에 단둘이 카페에 있는 것인지, 파악할 정신머리도 없는 성빈은 고대로 정구에게 시선을 돌렸다. 자신의 휴대폰 속 사진을 내밀었다.

"우편물에 적힌 주소인데 해석 좀 해 봐."

"사장님. 한강에 카페가 얼마나 많은데, 저 여기 있는 줄 어떻게 알고 오셨어요?"

성빈이 심드렁한 얼굴로 대꾸했다.

"너 저번에도 여기서 데이트하는 거 걸렸잖아. 나 시간 없어. 빨리 주소 좀 적어 줘."

난감한 얼굴로 둘의 대화를 지켜보던 태희의 눈에 화르르 불꽃이 일었다. 눈치가 빠른 정구가 태희의 눈치를 살폈다. 안절부절못하며 눈치가 없는 건지 일부러 그러는 건지 모를 성빈을 어이없다는 얼굴로 올려다봤다.

"사장님도 못 푸는 걸 제가 무슨 수로 풀어요."

"너 이런 쉬운 거 풀 능력도 안 돼?"

"쉬우면 사장님이 하시지. 왜 여기까지 쫓아오셨어요."

정구에게 할 말이 많은 태희가 성빈을 보내야겠다 싶어 휴대폰을 살폈다. 글씨가 깨알 같아 잘 안 보이긴 해도, 포토샵으로 확대하면 얼추 알아낼 수 있을 것 같았다.

"이사님, 여기요."

태희가 자신의 수첩에 주소를 적어 쭉 찢어서 건넸다.

"태희 씨, 고마워요. 그리고 넌 당장 포토샵 학원부터 등록해."

정구의 눈이 쭉 째지더니 문밖으로 나가는 성빈을 노려봤다. 노트북 아래로 안 보이던 태희의 고개가 쑥 올라왔다. 성난 눈매로 정구를 한참 흘겨보던 태희가 따지기 시작했다.

"다른 여자들과 데이트했던 장소로 절 데리고 왔단 말이에요?"

"딱 두 번 왔어요. 아니. 태희 씨 그게 아니라 여기가 전망이 제일 좋아서요."

"그래도 그렇지! 제가 다른 남자랑 갔던 장소에, 정구 씨 데려가면 기분 어떨 거 같아요!"

태희는 전혀 수그러들 기미가 안 보였다. 궁지에 몰린 쥐새끼가 된 정구가 결국 쪼잔한 놈이 되더라도 이판사판 그냥 부딪치자 마음먹었다.

"그러는 태희 씨는 안 너무해요?"

"제가 뭘요. 뭐! 뭐, 뭐, 뭐!"

"페이스북에 같이 다정하게 사진 올라오는 그 빨간 머리 자식 누구예요? 속 좁은 놈으로 볼까 봐 계속 참고만 있었는데, 나 무시하는 것도 아니고 너무한다고 생각하지 않아요?"

정구의 말에 누굴 말하는 건지 잠시 골똘하던 태희가 소리를 질렀다.

"태성이 말하는 거 같은데, 걘 내 남동생이에요!"

한 커플을 이별 위기에 몰아넣은 당사자는 여유롭게 도로를 내달리고 있었다. 그는 조수석에서 울려 대는 휴대폰을 집어 들었다. 발신자를 확인한 성빈의 입가엔 가소롭다는 미소가 그려졌다.

"당신도 전화 죽어라 안 받으니까 답답해 죽겠지? 두고 보자."

성빈이 들고 있던 휴대폰을 다시 조수석으로 집어던졌다. 핸들을 잡은 손에 힘이 들어갔다.

바람난 와이프 잡으러 가는 게 이런 심정일까?

성빈이 액셀을 지그시 밟으며 미끄러지듯 한밤의 도로를 질주했다.

*   *   *

"이 남자, 도대체 왜 전화를 안 받는 거야? 진짜 찾아오기라도 할 모양인가."

시원하게 머리를 하나로 질끈 올린 하연이 슬리퍼를 끌고 마당으로 나왔다. 시간을 확인하니 벌써 두 시가 훌쩍 넘어가고 있었다.

그때 담벼락 위로 검은 머리 하나가 둥실 올라오더니, 옆집에 사는 순국이가 대문을 열고 들어왔다.

"어머. 순국아."

"하연아! 왜 이렇게 오랜만에 왔어. 너 왔다는 얘기 듣고 야간

당직 연차 쓰고 한걸음에 달려왔어!"

그의 손에 들려 있는 검은 봉지 안에는 먹거리가 가득했다. 순국이 하연의 팔을 잡아 평상에 앉혔다.

서로 형제가 없는 둘은 옆집에 살면서 초등학교 시절부터 손을 꼭 마주 잡고 다니던 절친이다.

고등학교 때 순국이가 사춘기를 겪으면서 이성적인 판단에 오작동이 일어났는지, 하연에게 고백을 했었다. 덕분에 사이가 틀어질 뻔했다가 급하게 수습해 지금도 잘 지내고 있다.

"오! 이거 경상 장터 통닭 아니야? 호두과자에, 웬 커피까지 사왔어?"

"하연이 너 좋아하는 걸로 고르려고 시내 싹 뒤졌지. 불 켜져 있는 데는 무조건 들어가서 다 쓸어왔어."

하연이 감동 어린 눈빛으로 바짝 튀겨진 통닭이 들어 있는 종이를 북 찢었다.

"내 하께."

순국이가 먹기 좋게 통닭을 분해하더니, 닭다리 하나를 하연에게 내밀었다. 입맛을 다시던 하연이 순국에게 건네받은 닭다리를 입에 물었다.

"진짜 오랜만에 먹는다. 끝내주게 맛있어. 순국아, 고마워."

하연의 애교 섞인 말투에, 순국의 두 볼에 빗금이 그어졌다.

"이거 너 다 줄 테니까 천천히 많이 묵어."

"순국아, 같이 먹자. 나 이거 혼자서 다 못 먹어. 자아."

하연과 순국이 만담을 하듯 서로 투닥거리며 웃어젖혔다. 두 사람의 유쾌한 웃음소리가 밤하늘 사이로 퍼져 나갔다.

그때, 대문 사이로 핏기 없는 창백한 인영이 모습을 드러냈다. 날카로운 은빛 늑대의 열색을 띠고, 스산한 야수의 눈빛을 번뜩이는 한 남자. 그 남자는 당장 두 사람을 잡아먹을 듯이 눈동자를 번득였다.

'이것들, 너네 딱 걸렸어! 왠지 불길하다 했더니만, 내 이럴 줄 알았어. 범행 현장 제대로 발각됐어!'

화들짝 놀란 순국이 몸을 뒤로 젖히며 말했다.

"뱀파이어가 진짜 있는 갑다. 저거 뭐고?"

"뭐?"

하연이 고개를 갸웃거리며 시선을 돌렸다. 그녀의 두 눈에 가득 들어온 것은, 대문을 들어서는 성빈이었다.

그녀는 쥐고 있던 닭다리를 내려놓고, 벌떡 몸을 일으켰다.

"성빈 씨, 전화를 몇 번이나 했는데 왜 이렇게 안 받아요?!"

"이 여자야, 내가 하고 싶은 말이야! 당신 휴대폰 폼으로 들고 다녀? 말도 없이 야밤에 집에 불은 다 꺼져 있지, 전화는 절대 안 받지. 사람 기어코 돌게 만들려고 환장했어?!"

순국이는 3차 세계대전이라도 일으킬 듯한 두 남녀의 과격한 충돌에 침을 꼴깍 삼켰다. 화성에서 온 남자와, 금성에서 온 여자가 제대로 맞붙는 살벌한 광경에 가슴을 졸였다.

그나저나 저 남자 엄청 다혈질이네.

"성빈 씨 내일 입국하니까 연락 올 거라고 생각 못 했어요! 왜 이렇게 사람이 멋대로 판단하고 화부터 내요?!"

허리춤에 팔을 얹은 성빈이 언성을 높였다.

"하! 이 여자 뭘 잘했다고 오히려 사람 이상한 놈으로 만드네. 밑도 끝도 없이 자기 여자 증발한 상황에 꼭지 안 도는 남자 있으면 어디 나와 보라고 해!"

하연은 할 말을 잃었다.

"그리고 저 시커먼 놈은 뭔데! 이 새벽에 왜 당신이랑 다정하게 치킨을 뜯고 있는 건데? 어디 설명 좀 해 보지."

하연이 홱 순국이를 돌아봤다.

"바로 옆집에 사는 오래된 동네 친구예요! 절친!"

"남녀 사이에 친구라는 게 존재한다고 믿어? 당신, 설마 그렇게 순진한 여자였어? 아님 순진한 척을 하는 거야!"

더 이상 못 들어 주겠다 싶은 하연이 씩씩대는 성빈의 팔목을 붙잡고 평상에 앉혔다. 여전히 흥분을 가라앉힐 기미가 안 보이는 성빈을 내려다보며, 특단의 조치가 필요하다고 판단했다.

스윽―

하연이 못 볼 꼴을 보일 순국에게 미안한 표정을 지어 보였다. 그녀는 자신의 가슴팍에 성빈의 얼굴을 당겨 파묻었다.

"성빈 씨, 진정해요. 내가 잘못했어요."

순국이 그 모습에 기가 막혀서 결국 못 참고 한마디 툭 내뱉었다.

"무슨 우리 아이가 달라졌어요 찍는 것도 아니고. 하이고, 허참."

'이 여자가 이런 식으로 어물쩍 넘어가려고, 정말 짜증 나는군.'

하지만 마음과는 다르게 이미 녹아내린 성빈이 자연스럽게 하연의 허리에 팔을 둘렀다.

"마지막으로 경고하는데, 이번만 봐주는 거야. 다음은 없어."

"그나저나 안 피곤해요?"

성빈이 하연의 품에 머리를 비비적거리며 중얼거렸다.

"피곤해 죽겠어."

"출장 가기 전보다 얼굴도 핼쑥해진 거 같고…… 몸 잘 챙기라니까, 속상하게."

"당신 때문에 하루가 다르게 말라 가."

"알았으니깐 잔소리 좀 그만 하고, 한숨 돌려요."

"……이 여자야, 보고 싶었어."

순국이 두 남녀의 애정 행각을 못마땅하게 지켜보고 있었다. 그때 대문이 끼익 열리더니 고모가 모습을 나타냈다.

"벌써 왔네? 빠르기도 하지."

"아, 고모."

하연이 자신의 허리에 둘러있는 성빈의 팔을 풀었다. 성빈도 바지를 쓸어내리며 어색한 미소로 예의 있게 인사를 건넸다.

"안녕하세요. 고모님."

"새벽길에 올라온다고 고생했겠네. 밥은 먹었나?"

성빈이 머쓱한 미소로 대답했다.

"대충 때웠습니다."

"하연이 때문에 쫓아온다고 제대로 먹지도 못 했을 텐데. 금방 차려 줄게."

"아뇨, 고모님. 시간도 늦었고, 피곤하실 텐데 괜찮습니다. 정말로요."

성빈의 대답이 묵살된 채 고모가 부엌으로 슥 들어갔다. 하연이 성빈에게 앉아 있으라고 눈짓을 한 뒤 고모를 따라 모습을 감췄다.

곧 부엌에서 고모와 하연이 두 손 가득 찬거리를 안고 모습을 나타냈다.

시계를 보니 벌써 새벽 세 시가 넘어가고 있었다. 성빈은 의문이 들었다.

이 시간에 뭘 해 주시려고. 검은 봉지 안을 슬쩍 살피니 두툼한 목살이 한가득 있었다. 푸른 야채들이 담긴 바구니까지 마저 내온 고모님이 구이판에 고기를 올리기 시작했다.

이 야밤에 고기를 먹으려니 부담스러운 성빈이 늦기 전에 급하게 말렸다.

"저 고모님. 한 다섯 점만 올려주세요. 밥도 반 공기면 충분할 거 같은데요."

먹음직스럽게 썰린 파를 양념과 섞던 순국이 비웃었다.

"사내가 고기 다섯 저엄? 하이고, 계집애도 아이고."

"순국이 말이 맞다. 그거 먹어서 어디 사내새끼 배에 차겠어."

옆에 앉은 하연이 '고모. 이 사람 입이 짧아요.' 성빈을 비호했지만, 이미 옥돌 구이판엔 많은 목살이 먹음직스럽게 깔린 상태였다.

고모는 말없이 고기만 구울 뿐 성빈에게 별다르게 관심을 보이지 않았다. 타이밍 좋게 순국이 적막을 깨고 고모에게 물었다.

"아주머니는 하연이가 새로운 남자 친구를 데리고 왔는데 관심 없어요?"

"어차피 또 바뀔 텐데 깊게 들어가서 뭐 해. 적당히 고기 먹여서 올려 보내면 되지."

"하기야."

눈길 한번 제대로 안 주는 고모의 태도에 성빈이 마른침을 삼켰다. 잠시 생각에 잠겨 있던 순국이 하연에게 물었다.

"아무리 그래도 하연이 너도 벌써 곧 계란 한 판이잖아. 가시나, 너 이 서울 촌놈이랑 결혼까지도 생각해?"

"인제 만나기 시작했는데, 결혼은 무슨."

하연의 대답에, 순국의 얼굴이 활짝 펴졌다. 성빈이 내면 깊이 치밀어 오르는 울화를 느끼며, 어금니를 콱 깨물고 하연에게 속삭였다.

"하연 씨. 지금 선 긋는 거야?"

"네. 밑줄까지 쳐서 제대로 쫙 긋는 거예요."

성빈의 뾰족한 시선을 무시하며, 하연이 고봉밥을 손에 들려 주었다.

"먹을 만큼만 먹고 남겨요. 무리하게 다 해치우려고 하지 말고."

그 모습을 지켜보던 순국이 성빈의 신경을 건드렸다.

"저것도 다 못 먹으면 남자가 못 쓰지. 맞다, 전에 데리고 왔었던 달순가? 달봉인가, 이름 촌스럽던 그 자식이 먹성 하나는 끝내 줬었는데. 아주머니, 그렇죠?"

무덤덤하게 고모가 고개를 끄덕였다. 안 그래도 심기가 뒤틀린 성빈은 바짝 독이 올랐다.

성빈이 흰쌀밥을 한가득 퍼서 입에 쑤셔 넣었다. 잘 구워진 목살도 먹고, 상추와 깻잎도 꼭지를 따서 곁들여 먹었다. 그 모습을 지켜보던 순국이 의아하다는 눈빛을 지었다.

"무슨 스테이크 한입 먹고 샐러드로 입가심하는 것도 아니고, 목살 하나 입에 넣고 채소는 왜 따로 구겨 넣는겨? 참말로 신기하게 먹네."

"싸서 먹나, 따로 먹나 입에 들어가면 다 똑같지. 뭘 그리 사사건건 참견입니까?"

사실 어렸을 때부터 고기를 먹을 때면 쌈을 싸서 먹기보다는, 샐러드를 따로 곁들여 먹었던 식습관이 있었다. 순국의 핀잔에도 결국 성빈은 고봉밥을 비워 내는 데 성공했다.

"고모님. 잘 먹었습니다."

"바로 자면 체하니까, 저 동네 한 바퀴 돌고 자."

아침부터 미용실을 운영해야 하는 고모에게 미안한 하연이, 이튿날 자기가 치우겠다며 그녀를 집 안으로 밀어 넣었다.

순국과 하연이 평상을 정리하는 동안, 성빈이 소화가 영 안 되는 배를 부여잡고 마당을 거닐었다. 하연은 순국에게도 미안한 마음이 들었다.

"순국이 너 내일 출근하려면 빨리 자야겠다."

"가시나, 둘이 은밀한 시간 보내려고 나 등 떠미는 거 다 안다. 걱정 마라. 나도 눈치는 있어."

동네 한 바퀴를 돌기 위해 셋 사람이 대문을 나섰다. 바로 옆집인 순국은 음흉한 표정으로 두 남녀를 번갈아 바라보더니 하연에게 말했다.

"남자란 동물은 식장에 손잡고 들어갈 때까지는 절대 믿을 게 못 되는 거 알지?"

"알았어. 순국아, 오늘 정말 고마웠어."

순국을 들여보낸 하연이 느릿하게 걸어가며 물었다.

"성빈 씨, 속은 괜찮아요?"

"안 괜찮아. 당신 때문에 지금 만신창이야."

사방으로 짙게 깔린 우거진 신록들 사이로 상쾌한 여름향기가 스쳐 지나갔다. 운치 있는 밤하늘을 문득 올려다보니, 방금까지 언짢았던 게 점차 누그러드는 듯했다. 그때 하연이 빙글 돌더니 손 한쪽을 성빈에게 내밀었다.

"유치하긴."

청춘 드라마라도 찍자는 건가? 성빈이 대충 맞춰 주자 싶어 하연이 건넨 손을 잡았다.

그러자 하연이 마주 잡은 손을 풀더니, 모양을 바꿔 깍지를 꼈다. 성빈을 바라보던 하연이 장난스럽게 물었다.

"성빈 씨. 우리 팔짱 끼지 말고 이렇게 손 마주 잡고, 껴안지 말고 가볍게 포옹하고, 키스하지 말고 가벼운 인사처럼 입맞춤 하는 그런 사이할래요?"

장난을 가장한 하연의 의중을 알아차린 성빈은 한 치의 망설임 없이 대답했다.

"난 당신이랑 소설 소나기 쓸 생각 없어. 어떤 연인보다 뜨겁고 깊은 멜로를 찍을 거야. 당신, 나랑 적당히 놀다 관둘 생각이라면 접는 게 좋아."

하연이 삐쭉 웃으며 말했다.

"누가 적당히 즐겨요?"

성빈은 하연의 장단에 맞춰 줄 생각이 없었다. 둘이 함께 마음을 맞춰도 모자랄 판에 계속 이렇게 흔들리는 꼴은 성빈을 피곤하게 만들 뿐이었다.

"성빈 씨, 장난이잖아요. 순수하게 연애하자는 의도로."

"장난? 미안한데 재미없어."

성빈은 본인을 저열한 인간이라고 욕할지라도 할 말은 해야겠다고 마음먹었다. 남자의 고압적인 눈빛이 하연을 무겁게 짓눌렀다.

"지레 겁먹고 비련의 여주인공 코스프레하지 마. 내가 당신 접수한 이상 어떻게든 지켜 낼 테니까. 확률 없는 게임이라면 모든 방법 동원해서 끌어올리면 그만이야. 그러니까 적당히 촌스럽게 굴어."

얄밉게 성빈을 바라보던 하연의 입가엔 잔잔한 미소가 드리웠다. 역시나 쉬운 구석이 없는 남자다. 하연이 잡고 있는 손에 견고하게 힘을 주더니, 다시 앞을 보며 걷기 시작했다.

성빈은 당장이라도 하연을 뜨겁게 품에 가두고 싶은 욕망이 꿈틀대는 걸 느꼈다. 하지만 그보다 성빈과 하연이 하고자 하는 연애가 한낱 어린애들 소꿉장난이 아니라는 걸 확실히 각인시킬 필요가 있었다. 이대로라면 누군가의 마음엔 반드시 생채기가 날 수 있기에.

하연의의 뒷모습을 애잔하게 바라보며 성빈은 생각할 시간을 양보하는 인내를 길렀다. 그러다 어느 시점에서 성빈의 두 다리가 멈춰 서더니 움직이지 않았다. 그나마 오렌지 불빛이 밝게 퍼져 있는 전봇대 앞에서 하연의 어깨를 돌렸다.

"……성빈 씨, 왜요?"

하연의 여린 어깨에 성빈의 두 손이 얹히자 가느다란 울림이 전달됐다. 일어나지도 않은 미래를 두려워하며 마음 졸여 하는 모습을 보니 마음이 쓰렸다. 하연의 눈빛이 흔들렸다.

성빈이 간격을 좁히자 긴장한 하연이 숨을 깊게 들이켜며 눈을 질끈 감았다. 그 모습이 참 귀여웠다. 성빈이 녹아내릴 듯한 따뜻한 음성으로 경직된 그녀를 달랬다.

"처음은 하연 씨 방식대로."

성빈이 그대로 하연의 단정한 하얀 이마에 입술을 가볍게 떨어뜨렸다. 예상했던 것과는 다른 남자의 부드러운 스킨십에 하연의 눈이 슬며시 떠졌다.

"……성빈 씨."

자신의 이마에 입술을 묻고 있는 성빈을 올려다봤다. 얼마간 하연의 이마에 입술 마크를 새긴 성빈은, 다소 위축돼 있는 그녀의 어깨를 자신의 품 안에 가뒀다.

성빈의 넓은 가슴팍에 얼굴을 묻은 하연은 그의 체취와 리드미컬하게 뛰고 있는 심장 소리를 생생하게 느낄 수 있었다. 성빈 씨만의 따뜻한 온기, 절대 잊고 싶지 않다…….

얼마쯤 지나고, 성빈이 자신의 허리에 둘러져 있는 하연의 팔을 풀었다. 그러더니 양팔을 천천히 들어 올려 한참 위에 있는 본인의 하얀 목덜미에 관능적이게 두르게 했다.

"어?"

성빈의 돌발 행동에 하연이 당혹스러운 눈으로 그를 올려다보는데, 방금까지의 포근했던 눈빛은 거둬진 지 오래였다.

"하연 씨. 이젠 내 방식 차례야."

잘 갈아진 칼날처럼 샤프하게 내리깎아진 성빈의 턱 선이 살짝 틀어지더니, 하연의 담홍색 입술을 능숙하게 집어삼켰다. 준비되지 않았던 하연은 순간 숨이 차올라 탈출구를 찾지 못한 채 그대로 남자에게 넘겨졌다.

"……읍!"

금세 닫히려는 하연의 입술 사이의 틈을 비집고 들어간 성빈은, 익숙한 놀림으로 그녀의 정신을 휘저어 놓았다.

하연은 성빈의 거침없는 키스에 현기증이 핑 돌았다. 그의 목에 걸쳐 있는 자신의 팔에 슬며시 힘을 빼며 자세를 바꾸려고 애썼지만, 소용없었다.

놔줄 생각이 없는 성빈은 하연이 뒤로 뺄수록 강하게 결박해 그녀에게 입을 맞췄다.

하연은 마치 꿈속에 있는 것 같았다.

바다 한가운데에서 만난 신비로운 돌고래. 그저 호기심이 일어 한번 만져 보고 싶었던 귀여운 은빛 돌고래가 사실은 무지막지한 바다의 괴물이었다는 사실, 그런 느낌일까?

하연은 전신에 힘이 빠져나가는 걸 느꼈다. 성빈의 진한 키스를 받아 내는 것뿐인데 이토록 에너지 소모가 클 줄이야.

성빈에게 거의 반 매달려 있는 하연은 입술이 사라지는 건 아닐까 하는 두려움까지 들었다.

반대로 성빈은 서툰 것도 좋은데 자꾸 뒤로 빼는 하연이 못마땅했다.

'나 혼자만 원하는 거 같아서 별로야.'

순간 성빈이 자신에게 예속돼 있던 하연을 쉽게 놔주었다.

"하아……하."

하연이 거친 숨을 한꺼번에 내쉬며 뒤로 물러서는데, 성빈이 와이셔츠 단추를 두어 개 신경질적으로 풀더니 나지막이 읊조렸다.

"하연 씨, 아직이야."

말을 마치기가 무섭게 하연의 허리를 들어 올린 성빈이 하연을 전봇대에 밀착시켰다. 순간적으로 지탱할 곳이 없어진 하연의 두 발이 얼떨결에 성빈의 허리에 둘러졌다.

애초에 잡아 줄 생각이 없던 성빈의 계략에 따라, 위에서 버둥대던 하연이 그의 검은 머리칼을 콱 움켜잡았다. 성빈이 입꼬리가 자조적으로 올라갔다. 그러더니 자신의 머리보다 위에 있는 하연에게 얼굴을 내밀었다.

하연은 성빈을 내려다보며 지금 취하고 있는 자세와, 생각지도 못한 진한 스킨십에 얼굴이 터지기 일보 직전이었다.

아메리칸 스타일 버금가는 성빈의 돌발 행동에 적잖게 당황했지만, 이미 포즈까지 잡은 이상 어쩔 수 없는 노릇 아닌가.

달빛에 염색 되어 윤기가 흐르는 성빈의 흑발을 움켜쥐고 있던 하연의 고운 손이 점차 부드럽게 그의 머리카락을 헤집으며 아래로 내려갔다. 그러더니 자신의 입술만 바라보고 있는 성빈에게로 달콤하게 입술을 내렸다.

하연의 부드러운 입술을 받아들이며, 성빈은 뜨겁게 자신의 존재를 잠식시켰다.

가로등 아래 포개지는 그림자는 노랫말처럼 순수한 그림을 그러내고 있진 않았지만, 두 남녀는 서로에 대한 애달은 감정을 숨김없이 드러내고 있었다.

새벽녘의 수풀 사이의 푸른 잎사귀가 바람을 담아 고요하게 그 둘을 감싸 안았다. 밤하늘을 지배하고 있는 환한 달이 금빛 가루로 부서져 사방에 흩날리는 사이, 둘의 시간은 그렇게 한참 동안이나 뜨겁게 멈춰 있었다.

                    *   *   *

성빈과 하연이 카마로에 올랐다.

"성빈 씨, 미용실 잠깐 들러서 고모한테 인사하고 바로 올라가 요."

한가로운 동네를 벗어나 허름한 건물에 위치한 미용실 앞에 도착을 했다. 오전임에도 불구하고 모닝 파마를 하러 온 아주머 니들로 작은 공간이 북적였다.

파마 비닐을 쓴 아주머니들이 푹 꺼진 소파에 앉아 도란도란 수다를 떨고 있었다. 그때 반가운 하연의 등장에 모두 시선을 집 중했다.

"하연이 오랜만이네. 잘 지냈어?"

"옆에 수려한 남자는 누구? 애인이야?"

"이 가시나! 서울 올라가더니 아가씨가 다 됐네!"

전국구로 퍼지는 와자지껄한 아줌마들 확성기에 성빈은 머리가 지끈거렸다. 마침 첫 손님의 마무리를 끝낸 고모가 성빈에게 의자를 툭 치며 오라고 손짓을 했다.

"일로 와 봐. 머리 좀 봐 줄게."

수다를 떨고 있는 하연을 뒤로하고 성빈이 일단 의자에 앉았다. 고모가 프로페셔널한 눈빛으로 가위를 딸각거리며 말했다.

"추구하는 스타일 따로 있나?"

"저 사실 머리 한 지 일주일도 채 안 돼서요."

정중한 성빈의 거절을 고모가 거절했다.

"내가 보니깐 머리가 좀 긴 편이라 시원하게 잘랐으면 싶은데."

"네? 아뇨. 전 이 길이가 딱 좋은데."

다시 한 번 정중하게 거절. 그러나,

"요번에 새로운 스타일 실습해서 왔는데. 그 뭐라더라? 모히칸? 옆에 시원하게 고속도로 내는 컷을 배워 왔는데. 어때, 구미가 당기지 않는가?"

성빈은 난감했다. 별다른 치장을 잘 안 하는 대신 가장 신경 쓰면서도 예민하게 구는 유일한 딱 한 가지가 바로 헤어스타일이었기 때문이다.

고모 손에서 빙빙 돌고 있는 커트 가위를 보고 있자니 시간이 얼마 없었다. 성빈이 목소리를 가다듬었다.

"고모님. 그럼 저 파마는 어떨까요?"

"파마도 괜찮을 거 같긴 해. 그럼 일단 컷을 좀 치고 들어가야 겠지?"

머리칼을 움켜쥔 고모의 손을 재빠르게 성빈이 붙잡았다.

"길이도 이 정도가 딱 좋은 거 같은데. 그냥 이 상태에서 파마해 주시면 안 될까요?"

"까다롭네, 알았다."

성빈이 안도의 한숨을 내쉬며 거울을 바라봤다. 자신이 다니는 샵과 비교하니 참 열악한 환경이긴 했다.

고모가 비닐장갑을 끼고 파마 약을 성빈의 머리에 치덕치덕 발라 주고 있는 모습을 뒤늦게 발견한 하연이 달려왔다.

"고모, 성빈 씨 파마해 주려고요?"

"응. 좀 자르고 해 준다니까 고집을 부려서 이대로 하기로 했어."

하연이 석상처럼 굳어 있는 성빈의 어깨를 툭 치더니 귀에 대고 속삭였다.

"성빈 씨, 미안해요."

"괜찮아. 단지 잘 나오길 바랄 뿐이야."

그때 말쑥한 남자를 저 멀리서 맹수의 눈빛으로 응시하던 아주머니들이 벌떡 일어나 둘에게로 다가왔다.

"하연이 애인은 몇 살이고?"

"네. 저 올해 서른둘입니다."

성빈을 유독 못마땅하게 쳐다보고 있던 한 아주머니의 옆구리를 옆에 있던 아주머니가 쿡 찔렀다.

"자기네 동원이랑 같은 나이네. 하연이 가시나랑 수라도 써서 짝지어 준다고 했었잖아, 근데 물 건너갔구먼?"

동원의 엄마가 눈을 부라렸다.

"이 여편네가 주둥아리 함부로 놀리네. 당사자가 앞에 있는데 그 말을 지금 씨부려야겠어?!"

"어휴, 성질머리하고는!"

말을 꺼냈다가 괜히 본전도 못 찾은 아주머니가 구시렁댔다. 하연은 두 사람에게 그만하시라고 겨우 말린 뒤 속으로 내심 놀랐다.

'동원 오빠랑 짝을 지어 주려고 했다고?'

성빈의 옆자리에서 파마 전용 기계에 머리를 외계인처럼 밀어 넣고 뜨거운 열기를 노곤하게 즐기고 있던 아주머니가 무심하게 툭 던졌다.

"그쪽은 서울에 무슨 일 하는가?"

"아, 네. 숙박업 하고 있습니다."

성빈이 잠시 뜸을 들이다 대답했다.

"숙박업이라 하면 여인숙 정도 되는가?"

"아님 모텔?"

"모텔 정도만 돼도 대박이지."

오지랖이 넓은 아주머니들이 성빈에게 서로 다퉈 물었다. 성빈은 곤란한 얼굴로 어물쩍 넘겼다.

"네, 뭐 그 정도. 모텔?"

미용실 안 아주머니들이 쑥덕대기 시작했다. 로또에라도 당첨된 사람을 보는 듯한 눈빛으로 하연을 부럽게 쳐다봤다.

"재벌을 잡았고만."

"하연이 가시나, 참말로 성공했네."

"나이도 있으니까 도망 못 가게 꽉 붙잡아라."

다들 저마다 목소리를 높였다. 성빈의 머리를 정성스럽게 말아 주던 고모가 무뚝뚝하게 물었다.

"우리 하연이가 그쪽한테 시집이라도 가는 날이 온다 하면 고생이 많겠구먼?"

그 순간 아주머니들의 눈이 동시에 쫙 째지더니 고모를 몰아세우기 시작했다.

"하이고. 꼴값도 유분수지. 모텔 가지고 있는 남자 정도 잡으려면 곰 같은 하연이 가시나 백 덤블링 백 번은 더해도 실상 어려운 일인 거 몰라?"

"맞다. 근데 하연이 이 말쑥한 애인한테 시집이라도 가는 날엔 카운터 봐야 하지, 손님 관리해야 하지, 방 관리까지 힘들겠네. 애인 생각은 안 그러나?"

성빈이 아주머니들의 장단에 맞춰 진지한 어투로 대답했다.

"하연 씨는 복도 청소를 집중적으로 시킬까 생각하고 있습니다."

성빈의 뻔뻔함에 하연이 어이가 없어 픽 웃었다. 그때 옆에 앉아 있던 아주머니가 허망한 눈빛으로 한숨을 푹 내쉬었다.

"그런 게 다 무슨 소용이겠어. 하연이 저거 내려와야 할 이유가 곧 생길 텐데."

"네? 아줌마 그게 무슨 소리예요?"

도인처럼 의미 모를 말을 툭 던지더니 혀를 차는 아주머니에게 하연이 물었다. 평소에 고모와 가장 친하게 지내는 아주머니의 말이라 어쩐지 더 신경이 쓰였다.

"저 앞에 새로 짓는 건물 보이지? 올해 초부터 공사하더니만 곧 완공된다고 하던데. 새로운 미용실 들어온다고 감호동 시내 소문 쫙 퍼졌더라. 엎친 데 덮친 격으로 이 건물은 곧 철거된다 하고."

금시초문인 하연이 놀란 눈으로 고모를 쳐다봤다. 고모는 속속히 불어 버린 아주머니를 사납게 쏘아붙였다.

"너는 미친 것도 아니고 그 말을 왜 해? 주둥아리를 꿰매 버리든지 해야지, 원."

아주머니 또한 지지 않고 말했다.

"네년 생각해서 말해 주는 거 아니냐? 밥벌이 못하면 하연이 가시나라도 내려와서 같이 살든 해야지. 숨기면 무슨 소용인데!"

두 사람을 지켜보던 하연의 얼굴이 심란해졌다.

"고모. 성경 아줌마 얘기가 진짜예요?"

"하연이 너는 신경 안 써도 돼. 미용실 접으면 나도 편하게 공장 들어가면 되니까. 걱정 말아라."

분홍 파마 모자를 쓴 성빈이 여자를 슥 올려다봤다. 갈증이 난 하연이 정수기에서 물을 한 컵 마시고서는, 성빈에게도 한 잔 갖다 줬다.

"하연 씨, 고마워."

성빈은 살짝 스치는 그녀의 손을 잡아 주고 싶었다.

드디어 파마가 끝이 났다. 애초에 기대는 안 했지만 머리 길이가 길어서 그런지, 굵게 펌이 들어간 검은 머리카락이 제멋대로 흩날렸다.

거울을 살피던 성빈이 연기에 들어갔다. 성빈의 반응을 기다리고 있는 시크한 고모에게 살갑게 말을 붙였다.

"고모님. 제가 그동안 했던 파마 중에 가장 마음에 들게 나왔습니다. 고맙습니다."

"빈말은 됐어. 뭐 근데 내가 볼 때도 파마까지 해 놓으니 인물이 한층 살긴 하네."

하연이 서둘러 고모와 진한 포옹을 한 뒤, 다른 아주머니들에게도 인사를 하고 미용실을 나왔다. 약간 의기소침한 성빈을 하연이 달랬다.

"성빈 씨, 외국 배우 같아요. 지적으로 보이는 게 제법 분위기 있어 보여요."

"음, 글쎄. 하연 씨, 나도 눈이라는 게 있는 사람이야. 괜찮으니까 아부는 적당히 해."

결국 하연이 고개를 돌리고 '풉!' 웃음을 터트렸다.

*　　　*　　　*

오늘은 큰할아버지가 성빈의 집에 방문하기로 한 날이었다. 둘은 치밀하게 준비를 하기 위해 대형마트에 들르기로 했다. 선글라스를 쓴 성빈이 팔짱을 낀 채 카마로에 기대 서 있었다.

"성빈 씨, 많이 기다렸어요?"

"방금 도착했어."

성빈이 조수석 문을 열어 하연을 태웠다. 하연이 글씨가 빽빽하게 적힌 종이를 꺼내 살 것을 체크했다.

"생각보다 살 게 많더라고요. 어쨌든 같이 산다는 느낌이 나려면 제 물건도 성빈 씨 집 여기저기에 널려 있어야 하니까요."

잠시 후, 두 사람은 성빈의 집 근방에서 가장 가까운 대형마트에 도착해 차를 주차했다.

에스컬레이터에 몸을 실은 성빈이 나란히 서 있는 하연의 어깨에 자연스럽게 팔을 감쌌다. 하연은 장소에 구애받지 않는 성빈의 서슴없는 애정 행각에 얼굴을 붉혔다.

"성빈 씨, 어깨 무거워요. 팔 내려줘요."

성빈은 하연의 요청에도 아랑곳 않고, 그녀의 손에 쥐어진 종이를 뺏어 들었다.

"살 게 그렇게 많나."

"네. 대충 적어 오긴 했는데, 다 체크한 건지 모르겠어요."

하연이 적어온 품목을 성빈이 빠르게 훑었다.

"적힌 대로만 담으면 금방 끝나겠네."

"은근히 챙길 게 많아요."

"어차피 할아버지 비위 맞추기 까다로워. 그냥 뭐든 적당히 하자."

성빈은 하연이 빼 준 카트를 밀며 마트 안으로 들어섰다. 둘은 일단 생활용품 코너로 향했다. 하연의 것으로 꾸밀 간단한 용품을 담기 시작했다. 하나를 골라도 신중한 하연과는 다르게 성빈은 연신 중얼대며 손에 잡히는 대로 카트에 집어던지고 있었다.

"유치하네."

성빈이 물건을 보며 중얼거리더니,

"색깔부터 이렇게 단조롭게 나뉘니."

혀까지 차며 고개를 저었다.

"시선 끌려고 머리 좀 썼네."

투덜대는 입과는 반대로 이미 영혼까지 뺏긴 성빈이 커플 잠옷부터 수건, 하다못해 베개까지 맘에 드는 건 주저 없이 집었다. 결국 하연이 안 되겠다 싶어서 제지에 나섰다.

"어차피 그럴싸하게 티만 내면 되는데 이런 걸 왜 낭비하면서 살아요."

"같이 쓰면 되지."

"쓸 일이 오늘 하루밖에 더 있어요?"

"과연 단지 오늘 하루일까?"

"헛소리 작작하고 다 도로 제자리에 가져다 놔요. 빨리!"

하연의 타박에 성빈이 반항 어린 눈빛으로 쏘아보더니, 카트를 밀고 가 버렸다. 하연은 포기한 채, 꼭 필요한 식재료를 골랐다.

"뭐 하려고 그런 무식한 고기를 집어?"

성빈이 큼지막한 돼지 등뼈를 뒤적거리는 하연을 보며 심드렁하게 물었다.

"감자탕을 할까 해서요. 어르신들은 얼큰한 거 좋아하시지 않나요? 고모가 미용실 하기 전에 감자탕 가게에서 오래 일하셨거든요. 어깨너머로 배운 게 있어서 좀 괜찮게 나오지 않을까 싶어서요."

워낙에 할아버지 식성이 까다롭다는 걸 잘 아는 성빈이 픽 웃었다.

"하연 씨 상처 받을까 봐 미리 말해 두는데, 기대하지 마. 할아버지 입이 워낙 짧으셔."

"그럼 성빈 씨가 할아버지 닮았나 보다."

성빈이 억울한 얼굴로 반박을 했다.

"나 하연 씨 고모 네에서 산더미처럼 쌓인 밥에 고기 쑤셔 넣는 거 못 봤어? 난 노력이라도 하지. 할아버지한테는 욕 안 먹으면 다행이야."

퉁명스러운 말에 내색하진 않았지만, 하연은 걱정이 앞섰다. 그녀는 더욱 꼼꼼히 체크하며 돼지 등뼈를 비롯해 부가적으로 필요한 감자, 깻잎, 팽이버섯, 우거지, 대파, 들깻가루, 월계수 잎 등을 카트에 담았다.

"음식 하나 만드는 데 이렇게 필요한 게 많아? 차라리 사람 부를 걸 그랬다."

"시간이 좀 걸려서 그렇지. 재료만 다듬으면 금방해요."

간단하게 안주로 먹을 샐러드도 만들기 위해 팩에 든 초록야
채와 훈제 연어, 얇은 살라미 소시지도 골랐다. 장보기가 대충
마무리돼 가는 시점, 시식 코너에서 노릇하게 구워지는 납작 만
두의 맛있는 냄새가 코끝을 스쳤다.

"하연 씨, 이제 대충 다 고른 건가."

하연이 지루한 표정을 짓고 있는 성빈을 데리고 시식 코너 앞
에 섰다. 이쑤시개로 안이 꽉 찬 고기만두를 집어 성빈에게 내밀
었다.

"하연 씨, 괜찮아. 당신 먹어."

"빨리 '아' 해 봐요."

결국 성빈은 하연이 건네는 만두를 받아먹었다. 뜨거운지 인
상을 찌푸리더니, 맛이 괜찮은지 다시 입을 벌렸다. 하연이 만두
를 뒤집고 있는 아줌마의 눈치를 슬쩍 살폈다. 어느새 두 번째
만두도 꿀꺽 삼킨 성빈이 하연에게도 권했다.

"하연 씨도 먹어 봐. 맛있는데."

"전 괜찮아요."

"저 아주머니. 이거 만두 살 테니깐 하나 더 먹어도 되죠?"

성빈의 눈웃음에 아주머니가 호탕하게 웃으며 막 구워진 만
두를 가위로 잘라 주었다.

"잘생긴 총각. 눈치 보지 말고 먹고 싶은 만큼 집어 먹어요."

"감사합니다."

성빈이 연기가 올라오는 뜨거운 만두를 집어 하연에게 내밀었다. 성빈이 내미는 만두를 받아먹은 하연은 안 그래도 허기지던 터라 절로 미소가 지어졌다.

"하연 씨, 행복해하는 표정 귀엽네."

"그런 건 모른 척 좀 해 주면 어디 덧나요?"

양 볼을 분홍색으로 물들인 하연이 째려봤다.

"우리 하연 씨는 알수록 참 단순해서 마음에 들어. 다 티가 나잖아."

"참나."

성빈이 카트를 밀고 멀찍이 계산대 쪽으로 앞서 걸어갔다. 아주머니가 내미는 만두 봉지를 소중히 품에 안은 하연이 입술을 삐죽거리며, 성빈을 뒤따라 걷기 시작했다.

장보기를 끝낸 두 사람은 한남동에 위치한 성빈의 고급 맨션에 도착을 했다.

문을 열고 집 안으로 들어서자, 자동 센서의 불이 반짝였다. 창을 가리고 있던 커튼이 걷어지고, 집 안의 모든 불들이 환하게 켜졌다. 정확히 5초 후 바흐의 무반주 첼로 1번 G단조의 첼로 연주가 은은히 집 안에 퍼졌다.

"와, 성빈 씨네 집 정말 근사하네요."

"별거 없어."

"구경 좀 해도 되죠?"

하연이 놀란 입을 다물지 못하며 이리저리 눈을 굴렸다. 성빈이 답답한 듯 셔츠 단추를 풀며 음악을 껐다.

"마음대로 해. 일단 씻고 옷 좀 갈아입고 나올게."

"알겠어요."

성빈이 시야에서 사라지고, 창밖으로 보이는 끝내주는 한강의 풍경을 하연이 내려다봤다. 시원하게 가슴이 탁 트이는 기분이 들었다. 하연이 복도를 따라 가장 가까운 방으로 들어섰다.

"침실인가 보다."

평소 남자의 깔끔한 이미지와 부합하는 모던한 분위기였다. 침대 옆에는 집무를 볼 수 있게끔 미니 탁자가 연결되어 있었는데, 노트북과 결재 서류가 쌓여 있었다.

"별거 없네."

다른 방으로 들어서자 아직 뜯지 않은 액자들이 비스듬히 세워져 있었다. 또한 벽에는 하연으로서는 알 리가 없는 유명한 그림들이 걸려 있었다. 금세 흥미를 잃은 하연이 나와서 주방으로 향했다.

"어디 보자. 일단 돼지 등뼈 핏물부터 빼야겠다."

하연이 큰 냄비에 낙낙하게 물을 받아 등뼈를 담갔다. 그런 뒤 봉투를 열어 마트에서 사 온 물건을 하나씩 꺼내기 시작했다. 처음 손에 잡혀 나온 건 커플 패브릭 슬리퍼였다. 하연이 발을 끼워 넣더니 흡족한 미소를 지었다. 제법 마음에 들었다.

"그나저나 앞치마는 어디에 넣어 뒀더라?"

하연이 깊숙이 박혀 있는 앞치마를 찾아 꺼냈다. 윗부분을 목에 걸친 다음 곡선을 그리며 허리에 두른 앞치마를 리본모양으로 야무지게 묶었다.

"자, 어디 볼까."

자리를 털고 일어난 하연이 핏물이 흥건하게 번진 냄비를 뒤적거렸다. 이대로라면 시간이 꽤 걸릴 것 같아 일단 삶아 불순물을 제거하자 싶었다. 그녀는 물을 새로 교체한 뒤 가스 불을 켰다. 큼지막하게 통으로 썬 양파, 대파를 투척하고 월계수 잎도 위에 살짝 띄었다.

그때 막 샤워를 마치고 나온 성빈이 주방으로 들어서는 입구 한편에 기대, 하연의 뒤태를 응시했다. 예술 작품을 감상하듯, 빈틈없이 견고한 눈빛으로.

'나쁘지 않군.'

인기척을 느낀 하연이 뒤를 도는데, 시원한 스킨 향이 파도처럼 덮쳐 왔다. 하연의 정수리 아래로 성빈이 입술을 지그시 떨어뜨렸다.

"……성빈 씨."

"잠시만 이러고 있자."

성빈이 몇 번이고 풍성한 그녀의 머리칼에 깊은 호흡의 낙인을 찍어 내렸다. 하연은 부동자세로 가만히 있었다. 긴장한 여자가 무척이나 귀여웠다.

"하연 씨."

성빈이 흘러내린 하연의 머리카락을 귓불 뒤로 살며시 넘겨줬다. 예상할 수 없는 성빈의 손길에 하연의 심장이 제멋대로 뛰었다.

"난 뭐 도와주면 돼?"

　성빈의 긴 손가락이 하연의 볼 언저리를 톡 건드렸다. 하연은 지금 느끼는 긴장감이 나쁘지 않았다. 복숭아처럼 발그레해진 하연의 볼을 성빈이 장난스럽게 쭉 잡아당겼다.

"왜 대답이 없어."

"성빈 씨, 장난치지 말고 좀 떨어져요. 제발!"

　아찔한 두근거림을 참아 내며 하연이 성빈을 밀어냈다. 서둘러 허리를 접더니 바닥에 뒹구는 파란색 앞치마를 성빈에게 내밀었다.

"성빈 씨 거예요. 물 튀기니까 입고 해요."

"앞치마를 하라고?"

"야채는 씻을 줄 알죠? 샐러드는 성빈 씨가 맡아요."

"해 본 적이 없어서 잘할 수 있을지 모르겠네."

　성빈이 앞치마를 목에 걸치고 뒤로 몸을 틀었다.

"안 풀어지게 잘 좀 매 줘."

　하연이 불편할까 봐 다소 헐렁하게 끈을 묶어 주었다.

"다 됐어요."

"끝이야?"

"그럼 뭐가 더 있어요?"

"잘하라고 격려 차원에서 한번 안아 주던지."

"샐러드 잘 만들면 생각 좀 해 볼게요."

성빈이 팩에 든 초록 야채들을 채반에 부었다. 흐르는 물에 대충 휙휙 헹군 다음 원목 샐러드 용기에 폭신하게 담았다.

"별거 없네."

중얼거리던 성빈이 옆에서 재료 준비가 한창인 하연을 위해 원두커피를 내렸다. 하연이 잠시 하던 걸 멈추고 성빈이 건네준 커피로 입을 축였다. 보글보글. 감자탕 특유의 진한 향이 집 안에 퍼지기 시작했다.

"성빈 씨, 대충 다 된 거 같은데 맛 좀 봐 줄래요?"

"그래."

하연이 뜨거울까 봐 호— 식혀 준 국물을 한 입 넘겨 보는 성빈이다. 생소한 맛이었다.

"나쁘지 않네."

"그래요?"

"근데 사실 나 감자탕 처음 먹어 봐."

"음."

"할아버지는 좋아할지도 모르지."

그때 도어록 비밀번호를 누르는 소리가 들렸다. 성빈과 하연이 단숨에 현관으로 나갔다. 문이 열리고 큰 회장과 비서인 정구가 들어왔다.

"할아버지, 오셨어요."

앞치마를 입은 성빈의 모습을 본 큰 회장의 흰 눈썹이 신경질적으로 올라갔다.

"김성빈, 너 꼬락서니가 왜 그러냐?"

"제가 왜요."

하연에게로 시선을 돌린 큰 회장이 단박에 면박을 줬다.

"하연아, 사람은 대분망천(戴盆望天)할 수 없음이 분명한데 밖에서 큰일을 해야 하는 성빈이 녀석한테 이런 앞치마를 입히는 게 말이 되느냐. 다음부턴 이런 꼴 보이지 않게 조심하거라!"

큰 회장의 노기 어린 역정에 하연이 진땀을 빼며 '네, 할아버지.' 대답을 했다. 옆에 서 있는 성빈에게 얼른 앞치마를 벗으라는 눈치를 줬다.

"저 할아버지, 저녁은 아직이시죠?"

"그래. 와인이나 간단히 하고 갈 참이다."

그 와중에 성빈이 정구를 흘겨보며 물었다.

"넌 왜 왔냐."

"할아버님이 같이 가자고, 데리러 오라고 하셔서 어쩔 수 없었어요."

다들 식탁에 둘러앉았다. 하연이 긴장한 얼굴로 감자탕을 잘 담아 차려 냈다. 성빈이 만들어 놓은 샐러드와 미리 모양을 내 썰어 놓은 과일도 간단히 내왔다.

"우와. 이거 감자탕 하연 씨가 직접 한 거예요?"

정구가 먹음직스러워 보이는 감자탕을 보며 감탄을 했다.

"네, 그런데 맛은 장담 못해요."

"감자탕 만드는 거 어려울 텐데. 대단하시네요."

냄비를 바라보는 큰 회장은 시선이 심상치 않았다. 긴장한 하연이 눈치를 살폈다. 성빈은 '역시 트집부터 잡으려고 레이더 발동 하셨군.' 못마땅한 시선으로 지켜봤다.

"아니. 그냥 살코기를 먹으면 되지. 뭐 하러 코딱지만큼 붙어 있는 살을 빼 먹으려고 이런 무식한 고기를 정성스럽게 끓여 먹는지 도대체 이해가 안 돼."

거침없이 돌직구를 날리는 큰 회장의 언행에 정구가 마른침을 삼켰다. 예상을 한 성빈은 그저 짜증스러웠다. 시무룩한 표정의 하연이 눈에 들어왔다.

"할아버지. 만든 사람 성의가 있는데, 무슨 말씀을 그렇게 하세요."

"내 말이 틀려? 내가 볼 땐 너도 감자탕 별로 안 좋아할 거 같은데. 안 그러냐."

"장담하실 수 있으세요?"

성빈은 매섭게 몰아붙였다. 하지만 큰 회장은 콧방귀를 뀌며 혀를 찼다. 정구는 중간에서 난처한 얼굴로 식어 가고 있었다.

"보여 드리죠."

이내 결심이 선 성빈이 가장 위에 얹혀 있는 돼지 등뼈를 집게로 집어 들었다. 큰 회장의 눈빛은 딱 '어디 한번 해 봐라.' 하는 듯했다.

"사장님, 괜찮으시겠어요? 많이 뜨거우실 텐데."

성빈이 큰 회장과 눈싸움을 하며, 무서운 기세로 살점을 뜯기 시작했다. 뜨거운 열에 입천장이 다 데이고, 가끔 부딪치는 굵은 뼈 때문에 곤욕스러웠다.

"성빈 씨! 뜨거운 거 급하게 먹으면 큰일 나요, 그만 먹어요."

식탁 밑에서 하연이 허벅지를 콕콕 찔러 댔다. 하지만 성빈은 멈추지 않았다. 잘 발라 먹지도 못하면서 어떻게든 쑤셔 넣는 성빈의 모습에 결국 호탕한 웃음을 터트리는 큰 회장이다.

"아하하하하하! 이놈아, 알았으니깐 그만 멈춰. 입속 다 망가지겠다!"

사장의 모습을 지켜보던 정구는 깜짝 놀랐다. 저 이기적인 사장이 누군가를 위해 저런 희생정신을 발휘하는 모습을 난생처음 봤기 때문이다. 성빈이 거친 숨을 몰아쉬며 집게를 내려놨다.

"네놈이 어떻게 나오나 한번 두고 보려고 연기 좀 한 거다. 오버하기는."

"연기요? 지금 장난하십니까?"

성빈을 무시하며 국물을 한 숟갈 떠먹어 본 큰 회장의 얼굴에 화색이 돌았다. 하연을 보며 상냥하게 물었다.

"얼큰하니 간도 잘 맞췄구나. 나이도 어린데 어떻게 이런 맛을 냈는고?"

"예전에 고모가 감자탕 집에서 오래 일하셨거든요. 그래서 저도 어깨너머 배웠어요."

잠깐이지만 마음 졸이게 한 게 미안한 큰 회장이 온화한 얼굴로 고개를 끄덕였다.

"그래서 이렇게 깊은 맛을 내는구먼. 사실 감자탕 안주엔 소주가 딱인데."

"할아버지, 냉장고에 있는데 꺼내 올까요?"

"그래, 그럼 간단히 한잔하자꾸나. 성빈이 너도 인상 좀 그만 풀고."

성빈의 잔뜩 좁혀진 미간은 펴질 줄 몰랐다. 괴팍한 건 진즉에 알았지만 이젠 뒤통수까지 치는 악취미까지 더해진 할아버지 때문에 심기가 불편했다.

"이야, 하연 씨. 정말 끝내주게 맛있네요."

사장의 속도 모르는 정구는 쉬지 않고 감자탕을 입에 밀어 넣으며 태평하게 수다를 떨고 있었다. 저걸 그냥 확. 왜 이렇게 얄미운 짓만 골라 하는지.

"요즘 와인만 하다가 근사한 안주에 소주 한잔하니 기분이 좋구먼."

기울어지는 소주를 따라 그 많던 감자탕이 순식간에 비어졌다. 큰 회장이 만족스러운 얼굴로 자리에서 일어났다.

"잠깐 얼굴만 보고 가려고 했는데 시간이 이렇게 됐네."

"큰 회장님 모셔다 드리겠습니다."

"미리 기사 불러 놨으니 같이 타고 가지."

정구가 큰 회장을 보필해 현관을 나섰다.

"사장님, 하연 씨. 그럼 이만 가 볼게요. 저녁 잘 먹었습니다."

나가는 정구와 큰 회장에게 하연이 고마운 얼굴로 고개를 숙이는데, 성빈은 건성으로 고개만 까닥였다. 한바탕 몰아치고 간 주방은 말 그대로 엉망이었다. 하연이 앞치마 주머니에 손을 꽂으며 성빈을 향해 뒤를 돌았다.

"이거 치우려면 한참 걸릴 텐데. 아니면 내일 와서 같이 치울까요?"

"어차피 내일 관리해 주시는 분 오는 날이야. 그냥 둬."

"그래도 사람이 양심이 있지, 저 많은 걸 다 치우라고 하는 건 좀 아니죠."

하연의 어이없는 배려에 성빈이 실소를 터뜨렸다. 거의 치울 게 없는 성빈의 집이다. 그동안 쭉 편하게 관리를 했을 텐데 기껏 하루 고생시키는 걸로 양심의 가책까지 느껴야 한다니 웃기는 일이었다.

"하연 씨."

목이 마른 하연이 물을 마시고 있는데, 성빈이 그윽한 음성으로 제안을 했다.

"아니면 오늘 여기서 자고 내일 아침에 우리 같이 치울까?"

"네? 케켁!"

순간 사레가 들린 하연이 목을 부여잡고 기침을 해 댔다. 큰일을 치른 후의 홀가분한 기분도 잠시, 어깨에 더 큰 산이 얹힌 기분이다. 하연의 눈동자 초점이 당혹스럽게 흔들렸다.

"무, 무슨! 괜찮아요!"

성빈의 눈빛이 한층 야릇하게 빛났다. 하지만 곧 옅은 웃음을 짓더니 다정하게 말했다.

"농담한 거야. 그럼 택시 태워서 데려다줄게."

"아, 아, 아니에요! 아직 열 시밖에 안 됐는데요. 버스 타고 가면 돼요!"

두 번째 제안도 거절당한 성빈은 기분이 이상했다. 이게 몸서리치게 거부할 일인가? 핸드백과 본인의 물건을 주섬주섬 챙기는 하연을 말없이 응시했다.

'아, 부담스럽다. 부담스러워! 부담스럽다고!'

남자의 끈적한 시선이 무척 부담스러운 하연이다. 살짝 올라왔던 취기가 전부 날아갔다.

"다 챙겼어요. 성빈 씨, 마중 안 나와도 돼요."

하연이 복도를 따라 현관으로 경보하듯 걸어갔다. 그런 하연을 따라 성빈도 천천히 걸음을 옮겼다. 대리석 벽에 몸을 기댄 채 팔짱을 낀 성빈이 구두를 신고 있는 하연을 내려다봤다.

하연이 벽에 기대 물끄러미 자신을 내려다보고 있는 성빈에게 엉거주춤 다가갔다. 그런 다음 그의 날씬한 허리에 손을 두르며 속삭였다.

"성빈 씨, 오늘 고마웠어요."

그런데 이상하다. 금방이라도 팔짱을 풀고 따뜻하게 안아 줄 거라고 예상했던 성빈은 전혀 미동이 없었다.

"나야, 뭐. 당신이 고생했지."

별다른 감정이 느껴지지 않는 예의상의 대답. 하연이 고개를 드는데, 성빈과 눈이 마주쳤다. 화난 것 같지도 않았지만 영혼이 없는 무미건조한 눈빛이었다.

괜스레 창피해진 하연이 성빈의 허리에 둘렀던 팔을 풀었다.

"성빈 씨, 진짜 갈게요. 자, 잘 자요!"

"그래. 도착하면 전화 주고."

하연이 현관문을 열고 나가는데 뒤에서 들리는 성빈의 말투는 제법 다정했다. 그러자 심장은 한층 뜨겁게 요동쳤다. 막상 나오긴 했는데, 하연은 왠지 발이 떨어지지 않았다.

"박하연, 너 지금 진짜 오버하고 있는 거 알지? 미치겠네."

하연이 나간 뒤 성빈은 나지막이 한숨을 내뱉었다.

같은 자세로 한참 동안 생각에 잠겨 있던 성빈이 곧 팔짱을 풀었다. 그때 멀찍이 창틀에 빗줄기가 부딪치고 있는 게 눈에 들어왔다.

"비라도 오는 건가. 하여간 신경 쓰게 하는 거 하나는 전문이지, 박하연."

카디건이라도 걸치고 내려가야겠다 싶어 성빈이 드레스 룸으로 향하는데, 기계음 소리가 들렸다. 성빈은 그대로 몸을 틀어 현관을 쳐다봤다.

"……하연 씨."

쭈뼛거리며 문을 열고 다시 들어오는 하연의 얼굴은 어쩐지 상기되어 있었다. 그녀의 복잡한 심경이 훤히 드러나는 인상적인 표정이었다. 두 남녀의 시선이 마주치자, 하연은 횡설수설했다.

"성빈 씨. 오늘 비 온다는 소식 없었는데, 갑자기 소나기가 내리더라고요."

하연이 당겼다, 눈치 빠른 남자가 다시 한 번 잡아 주길 바라며.

"그러게. 나도 못 들었었는데."

하지만 성빈의 생각은 달랐다. 무엇보다 확실한 절차가 필요했고, 이쯤에서 그녀의 속마음을 정확히 짚어 볼 필요가 분명 있었다.

"그럼 우산 필요하겠네."

성빈이 눈가에 힘을 빼고, 자상한 미소로 그녀가 당긴 줄을 튕겨 내며 순진한 어투로 물었다.

"이왕이면 면적이 넓은 장대 우산이 낫겠지? 있으려나 모르겠네."

"성빈 씨, 그게……."

하연의 심장이 미친 듯이 쿵쾅댔다. 이 남자 정말 우산 쥐여서 보낼 참인 거 같은데. 어쩌면 좋지? 아니 그보다 이 아쉬운 마음은 뭔데?

"왜 안 보이지. 여기 있었던 거 같은데. 하연 씨, 잠깐만."

사랑하는 여자에게 쥐여 줄 우산을 찾고자 현관 수납장을 열심히 뒤지고 있는 성빈과 그런 그의 뒷모습을 난감하게 지켜보는 하연.

왠지 짜증 난다, 저 남자.

사실 우산 하나 제대로 구비되어 있지 않는 수납장 안을 열심히 들여다보고 있는 성빈은 그녀의 다음 말을 진득하게 기다리고 있었다. 그가 아는 박하연이라는 여자는 밀당이라는 거 자체를 못하는 타입이다.

"저기 성빈 씨?"

당신 입으로 직접 듣고 싶어, 박하연.

"오늘 말이에요."

그래, 다 왔어. 우리 관계가 진짜라는 확신을 줘.

"성빈 씨 집에서 자고 가도 돼요?"

남자가 씩 웃었다. 성빈이 굽혔던 어깨를 곧추세우며, 입가에 가벼운 호선을 그렸다.

"물론이지."

가히 지킬에서 하이드로 변신하는 순간이다.

하연은 순간 흠칫했다. 뒤를 도는 성빈의 올라간 입꼬리를 보고 만 것이다. 그녀는 속으로 후회를 했다. 아, 제대로 낚였구나. 성빈이 잠시 여유를 두고 하연을 바라봤다.

"왜 그렇게 봐요?"

성빈의 진한 시선에 귓불이 확확 달아오르고, 머릿속은 회로가 멈춰 버린 느낌이다. 하연이 손가락으로 대문을 가리켰다.

"성빈 씨, 저 다시 나가도 되죠?"

두 눈을 깜빡이는 하연이 무척 귀여웠다.

"잡아먹힐 걸 알면서도 호랑이 굴을 제 발로 들어온 표정이 인상적이야. 긴장하지 말고 들어와."

하연이 어색한 몸놀림으로 구두를 벗는데 균형을 잃고 휘청거렸다. 성빈이 어깨를 잡아주며 마저 벗을 수 있게 도와주었다. 막상 다시 들어오긴 했는데, 어색해 죽겠다.

"성빈 씨, 우리 주방이나 마저 치울까요?"

"나 지금 피곤해서 쉬고 싶어."

"아, 그래요? 그럼 제가 괜히 돌아와서 방해했나 봐요."

"같이 쉬면 되잖아. 둘이."

하연은 온몸에 닭살이 돋으며 얼굴이 달아올랐다. 아드레날린이 과다 분비되는 게 느껴졌다. 숨은 턱까지 차올랐다. 괜히 왔어! 대책 없이 무턱대고 부딪치면 뭐 어쩌자고.

"뭐가 그렇게 심각해?"

성빈이 마트 봉투를 뒤지더니, 핑크색 실크 잠옷을 집었다. 성빈이 한 발 다가서는데, 하연이 움찔거렸다. 아닌 척하지만 한껏 경계하고 있는 그녀를 느낄 수 있었다.

"자. 지금 입고 있는 옷 불편할 테니, 씻고 갈아입고 나와."

"성빈 씨. 저 내가, 사실, 조금, 생각이, 살짝 짧았나 봐요."

성빈이 못 들은 척하며 뒤를 돌아 저 멀리 가 버렸다. 하연이 심각한 얼굴로 샤워실에 들어섰다. 수만 가지의 생각이 스쳤다.

"아, 어렵다. 이런 거 익숙하지 않은데…"

달수와 짧은 연애 기간을 가진 그녀는 사실 스킨십에 약했다. 딱히 혼전 순결주의자는 아니었지만 자신 없는 부분이었다. 막연한 두려움이랄까…….

"그리고 가장 큰 걱정은, 성빈 씨한테 부담 주고 싶지 않아."

성빈은 말보다 행동이 앞서는 사람이었고, 사랑하는 데 있어서는 깊은 멜로를 찍는다는 둥 전에 엄포를 놨었기에 심히 걱정이 됐다. 아, 어쨌든 망했다.

"어머, 근데 이 바디 워시 향이 정말 좋다."

하연이 몸 구석구석 안 닿는 곳까지 낑낑대며 씻어 냈다. 뿌연 증기가 서린 거울을 손바닥으로 쓸어 내며 거울을 쳐다봤다. 하연이 울상을 지으며 구시렁댔다.

"민낯이 이렇게 예뻐서는 좀 위험한데."

잠옷을 입은 하연이 아이언맨 슈트로 무장하듯 목 끝까지 단추를 잠갔다. 소리 죽여 욕실에서 나온 하연이 성빈의 동태를 살폈다. 주방 조리대에서 뭔가를 하고 있는 그가 보였다.

'저 인간 뭐하고 있는 거지? 좀 수상한데?'

현장을 덮치기 위해 하연이 살금살금 걸어갔다. 그런데 이 남자 등짝이 어쩜 이렇게 넓을까. 매끈한 허리 라인 또한 예술이다. 아, 내가 지금 이렇게 감탄하고 있을 때가 아니지.

"하연 씨, 향이 좋네."

"악!"

기습하려던 하연이 되려 당했다. 성빈이 픽 웃더니, 글라스 잔을 내밀었다. 시큼한 레몬향이 톡 올라왔다.

"진 토닉 만들어 주려고 했는데 토닉 워터가 따로 없어서 탄산수로 대체했어. 마실 만할 거야."

"어머. 레몬도 띄워져 있네요. 맛있겠다."

하연이 레몬 조각이 띄워져 있는 글라스 잔을 흔들었다. 한 모금 넘겨 보는데 시원한 청량감이 괜찮았다. 성빈이 하연을 데리고 야외 발코니로 나갔다.

"와, 이런 데도 있었어요? 아늑하네요."

살짝 열어 놓은 유리문 사이로 은은한 빗소리가 들렸다. 새 둥지 디자인의 등나무 그네 의자로 하연을 이끄는 성빈. 모형 안으로 먼저 들어간 성빈이 그녀에게 들어오라고 손짓했다.

"하연 씨, 들어와."

하연이 두 볼을 발갛게 물들인 채 쑥스러워 하며 그네 안으로 들어갔다. 성빈이 뒤로 몸을 빼, 최대한 편하게 누울 수 있게 해 준 다음 하연을 품 안으로 끌어당겼다.

"하연 씨, 불편하진 않지?"

"네, 편해요."

조금 추울 수도 있겠다 싶어, 성빈은 미리 준비해 둔 담요를 하연에게 덮어 줬다. 하연의 젖은 머리카락을 살짝 쓰다듬으며 성빈이 느끼하게 말했다.

"당신, 오늘 성의를 보여 줘서 예뻐."

"고마워요. 어렵게 용기 냈으니까, 우리 손만 잡고 자요."

성빈이 낮게 으르렁댔다.

"장담하지 마. 당신이 뒤로 내뺄수록 내 정복욕은 불타오르니까."

하연이 옆에 둔 글라스 잔을 입가로 가져갔다.

"그런데 이거 정말 맛있네요."

"또 만들어 줄게."

하연의 목덜미에 묻었던 입술을 뗀 성빈이 거우 숨을 토해 냈다. 이성의 끈이 끊어질락 말락, 그는 당장이라도 하연의 따스한 온기를 삼켜 버리고 싶었다.

"성빈 씨, 요즘에 계속 바빠서 잠도 잘 못 잤을 텐데……."

"맞아."

"많이 피곤할 텐데 제가 재워 줄까요?"

하연이 성빈의 숨결을 피해 목을 내빼더니 가볍게 말했다.

"왜. 자장가라도 불러 주게?"

"원한다면요."

성빈이 이마에 손을 얹더니 웃음을 터트렸다.

"하여간 귀여운 여자라니까."

성빈은 품에 안고 있는 이 여자를 사랑하게 된 게 본인조차도 신기했다.

집착과 김성빈이라는 단어가 같은 뜻을 지녔다고 해도 이상할 게 없는 그이지만, 사실 사랑에 목매는 타입은 전혀 아니었다. 사실 정유선, 그녀 외에 그의 목을 마르게 한 여자는 없었다. 어떻게 하면 그와 하룻밤이라도 보내서 특별한 연을 만들까 하는 여자들이 주변에 수두룩했다. 그런 여자들에게 성빈은 일찍부터 염증을 느끼고 있었다.

"자장, 자장 우리 성빈 씨…… 잘도 잔다."

그렇다고 하연처럼 순진하고, 스스럼없이 감정을 얼굴에 다 드러내는 타입? 그 또한 성빈에겐 재미없는 부류였고, 괜히 어설프게 건드려서 상처 입히고 발목 잡힐 수 있으니 오히려 가장 조심해야 할 타입이었다.

하지만 더 이상 이놈의 자장가는 못 들어 주겠다. 성빈이 하연의 콧잔등을 비틀었다.

"아! 아파…… 성빈 씨, 뭐 하는 거예요!"

"음치인 것도 정도가 있지. 심하네."

"하여간 못됐어, 진짜."

인상을 잔뜩 구긴 채, 짜증을 있는 대로 부리는 데도 이토록 사랑스러운 여자가 또 있을까. 성빈이 와락 안은 팔에 힘을 줬다.

"으…… 숨 막혀요!"

"박하연 씨, 아니 하연아……."

성빈의 그윽한 부름에 하연은 어쩔 줄 몰랐다. 그의 뜨거운 숨결이 자꾸 목덜미에 내려앉았다. 위험하다. 하연이 결국 글라스 잔을 치켜들었다.

"성빈 씨. 이거 다 마셨는데, 한 잔만 더 만들어 주면 안 돼요?"

"미꾸라지 같이 빠져나가긴."

하연이 내민 잔을 받아 들고 성빈이 발코니를 벗어났다. 그제 야 하연이 긴장을 풀며 얼굴을 두 손으로 탁탁 쳐 냈다.

"이름 부르는데 심장 떨어질 뻔했네, 하……."

진정을 하기 위해 하연이 발코니를 왔다 갔다 거리는데, 구석 에 쌓여 있는 책들이 눈에 꽂혔다. 하연이 쭈그리고 앉아 책들을 살펴봤다. 자기 계발서와 영문판 수필 종류였다.

"어? 이거 은하수 책이잖아?"

맨 밑에 위치하고 있던 여러 권의 로맨스 소설을 집었다. 하연 이 평소에 굉장히 좋아하는 '은하수'라는 필명을 가진 로맨스 작 가의 작품들이었다.

"뭘 그렇게 봐?"

"아."

어느새 돌아온 성빈이 뒤에서 물었다. 하연이 책을 들어 보이 며 흥분해 말했다.

"성빈 씨도 이 작가 팬이에요?"

남자는 대답하지 않았다.

"이 시리즈는 몇 번이나 다시 봤는지 몰라요. 이 작가 소설에 나오는 남녀 주인공들이 사랑하는 방식이 얼마나 예쁜지, 볼 때 마다 흐뭇하더라고요. 근데 성빈 씨도 이런 로맨스 읽어요?"

하연이 이번엔 다른 책을 넘기며 수다를 떨었다.

"이 작품도 정말 재밌었는데. 이 작가 소설은 남자 주인공이 정말 예술이죠. 시크하고 까칠한 면이 없잖아 있지만 늘 한결같은 정성으로 여자 주인공한테 헌신하는 게 멋있어요."

하연의 설명을 말없이 듣던 성빈의 속눈썹이 천천히 내려앉았다.

"그만 듣고 싶으니까 책 내려놔."

"성빈 씨……."

쓴 미소를 짓는 성빈, 이내 하연의 손목을 잡아 그네에 앉혔다.

"저번 출장 때 당신 주려고 사 왔는데 못 준 게 있어."

성빈의 아리송한 반응에 하연이 고개를 갸우뚱했다. 그런 하연의 반응을 무시하고 작은 상자를 연 성빈이 부드러운 손길로 머리핀을 꺼내 하연의 풍성한 머리칼에 꽂아 줬다.

은은한 골드 빛의 영롱한 다이아몬드 큐빅이 중앙에서 빛을 발했다. 그 주변을 은테가 꽃봉오리를 감싸듯 고혹적이게 견고함을 지키고 있었다.

"머리핀이에요?"

하연이 자신의 머리 위에 꽂힌 핀을 만지작거리며 물었다.

"예상한 대로 잘 어울리네."

"이거 많이 비싼 거 아니에요?"

성빈이 고개를 저었다.

"당신이 오늘 나한테 보여 준 성의보다는 안 비싸."

"정말 고마워요."

성빈의 그윽한 눈길이 한층 진해졌다. 그 시선이 부담스러운 하연이 탁자에 놓인 잔을 들어 입가로 가져갔다. 성빈이 다급하게 제지했다.

"하연 씨, 그거 내 건데. 이게 당신 거야."

"누구 거든 상관없잖아요."

하연이 쿨하게 잔을 들더니 입에 털어 넣었다.

"이 여자야, 상관없는 게 아니라!"

성빈은 미처 잔을 빼앗지 못한 걸 후회했다. 하연의 얼굴이 사과처럼 빨개지더니 자리에서 일어나 방방 뛰었다. 타들어 가는 목을 움켜잡으며, 울상을 지었다.

"내가 말했잖아. 그거 양주인데."

"아, 내 목 아직 붙어 있어요? 타 버린 거 같아요!"

안 되겠는지 성빈이 다시 만들어 온 진 토닉까지 원샷을 했다. 아까보단 괜찮아졌는지 거친 숨을 몰아쉬며 의자에 털썩 주저앉았다.

"하…… 하아…….”

얼굴이 터질 것 같이 빨간 하연이 이번엔 몸에 힘이 안 들어가는지 문어처럼 흐느적대기 시작했다. 그렇게 잘 마시지도 못하는 술은 왜 욕심을 내는지, 아니면 설마 의도적인 건가.

"사람 피곤하게 만드는 데는 일가견이 있어."

성빈이 하연을 안아 들더니 침실로 향했다.

침대 위에 누운 하연은 눈이 풀린 채 성빈을 게슴츠레하게 올려다보고 있었다. 방금 전까지의 분노를 진정시키며, 성빈이 그녀의 앞머리를 걷어 올렸다. 쪽. 가볍게 입을 맞춰 줬다.

"하연 씨, 잘 자. 온도 맞춰 줄게."

"……성빈 씨."

이불을 덮어 준 성빈이 방을 나가려고 하는데 하연의 손이 그를 붙잡았다.

"성빈 씨, 우리 같이…… 자요."

하연의 고사리 같은 하얀 손을 내려다봤다. 술기운에라도 손 내밀어 준 건 고마운 일이었지만, 절제를 아는 성빈은 조용히 여자를 달랬다.

"이튿날에 기억 못할 일은 어설프게 만드는 거 아니야."

하연의 게슴츠레한 눈이 못마땅하게 늘어졌다. 성빈이 그녀의 손을 어루만졌다.

"더욱이 당신 준비 안 돼 있는 거 뻔히 아는데, 이런 식으로 기회를 잡는 건 내 쪽에서 맘에 안 들기도 하고."

하연이 투덜댔다.

"내가 준비돼 있지 않다는 걸, 성빈 씨가 어떻게 알아요?"

성빈의 마음에 더없이 강렬한 유혹의 소나타가 퍼져 흐르고 있었다. 본능적으로 하연의 잠옷 안쪽으로 시선이 간 성빈이 피식 비웃었다.

'캐릭터 브래지어를 차고선 준비가 돼 있다고? 하여간 귀여운 여자야.'

성빈이 더 이상 대꾸하지 않고 하연의 손을 이불 안으로 집어

넣어 주는데,

"하여간 김성빈. 잘난 척은……."

그는 자신의 귀를 의심했다.

"어린애도 아니고 칭얼거리는 게 보통 수준이 아니네. 귀찮게 말이야."

이미 성빈의 머릿속엔 적색경보가 켜진 지 오래였다. 실수를 면하려면 빨리 방을 벗어나는 수밖에 없다는 걸 알면서도, 이렇게까지 나오는데 하연이 서운할 수도 있겠다는 불필요한 타협을 하며 침대 위로 몸을 눕혔다.

"하연 씨, 그만 투덜대고 제발 좀 자."

하연의 머리를 들어 제 팔에 내려놓았다. 하연이 그의 품 안으로 파고들었다. 새근새근, 여자의 숨소리가 멜로디처럼 귓가에 살랑였다. 성빈은 수컷의 본능을 애써 무시했다. 그때 자신의 품에 고개를 박고 있는 여자에게 이상한 기분을 느꼈다.

"하연 씨, 지금 뭐하는 거야."

깊게 팬 성빈의 쇄골에 말캉한 하연의 입술이 맞닿더니 이내 딱따구리처럼 쪼기 시작했다. 그것도 혼자 뭐라 연신 구시렁거리면서.

"하연 씨, 간지러워."

"입술이 왜 이렇게 딱딱하지…… 이상하네."

성빈은 어이가 없었다. 하연이 도톰한 입술을 쭉 내밀더니 제 쇄골 부분을 아기처럼 빨고 있었다. 성빈이 이마에 손을 얹더니 부들대기 시작했다.

"이 여자야. 한참 잘못 짚었어. 너무 아래잖아."

"그래요?"

하연의 두 눈이 반짝였다. 그러더니 공포 영화의 한 장면처럼 이불 안에서 성빈에게로 천천히 귀신처럼 기어 올라오기 시작했다. 성빈은 다소 긴장이 됐다.

"이번엔 정확하게 키스 해…… 줄게요."

성빈이 꽂아 준 머리핀을 살짝 넘기며 하연이 그의 입술로 돌진을 했다.

"읍!"

그녀의 키스를 받아들이지 않을 이유가 없는 성빈이었다. 그는 하연의 허리를 감싸 안았다. 점차 진한 키스가 이어졌고, 성빈이 리드하며 대각선으로 고개를 틀었다. 두 남녀의 분위기는 점차 깊고 농밀해져만 갔다.

"하아…… 하연 씨, 키스 좀 늘었네."

"당신한테, 하…… 배웠잖아요."

"내 키스가 이렇게 형편없단 말이야?"

성빈은 키스가 이어지는 도중에 깊은 갈등이 일었다. 그의 손길이 침대 옆 서랍장으로 자꾸 향했다. 꺼낼까, 말까.

잠시 숨을 고르는 하연에게 성빈이 다시 부드럽게 입술을 포갰다. 달콤한 맛. 성빈은 하복부에 아찔한 긴장감을 느끼며, 결국 본능에 굴복하고 말았다. 그의 손이 서랍을 거칠게 열어 재꼈다.

'먼저 유혹한 건 당신이야. 오늘 밤 책임져.'

야수의 본능이 깨어나고, 결심이 선 그는 눈빛부터가 달라졌다. 바로 자세를 바꿔 하연의 위로 올라갔다. 키스를 이어가며, 손이 분주해지려는데 하연이 어깨를 들썩이기 시작했다.

"욱! 우읍!"

뭐지? 의아함도 잠시 구역질을 하며 리드미컬하게 자신의 아래에서 어깨를 튕겨 내고 있는 여자를 바라보며 성빈이 경악을 했다.

"하연 씨! 잠깐만! 아, 제발!"

성빈이 그 자리에서 벌떡 일어났다. 침대 위에서 새우등처럼 구부린 채 연달아 구역질을 하고 있는 하연을 들쳐 안더니 재빨리 화장실로 달려갔다. 신속하게 변기 뚜껑을 열어젖혔다.

"서, 성빈 씨! 우읍!"

성빈은 그녀의 머리카락이 내려가지 않게 붙잡아 주었다. 간발의 차로 하연이 타이밍을 맞춰 속 안에 있는 것을 전부 게워 내기 시작했다.

"우……욱! 으읍!"

"하연 씨, 괜찮아?"

성빈이 들썩이는 하연의 등짝을 두드려 주며 물었다. 대답이 없자 성빈이 조심스럽게 변기를 들여다보는데 헛구역이 밀려들었다.

"읍!"

비위가 약한 성빈은 자유로운 손으로 자신의 입을 틀어막으며 고개를 돌렸다. 두 남녀는 좁고 은밀한 화장실이란 공간 안에서 상대방을 외면한 채 본능에 충실하고 있었다.

* * *

회의실에서 한창 미팅 중이던 라페르 호텔 마케팅부 서 차장과 하연의 친구 민경은 의견 조율이 쉽지 않아 서로 애를 먹고 있었다.

"아니, 차장님. 저희 기획안이 마음에 드셔, 채택하신 거 아니셨어요? 그런데 많은 부분을 갈아엎으라고 하시면 저는 난감할 수밖에 없죠."

성빈이 지시한 대로 '스타티스'는 이번 신사점 리뉴얼 업체로 뽑혔지만 민경은 그 사실을 몰랐다. 그러니 답답한 마음만 앞섰다.

"민경 씨. 그래서 제 말의 골자는 스타티스 방향대로 뼈대는 잡되, 저희 쪽에서 조정해 줬으면 하는 부분은 확실하게 짚고 넘어가자는 겁니다. 아예 불가능한 것도 아니잖습니까?"

서 차장 또한 물러서지 않고 의견을 피력했다.

"어휴, 그게 쉽지가 않으니 그렇죠. 합의점이 안 나오니 영 골치가 아프네."

그때 회의실 문이 열리고 성빈이 등장을 했다. 기대하지 않았었기에, 민경의 눈이 반짝였다. 환하게 화색을 띠운 그녀가 인사를 건넸다.

"안녕하세요. 성빈 씨, 오랜만에 보네요."

"네, 그러네요. 잘 지냈죠?"

몇 마디 말을 더 붙이려는 찰나 점잖게 미소 짓던 성빈의 얼굴이 서 차장에게로 돌아갔다.

"미팅은 얼추 마무리돼 가고 있습니까?"

"아뇨, 사장님. 의견이 너무 달라서, 진도가 좀 안 나갑니다."

민경은 뭔가 좀 이상한 걸 느꼈다. 우연히 자신의 능력과 운으로 이 기획안이 뽑힌 것이라면, 일의 진행이 이런 식으로 흘러가서는 안 됐다.

'아, 젠장. 어떻게 알았는지는 모르겠지만 성빈 씨가 힘써 준 거잖아.'

줄곧 서 차장이 기획안 수정을 요청했던 이유를 이제야 깨달은 민경이 고개를 숙였다. 하연에게도 제 실력 최고 아니냐며 그렇게 자랑을 했건만…….

"서 차장님. 저번 회의 때 최종안으로 결정된 몽마르뜨 콘셉트 그대로 밀어붙이시고."

성빈은 분명 서 차장에게 지시하고 있었지만 더욱 열심히 듣고 있는 건 민경 쪽이었다.

"단가나 계약금을 올려 줘야 하면 최대한 맞춰 줘요. 대신 리뉴얼이 의도한 분위기는 엇나가지 않게 착안했던 대로 반드시

끌고 나가요."

하연의 남자 친구인 이 남자, 정말 피도 눈물도 없다. 당사자가 바로 앞에 있는데, 그것도 연인의 친구인데, 기대하지도 않았지만 공과 사의 구분은 극도로 철저했다.

'이 공사 건을 따내게 해 준 것만으로도 감사한 일이긴 하지.'

서 차장과의 대화를 끝낸 성빈이 다시 친절한 얼굴로 민경에게 인사를 했다.

"민경 씨, 그럼 미팅 잘 마무리하고 들어가요."

"아, 네."

성빈이 나가자 민경은 한숨이 절로 새어 나왔다. 서 차장이 기획안을 팔랑 넘기며, 피식 조소를 머금더니 민경에게 말했다.

"이제 한 시간 내로 미팅 마무리할 수 있을 것 같은데, 어떠십니까?"

"휴, 조정 합의안 넘겨 주시면 검토해서 최대한 맞춰 볼게요."

＊　　＊　　＊

호텔 로비로 들어선 하연이 성빈에게 전화를 걸었다. 헌데 신호만 가고 영 받을 기미가 안 보이자 주위를 둘러보던 하연이 프런트로 걸어가 안내원에게 말을 건넸다.

"저 사장님 좀 뵈러 왔는데 연락이 안 돼서요."

안내원이 곤란한 미소를 지어 보였다.

"죄송합니다. 프런트에서는 연락해 드리기 어렵고, 일정 관리하시는 비서분 통해서 따로 약속 잡으셔야 합니다."

하연이 고개를 끄덕이며 프런트에서 떨어졌다. 대리석 기둥 한편에서 달랑, 손에 걸려 있는 도시락 통을 내려다봤다.

'저녁 먹었을지도 모르고, 만날 수 있을지도 모르는데 괜히 싸 가지고 왔나.'

벌써 며칠째 보지 못한 성빈의 얼굴을 떠올렸다.

"어? 하연 씨네?"

그때 특급 VIP 귀빈을 모시고 로비로 들어서던 정구의 눈에 하연이 보였다. 승강기 앞까지 귀빈을 안내한 뒤 벨보이에게 객실 안내를 지시하고 단숨에 하연에게로 뛰어갔다.

"하연 씨, 여기서 뭐하고 계세요?"

"아, 정구 씨 눈에 띄어서 다행이다. 사실 친구가 여기에 미팅이 잡혀 있어서 끝나고 만나기로 했거든요. 그 전에 성빈 씨 얼굴 좀 잠깐 보려고 전화했는데 바쁜지 안 받네요."

정구가 서둘러 시간을 확인했다.

"클라이언트와의 미팅까지 사십 분 정도 텀이 있으니, 만나고 가셔도 충분하실 거예요."

"그래요? 괜히 정신없고 바쁜데, 방해하는 건 아닌지 모르겠네요."

사장실로 안내하는 정구를 따라 하연이 부지런히 발을 움직였다. 승강기에서 내려 긴 대리석 복도를 따라 코너를 도는데,

저 멀리 성빈이 보였다. 회계 관리부에서 올린 자본 변동 표에서 시선을 못 떼며, 한 손엔 머그컵을 쥐고 집무실 문을 열더니 모습을 감췄다. 뒤따라 정구가 하연을 데리고 집무실로 들어섰다.

"사장님, 고개 좀 들어보세요."

성빈은 고개를 들 생각조차 안 했다. 이 공간에 들어오는 사람이야 안 봐도 뻔하기 때문에.

"네 얼굴 지겨워. 할 말 있으면 해."

"사장님 저도 피차일반이네요. 하연 씨 왔어요."

머그잔을 입가로 가져가던 성빈이 고개를 들었다.

만개한 꽃처럼 싱그러운 그녀가 바로 앞에 서 있었다. 환각에 빨려 들어간 듯 성빈의 섬세한 시선은 한참이나 하연을 감상하고 있었다. 멋쩍은 정구가 의도적으로 헛기침을 내뱉었다.

"그럼 전 콜튼 대변인 살피러 잠시 자리 좀 비키겠습니다."

"정구 씨, 혹시 저녁은 먹었어요?"

하연이 뒤돌아 나가려는 정구에게 재빨리 물었다.

"아직인데, 왜요?"

"도시락 좀 싸 왔는데, 정구 씨 몫도 챙겨 왔거든요."

"와, 제 것까지요?"

요즘 사랑이 메마른 정구가 하연의 관심에 신나서 목소리를 높였다. 그때 사장이 거만하게 다리를 꼬며, 건조한 눈빛으로 고개를 삐딱하게 틀어 문 쪽으로 눈짓을 했다. 정구가 입술을 삐죽거렸다.

"하연 씨, 저 지금 당장에 처리할 일이 좀 있어서요. 이따 먹을 게요."

"그래요?"

정구가 나간 뒤 성빈이 의자에서 천천히 몸을 일으켰다. 하연이 집무실을 둘러봤다. 남자의 미니멀리즘한 취향을 그대로 반영한 듯 군더더기 없이 깔끔한 인테리어가 돋보였다.

"하연 씨, 얼굴 좀 보자."

어느새 다가온 성빈의 체취를 느낀 하연이 뒤를 돌았다. 눈앞에 콕, 남자의 블랙홀 같은 검은 눈동자가 그녀를 빨아들일 듯 직시하고 있었다.

"적당히 좀 봐요. 그러다 얼굴 닳아 없어지겠어요."

하연은 농담을 던지면서도 요동치는 심장을 막을 길이 없었다. 최대한 긴장한 티를 안 내려고 노력하는데도 매번 쉽지가 않다. 그건 성빈도 마찬가지였다.

등 언저리를 타고 올라오는 뜨거운 열기를 참아 내며, 하연의 입술에 가벼운 버드키스를 찍어 냈다.

달콤한 인내와 유혹의 고뇌. 헤이즐넛 향이 배인 성빈의 입술 맛이 참 달콤했다.

성빈이 하연을 푹신한 의자에 앉혔다. 그러더니 본인도 책상에 걸터앉아 하연이 준비해 온 도시락 통을 펼치기 시작했다. 정구의 몫까지 준비해 온 탓에 양이 제법 많았다.

"그냥 자신 있는 걸로 간단히 준비해 봤어요. 그런데 점심도 거른 거예요?"

"응, 연속으로 일정 잡힌 게 좀 많았어."

"진짜 배고프겠다. 여기 먹기 전에 손 닦아요. 자, 물티슈요."

손을 닦은 성빈이 식어 버린 커피를 마저 한 모금 넘겼다. 타이밍에 맞춰 하연이 유부초밥을 집어 내밀자, 성빈이 자연스럽게 받아먹었다.

"어때요. 먹을 만해요?"

"괜찮네. 그나저나 오늘 정말 나 보러 온 거야."

"엊그제 말했잖아요. 민경이 오늘 여기서 미팅 있다고. 겸사겸사 온 거예요."

"아, 그랬었지. 그럼 정확히는 민경 씨 만나러 온 거네."

성빈의 심술에, 하연이 곱게 만 월남쌈을 먹여 주며 달랬다.

"성빈 씨 얼굴 잊어버릴까 봐 아쉬운 사람이 온 거예요."

"알아."

"하여간 얄미워."

하연이 새치름하게 흘겨봤다. 그런 하연의 매콤한 눈초리에, 성빈이 순한 미소로 답했다.

"내가 자주 보러 가야 하는데, 여의치 않아서 미안해."

성빈의 말에 희미하게 미소 짓던 하연이 자세를 바꾸며 중얼거렸다.

"그런데 성빈 씨 의자 정말 편하네요."

"그거 내 의자 아니야."

"에? 그럼요? 사장님 책상 의자니까 성빈 씨 거잖아요."

성빈이 자조적인 실소를 픽 터트렸다.

"그 의자 정구 거야. 나보다 더 앉아 있을 때가 많아."

"푸! 아하하, 재밌네요."

"그것보다 우리 내일 오페라 공연 보러 가자."

하연이 의자에 편히 기대며, 방울토마토를 입에 물었다.

"오페라 보고 당신 집에 데려다준 다음에 바로 출국해야 돼."

"이번엔 얼마나 있다 와요?"

"한 일주일, 더 길어질 수도 있고."

하연은 티내지 않지만 내심 아쉬운 마음이 들고, 심장이 아려
왔다.

'또 한참이나 못 보겠구나, 어쩔 수 없지.'

하연이 방울토마토를 입에 문 채 아직 넣고 있지 않자 성빈이
손가락으로 쏙 밀며 말했다.

"시무룩한 당신 표정 보니까 힘이 난다."

"변태예요?"

"생각했던 것보다 많이 서운해 보여서 맘에 들어."

그의 커다란 손이 하연의 매끄러운 뺨을 감쌌다. 갑작스러운
터치에 하연의 피부에 닭살이 돋아났다. 성빈이 픽 웃었다. 이제
는 제법 이런 가벼운 스킨십이 진부할 만도 한데 귀엽기는.

"난 당신의 부담스러워하는 그 눈빛이 마음에 들어."

"저만 이렇게 긴장하는 거예요?"

하연은 자신의 뛰는 가슴을 진정시키고자 손을 뻗어 움켜잡
았다.

"성빈 씨, 말해 봐요. 저만 그래요?"

"그럴 리가 있나."

성빈이 고개를 저었다.

"난 있지, 당신하고 있으면 숨 쉬는 것조차 버거울 때가 있어."

하연의 손을 낚아챈 성빈이 제 심장으로 가져갔다.

"솔직히 말해 봐."

"뭘요?"

"여기에 무슨 짓을 한 거야."

이 남자랑 있으면 로맨스 영화 따윈 볼 필요도 없다.

"성빈 씨, 이건 음모예요."

하연이 단호하게 고개를 저었다.

"확실해?"

"네."

왜냐하면, 내 애인님은 웬만한 로맨스 영화 남자 주인공보다
멋진 대사를 치기 때문이다.

"하연 씨, 착각하지 마. 당신 짓이 아니라면, 이 정신 나간 심
장이 더위라도 먹었다는 건가?"

그때 책상 저 멀리 밀어 버렸던 하연의 휴대폰이 반짝이고 있
었다.

"민경이 회의 끝났나 봐요. 성빈 씨, 휴대폰 좀 줄래요?"

"그래."

성빈이 손을 뻗어 휴대폰을 건네주는데 메시지가 떠 있었다. 의도치 않게 보게 됐는데, 그의 미간이 슬쩍 구겨졌다.

「야, 박하연. 네 애인 정말 피도 눈물도 없어. 자세한 건 만나서 얘기해. 나 미팅 끝났는데, 지금 어디야?」

하연의 얼굴이 잘 익은 사과처럼 달아올랐다.

"서, 성빈 씨 오해하지 말아요."

"괜찮아."

"그런데 혹시 스타티스 채택한 거 말이에요."

성빈이 여유롭게 그녀의 말을 기다렸다.

"저 때문에 도와준 건, 설마 아니죠?"

"솔직히 말해?"

"네, 그런데 전 말한 적도 없는 거 같은데."

하연이 불편한 기색을 드러냈다.

"당신 때문에, 채택한 거 맞아."

"그건 좀……."

"부담스러워할 필요 없어. 스타티스 기획안도 나쁘지 않았기에, 조율하면서 진행하면 좋겠다고 판단한 거야."

하연은 마음이 무거워졌다.

'성빈 씨는 도움을 주고도 욕을 먹었으니, 얼마나 기분이 나쁠 거야.'

"미안하게 됐어요. 민경이도 나쁜 뜻이 아니라……."

"틀린 말 아니야, 괜찮아."

하연의 말을 성빈이 가로챘다.

"성빈 씨."

성빈이 방울토마토 하나를 집어 하연의 입술에 갖다 댔다.

"가식이야 내 전매특허고, 피도 눈물도 없는 인간 맞아. 공사 구분 없는 건 당신 말고는 누구한테도 허락 안 되는 거고."

방울토마토를 받아먹은 하연이 고마움에 웃음 지었다. 그 수줍은 미소가 성빈을 자극했다.

"단지 한 가지 걸리는 게 있다면, 당신 친구한테 왠지 재수탱이라고 낙인찍힌 거 같은데. 그건 차차 만회하도록 하지, 뭐. 일단 후식 좀 먹고……."

반듯한 성빈의 어깨가 틀어지더니, 하연의 입술로 다가섰다. 굴러 들어간 토마토를 따라 입술 사이로 진입한 성빈이 부드럽게 혀를 휘감았다.

"으읍……."

예상 못한 하연의 고개가 뒤로 밀려났다. 남자의 키스는 느슨해지다가도, 이성의 경계선에서 하얀 깃발을 치켜세울 만큼 거칠게 그녀의 입술을 집어삼켰다.

"하아, 하…… 서, 성 빈씨."

성빈을 잡아떼기 위해, 하연의 손바닥이 그의 두 뺨으로 향했다. 그러는 와중에도 성빈의 진한 키스는 계속됐다. 애써 보지만 저절로 넘치는 여자의 신음에 성빈은 더욱 위험해졌다.

"하, 민경 씨 기다릴 텐데. 욕심을 좀 냈네."

겨우 제어를 한 성빈, 태양 같이 뜨거운 그의 열정에 하연은 녹을 것만 같았다. 한편으로는 버거웠다. 전신에 힘이 빠진 하연이 성빈을 째려봤다.

"하연 씨, 제멋대로 굴어서 미안."

성빈이 손가락으로 작은 떨림을 유지하고 있는 그녀의 입술을 어루만져 줬다. 그 부드러운 손길에 하연의 굳었던 얼굴이 맥없이 풀렸다. 역시 미워할 수 없는 남자라니깐.

"성빈 씨, 그럼 이만 가 볼게요. 남은 도시락도 꼭 챙겨 먹어요."

"아쉽다."

"민경이 일은 정말 고맙고, 또 미안해요."

"그럴 거 없어. 아까 문자가 심기를 좀 건드리긴 하지만."

하연의 어깨에 백을 걸쳐주며, 성빈이 장난을 쳤다.

"물론 내가 속 좁게 옹졸한 마음을 먹는다면, 이 바닥에 영원히 발 못 붙이게 민경 씨 이름 지워 버리는 거 정도야 쉽지."

하연의 허리에 팔을 둘러, 문으로 안내하며 성빈이 상냥하게 말했다.

"그래도 당신 친구인데 어떻게 그래. 아쉬운 쪽이 잘 보여야 하니, 내가 분발해야지."

하연이 말은 이렇게 해도 성빈이 하는 말속에 깔려 있는 앙금을 느낄 수 있었다.

"로비까지 데려다줄게."

"괜찮아요. 다음 미팅까지 얼마 안 남았는데, 도시락 마저 먹고 얼른 일 봐요."

"그럼 끝나고 전화할게. 민경 씨랑 재밌게 놀고."

계속 아쉬운 마음이 드는 성빈이 하연을 끌어당겼다. 그런 그의 손길을 만류한 채, 하연이 경보하듯 빠르게 복도를 걸어 나갔다. 그런 하연의 뒷모습을 음흉하게 바라보는 성빈.

"하여간, 귀엽기는."

＊　　＊　　＊

"그럼 그 문자를 성빈 씨가 봤단 말이야? 아, 난 몰라."

"괜찮아, 이해할 거야."

"이로써 우리 사이는 완전히 금이 갔네."

민경이 차에 시동을 걸며, 화장실 일주일은 못 간 찝찝한 표정을 지었다. 안 그래도 서 차장이 일러 준 방향대로 수정하려면 밤낮없이 작업해도 모자랄 판이었다. 암담하다.

"난 그저 너무 답답해서, 사실 서운한 것도 아주 쪼끔 있고 해서 그렇게 보낸 건데."

"만나도 최대한 티 내지 말고 모른 척해."

곧 오늘의 목적지인 한강에 도착을 했다. 차를 주차하고 케이가 일러 준 장소로 향했다. 이미 펼쳐 놓은 돗자리엔 치킨이며 피자, 과자 안주가 잔뜩 쌓여 있었다. 우수에 찬 눈빛으로 한강을 바라보며 캔 맥주를 마시고 있는 케이의 어깨를 민경이 툭 쳤다.

"혼자 청승 떨고 있네. 많이 기다렸어?"

"아냐, 나도 방금 왔어."

목이 마른건지, 속이 타는 건지 모르겠는 민경이 맥주를 들이켜기 시작했다. 하연도 구두를 벗고 돗자리 위에 자리를 잡았다.

"우리 누님들, 오늘 기대 좀 하고 왔어? 신곡 나왔는데."

시즌 공연을 마무리하고 요즘에 쉬고 있던 케이가 자작곡이 완성됐다고 유난을 떨며 이 자리를 만든 것이다. 케이가 진지하게 선언했다.

"이제 나도 대중적으로 한번 나가 볼까 해."

"그래? 일단 신곡부터 좀 듣자."

민경이 따 준 캔 맥주를 받아 든 하연이 잔뜩 기대를 하고 케이에게 졸랐다.

"숙녀 여러분, 듣고 싶어? 원해?"

"네, 케이 오빠 한 곡 뽑아 줘요."

케이가 목을 가다듬었다. 통기타 음을 조정하더니, 준비했던 노래를 시작했다.

"널 사랑한다고 입 밖으로 불쑥 꺼내기까진, 참 많은 시간이 걸렸지만 그래도 후회 없어♪"

몇 번이고 들어도 기분 좋은 말, 성빈 씨의 고백.

"마음 졸였던 날보다, 사랑할 날이 아직 많은 우린 앞으로 더 행복해질 테니깐.♬"

늦게 알아본 만큼 더욱더 간절해지는 사람.

"*사랑한다는 그 말보다 내가 할 진짜 고백은, 평생 너 하나만 바라보겠다는 이 말♪*"

김성빈, 당신 말고는 다른 여지가 없는 내 마음.

케이의 노랫말에 하연은 감정이입이 되면서 가슴이 설레었다. 민경 또한 한강 물살을 타고 시원하게 스치는 바람을 느끼며, 오랜만에 여유를 느긋하게 즐겼다.

어느덧 케이의 공연이 끝이 나고, 하연과 민경이 열렬한 박수를 보냈다.

"어때? 들어 봤을 때 괜찮아?"

하연이 엄지를 치켜세웠다.

"완전 최고야. 너 이런 곡도 쓸 수 있구나. 매번 하드코어한 락만 고집하길래 이런 쪽 아예 관심 없는 줄 알았는데."

케이가 씩 웃었다.

"문외한은 맞는데 차차 써 보려고. 처음치곤 반응이 괜찮아 다행이다. 자자, 일단 마시자."

세 사람이 짠을 하며 맥주를 비워 냈다. 그런데 하연을 바라보는 케이의 표정이 아리송해졌다.

"누나, 원래 입술이 이렇게 두꺼웠었나?"

"응?"

"지 애인이랑 키스라도 했나 보지."

민경이 잡히는 과자를 뜯으며 퉁명스럽게 말했다.

"헐, 누나 정말이야?"

"뭐가."

하연이 시선을 회피하며, 오징어를 질겅질겅 씹었다.

"그 형이 잘해 주긴 해? 성격 무지 세 보이던데."

"내 앞에서는 한 마리의 순한 양이야."

민경이 배를 잡고 깔깔대기 시작했다.

"박하연, 이거 완전 허세 장난 아니네. 아, 웃겨 죽겠네!"

"진짜 양이야?"

반대로 케이는 진지했다. 성빈을 몇 번 본 그로서는 상상이 안
됐다.

"그리고 키스가 길어지면, 이 정도쯤은 다 부어오르지."

한 번쯤 해 보고 싶었다. 이런 쓸데없는 센 척.

"민경 누나"

"응."

"하연이 누나 오늘 이상해."

"쟤 원래 이상했어."

이미 시작된 하연의 허세는 정점을 찍었다.

"새삼스럽게 왜들 그래, 키스 한번 안 해 본 사람들처럼."

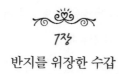

7장
반지를 위장한 수갑

퇴근길에 간단히 저녁을 먹고 가자는 이현의 제안에 하연이
오케이를 했다. 시원한 가을바람이 부는 거리를 두 사람이 나란
히 걸었다. 트렌치코트에 손을 꽂으며 이현이 물었다.

"이사님은 언제 오세요?"

"내일쯤 입국 예정이라고 들었어요."

하연과 이현이 회사 근처 패밀리 레스토랑으로 들어섰다. 안에
는 제법 사람들로 분주했고, 직원을 따라 테이블로 안내 받았다.

"대리님, 여긴 늘 사람이 많네요."

"솔직히 맛있긴 하잖아요. 우리 뭐 먹을까요?"

이현이 펼쳐 준 메뉴판 사진을 거침없이 찍어 대는 하연이다.
폭립부터, 크림 파스타, 퀘사디아까지 허기진 두 사람은 많은 양

을 주문했다. 이현이 식전 빵을 반으로 잘라 내밀었다.

"실장님. 전화 오신 거 같은데."

발신자를 확인한 하연이 반갑게 전화를 받았다.

"응, 아름아."

[야, 잘 지내? 올라가고 어떻게 연락 한 통이 없어.]

"미안해. 요즘 바쁜 일도 없는데 정신이 하나도 없네?"

친구의 타박에 하연이 애교스럽게 대꾸했다.

[다른 게 아니라 이번에 집에서 수확한 단감이랑 밤 좀 올려 보내려고 하는데.]

"어머, 그리고 보니 벌써 단감 떨어지는 계절이 왔네. 매년 택배 부쳐 줘서 맛있게 먹긴 하는데, 매번 받기만 해서 미안하다."

아름의 주변이 무척 시끄러웠다. 하연이 언성을 높였다.

"아름아. 저번처럼 큰 박스에 보내지 말고, 그거 삼분의 일만 보내 줘. 혼자라 많이 못 먹어."

[그럼 오빠 서울 가는 길에 전해 주겠다고? 야, 하연아. 내 말 들려?]

하연의 말을 제대로 듣지 못한 아름이 그녀를 불렀다.

[하연아, 다음 주에 오빠 서울 올라간다니까, 그때 받아 보면 되겠다.]

"동원 오빠 언제 올라오는데?"

[그건 확실하지가 않대. 다음 주에 다시 연락을 주든지 할게.]

"나 집에 없을 때가 많아서 좀 애매한데……."

하연의 슬쩍 콧잔등을 찌푸렸다. 성격이 급한 아름이 서둘러 마무리를 했다.

[너 없으면 문 앞에 놓고 가라고 했어. 그런 줄 알고 있어.]

"알았어."

하연이 애매한 얼굴로 전화를 끊자, 이현이 물었다.

"실장님 무슨 일 있어요?"

"아무 일도 없어요. 아, 맛있겠다. 이 대리님, 우리 얼른 먹어요."

하연이 파스타를 포크로 말아 입에 넣더니, 행복한 표정을 지었다.

*　　*　　*

장기 출장에서 돌아와 맨션에 도착한 성빈이 겉옷을 벗어 던지고, 가볍게 샤워부터 했다. 젖은 머리칼을 수건으로 쓸어 넘기며 냉장고에서 탄산수를 꺼내 입에 물더니, 침실로 들어섰다.

"사람이 쉬지를 못 하니까 지치긴 하네."

성빈이 리모컨으로 방 안을 적정 온도로 조절하고, 침대에 몸을 뉘였다. 자연의 소리를 담은 멜로디가 은은하게 흘러나왔다.

"전화를 해 볼까."

성빈이 실험에 돌입한 과학자의 심오한 표정으로 휴대폰을 정면으로 들었다. 화상 통화로 건 다음, 한참을 기다리는데 하연이 전화를 안 받는다.

"결국 자나 보네. 애정도 실험, 실패."

전화를 끊으려는 찰나, 하연이 졸린 눈을 부비며 화면에 짠 나타났다. 실망했던 성빈의 얼굴이 밝아졌다.

"벨소리 최고로 올려 놓고, 잠결에 받은 거 같은데?"

[아니에요. 안 자고 기다리고 있었어요. 출장은 잘 다녀왔어요?]

"응, 덕분에."

하연의 민낯마저도 성빈의 눈에는 사랑스럽게만 비쳐졌다. 그의 목소리는 한없이 다정했다.

"하연 씨랑 나랑 몇 살 차이었지?"

[세 살 차이요.]

"그랬었지, 그럼 내가 하연 씨보다 오빠겠네."

하연의 눈빛이 심상찮다. 그래도 세 살씩이나 차이가 나는데 (성빈 생각) 그깟 호칭 한번 불러 주는 게 뭐 어려울까 싶어, 위엄 있게 톤을 깔며 명령조로 말했다.

"한번 불러 보던지."

[뭘요?]

"성빈 오빠라고……."

성빈의 말이 채 끝나기도 전에, 화면에서 하연이 사라졌다.

성빈은 거부당한 현실을 부정하며, 배터리가 다 된 건 아닌가 확인도 해 보고, 버튼을 잘못 눌렀나 하연에게 다시 전화도 걸어 봤지만, 이 긴 밤 영원히 그녀의 목소리를 들을 수 없었다.

한편 성빈의 덕분에 잠이 다 깬 하연이 침대에서 몸을 일으켰다.

"오빠 같은 소리 하네."

목이 말라 냉장고 문을 연 하연이 물 대신 캔 맥주를 집었다. 계속 메시지 오는 소리가 들렸지만 개의치 않았다.

"밀린 드라마나 좀 볼까."

거실로 나온 하연이 과자 봉지를 뜯어 입으로 가져갔다. 드라마에 집중하던 하연이 어느새 잠잠해진 휴대폰을 슬쩍 봤다. 뭐라고 왔나 문득 궁금해져 확인을 하는데, 예상은 했지만 성빈에게 폭탄 메시지가 와 있었다.

갖은 협박과 제 풀에 지쳐서 달래 주는 귀여운 내용들에 하연이 싱긋 웃었다.

「하연아, 자니?」

그 와중에 동원의 문자도 섞여 있었다. 하연이 편한 자세로 엎드려 자판을 눌렀다. 답장을 하자 바로 동원에게 전화가 걸려왔다.

"동원 오빠?"

[늦었는데, 안 자고 있었네?]

"네, 잠이 안 와서요. 그런데 오빠 어쩐 일이세요?"

동원의 음성이 차분했다.

[다음 주에 나 올라가기로 한 거 아름이한테 들었지?]

"아, 네. 들었어요."

[가는 김에 감이랑 밤도 전해 줄 건데, 뭐 따로 챙겨다 줄 건 없고?]

골똘히 고민하던 하연이 아름에게 맡겼던 게 기억이 났다.

"그럼 오빠 제가 아름이한테 맡겼던 외장하드 좀 가져다주실 수 있으세요? 저번에 내려갔을 때, 뭐 옮긴다고 잠깐 빌려 달라고 해서 맡겼다가 그냥 올라와 버렸거든요."

동원의 대답은 시원했다.

[알았어. 안에 중요한 거 많이 들었을 텐데, 아름이 걔가 날려 버리기라도 하면 큰일이지.]

"하하, 그건 아니에요. 그냥 이것저것 담겨 있어서."

하연은 늘 잘 챙겨 주는 동원이 고마웠다.

"그럼 오빤 언제 올라오는 거예요?"

[음. 그게 문젠데, 정확하지가 않아. 일단 갈 때 전화할게.]

"네, 동원 오빠 챙겨 줘서 너무 고마워요. 그럼 들어가세요."

전화를 끊은 하연에게 또다시 대량의 폭탄 문자가 와 있었다.

「하연 씨, 메시지 확인했으면서 계속 못 본 척할래?」

귀여운 애인님의 마지막 문자에, 하연이 애교스럽게 중얼거렸다.

"오늘은 더 이상 피곤해서 상대 못 하겠어. 성빈 오빠야."

*   *   *

오랜만에 큰 회장의 집이 시끄러웠다. 바쁜 스케줄 탓에 얼굴도 까먹겠다는 할아버지의 성화를 결국 못 이긴 세라가 짬을 내들렀고, 덩달아 성빈도 소환이 됐다.

"어머, 아주머니. 잘 먹을게요."

막 식사를 마치고 일하시는 분께 쟁반을 챙겨 받아 든 세라가 거실로 나왔다. 어색하게 앉아 있는 큰 회장과 성빈에게 촐랑거리며 다가왔다.

"할아버지, 이거 멜론 먹어 봐. 너무 맛있다."

평소에도 애교가 많은 세라가 큰 회장에게 멜론 한 조각을 입에 쏙 넣어 줬다. 무뚝뚝한 큰 회장의 얼굴에 유일하게 미소가 번지는 순간이다.

"역시 우리 세라가 주니까 훨씬 맛있네."

"그치? 하나 더 줄까?"

그런 두 사람을 똥 씹은 표정으로 지켜보던 성빈이 리모컨을 집어 들었다. 마땅히 볼 만한 채널이 없어 이리저리 돌리고 있는데, 큰 회장이 리모컨을 뺏어 버렸다.

"가족이 모였으면 얼굴 보고 대화 좀 나눠야지. 여기까지 와서 TV를 봐야 쓰겠냐!"

"딱히 할 말도 없잖습니까."

못마땅한 큰 회장이 혀를 찼다. 세라가 벽과 혼연일체가 되어 가는 외로운 성빈에도 과일을 건네줬다.

"오빠 요즘 별 일 없어?"

"없어."

"고모가 오빠 때문에 걱정이 많던데."

성빈이 대답이 없자, 세라가 팔을 잡고 흔들었다.

"제발 사람이 말을 하면 대화 좀 이어 줄래?"

"너랑 말하면 피곤해."

"오빠 그때 봤던 여자랑 아직도 사귀고 있어?"

"그래."

이해가 안 가는 세라가 되물었다.

"정말이야? 두 사람 진짜 연인 사이도 아니잖아."

"네가 뭘 보고 그렇게 말하는데."

"그냥 오빠 타입도 아닌 거 같고, 내 촉이 그래. 고모가 걱정할
만하네."

성빈의 냉랭한 눈초리에, 세라 시선을 회피했다. 마침 매니저에
게 전화가 오자, 세라가 휴대폰을 들고 가까운 방으로 들어갔다.
큰 회장이 마시던 수정과를 내려놓으며 성빈에게 말을 붙였다.

"이번에 리조트 최대 주주 네 녀석으로 최종 변경된 건 알고
있느냐."

"변호사 통해서 전해 들었습니다."

성빈의 건조한 대답에 큰 회장의 하얀 눈썹이 매섭게 꿈틀거
렸다.

"가식적인 인사치레라도 하는 게 도리 아니냐?"

"호텔 하나 맡기에도 버거운데, 일거리 더 얹혀 주신 걸 감사해

야 할 일입니까."

큰 회장이 주먹을 꽉 쥐며 성빈을 노려봤다.

"네 녀석은 참 운도 좋아."

"무슨 말씀이십니까."

"다른 집안에선 같은 핏줄끼리 주식 몇 퍼센트라도 어떻게든 움켜쥐려고 피 터지는 형제의 난이 벌어지는데, 넌 밑에 달고 나온 유일한 놈으로 우리 계열사 전체를 먹게 생겼으니 말이다. 세상 참 쉽게 살지."

성빈이 태연하게 대답을 했다.

"저도 사실 누나만 그렇게 안됐어도 받을 생각 없었습니다."

"허! 내 속만 문드러지지. 너란 놈은 어떻게 네 어미처럼 얄미운 말만 골라서 하냐."

라페르 계열의 백발의 호랑이라고 불리는 큰 회장 일지라도, 가문의 유일한 상속인 성빈 앞에서는 발톱을 세워 봤자 무의미하기만 했다. 그는 짜증스럽게 혀를 내둘렀다.

"네 녀석 앞으로 돌려 놨던 주식 다 원점으로 돌릴까 보다."

큰 회장의 으름장에, 성빈이 가벼운 조소가 띄었다.

"저한테 안 물려주시면, 따로 주실 사람이 있긴 합니까?"

"네에이노오오옴!"

성빈의 말장난에 이골이 나는 큰 회장이다. 그러다 문득 하연의 근황이 궁금해졌다.

"그나저나 김 여사는 아직 별다른 액션 없느냐?"

"요점이 뭡니까."

"하연이에 대해 말이다."

성빈이 들고 있던 찻잔이 탁자에 내려놨다.

"아직은요. 그래서 말인데, 할아버지."

"말해라."

성빈의 말투가 달라졌다. 애정 가득한 성빈의 부름에, 큰 회장의 눈이 수상쩍게 늘어졌다.

"할아버지께서 하연 씨 많이 아끼시는 거 압니다."

"누가? 내가?"

"아닌 척하셔도 소용없습니다. 눈에 보이니까요."

뻔뻔하게 밀어붙이는 성빈의 태도에 큰 회장이 너털웃음을 터 트렸다.

"내가 요 근래 들었던 농담 중에 가장 재밌는 말을 하는구나."

상황은 반전이 됐다. 곧 큰 회장의 입가에서 웃음이 사라졌다.

"나를 떠보는 것이라면, 되려 되묻고 싶구나. 넌 설마 하연이 가 네 옆자리에 어울릴 만한 여자라고 착각이라도 하는 거냐?"

"할아버지."

"나는 네가 적당히 데리고 노는 것 같아서, 그 장단에 맞춰 주 는 거뿐이야."

큰 회장의 말을 집중해 듣던 성빈의 눈가에 서늘한 기운이 맴 돌았다.

"할아버지, 말씀이 좀 지나치세요."

큰 회장 입장에서는 확인 절차가 필요했다. 성빈의 진심이 무엇인지 말이다. 혹여 그게 진짜라면 준비가 필요했고, 아니라면 빠르게 끝내야했다.

"난 너랑 장난칠 여유 따위 없어. 관상쟁이가 두 사람 관계가 진짜가 아니라더군."

"하연 씨에 대한 마음, 진심입니다. 그러니……."

큰 회장이 단호하게 고개를 저었다.

"진심은 중요하지 않아. 사람은 서로 맞아야 돼. 하연이가 부족한 건 사실이잖냐."

두 사람 사이에 침묵이 흘렀다. 굳게 닫혀 있던 성빈의 입술이 한참만에야 열렸다.

"할아버지, 그 여자에 대해 함부로 말하지 않으셨으면 합니다."

"알았다. 말하지 않을 테니, 대신 도움도 요청하지 마."

성빈은 제 감정을 어떻게든 꾹 눌러 참았다.

누군가에게 아쉬운 소리 한번 해 본 적 없는 그이지만, 도리가 없었다. 큰 회장에게 부탁 조로 다시 한 번 부딪쳤다.

"나중에라도 할아버지의 도움이, 필요할지도 모르겠습니다."

"난 김 여사와 네 녀석의 싸움에 끼어들 생각이 전혀 없어. 그러니 기대하지 마."

한 치의 망설임 없는 큰 회장의 거절에, 성빈이 짧은 한숨을 토해 냈다.

＊　　　＊　　　＊

「하연아. 한 이십 분 정도면 도착할 거 같아.」

하연이 머리를 말리던 손을 멈추고, 동원에게서 온 메시지를 확인했다. 마음이 급해진 하연이 화장대로 달려가 비비크림을 얇게 펴 바르고, 발색이 연한 립글로스를 입술에 찍어 내렸다.

코디를 마친 하연이 전신 거울 앞에서 한번 돌아보더니, 핸드폰과 지갑을 챙겨 들고 현관을 나섰다. 준비를 서두른 덕에 아직 시간적 여유가 있는 하연이 설렁설렁 걷기 시작했다.

"하연아!"

먼발치에서 동원이 하연을 향해 손을 흔들었다. 느릿하게 걷던 하연의 발걸음이 점차 빨라지더니, 속도를 내기 시작했다. 곧 가쁜 숨을 몰아쉬며 동원의 앞에 바로 섰다.

"오빠, 언제 도착했어요? 하아, 하."

"나도 방금 도착했어. 숨차게 뭐 하러 달려와."

동원의 미소가 장난스럽게 번졌다. 그 모습을 보는 하연의 가슴에 작은 떨림이 전해졌다.

'처음 만났었던 그때도, 그리고 지금도 동원 오빠는 웃는 게 참 따뜻하구나. 그 덕분에 학창 시절에 가슴앓이 좀 했었지.'

하연이 자세를 바로 고치며, 발랄하게 물었다.

"오빠, 점심은 먹었어요? 아직이죠?"

"응, 너랑 먹으려고 일부러 점심시간으로 약속 잡았는걸."

하연이 고개를 갸웃기리며 주변을 살폈다.

"오빠는 뭐 좋아해요? 주변에 먹을 데가 많지는 않아요."

"하연이, 네가 먹고 싶은 걸로 먹자. 난 다 괜찮아."

하연이 동원을 데리고 부대찌개 집으로 향했다. 동원이 건네준 방석에 앉으며 하연이 주문을 했다.

"오빠 여기가 전통이 있는 부대찌개 집이거든요. 먹을 만하실 거예요."

"그래? 기대된다."

하연이 컵에 물을 따라 내밀었다. 그런 하연을 지그시 보던 동원이, 가벼운 투로 말했다.

"저번에 내려왔을 때 차도 한 잔 못 하고, 그냥 올라가서 아쉬웠어."

"저도요."

"아, 맞다. 이거 가져다 달라고 했던 외장하드."

외장하드를 본 하연이 반색을 했다.

"오빠 챙겨다 줘서 고마워요."

"별거 아니야. 그보다 사서 자리는 정말 거절하는 거야?"

고향에 내려가고 싶은 마음이야 하연도 컸지만 고사할 수밖에 없었다.

"저한테는 참 괜찮은 제안이긴 한데, 상황이 좀 안 될 거 같아요. 신경 써 주셨는데 죄송해요."

"괜찮아. 잡고 있는 일이 있는데, 쉽게 내려올 수가 있나."

동원으로서는 내심 아쉬운 마음이 컸다. 애인과 헤어졌다는 하연의 소식을 아름에게 들었을 때부터 그녀에 대한 이유 모를 궁금증이 커져 갔다.

동생과 절친한 친구 사이인 하연이, 학창 시절에 자신을 좋아했다는 것쯤은 눈치로 알고 있었다. 발렌타인데이에 동원을 붙잡고 초콜릿은 꺼내지도 못하고 한참을 애면 가방 속에 손가락만 꼼지락거리던 하연이 떠올랐다.

어린애 마음을 가지고 어설프게 장난치면 안 된다는 걸 알기에, 동원은 그 시절의 하연을 귀여운 동생으로만 대했다. 그런데 해마다 고향을 찾는 하연을 보면서 별 생각이 없던 감정이 조금씩 변하기 시작했음을 깨달았다. 순수함을 여전히 품고 있는 하연에게선, 한 해 한 해 나이가 들며 더해지는 성숙함과 진한 그녀만의 색이 청초하게 빛을 발하고 있었다.

한때는 다소 부담스러운 그녀였지만, 어느덧 마른침을 삼킬 정도로 매력적인 여자가 되어 버렸다. 그런 성숙한 하연을 바라보는 동원의 마음속에 작은 흑심이 스며들었다.

"아름이는 요즘 잘 지내죠?"

"그 녀석이야 만사태평이지, 뭐. 예전에 내가 공부 안 한다고 잔소리했던 거 복수라도 하나…… 나 장가 안 간다고 요즘에 너무 갈궈 대서 미치겠어."

하연이 빵 웃음을 터트렸다.

"안 그래도 저번에 내려갔을 때 오빠 때문에 걱정이라고 하소연 심하게 하던데. 오빠는 요새 만나는 사람 없어요?"

"응, 없어."

"오빠 정도면 진짜 진국인데, 왜 여자들이 못 알아볼까."

동원의 입꼬리가 씩 말려 올라갔다.

"내 말이. 그래서 말인데 예전에 하연이 네가 나 좋아했을 때, 그냥 잡을 걸 그랬어."

순식간에 기습당한 하연의 얼굴이 시뻘겋게 달아올랐다.

"제가 오빠 짝사랑했던 거 알고 있었어요?"

"얼굴에 티가 다 나는 스타일인데 모를 리가 있나. 생각해 보면 그때가 좋았지."

하연의 당황하는 기색이 좀처럼 걷히지 않자 장난기가 도진 동원이 웃는 얼굴로 말을 건넸다.

"그렇게 반응하면 안 되지. 지금도 감정이 남아 있다고 내가 착각이라도 하면 어떡하려고 그래."

"아니에요!"

"에? 얼굴 더 빨개졌네?"

"오빠가 모르고 있는 줄 알았는데…… 당황스럽잖아요."

동원이 조용하게 중얼거렸다.

"알아. 그래서 그때 아는 척을 할 걸, 한편으로는 아쉽기도 해."

순간 하연이 돌처럼 굳어 버렸다. 그 모습이 귀여워 작게 웃은 동원이, 앞 접시에 부대찌개 건더기를 담아 하연에게 내밀었다.

"부담 갖지 마. 그냥 너 반응이 귀여워서 놀려 주고 싶어서 농담한 거야."

"자, 잘 먹을게요. 오빠도 빨리 드세요."

하연이 고개를 숙인 채, 미친 듯이 라면을 흡입하기 시작했다. 체하기라도 할까 봐, 동원이 일부러 말을 걸었다.

"어머니가 듣기로는 남자 친구 모텔 사업을 한다고?"

"네? 켁, 네."

사레가 든 하연이 냉수를 들이켰다. '아, 모텔 사업한다고 아주머니들께 적당히 둘러댔었지.' 하연이 대충 얼버무렸다.

"네, 비슷한 사업해요."

"그래?"

동원이 더 이상 묻지 않자 하연은 안심했다. 식사를 마치고 동원이 몸을 일으켰다.

"집까지 데려다줄게. 감 박스가 제법 무거워."

"혼자 들고 가기엔 무거울까요?"

"너 혼자 못 들어. 데려다준 김에 커피 정도는 얻어먹을 수 있지?"

하연이 뒤따라 나가는데, 남자 일엔 상당히 예민한 성빈이 떠올랐다.

'오늘 보기 힘들다고 했으니깐 문제는 없겠지.'

동원이 열어 준 조수석에 올라탄 하연이 핸드폰을 만지작거렸다. 왠지 불길한 예감이 스쳤다.

"사장님. 보시고 계시는 게, 요즘 가장 잘 나가는 디자인이세요."

"그래요?"

라페르 백화점 명품관 코너, 성빈이 하연에게 줄 반지를 고르고 있었다. 점원의 친절한 설명을 들으며, 성빈의 눈동자가 골드빛의 조명을 따라 섬세하게 움직였다.

"제가 볼 때도 추천해 주신 이 반지가 제일 세련되고 예쁜데요?"

"음, 그런가."

성빈과 정구가 회의할 때보다도 진지한 표정을 짓고 있었다. 정기 임원 회의를 마치고 호텔로 돌아가려던 길, 성빈이 곧장 주얼리샵으로 향했다.

"제가 이 반지를 받는 하연 씨라면, 사장님이 너무 사랑스러울 거 같아요."

"그게 끝이야?"

"뭐 기분 내키면, 볼에 뽀뽀도 좀 해 주고."

"이게 미쳤나."

정구가 성빈의 팔에 매달렸다.

"가식적인 애교도 좀 피워 주고."

"그만해."

"반지 파는 날만 기다리면서, 어떻게 이 남자랑 헤어질까 행복한 고민에도 빠지고요."

어처구니가 없는 성빈이 실소를 터트렸다.

"나 참…… 어이가 없어서."

"그런데 사장님. 만난 지가 꽤 되셨는데, 이제야 반지를 맞추시는 겁니까?"

"시간도 그렇고, 딱히 챙길 여유가 없었어."

정구가 칼 같이 잘라 말했다.

"사장님, 그건 비겁한 변명입니다!"

"시끄럽고, 그럼 이 반지로 포장 좀 부탁해요."

점원이 장갑을 낀 손으로 상자를 들더니 싱긋 웃었다.

"사장님, 탁월한 선택이세요. 역시 안목이 좋으세요."

"직접 골라 주고선, 칭찬이 과하네요."

포장을 기다리던 성빈이 구경 중인 정구 어깨를 툭 쳤다.

"태희 씨랑은 어떻게, 잘 푼 거야?"

"어휴, 사장님 쉽지가 않네요. 여러 가지로 참……."

두 사람의 관계에 적신호가 켜진 게 은근히 신경 쓰이는 성빈이다. 왠지 제 탓인 거 같은 마음이 들기도 했고, 요즘 따라 정구가 기운이 없는 게 맘에 걸리기도 했다.

"아까 네가 말했던 방법을 써 보는 건 어때."

"어떤 방법이요?"

"태희 씨랑 반지 안 맞췄으면 하나 골라 봐."

"네에?!"

정구의 눈이 휘둥그레졌다. 그런 반응이 귀찮은 성빈이 무뚝뚝하게 대꾸했다.

"아까처럼 여자로 빙의해서 사 주는 즉시, 바로 풀릴 만한 반지로 잘 골라 봐."

"그런데 사장님, 솔직히 너무 비싸잖아요."

"나 두 번 말 안 하는 거 알지? 내키지 않으면, 관두든지."

네, 우리 사장님 성격 자알 알죠. 판단이 빠른 정구가 눈을 굴리기 시작했다.

"우리 태희 씨는 좀 화려한 걸 좋아하니깐, 으음……! 저거 괜찮겠다. 좀 보여 주실래요?"

"네, 이 제품도 요즘 젊은 여성분들에게 인기 만점이에요."

정구가 점원과 수다를 떨며 반지를 고르는 사이, 성빈이 별생각 없이 주변을 둘러보고 있는데 마침 지나가던 현아와 눈이 마주쳤다. 함께 있던 친구들에게 현아가 양해를 구하고 성빈에게로 다가왔다.

"야, 김성빈. 안 어울리게, 주얼리샵에는 왜 죽치고 있냐."

"그냥 못 본 척 지나가면 안 되냐?"

상대하기 피곤한 현아를 성빈이 외면했다.

"야, 너 어이없다? 그 질려 하는 표정은 뭐야?"

"현아야, 나 오늘 컨디션이 좀 별로야."

약이 바짝 오르는 현아가 발톱을 세웠다.

"기분 나빠 죽겠네. 김성빈, 나도 너 상대하는 거 진짜 피곤하거든?"

"그러니깐 서로 적당히 마주치자고."

"내 본거지에 먼저 침범한 건 너잖아. 어디서 약을 팔아."

평소에 보기 힘든 사장의 모습이 재밌어 정구가 저도 모르게 히죽 웃음을 흘렸다. 하지만 이내 성빈의 험악한 눈빛에, 바로 표정 관리에 들어갔다.

"근데 이건 뭐야?"

현아가 성빈의 손에 들려 있는 미니 쇼핑백을 낚아챘다.

"하연 씨 선물?"

"응, 반지야."

"이야, 이제야 두 사람 반지 맞추는 거야? 김성빈 네놈 성격에 이게 얼마나 큰 의미인지 잘 알겠다."

현아가 아는 성빈은 쉽사리 여자의 손에 반지를 걸어 줄 성격이 아니었다. 그는 계산적이진 않지만, 상대방을 받아들이는 것에는 엄격했다.

"예쁜 걸로 골랐어?"

"하연 씨 마음에 들지는 모르겠어."

"저번에 만나 봤을 때 그렇게 까다로운 스타일은 아니던데? 분명 좋아할 거야."

현아가 들어온 김에 액세서리를 구경하기 시작했다.

"이번에 들어온 라인이 이쪽인가요?"

"네, 손님."

"제법 괜찮은 아이들 많이 들어왔네."

현아가 눈길이 가는 대로 골라 점원에게 말을 했고, 정구도 어렵사리 반지를 정했다.

"사장님, 정말 저 이거 받아도 될까요? 가격대가 너무 나가서……."

"태희 씨랑 잘 풀기나 해."

성빈이 카드를 꺼내 계산을 하려는데, 카운터에 액세서리가 수북이 쌓였다. 성빈이 옆에서 기다리고 있는 현아를 쳐다봤다.

"뭘 그렇게 봐. 계산 안 해?"

"내 입만 아프지."

한 번에 계산을 마친 성빈이 급 피로해짐을 느꼈다. 현아가 쇼핑백을 달랑거리며, 성빈에게 윙크를 해 보였다.

"역시 나 챙겨 주는 건 우리 성빈이 밖에 없어. 그렇지, 친구야?"

"하아, 저걸 그냥."

현아가 기다리고 있던 친구들에게 달려갔고, 뒤에 남은 성빈이 긴 한숨을 내쉬었다. 진욱에게 할 말이 많아지는 성빈이다. 잠시 통화를 하고 온 정구가 난감한 얼굴로 성빈에게 말했다.

"저 사장님, 서 대표님이 일이 좀 있어서 미팅을 좀 미루고 싶다고 연락이 왔는데요?"

"그래? 차라리 잘 됐어. 일정 조정해."

이왕 산 김에 빨리 하연의 손가락에 껴 주고 싶은 성빈의 얼굴이 밝아졌다. 정구와 따로 출발을 하기로 하고, 성빈이 카마로에 올라탔다.

"하연 씨 딴에는 못 본다고 했는데, 잘생긴 얼굴 보여 주면서 반지까지 껴 주면 놀라겠지."

선글라스를 낀 성빈이 한적한 도로를 내달렸다.

틈만 나면 어느새 하연의 집으로 향하는 이 조급한 마음이 참 신기했다. 처음에 하연을 봤을 때 느낀 첫인상은 정말 말 그대로 진상이었다. 계속되는 부탁의 연속에, 민폐는 우습지, 사람 말은 무진장 안 듣지. 그런데.

"보러 가는 데도……."

어느새 온통 머릿속에 가득 차 버린 여자.

"계속 보고 싶다, 박하연."

하연의 주택에 도착한 성빈이 카마로에서 내렸다. 내리쬐는 햇살을 올려다보며, 선글라스를 벗는데, 계단에서 내려오고 있는 하연이 눈에 띄었다.

"하연 씨, 여……."

성빈이 반가운 마음에 손을 드는데, 그녀는 혼자가 아니었다. 하연을 따라 함께 내려오는 남자를 성빈이 뚫어져라 노려봤다. 저 자식을 어디에서 봤더라?

성빈의 분위기가 착 가라앉았다. 그의 눈동자가 퍼런빛을 내며, 스산한 한기를 내뿜었다. 동원과, 성빈 두 남자의 빈틈없는 시선이 허공에서 날카롭게 부딪쳤다. 전에 잘 살펴보지 못했던 성빈의 전반적인 인상착의를 본능적으로 스캔하는 동원이다.

조르지오 아르마니 정장을 갖춰 입고, 반질한 돌체앤가바나 구두까진 뭐 모델 사장다운 면모가 드러나는 대목이긴 한데, 성빈의 팔목으로 시선이 간 동원의 동공이 흔들렸다. 전 세계 남성들이 전설로만 익히 알고 있는 파텍필립 노틸러스. 초 럭셔리 명품 시계가 반짝이며 걸려 있는 것이 아닌가. 예전에 인터넷으로 보면서도 저런 걸 차고 다니다간 타짜의 아귀한테 손목 안 잘리면 다행이겠다 생각하며 웃어넘긴 적이 있었는데. 설마, 모조품이겠지?

성빈의 어깨 너머로 그가 끌고 온 쉐보레 카마로까지 확인한 동원은 의문이 들었다. 이 남자의 진짜 정체가 뭐지? 진짜 한낱 모델 사장이 맞긴 한 거야?

성빈 쪽에선 뚫어져라 노려보고 있는데, 상대가 영 집중을 못 하자 손을 까딱여 시선을 모았다.

"인사는 생략하고, 그쪽이 왜 여기에 있는 겁니까."

"성빈 씨, 동원 오빠 가고 저랑 얘기해요."

성빈이 자신의 팔을 부여잡고선, 그러지 말라는 눈길을 보내는 하연에게 차갑게 대꾸했다.

"당신은 잠자코 있어. 내가 납득할 수 있는 범위 내로, 적당한 변명거리나 생각해 둬."

제 애인의 불같은 성격을 잘 아는 하연이 안절부절못했다. 그런 그녀에게 동원이 괜찮다는 눈짓을 보냈고, 성빈은 속에서 천

불이 치솟는 걸 느꼈다.

'이것들, 누가 보면 내 쪽이 불청객인줄 알겠네?'

서슬 퍼런 성빈의 눈을 보며, 동원이 여유롭게 대답을 했다.

"매년 하연이한테 저희 집에서 수확한 단감과 밤을 택배로 올려 보내는데, 이번엔 제가 서울에 일이 있어서 겸사겸사 전해 주려고 들른 겁니다."

동원의 말을 토씨 하나 빼놓지 않고 접수한 성빈이, 수사 반장 버금가는 치밀한 태도로 쏘아붙였다.

"그 말은 두 사람이 다신 앞으로 절대 마주칠 일이 없다고 결론 내려도 된다는 겁니까?"

"성빈 씨 무례하게 왜 이래요, 정말!"

하연이 진땀을 흘리며 성빈을 붙잡고 낮게 속삭였다.

"앞으로는 직접 찾아와서 전해 주는 짓 따윈 하지 말고, 무조건 택배로 해결하시죠."

"그건 생각을 좀 해 봐야 할 것 같은데요."

동원의 대답에 성빈이 입을 다물었다. 성빈은 쉽게 넘어갈 생각이 없었다. 그에 반해 전혀 동요 없이 침착한 동원의 태도가 그를 한층 더 자극시켰다.

"지금 그쪽 대답이 이 여자 애인으로서 참 거슬린다는 거 압니까?"

"그런가요?"

잠시 두 남자 간의 팽팽한 긴장감이 주변을 서늘하게 만들었고,

격양된 감정을 애써 가라앉힌 성빈이 까칠하게 질문을 던졌다.

"고향 친한 오빠라고 하니 제 쪽에서 잘 보여야 하는 게 맞긴 한데, 지금 우리가 서로에게 느끼는 감정으론 그게 좀 어려울 것 같네요. 인정합니까?"

수컷의 본능으로 상대의 심리를 파악하려는 의도가 담긴 성빈의 질문에, 동원이 피식 웃음을 흘렸다. 성빈은 상대를 물기 전에, 확실한 확인 절차가 필요했다.

"아니라고는 부정 못 하겠네요."

"그쪽도 돌려서 말하는 편은 아닌 것 같으니, 얘기는 통하겠군."

성빈의 턱 선이 신경질적으로 틀어지더니, 동원에게 한 발 바짝 다가서 낮게 으르렁거렸다.

"이봐, 골키퍼 있다고 골 안 들어가겠냐는 어쭙잖은 착각이라도 하고 있다면 칼 같이 접는 게 좋을 거야. 생각이라는 게 있다면 상대가 누군지쯤은 먼저 파악하고, 덤빌 생각해."

동원의 생글거리던 눈빛이, 성빈의 경고에 싸하게 굳어졌다.

"게다가 난 그렇게 관대한 사람 아니야. 당신이 하연 씨 고향 사람이라 이 정도 선에서 적당히 멈추는 줄 알아. 다음번에 다시 한 번 이딴 구실로 내 눈에 밟힌다면, 그땐 각오하는 게 좋을 거야."

양보 없는 두 남자의 시선이 뒤엉켰다. 하지만 이내 굳은 얼굴을 하고 있던 동원이 고개를 끄덕였다. 하연을 더 이상 곤란하게 하고 싶지 않았고, 순수하지 않은 제 마음이 스스로도 양심에 찔렸기 때문이다.

"볼일 다 봤으면 이만 가지 그래."

"그러죠."

한마디만 더 신경을 긁는다면 이번엔 말로 끝날 것 같지 않은 성빈의 검은 오라를 느낀 동원이 하연에게로 시선을 돌렸다.

"하연아, 오빠 그만 갈게. 연락할게."

"네. 저, 죄…… 해요."

성빈의 눈치를 보느라 죄송하다는 단어도 제대로 못 굴리는 하연이, 성빈에게 손목을 붙들린 채 계단을 오르고 있었다. 동원이 그런 하연에게 씩 웃어 보였다. 그 웃음에 더 미안해진 하연이 결국 한마디를 보냈다.

"동원 오빠, 조심히 내려가요."

"그래."

자신을 가운데 세워 두고, 아주 애틋한 두 남녀의 작별 인사에 기가 차는 성빈이다.

그런 데다, 뭐?

'동원 오빠, 동원 오빠, 동원 오빠아? 이 여자 정말 안 되겠네.'

현관문을 거칠게 열어젖힌 성빈이 안으로 하연을 밀어 넣고 그대로 돌려 문에 밀쳤다.

"당신, 지금 나랑 장난해?"

성빈의 행동을 이해하면서도, 한편으로는 애먼 동원을 심하게 잡은 것에 화가 나는 하연도 지지 않고 받아쳤다.

"성빈 씨야말로 지금 저랑 장난해요? 이런 상황에선 당사자인 저한테 먼저 얘기를 들어 보고 판단했어야지, 왜 멋대로 동원 오빠를 무조건 들이받아요?"

하연의 말을 듣는 성빈의 얼굴이 어두워지더니, 교활한 미소가 드리웠다.

"지금 내가 판단 미스 일으켰다고 지적이라도 하고 싶은 거야? 내가 분명 당신에 대한 감정 그 자식한테 먼저 물었고, 부정 안하는 거 당신도 귀가 있으니 들었을 거 아니야! 그런 대답 듣고서안 도는 미친놈이, 세상천지에 도대체 어딨는데?!"

하연의 양팔을 붙든 성빈의 손이 불에 달군 인두처럼 뜨겁게 조여 왔고, 하연은 이 상황이 버거워 현기증이 몰려들었다. 하지만 성빈은 멈출 생각이 없어 보였다.

"그럼 딱 하나만 묻자. 어떤 이유에서건 이런 상황을 만든 당신, 나한테 찔리지 않아?"

"찔리고, 미안해요. 그런데……."

성빈이 차가운 얼굴로 하연의 대답을 기다렸다.

"일부러 과일 전해 주려고 먼 길 온 사람한테, 성빈 씨가 그래 버리면 내 입장이 뭐가 돼요."

"당신 줄 제대로 안 설래?"

"성빈 씨, 제발……."

"당신 입장 진짜 곤란하게 된 건 그 자식한테가 아니라, 바로 나한테야. 파악이 안 돼?"

성빈은 속이 부글대는 걸 느꼈다.

"바빠서 잘 챙겨 주지도 못 하면서, 이런 화를 내고 있는 게 나도 양심 없다고 느끼는데…… 그래도 이건 좀 아니잖아."

성빈에겐 말로는 당해 낼 재간이 없는 하연의 숨이 가빠졌다. 궁지에 몰리자, 저도 모르게 눈물이 급속도로 차올랐다.

"성빈 씨……흐……."

어떤 방식으로 설득해도 절대 허물어질 것 같지 않았던 성빈의 위협적인 눈동자가 하연의 눈물에 의해 차츰 가라앉았다. 복숭아 같은 새하얀 뺨에 방향을 잃고 뚝뚝 떨어져 내리는 하연의 눈물을 보며 성빈이 아랫입술을 깨물었다.

자신을 완벽하게 납득시키기 전까진 절대 물러서지 않으려고 했건만…… 성빈이 팔목을 놓아주자 하연이 휘청거렸다. 힘이 풀린 하연의 어깨를 잡아, 성빈이 자신의 품으로 끌어당겼다.

"그만 울어, 애도 아니고."

성빈의 가슴팍에 고개를 묻은 채 뭐가 그리 서러운지 한참이나 소리 죽여 끅끅 울어 대는 하연의 등짝을 부드럽게 쓸어 줬다. 얼마쯤 지나자 하연이 안정을 되찾았다.

"당신 울린 건 미안하긴 한데, 그렇다고 내가 한 행동이 잘못됐다고 생각하진 않아."

"성빈 씨, 진짜 싫어."

눈물로 얼룩진 눈 주위를 닦아 주던 성빈의 시선에, 하연의 입술이 걸려들었다. 품에 가뒀던 하연을 살짝 밀어냈다. 현관문에 팔을 짚으며, 고개를 대각선으로 틀어 점차 하연에게 향했다.

"만지지 마요."

하연이 거부권을 행사하며, 성빈을 밀쳐 냈다. 집 안으로 들어가는 하연을 따라 성빈이 구두를 벗었다. 얄미운 여자의 뒤태를 가만 살펴보니, 오늘따라 신경을 좀 쓴 티가 난다.

이유는 보나 마나 강동원, 그 똥파리한테 잘 보이려고 꾸민 거겠지. 성빈이 참지 못하고, 쉬지 않고 투덜거렸다.

"난 우유부단한 건 딱 질색인 사람이야. 다시 한 번 말하지만 행동 똑바로 해. 당신 눈물 연기 덕에, 이번 사건은 어설프게 마무리된 줄이나 알아."

하연이 못 들은 척하며, 동원이 놓고 간 박스를 면도칼로 뜯기 시작했다. 상자를 열어 보니 단단한 단감과 망으로 묶어놓은 밤이 잔뜩 들어 있었다.

단감 세 개를 씻어 쟁반에 담아 성빈에게 다가왔다. 성빈의 눈이 과일을 깎고 있는 하연을 살폈다. 그런데 오늘따라 이 여자 참 청순하다. 안 그래도 썬 콩깍지가 한층 더 두터워진 건가. 아님 강동원 똥파리 때문에 평소보다 유독 신경을 써서 꾸민 태가 나는 건가. 하연이 막 깎은 단감을 포크로 찍어, 성빈에게 내밀었다.

"아름이네 단감 정말 맛있어요. 한번 먹어 봐요."

"단감이 맛있어 봤자지."

성빈이 심드렁하게 건네받은 단감을 깨물었다. 와구와구. 무표정으로 먹는 성빈, 두 번째 단감을 다 깎기도 전에 접시에 달랑 한 조각만 남았다. 하연이 속으로 픽 비웃었다. 가져온 단감을 마저

다 깎은 하연이, 밤을 삶으려고 몸을 일으켰다. 성빈이 그런 하연을 물끄러미 바라보며, 자신의 옆자리를 손바닥으로 툭 쳤다.

"또 뭐 하려고. 얼굴 좀 보게 옆에 좀 앉아 봐."

"냄비 좀 올리고요. 밤 좀 삶게."

그때 궁금한 게 떠오른 성빈, 주방으로 들어간 하연에게 목소리를 높였다.

"근데 강동원 그 자식은 나이가 어떻게 돼."

"성빈 씨랑 같아요."

하연이 수납장을 뒤져, 밤을 삶을 마땅한 냄비를 찾았다.

그렇게 싫어하는 동원의 나이는 왜 갑자기 물어보나, 의아해하면서 하연이 레인지에 냄비를 올리고 불을 켜는데 익숙한 향기가 코끝을 스쳤다. 불길한 예감이 스쳤다. 아니나 다를까 성빈에 의해 몸이 반으로 접힌 하연이 허공으로 들어 올려졌다. 위에서 하연을 내려다보고 있는 성빈의 표정이 심상찮았다.

털썩, 침대에 먹잇감을 떨어뜨린 성빈이 벗어나려고 버둥거리는 하연을 지그시 눌렀다. 강렬한 욕망이 서린 남자의 눈빛에 하연의 심장이 오그라들었다.

"성빈 씨. 왜, 왜 이래요?"

맹수의 검은 흑발이 섹시하게 흘러내려 윤기를 발하고 있었고, 커다란 두 눈은 의도가 확실한 듯 차분히 빛을 내며 하연에게 고정돼 있었다. 또한 빨간 입술은 호선을 그리며 한쪽이 올라가 있었다.

"하연 씨한테 듣고 싶은 말이 있어."

"무, 뭔데요."

긴장한 하연이 말을 더듬었다.

"엊그제 당신이 한 치의 망설임 없이, 거절했던 호칭이 하나 있을 텐데."

성빈의 의도를 파악한 하연의 눈이 가자미처럼 옆으로 째졌다. 당당하게 요구하는 성빈의 태도에, 하연이 잠시 입을 꾹 다물고 있다가 퉁명스럽게 대답했다.

"구제불능."

"……."

"아니면 성격 파탄자?"

"……."

"분노조절장애."

성빈의 입술이 짜증스럽게 뒤틀렸다. 그에게서 탁한 경고의 목소리가 흘러나왔다.

"지금부터 한 번 틀릴 때마다 붕대로 칭칭 감고 나가지 않으면 안 될 만큼 선명한 문신이 당신 몸에 하나씩 새겨질 줄 알아."

하연이 입술을 꾹 다물었다. 성빈이 으르렁대며 하연의 새하얀 목덜미로 얼굴을 떨궜다.

"대답 안 하면 십 초마다 틀린 걸로 치고, 경고한 대로 행동 들어간다?"

하연은 여전히 못마땅하게 노려볼 뿐 입을 열지 않았고, 한계에 다다른 성빈이 몸을 낮추는데 삐빅— 현관문 열리는 소리와 함께 케이의 활기찬 목소리가 들렸다.

"누나, 집에 있었네? 기타 좀 가지러 왔는데. 큰방에 있어?"

하연이 밀쳐 내자, 그대로 침대에 누운 성빈이 한숨을 내쉬며 이마에 손을 얹었다.

'어떻게 된 게 이 여자는 도대체 쉬운 게 하나도 없어.'

방 안으로 들어온 케이가 성빈을 발견해, 살갑게 말을 붙였다.

"어라? 형도 있었네요?"

침대에서 공허한 얼굴로 케이를 올려다보는 성빈, 몸도 마음도 지쳐 버린 그는 더 이상 화낼 기운조차 남아 있지 않았다. 케이의 입가에 장난스러운 미소가 번졌다.

'이게 어디서 히죽거려.'

고개를 들어 주방에서 분주하게 움직이고 있는 하연을 확인한 성빈이 케이에게 손짓을 했다.

'2차 대전을 어설프게 일으켰다간, 하연 씨가 난리를 칠 테니 조용히 처리해야겠어.'

성빈의 손짓에 케이가 머뭇거리며 자세를 낮췄다. 정면에서 성빈과 케이가 서로 눈이 마주치는데, 성빈이 이내 짜증 난다는 듯 케이의 턱을 손가락으로 살짝 밀었다.

"두 번 안 물어볼 거야, 대답 잘해."

고개가 돌아간 케이의 귓전에 대고 성빈이 차분하게 말했다.

"당신이랑 하연 씨 정확히 어떤 사이야."

성빈이 던진 질문의 요지를 고민하는 케이. 그는 사실 남자 여우과였다. 그간 하연에게 들었던 바로 파악한 성빈은 본인의 관심 범위에 속하는 것에는 집착의 정도가 심하고, 능숙하게 상대를 조종해 자신의 방식으로 길들이려고 하며, 만약 상대가 생각대로 잘 따라오지 않을 경우에는 갖은 당근과 채찍을 이용한 스파르타 방식으로 행동 교정에 들어가는 타입이다.

"에이, 형 질문이 뭐 그래요."

영리한 케이는 눈치가 빨랐다. 성빈의 협박성 질문에, 그가 원하는 대답을 정확히 해 주었다.

"저희 예전에 서점에서 같이 일한 동료 사이였던 건 아시죠? 의남매같이 절친한 사이예요."

"의남매라."

성빈은 케이의 대답을 그닥 맘에 들어 하는 눈치가 아니었다. 식어 가는 성빈에게서 위기를 느낀 케이가 얼른 수습을 했다.

"예를 들면 군대 동료 사이 같은 거예요. 같은 방에서 밤을 지샌다고 하더라도, 전우애 그 이상은 느낄 수 없는 사나이 급의 우정. 성빈이 형, 대충 느낌 오시죠?"

케이의 오버에 굳은 표정을 풀며 성빈이 픽 웃었다. 대답이 제법 마음에 들었다. 다시 축 늘어지는 성빈을 보며 케이가 수줍게 물었다.

"우리 친하게 지내요."

"그럴 생각은 없어."

"형, 지금 저랑 밀당해요?"

입에 모터를 달았는지 쉴 새 없이 수다를 떨어 대는 케이가 귀찮은 성빈이 손을 휘휘 내저었다. 성빈이 더 이상 상대를 안 해주자 케이가 기지개를 켜며 주방으로 갔다. 성빈이 속으로 중얼거렸다.

'민경 씨랑 늘 셋이서 자주 만나는 거 보면, 걱정은 안 해도 될 거 같고. 하연 씨 주위에 있는 저 녀석 정도는 가까이 둬서 나쁠 건 없겠지.'

성빈의 눈꺼풀이 점차 무거워졌다. 멀리서 하연과 케이의 시끄러운 수다가 귓가에 윙윙 울려 댔지만, 그 소리마저도 점차 흐릿해져 갔다. 그때 진동을 느낀 성빈이, 나른한 손길로 주머니에 핸드폰을 꺼내 들었다.

'세라 공주님'

얼마 전에 번호를 바꿨다며, 자기가 새로 저장해 준다고 핸드폰을 가져가더니 이따위로 저장해 놨다니 어이가 없다. 전혀 받을 생각이 없었다. 그때, 잠잠해진 휴대폰이 한 번 더 울렸다.

"이번엔 또 누구야……."

정구의 전화였다. 해외 지사에서 급하게 회의 요청을 한다는 보고였고, 요즘 한창 힘을 쏟고 있는 프로젝트라 선택의 여지가 없었다.

"사십 분 내로 들어갈게."

전화를 끊고 성빈이 거실로 나왔다. 미니 탁자에 단감, 김이

모락모락 나는 삶은 밤, 케이가 사 온 빵까지 세팅하고 있는 두 사람 가운데로 성빈이 양반다리를 하고 앉았다.

"형 있는 줄 알았으면, 더 맛있는 간식 사 오는 건데."

케이가 봉투에 담긴 빵을 꺼내며 성빈에게 물었다.

"형, 누나가 평소에 빵 진짜 좋아하는 거 알죠? 그래서 매번 놀러 올 때마다 한가득씩 사 와요."

성빈이 콧방귀를 꼈다. 하연이 성빈을 흘기며 빵을 뒤적였다.

"와, 맛있는 걸로만 골라서 사 왔네. 이건 처음 보는데 새로 나온 건가."

바스락거리며 하연이 집은 빵을, 성빈이 확 낚아챘다. 하연이 황당한 얼굴로 성빈을 째려보는데, 반듯한 어깨를 쓱 올려 보이는 성빈이다.

"그럼 난 이거 먹어야지."

하연이 다른 빵을 집는데, 그 역시 낚아채 제 앞에 놓는 성빈이다. 하연이 이글거리는 눈빛에, 성빈이 입꼬리를 말아 올렸다. 하연이 결국 한소리를 했다.

"성빈 씨, 유치하게 지금 뭐 하는 거예요?"

"이봐, 케이라고 했나."

하연의 말을 무시한 채 성빈이 케이를 불렀다.

"네, 성빈이 형."

"하연 씨, 보고 좀 배워. 고작 두 번 본 사이인데도 제대로 된 호칭 붙이잖아."

케이가 고개를 갸우뚱했다.

"두 사람, 지금 뭐 때문에 그러는 건데요?"

"케이 네가 방금 나 부른 호칭 여자들이 어떻게 써. 말해 봐."

"호칭이요? 성빈이 형?"

"그래. 그거."

성빈의 유도에 케이가 엉겁결에 대답을 했다.

"……성빈 오빠?"

어이가 없는 하연이 입을 반쯤 벌렸다. 성빈이 잘 들었냐는 눈짓을 보냈다.

"한번 불러 봐. 그럼 오빠가 봉지까지 까서 직접 먹여 줄게."

"됐거든요?!"

하연이 분노에 차 부들댔다. 그런 하연과 성빈을 흥미롭게 구경하는 케이가 히죽거렸다. 한참 눈싸움을 하던 성빈이 하연에게 자상하게 물었다.

"하연 씨는 어떤 종류 빵을 제일 좋아해?"

"내가 말해 줄 거 같아요?"

두말할 거 없이 성빈의 고개가 케이에게로 돌아갔다. 마른침이 꼴깍. 하연이 간절한 눈빛으로 고개를 저었다. 하지만 성빈의 압력은 생각보다 셌다.

'진정한 너와 나의 평화 협상은 이걸로 결정된다.' 성빈의 협박 어린 눈빛이 케이를 짓눌렀다. 다시 한 번 마른침이 꼴깍. 케이의 손가락이 결국 하나의 빵을 가리키고 말았다.

"누나는 크림빵을 제일 좋아해요."

케이 손길이 닿은 곳에 성빈의 눈길이 멈췄다. 크림빵을 집은 성빈이 겉포장을 뜯더니 하연을 사랑스럽게 바라보며 한입 크게 베어 물었다. 빵 사이로 삐져나온 크림이 먹음직스럽게 성빈의 입가에 묻었다. 하연이 그 모습을 짜증스럽게 바라봤다. 대놓고 하연을 약 올리기로 작정한 성빈이 쉬지 않고 입안으로 크림빵을 구겨 넣었다.

"성빈 씨 정말 너무한다."

"당신이 더 너무해."

"유치하게 오빠 소리 한 번 듣겠다고, 참 나."

하연은 자신이 크림빵을 이토록 좋아하는 줄 몰랐다. 내 크림빵, 저 심술궂은 남자!

"유치한 부탁 한번 안 들어주는 당신도 진짜 유치하거든?"

"정말 못됐어."

케이의 눈에는 두 사람의 유치한 사랑싸움이 귀여웠다. 하연쪽은 정말로 열 받은 거 같긴 하지만 말이다. 성빈이 입술에 묻은 하얀 크림을 손가락으로 쓱 닦아 입에 넣었다.

"하연 씨, 표정이 왜 그래?"

"저 크림빵 정말, 진짜, 완전 좋아하거든요?"

성빈이 느끼한 말투로 맞받아쳤다.

"빵 정도는 사랑하는 성빈 오빠한테 양보할 수 있잖아?"

그때 바지에서 울리는 핸드폰을 꺼내 확인을 한 성빈이 자리에서 일어났다.

"성빈 씨, 왜요?"

"호텔에 들어가 봐야 할 거 같아."

"아, 벌써요?"

케이가 멀뚱히 자리를 지키고 있는데, 성빈이 눈치를 줬다.

"이봐, 케이. 안 가?"

"전 누나랑 조금 더 놀다 가려고요."

성빈이 매운 눈초리를 발사했다.

"웬만하면 나 일어날 때, 같이 나가지 그래?"

"네? 아……!"

잠시 풀어져 있었던 케이가 성빈의 말을 곧장 알아들었다.

"네, 생각해 보니깐 저도 스케줄이…… 연습이 몇 시였더라?"

"왜 잘 먹고 있는 애한테 눈치를 줘요."

하연은 성빈을 타박했지만 소용없었다.

"집에 남자랑 단둘이 있는 거 아니야. 자, 기타 들고 나가."

"어휴, 성질머리 하고는……."

케이를 앞세워 계단을 내려온 세 사람이 녹색 문을 열고 나왔다. 잠시 하연과 둘이 있고 싶은 성빈이 부드러운 어조로 케이에게 인사를 했다.

"케이. 기회 되면 가끔 하연 씨랑 같이 만나."

"네, 성빈이 형. 우리 친하게 지내요."

"그래, 그럼 작별 인사도 했으니 이만 가 봐."

케이를 먼저 보내고, 성빈이 뚱한 얼굴로 서 있는 하연에게 금색 상자를 내밀었다.

"이게 뭔데요."

앙금이 남아 꼬여 있는 하연이 무뚝뚝하게 물었다. 상자를 열어 볼 생각조차 안 하자, 성빈이 하연의 손을 감싸 직접 열어 주었다. 반짝. 예쁜 커플링 반지 두 개가 나란히 놓여 있었다.

"어머⋯⋯."

세상에 속물 아닌 사람이 어디 있는가? 하연의 입에서 저절로 탄성이 흘러나왔다.

"디자인은 마음에 들어?"

성빈이 다정하게 물었다. 하연은 기분이 이상했다. 입이 벌어질 만큼 너무 좋았지만, 한편으로는 앞에 놓인 작은 반지가 무척이나 무거워 보였다.

"하연 씨, 말 좀 해 봐. 마음에 드는 거야, 아닌 거야."

"너무 예뻐요."

하연의 대답에 그제야 성빈이 편안한 미소를 띠었다.

"다행이네, 손 줘 봐. 끼워 줄게."

성빈이 끼워 주는 반지에 눈을 못 떼던 하연이 입을 열었다.

"너무 비싸 보이는데, 받아도 될까요?"

"물론이지, 당신 건데."

"저도 껴 줄게요. 잘생긴 손 좀 줘 봐요."

하연의 사탕발림에 성빈이 웃음을 터트렸다.

"다른 데도 아니고 손까지 잘생겨 보이면, 당신 콩깍지 중증 아니야?"

"자, 어디 보자."

성빈의 손에 반지를 껴 준 하연이 나란히 구경을 했다.

"성빈 씨, 볼수록 너무 고급스러워요."

"앞으로 절대 빼지 마."

"친구들이랑 놀러 나갈 때는 빼면 안 돼요?"

성빈이 발끈했다.

"이 여자가 아직 정신을 못 차렸지?"

"하하, 농담이에요, 농담!"

"당신은 뭐 없어? 정구 말로는 반지 선물해 주면 볼 뽀뽀니, 애교니……."

하연이 말이 끝나기도 전에 성빈의 목에 팔을 두르더니 발꿈치를 들었다.

"읍!"

서로의 입술이 샌드위치처럼 겹쳐졌다. 하연이 실수로 성빈의 아랫입술을 살짝 깨물었다. 토끼 눈을 한 하연이 사랑스러운 성빈이 허리를 바짝 끌어당기더니, 진한 키스를 퍼붓기 시작했다. 거칠었지만 달콤했고, 치명적이었지만 거부할 수 없었다.

*　　*　　*

깊게 파인 가슴 라인이 돋보이는 와인색 원피스를 고급스럽게 갖춰 입은 한 여성이 가죽 클러치 백을 허리에 끼고 미술관 안으로 들어섰다.

똑똑. 유선이 노크를 하자, 김 여사의 들어오라는 음성이 들렸다. 정유선이 긴장한 속마음을 감춘 채, 밝은 얼굴로 문을 열었다.

비서가 올린 초대 손님의 명단을 확인하던 김 여사의 손길이 잠시 멈추더니 고개를 들었다.

"작품 보러 왔나 보구나."

"네, 어머니."

유선이 조신하게 고개를 숙였다. 하지만 그녀의 대답이 마음에 안 들었는지, 김 여사의 눈빛이 차갑게 가라앉았다.

"너희 둘 헤어진 지 꽤 된 걸로 아는데, 어머니란 호칭은 좀 아니지 않니."

김 여사의 눈빛이 다시 명단으로 향했다. 유선은 쉽지 않을 거라는 예상은 했었지만 생각보다 냉랭한 김 여사의 태도에 난감했다. 하지만 그녀 또한 마음을 먹고 온 만큼 물러설 생각 따윈 없었다.

"성빈 씨랑은 오해가 좀 있어요. 잘 풀면 저희 사이 금방 회복될 테니 노여움 푸세요."

"유선아."

김 여사가 결국 잡고 있던 서류에서 손을 떼며, 자리에서 일어났다. 햇볕이 밝게 내리쬐는 창가 쪽으로 걸어가 잠시 밖을 쳐다보던 김 여사가 곧 몸을 틀어 유선을 응시했다.

"예전에 네가 성빈이를 만날 때, 널 마음에 들어 했던 점과, 반대로 마음에 안 들어 했던 점이 같았었어."

"어떤……."

"그건 바로 내 아들을 네 손안에 움켜쥐고, 제멋대로 조종하려고 하는 능력이었지."

유선은 김 여사가 하는 말의 골자를 알아듣기 어려웠다.

"하지만 난 너의 그 능력을 높게 평가했어. 내 아들이 너한테 집중하는 동안에는 다른 곳에 절대 눈 돌릴 일은 없을 거라고 생각했으니까. 자기 세계 밖의 호기심이나 쓸데없는 스캔들, 그리고 성하에게서 느꼈던 실망감 따윈 없을 거라고 안심했지."

김 여사는 딸에 대한 비유를 제 입으로 내뱉으면서도, 가슴 한 구석이 시큰거려 감정이 북받쳤다.

"그런데 너랑 헤어지고 도대체 얼마나 질려 버렸기에, 그 녀석의 취향이 못 봐 줄 만큼 저렴해진 건지 모르겠어."

"……."

"이래서 애초에 조심히 가려서 먹어야 한다는 말이 맞는 것 같구나. 안 그러니?"

"말씀이 지나치세요."

김 여사의 도를 넘은 지나친 발언에, 유선이 차갑게 브레이크를 걸었다.

"그런데 내 판단이 틀렸어. 유선이 넌 영양가 없는 속 빈 강정에 불과했어."

"실망시키지 않을게요."

"일부러 널 점찍어 뒀던 지난 세월이 아깝구나. 그 녀석 요즘 만나는 여자 수준이 어떤지 네가 알기나 해?"

"그래서 이렇게 염치 불구하고 부탁드리러 온 거잖아요. 화만 내시지 마시고, 제 손 좀 잡아 주세요."

유선의 절박한 부탁에도 김 여사의 눈빛은 흔들리지 않았다. 다만 잠깐 보였던 감정을 차분하게 갈무리를 했다.

"성빈이랑 사 년이나 만나 놓고도 그 녀석에 대해 아직도 모르겠어? 미안하지만 너희 둘은 이미 끝난 지 오래야."

더 이상 상대할 생각이 없는 김 여사가 다시 업무를 보기 위해 의자에 몸을 기댔다. 유선은 거품을 물고 쓰러져도 이상하지 않을 만큼 화가 치밀었지만 겉으로는 표현하지 않았다.

"어머니 그럼 또 봬요. 가 볼게요."

고개를 숙여 인사를 하고 사무실을 나온 유선은, 입술을 질끈 깨물며 걸음을 옮겼다. 긴 복도를 지나 밝은 조명의 전시관으로 나오는데, 저 멀리 팔짱을 끼고 그림에 시선을 고정한 채 생각에 잠겨 있는 남자가 보였다.

*   *   *

각색의 풍경이 담긴 페르난도 보테로의 작품 앞에 남자가 서 있었다. 그는 섬세한 눈길로 화가가 담아낸 의도를 캐치하려고 그림을 신중히 관찰하고 있었다. 그 때, 옆으로 누군가 다가왔다.

"내가 타이밍 하나는 잘 맞췄네."

성빈이 팔짱을 낀 채 자신의 옆에 나란히 선 유선을 쳐다봤다.

"여긴 웬일이야."

"미술관에 그림 보러 오지. 다른 이유 있어?"

유선이 대답을 하며, 성빈이 보고 있던 그림에 시선을 맞췄다. 작은 파티에서 한데 어울려, 열정적이게 춤을 추고 있는 사람들이 담긴 그림. 그 가운데 빨간 원피스를 입은 중년 여성의 포즈가 참으로 요염했다. 차분하게 그림을 응시하던 유선의 입술이 열렸다.

"그러고 보면 우린 이런 작품 취향까지도 참 잘 맞았어. 그치?"

"이미 끝난 마당에 그게 무슨 소용이야."

유선이 입술을 살짝 혀로 핥았다.

"하다못해 침대 위에서도 우린 정말 최고였잖아. 그 여자는 어때?"

성빈이 도를 넘는 유선을 험악하게 쳐다봤다.

"정유선. 너 말 가려서 안 할래?"

"자극할 생각으로 던진 거 아니야. 공격적으로 갈기 세우지 마."

하지만 성빈을 한층 달아오르게 하고 싶은 그녀가 가볍게 한마디를 보냈다.

"솔직히 당신도 아니라고는 부정 못 하잖아?"

"그래. 생각해 보니 너랑 잠자리 하나는 끝내주게 잘 맞았어. 근데 이제 와 돌이켜 보면 그거 말고는 너랑 맞았던 게 단 하나도 없었던 거 같다."

유선이 이맛살이 찌푸렸다.

"나랑 사귄 게 후회되기라도 한다고 말하고 싶은 거야?"

"후회 안 해."

성빈은 예전에 사랑했던 여자와의 이런 대면이 괴로워 차갑게 톤을 높였다.

"그런데 정유선. 네가 자꾸 이런 식으로 나오면, 널 사랑했던 과거가 자꾸 후회되려고 하잖아."

"김성빈, 말이 심해."

"내 딴엔 지금 굉장히 참아 내고 있는 거야. 선 그만 넘어. 안 참아."

손에 쥔 클러치 백을 옆구리로 옮기며 유선이 말했다.

"나 방금 당신 어머니한테 완전 제대로 밟히고 나오는 중이야."

"그러게 어쭙잖게 뭐 하러 얼굴은 들이밀어."

성빈이 심드렁하게 대꾸했다.

"설마 당신, 그 여자랑 결혼이라도 생각하고 있는 거야?"

유선의 질문에, 성빈의 이성에 미묘한 균열이 일어났다.

"정곡이 찔리니 인상부터 써지네. 생각해 보면 당신 나한테 그리 오랫동안 목매달았어도, 단 한 번도 섣불리 미래에 대해 약속한 적 없는 사람이야. 그런데 그 별 볼 일 없는 여자라고 다를까?"

성빈이 쉴 새 없이 제 할 말을 쏟아 내고 있는 유선을 노려봤다. 유선은 그런 성빈의 시선을 받아 내며, 말을 이어 나갔다.

"그 여자 제법 순진해 보이던데. 당신이야말로 어설프게 책임질 짓 하지 말고 행동 가려서 해."

"정유선. 너 제대로 밑바닥까지 가는구나?"

"과거는 있어도 흔적은 남기고 돌아오지 마. 게다가 그 여자의 수준 낮은 취향도 옮겨 오지 말고."

성빈의 성난 눈동자에 불꽃이 튀었다. 사람 신경을 제대로 긁는 유선을 섬뜩하게 쳐다보던 성빈이 입을 열려는 찰나 김 여사가 뒤에서 그를 불렀다.

"김성빈, 왔으면 사무실부터 들르지, 여기에서 뭐하고 있어."

성빈의 손가락이 그녀를 가리켰다.

"정유선, 한번만 더 눈에 띄어. 분명 경고했어."

성빈의 뒷모습을 노려보는 유선의 눈이 빨개졌다. 미술관에서 나와 한쪽에 주차되어 있는 성빈의 차로 걸어간 유선이 하이힐을 들어 바퀴를 세차게 걷어찼다.

"이 나쁜 놈아! 내가 아무리 잘못을 했어도 너무 매정하잖아!"

삐걱. 하이힐 뒷굽이 충격에 의해 떨어져 나갔다. 분이 안 풀리는 유선이 높낮이가 안 맞는 걸음으로 람보르기니에 올라탔다. 눈물이 터져 나왔다.

"흐……난 이렇게 힘든데……우욱……너는 딴 년이나 만나고……흑!"

시동을 건 유선이 차를 후진하더니, 그대로 카마로를 들이받았다. 에어백이 터져 시야를 가렸고, 경보음이 울려 댔다. 앞으로 쏠린 굵은 웨이브를 넘기며 유선이 중얼거렸다.

"김성빈, 당신 꼭 되찾고 말 거야."

사무실 안으로 들어선 성빈이 팸플릿을 탁자에 내려놓았다.

"덕분에 잘 봤습니다."

"네가 보고 싶어 해서 들여왔다는 걸 알기는 한가 보지?"

비서가 커피 두 잔을 탁자에 내려놓더니, 조용히 사무실을 빠져나갔다.

"유선이가 잘 해 보자고 하던?"

"아뇨."

"네 쪽 대답 말고. 그나저나 너하고 확실하게 짚고 넘어갈 게하나 있어."

"말씀하세요."

성빈이 화려한 무늬의 커피 잔을 들어 입으로 가져갔다.

"요즘 네가 데리고 있는 아가씨. 진심이니?"

"……."

"김성빈. 대답 잘해."

김 여사는 모든 걸 포용이라도 할 듯 부드러운 어조로 아들에게 말했다. 하지만 성빈은 뼛속까지 소름이 돋았다. 자신이 내뱉는 대답으로 인해, 김 여사가 어떠한 형상으로도 바뀔 수 있다는 걸 잘 알고 있었기 때문이다. 사실 처음엔 누나에 대한 단순한 반항심이 맞았다. 하지만 현재는 달라졌다.

"어머니, 솔직히 말하면 이해를 해 주⋯⋯."

"설명은 필요 없어. 대답만 해."

성빈은 머리가 지끈거렸다. 썩은 동아줄이라도 붙잡는 심정으로 김 여사에게 끝없이 설득과 이해를 구했던 성하의 행동들이 떠올랐다. 만약 결과가 달랐다면 누나가 했던 그 모든 일을 반복할 수 있는 그였지만, 슬프게도 어머니는 그때와 달라지지 않았다. 성빈은 어떻게 해야 할지 알 수 없었다.

"성빈아, 적어도 넌 나를 닮았잖니."

김 여사가 그를 달랬다. 하지만 성빈은 잔을 내려놓으며 착잡한 마음으로 대답했다.

"하연 씨에 대한 마음, 진심입니다."

잠시 김 여사의 동공이 흔들렸다. 더 이상의 일언반구 없이 김 여사가 차분하게 대답했다.

"그래. 잘 알겠다."

미술관을 나온 성빈이 뒷머리를 신경질적으로 쓸어 털었다. 경보음을 시끄럽게 울려 대며, 연기가 올라오고 있는 카마로 앞에 선 그가 한숨을 길게 내쉬었다.

"정유선 이걸, 진짜."

8장
레몬 한 조각

하연이 핸드폰을 물끄러미 바라보고 있었다. 성빈의 말해 두었던 도착 예정 시간보다 한 시간이나 지났기 때문이다. 별다른 연락조차 없자 하연은 초조해져만 갔다.

"정말 무슨 일이라도 생겼나……."

몇 번을 걸어 봐도 안 받는 성빈의 번호를 다시 누르는데, 전화가 걸려 왔다. 반가운 마음에 재빨리 통화버튼을 눌렀다.

[하연아. 나다.]

안타깝게도 기다렸던 전화는 아니었다. 하연은 실망스러움이 밀려들었지만, 애써 밝은 목소리로 큰 회장에게 안부를 물었다.

"할아버지 그동안 잘 지내셨어요?"

[그럭저럭.]

"저녁은 챙겨 드셨고요?"

[지금 시간이 몇 신데 당연히 먹고 치웠지. 그러는 너는?]

사실 성빈과 먹으려고 식사를 거른 하연이 허기진 배를 쓸어내리며 적당히 대답했다.

"저도 먹었어요. 요즘 환절기라 기온차가 심하던데 감기 조심하세요."

가끔씩 연락을 하는 큰 회장과 하연은 사이가 제법 좋았다. 성빈은 꿈에도 모를 일이지만 말이다.

[넌 내가 전화하면 미리 대화 나눌 대본이라도 따로 준비해 놓는 거냐?]

스스로 생각해도 가식적이다 싶은 하연이 웃음을 터트렸다. 큰 회장이 따스하게 말했다.

[하연이 넌 말하는 게 고와서 예뻐할 수밖에 없어. 그나저나 성빈이랑은 잘 지내고 있고?]

"네."

[그 녀석이 잘해 주냐?]

하연의 심장이 아려 왔다.

"네, 그래서 너무 미안해요."

[여자가 사랑해 주는 남자한테 예쁨 받는 건데, 그게 왜 미안해.]

잠시 망설이던 하연이 진솔하게 대답했다.

"전 사실 성빈 씨한테 부족한 면이 많아요."

[그건 맞지.]

"할아버지 너무하셔."

[계속해 봐.]

하연이 손가락에 끼워진 반지를 바라봤다.

"전 사실 사랑을 많이 해 보지 못 했어요. 전 남자 친구와 사귄 게 고작 일 년이 조금 넘고……."

[음, 그렇구만?]

"그래서 성빈 씨보다 애정 표현에 대한 기술이 턱없이 부족해요."

큰 회장이 하연의 말에 집중하며, 앞에 놓인 생강차의 뜨거운 김을 걷어 냈다.

"성빈 씨한테 부담 주기 싫어서 염려되는 부분도 있고, 제가 주춤거리는 사이 그 사람은 한발 앞서 저에게 서운함을 느껴요."

세상만사 별의별 일을 다 겪어 본 큰 회장의 입장에선 그녀의 고민이 귀엽기만 했다. 큰 회장이 픽 실소를 터트리자, 하연이 발끈했다.

"할아버지. 지금 비웃으신 거죠? 역시 괜히 말했어."

[한마디로 성빈이의 열정이 부담스럽다 이거지?]

장황하게 풀어 놓은 얘기를 단 한 줄로 요약해 버리는 큰 회장을 대단하다고 느끼는 하연이다.

"네. 맞는 거 같아요."

[그 녀석에 대한 약점을 하나 귀띔해 주자면.]

하연이 엄지손톱을 잘근 깨물었다.

[참을성이 전혀 없다는 거야.]

"네?"

[하연이 너도 성빈이 녀석에 대해 잘 알겠지만. 배려한다 치고 굳이 돌려서 말한다거나, 애써 참는 시늉은 할지언정…… 그마저도 잘 못한다는 걸 하연이 너도 알 테지?]

하연의 머릿속이 분주해졌다. 그래, 그는 필요 이상으로 솔직하게 표현하는 걸 즐겨하는 타입인 건 분명했다. 단 한 번도 자신의 의견을 말할 때 망설이는 걸 본 적이 없었다.

"성빈 씨는 솔직한 게 매력적인 남자예요."

[하연이 넌 참 긍정적인 아이구나. 반대로 말하면 자기밖에 생각 못 하는 이기적인 놈이지.]

제 편을 들어 주려는 큰 회장의 과격한 언행에 하연이 웃음보가 터졌다.

"아하하, 할아버지도 참. 그런데 성빈 씨는 왜 참을성이 없을까요?"

하연은 문득 궁금해졌다. 큰 회장의 대답은 의외로 간결했다.

[그야 그럴 필요가 없으니깐.]

"무슨 말씀이세요?"

[생각을 해 봐라, 어렸을 때부터 나 정도 아니면 그 누가 그 녀석을 컨트롤했겠냐.]

무슨 말인지 알아들은 하연이 고개를 끄덕였다.

[하연이 네가 힘들겠지만 그 녀석의 장단에 조금만 맞춰 주어라. 아마 요즘 무척이나 버거울 녀석의 어깨가 조금은 가벼워질 게다.]

큰 회장의 말속에서 성빈을 챙기는 따뜻함이 묻어났다.

"성하 언니 몫까지 해낸다고 요즘 애쓰는 거 잘 알아요. 성빈 씨가……."

[알아줘서 고맙구나.]

그때 하연이 자리에서 벌떡 일어났다. 밖에서 나는 자동차 바퀴 소리에 창문으로 달려갔다. 하지만 아쉽게도 노란색이 아니었다. 실망한 얼굴로 돌아서려는데, 운전석에서 내리는 사람은 다름 아닌 성빈이었다.

"할아버지, 성빈 씨 도착했어요!"

흥분한 하연이 핸드폰에 대고 소리를 질렀다.

[이것아, 기차 화통을 삶아 먹었냐? 귀청 떨어지겠다. 그럼 재밌게 놀고, 나중에 통화하자.]

"죄송해요. 안녕히 주무세요."

하연이 바닥에 널려 놨던 카디건과 가방을 낚아채 현관문으로 달려갔다. 운동화에 발을 구겨 넣고선, 문을 열고 두 계단씩 급하게 내려가기 시작했다.

"성빈 씨!"

녹색 쇠문을 열던 성빈이 성난 황소처럼 득달같이 내려오는 하연을 올려다봤다. 마지막 계단까지 펄쩍 뛰어 내려온 하연이 그의 허리에 팔을 꽉 둘렀다.

"성빈 씨, 왜 이제 왔어요. 사람 걱정되게 전화도 안 받고."

"일이 좀 있었어."

성빈이 허리춤을 부여잡고, 교태를 부려 대는 여자를 의심스럽게 쳐다봤다. 성빈의 가슴팍에 얼굴을 부비던 하연이 고개를 들어 성빈을 사랑스럽게 올려다봤다.

"보고 싶어 죽는 줄 알았어요."

"……."

"성빈 씨는요? 저 안 보고 싶었어요?"

성빈이 허리에 둘러져 있는 하연의 손길을 거둬 차렷 자세로 내린 뒤 생소하다는 시선을 던졌다.

"과한 애교 부리는 거 보니, 뭔가 찔리나 봐."

"아닌데요."

"무슨 계획인지는 모르겠지만, 어설프게 날 조련하려 들지 마."

하연은 남자의 자존심에 코웃음이 나왔다.

"기분 나쁘니깐 웃지 마."

성빈의 긴 손가락이 히죽거리며 얄밉게 올려다보는 하연의 이마를 콕 찌르며 말했다.

"당신이 퍼석거리며 말라 가는 기분을 알기나 해?"

"성빈 씨가 왜 말라 가요. 선인장 중에서도 일 년 동안 단 한 방울의 물 없이, 잘 살아갈 거 같은 생명력 질긴 타입인데."

성빈은 어이가 없어 헛웃음이 터졌다.

"자꾸 말장난할래?"

"전 닭 장난이 더 좋은데."

"이 여자가 정말, 어설프게 오버할래?"

하연이 정장 주머니에 꽂혀 있는 성빈의 두 손을 꺼내, 제 뺨에 살짝 얹으며 수줍게 물었다.

"그럼 오버 말고, 오빠 하면 돼요?"

"……."

"성빈 오빠. 이제 그만 기분 풀어요. 네?"

철옹성같이 굳건하던 성빈의 얼굴이 일순간 우르르 무너지고 말았다. 성빈의 눈빛이 마시멜로보다 부드럽게 녹아내리더니, 하연의 두 볼을 감싼 그의 손아귀에 힘이 들어갔다.

"하연 씨, 진짜……."

무리수 두는 건 아닐까 걱정하며 제대로 한방을 질렀는데, 생각보다 괜찮은 성빈의 반응에 하연은 흡족했다. 이런 맛에 밀당을 하나 보다.

"성빈 씨 저도 하면서 손발이 오그라들어 죽는……읍!"

성빈의 턱 선이 달빛에 반사된 채 각도를 꺾더니, 하연의 입술을 그대로 덮쳤다. 열기를 품은 성빈은 그녀의 입술을 능숙하게 휘감아 점령해 갔다. 하연의 턱이 힘겹게 들어 올려졌다.

"하아……핫!"

벌어진 그녀의 입술 사이로 침투한 성빈이 힘 있게 빨아들이기 시작했다. 깊게 토해 내는 하연의 숨결마저 덮어 버리는 성빈

의 진한 키스가 이어졌다. 성빈의 키스를 받아 내는 하연은, 힘을
감당하지 못한 채 뒤로 밀려났다.

"서, 성빈 씨! 읏!"

한참 능숙하게 여자의 입술을 가지고 놀던 성빈이 곧 타깃을
바꿨다. 붉게 물든 뺨을 지나, 그녀의 귓불에 뜨거운 숨을 불어
넣었다. 솜털이 바짝 선 하연이 그를 밀어냈다.

"자, 잠시 만요!"

역시나 전과 비슷한 시점에서 하연이 브레이크를 걸었다. 성
빈의 눈이 사나운 맹수와 같은 붉은빛을 흘리며, 하연을 잡고 있
던 손을 떼서 녹색 문을 힘겹게 짚었다. 인내의 숨을 깊숙이 몰아
쉬던 성빈에게서 탁한 음성이 갈라져 나왔다.

"……하연 씨."

"하아, 끊어서 미안해요."

"미안할 짓을 안 하면 되잖아."

다소 신경질적이게 대꾸한 성빈은 세련되지 못하게 반응한 자
신에게 짜증이 났다.

"하나만 묻자. 아직도 내가 망설여져?"

"아뇨, 그런 게 아니라……."

하연이 섣불리 대답을 못 하자, 성빈은 고개를 들어 밤하늘을
보며 감정을 추슬렀다. 잠시간의 정적이 흐르고, 성빈이 태연한
미소를 띠우며 하연을 품에 안아 줬다.

"당신 잘못한 거 없어. 괜히 사람 미안한 마음 들게 한 내가 나

쁜 놈이지."

"……성빈 씨, 사실은 제가 좀 약해요."

하연의 소심하게 꿍얼거렸다.

"뭐가?"

"익숙하지가 않아요. 이런 스킨십에……."

성빈이 코웃음을 쳤다.

"하연 씨, 누구는 스킨십 하는 거에 타고났나? 변명도 재밌게 하네."

"경험이 별로 없……."

"내가 괜히 당신 스트레스 줘서 얼굴이 지쳐 보이네."

더 이상 하연이 미안해하는 게 싫은 성빈이 말을 중간에서 잘 랐다. 그런 뒤 하연의 허리를 뒤에서 끌어안은 채, 문에서 나와 차 문을 열어 줬다.

"하연 씨, 그런데 영화 예매 시간 지난 거 아니야?"

"지났는데 괜찮아요. 다음에 보면 되죠."

"어쩐다……."

성빈이 소매를 걷어 시간을 확인하니, 열 시가 조금 넘은 애매 한 시간이었다.

사실 성빈은 오늘 예상치 못한 상황들로 인해 굉장히 피곤했 다. 하지만 간만에 짬을 내 데이트를 하게 된 상황에서 하연에게 티를 내고 싶진 않았다. 조수석에 올라탄 하연이 물었다.

"그런데 범블비는 어쩌고, 차가 바뀌었어요?"

"사고가 좀 있었어."

하연의 눈이 커지더니, 성빈의 몸 구석구석을 빠르게 살폈다.

"어디 다친 데는 없어요? 그럼 오늘 사고 나서 늦은 거였어요?"

"타고 있을 때 사고 난 거 아냐. 호들갑 떨지 마."

타박을 주긴 해도 하연의 반응이 나쁘지 않은 성빈이다.

"하연 씨, 우리 오늘은 조용히 드라이브나 할까?"

"네, 좋아요."

성빈이 세단을 부드럽게 몰기 시작했다. 차 안에는 잔잔한 음악이 깔렸다. 창문에 턱을 괸 성빈은 이런저런 생각에 잠겼다. 마찬가지로 하연도 말없이 차창 밖을 바라봤다.

'이런 열정적인 연애를 오랫동안 기다려 왔지만 한편으로는 참 어렵다.'

연애 경험이 별로 없는 하연은 사실 조금은 느린 과정을 밟아 나가길 원했다. 하지만 늘 표현에 적극적인 성빈은 그 반대였다. 이 애타는 마음을 어찌할까.

하연이 그윽한 눈길로 성빈을 바라봤다. 성빈의 단정한 얼굴은 고독함이 일렁이고, 깊은 늪처럼 고요했다. 간혹 짙은 시름이 소리 없이 새어 나오기도 했다. 하연이 나긋한 투로 물었다.

"성빈 씨, 무슨 일 있어요?"

남자는 대답이 없었다. 깊은 생각에 빠진 탓에 아마 못 들은 것 같다. 하연이 한참 동안 성빈에게 그윽한 눈길을 보냈다. 왠지 모르게 오늘따라 무척 지쳐 보였다.

"성빈 씨?"

이번에도 성빈은 대답이 없었다.

성빈에 대해 어느 정도는 잘 안다고 자부했지만, 그가 힘들거나, 지쳤을 때, 또 이런 미안한 마음이 들 때면, 어떤 위로가 그에게 큰 힘이 될지 감이 잡히지 않았다.

'성빈 씨가 평소에 좋아하던 게 뭐였더라?'

성빈과 처음 만났을 때가 생각이 났다. 잘 기억은 나지 않았지만, 자신이 심적으로 힘들었던 그때 술 한 잔을 기울여 주며 위로 아닌 위로를 건넸던 게 떠올랐다.

그래. 어렵게 고민할 필요 없이, 쉬운 방법을 선택하자.

"성빈 씨. 우리 술 한잔할래요?"

핸들을 잡고 있는 성빈의 팔목을 흔들며, 하연이 고개를 갸웃 틀더니 물었다. 생각에 잠겨 있던 성빈이 입가에 가벼운 호선을 그리며 흔쾌히 수락을 했다.

"나도 좀 피곤했었는데. 괜찮은 제안이야."

"그럼 포장마차 같은 데 갈까요?"

성빈이 고개를 저었다.

"조금 더 편한 데로. 내가 다니는 바가 있는데 거기로 가자."

"그래요, 그럼. 저 바 한 번도 안 가 봤는데."

"아마 영화도 볼 수 있을 거야. 막 개봉한 건 아니어도."

하연이 음악 소리를 살짝 줄이며 친절하게 대답했다.

"오늘만큼은 저 신경 쓰지 말고, 성빈 씨 하고 싶은 거 하기로

해요, 네?"

"내가 하고 싶은 거?"

"네, 오늘은 제가 다 맞춰 줄게요."

"당신이 감당 못할 텐데?"

"그런데 바에서 영화도 볼 수 있어요?"

성빈의 경고에, 하연이 슬쩍 화제를 바꿨다.

"룸이니깐."

"네? 원래 바는 앞에서 바텐더가 현란하게 칵테일 만들어 주고 그러는 데 아니에요?"

하연의 순진함에 성빈이 픽 실소를 터뜨렸다.

"하여간 촌스럽긴."

청담에 위치한 고급 바에 도착한 성빈이 밖에서 대기하고 있던 주차 요원에게 발레파킹을 맡긴 뒤 하연을 앞세워 안으로 들어섰다.

이런 곳에 처음 와 보는 하연은 호기심에 눈을 반짝였다.

짙게 깔린 어두운 조명들 사이로 원색적인 네온사인이 은은한 빛을 발하고 있었다. 직원의 안내를 따라 복도를 걸어가는데, 저 멀리 살짝 열린 문틈 사이로 한창 파티에 심취한 사람들이 적나라한 몸짓으로 알코올을 입안에 채우며 몸을 흔들어 대고 있었다.

그 무리 중에선 간혹 실오라기만 아슬아슬하게 걸친 야한 차림의 여자들이 봉을 타고 있었다. 성빈이 커져 가는 하연의 두 눈을 살짝 정면으로 돌리며, 단호하게 말했다.

"저런 거 보지 마. 당신이 볼 만한 게 아니야."

"여기 이상한 데 아니에요?"

하연의 말에 안내를 돕던 직원이 픽 웃었다. 성빈이 하연의 질문에, 허리를 감싸 밀착하며 낮게 속삭였다.

"여긴 어떻게 노느냐에 따라, 동화 속과 어른들의 세계가 결정되는 곳이야."

문 가운데에 장식된 금테를 두른 흉측한 괴수의 얼굴에 하연이 깜짝 놀랐다.

"김 대표님 이 룸 정도면 괜찮으실까요."

직원이 문을 열어 주며 성빈에게 예의 있게 물었다. 직원이 열어 준 룸 안을 둘러본 성빈이 가볍게 고개를 끄덕이며 하연을 데리고 안으로 들어갔다. 성빈에게 이끌려 들어간 룸 안에는 원형으로 둘러진 넓은 레드벨벳 소파와 스크린이 전부였다. 왠지 긴장되는 하연이 마른침을 꼴깍 삼켰다.

하연의 옆자리에 밀착해 앉은 성빈이, 주문을 기다리는 직원에게 말했다.

"스크린으로 영화 좀 보고 싶은데?"

"작품 알려 주시면 틀어 드릴게요."

성빈이 뭐 볼 거냐는 눈짓을 보냈고, 하연이 고민에 빠졌다.

"보고 싶었던 거 없어?"

하연이 예전에 재밌게 봤던 영화가 떠올랐다.

"첫 키스만 50번째 볼까요?"

"영화 제목이야?"

"네, 예전에 너무 재밌게 봤던 영화예요. 아담 샌들러가 너무 멋있게 나와요. 드류 베리모어도 무척 사랑스럽고."

성빈의 자조적인 웃음을 터트렸다.

"우리 두 사람을 모티브로 만든 영화인가 보군."

"오버하지 말래요?"

"첫 키스만 50번째 하다 보면 사람 제대로 도는 거 우습지. 지금 내가 딱 그런 상황이고."

하연이 입술을 삐죽거렸다.

"그리고 술은 매번 마시던 걸로 주면 될 거 같고. 아, 당신은 흰 우유 마실래? 아니면 핫초코?"

"이 남자가 정말! 자꾸 비꼴래요?"

성빈의 장난스러운 도발에, 하연이 씩씩대며 직원에게 말했다.

"저도 그냥 이 사람이 마시는 걸로 부탁해요."

"하연 씨, 당신 술도 잘 못 마시잖아. 내가 저번에 얼마나 고생했는지 알아?"

"그건 성빈 씨 사정이고요."

하연이 혀를 내밀며 성빈을 약 올렸다.

"이 여자 취하면 제대로 피곤해지니깐, 토닉 워터도 잔뜩 갖다 줘. 양주는 한 방울만 넣게."

직원이 웃음이 새어 나오는 걸 억지로 꾹 참으며 대답했다.

"네. 알겠습니다."

"안주는 대충 여자들이 잘 먹는 걸로 내 오면 될 거 같고. 아님 뭐 먹고 싶은 거 말하든지."

성빈이 다시 하연에게 선택권을 줬다. 뿔이 난 하연이 눈매를 가늘게 뜨며 대꾸했다.

"저번에 성빈 씨 때문에 못 먹었던 크림빵 먹고 싶어요."

"그거 달라네."

성빈이 심드렁하게 하연의 주문을 직원에게로 토스했다. 친절하게도 직원은 '네.' 하고 짧게 대답을 했다. 에? 안주로 크림빵이 된다고?

"네. 준비해 드릴게요."

"아? 그냥 농담한 건데. 술집에 빵이 어디 있어요. 괜찮아요."

직원은 희미하게 웃어 보일 뿐 더 이상 대답하지 않고 룸을 나갔다. 성빈이 다리를 꼬며, 테이블에 턱을 괴더니 하연을 귀엽다는 듯이 쳐다봤다.

"놀라기는. 여긴 맞춤 서비스라 안 되는 게 없어."

"정말요? 신기하네요?"

"지금 당신이 짓는 표정이 더 신기해."

"제 표정이 왜요?"

"여기 들어온 순간부터 긴장했으면서 아닌 척하고 있잖아. 정신 나간 토끼처럼."

속마음을 들킨 하연이 발끈했다.

"아닌데요? 긴장할 건 또 뭐 있어요?"

"이번엔 센 척하는 토끼네."

"오글거리니깐 토끼라는 단어 좀 그만 쓸래요?"

"귀여워해 줘도 불만이지?"

수다가 길어질 것 같은 느낌에 성빈이 하연의 코를 살짝 비틀어 말을 중지시켰다.

"아, 사람 코는 왜 비틀어요!"

하연이 찌릿한 코끝을 움켜잡고, 성빈을 째려봤다. 성빈이 잠시 그녀를 사랑스럽게 바라봤다. 하지만 반대로 입가엔 교활한 미소가 그려졌다.

"아까 당신이 내가 원하는 거 해 준다며 객기 부렸던 거 기억나?"

"네? 아, 아. 그랬었던가?"

주름진 프릴 스커트를 살짝 부여잡은 하연이 긴장한 채 말을 더듬었다.

테이블에 턱을 괴고선 살짝 내려온 흑발 사이로 보란 듯이 늑대의 눈빛을 발사하는 성빈의 시선이 너무 부담스러웠다. 비릿한 그의 입술이 상냥하게 운을 뗐다.

"아까 당신이 선택한 영화 말이야."

"네."

"제목처럼 두 주인공, 영화에서 키스를 제법 많이 하나?"

"아, 아마도?"

"그럼 우리도 그 둘이 키스할 때 같이 하자. 당신 그 정도는 들어줄 수 있잖아."

하연은 고민에 빠졌다. 이윽고 결심이 선 그녀가 성빈을 떠봤다.

"대신 딱 키스만 하기예요?"

"그래."

"진짜죠? 딴말하기 없기예요?"

성빈이 순순히 고개를 끄덕였다. 하연이 싱긋 웃으며, 시원하게 대답을 했다.

"그깟 키스 정도가 뭐라고. 좋아요, 콜!"

하연은 사실 성빈에게 미안한 마음이 컸다. 늘 나누는 키스, 그 이상의 애정 표현을 해 주고 싶은 마음이 컸지만 경험이 없는 그녀는 염려가 됐다. 혹여 이 남자에 부담을 줄까 봐.

그런 하연의 속도 모르고, 성빈은 흡족한 미소를 띠었다.

"하연 씨, 그런데 말이야."

성빈이 느릿하게 그녀를 불렀다. 왜 저토록 긴장을 하는지 이유는 모르겠지만, 그 경직된 모습마저 저란 남자를 의식하고 있는 거 같아 만족스러웠다.

성빈의 긴 손가락을 들어, 하연의 담홍색 입술을 살짝 매만졌다.

"내가 키스를 입술에만 한다고 하진 않았어."

희미한 무드 조명 아래, 야수처럼 섬뜩하게 빛나는 성빈의 눈동자가 어둠 속에서 녹아내렸다. 그의 미소는 여유로움을 자아내기도 했지만, 이번만큼은 절대 봐주지 않을 거라는 사내의 욕망이 고스란히 드러나 있었다. 이윽고 영화가 시작되고, 주변이 어두워졌다.

성빈이 글라스 잔을 나란히 놓고, 아이스버켓에서 얼음을 집어 채웠다.

본인이 마실 잔은 온전히 알코올로만 채웠지만, 하연의 잔에는 토닉워터를 가득 담고 양주는 정말 소량만 첨가했다. 그런 성빈의 제조를 지켜보던 하연이 못마땅하게 투덜댔다.

"제 거는 너무 적게 넣는 거 아니에요?"

"이번엔 당신, 절대 취하지 못할 테니 그런 줄이나 알아."

하연이 안주로 나온 치즈 조각을 먹어 보았다. 잘 숙성된 치즈의 느끼한 풍미가 입안에 가득 퍼져 갔다. 접시에 예쁘게 모양내 담긴 슬라이드 레몬이 눈에 걸렸다.

"성빈 씨. 이 레몬은 어디에 짜는 거예요?"

"내가 술 마실 때 먹는 안주야."

성빈이 하연의 손에 잔을 들려 주며, 곧바로 부연 설명에 들어갔다.

"그런 어벙한 표정 그만 짓고, 알려 줄 테니깐 일단 한잔해."

상냥함이 묻어나는 성빈의 권유에, 하연이 잔을 가볍게 부딪친 뒤 입가로 가져갔다. 알싸한 액체가 목을 타고 정수리 끝까지 시원하게 톡 쏘아 올라왔다.

"자, 먹어 봐."

성빈이 레몬 슬라이드를 한 조각을 집어 하연에게 먹여 줬다. 레몬을 꾹 깨무는데, 신 맛이 입안 가득히 퍼졌다. 하연이 눈살을 찌푸렸다.

"이걸 뭐라고 표현해야 하지? 양주 때문에 목이 따끔거리다가 그 뒤에 먹은 레몬의 강렬한 신맛 때문에 입안이 상큼해져요. 정말 묘하게 잘 어울리네요."

하연의 평가가 제법 마음에 드는 성빈이 저도 레몬 한 조각을 입에 넣었다. 스크린에서 눈을 못 떼고 있는 하연을 잠시 감상하던 성빈의 눈이 부드러워졌다.

성빈이 하연의 머리를 쓰다듬으며 제 어깨에 기대게 했다.

"하연 씨. 영화는 재밌어?"

"네. 다시 봐도 역시 재밌네요."

성빈에게 기댄 하연이 몸에 힘을 뺀 채, 편한 자세로 영화에 집중을 했다. 그러다 문득 벌써 세 잔째 잔을 비워 내고 있는 성빈을 올려다봤다.

"성빈 씨, 술이 제법 독한 거 같은데 천천히 마셔요."

"걱정 마. 조절하면서 마시고 있어."

"보니깐 안주도 잘 안 먹는 거 같은데. 속 버리면 어떡하려고 그래요."

미어캣처럼 빤히 올려다보는 하연의 볼을 쭉 늘리며 말했다.

"당신이나 내 속 좀 그만 뒤집어."

"하여간, 걱정을 해 줘도."

"그런데 벌써 영화를 절반은 본 거 같은데. 키스는 도대체 언제 나와?"

"보면 알겠죠."

성빈이 신경질적으로 구시렁댔다.

"제목 값을 톡톡히 하는군. 저 남자 혹시 어디 문제 있는 거 아냐?"

"내용을 보면 왜 저러는지 이해가 되잖아요."

"글쎄. 난 전혀 이해가 안 되는데?"

예상은 했지만 성빈은 이 영화 내용엔 정말로 관심이 없었다. 하연의 설명이 들어갔다.

"드류 베리모어가 왜 아담 샌들러를 못 알아보냐면요. 사실 그녀가 교통사고를 기점……."

때마침 스크린 화면에서 두 주인공이 열렬하게 키스를 나누는 장면이 나왔다. 눈동자를 어둡게 빛낸 성빈이 하연의 손가락을 옆으로 치웠다.

"그런 건 관심 없어. 자, 입술 내밀어."

성빈이 화면을 뒤로한 채, '쪽.' 하연에게 버드 키스를 찍어 냈다. 오, 생각했던 것보다 약한데? 그러나 성빈은 다른 속내라도 감춘 듯 한쪽 입꼬리를 슬쩍 올리고 있었다.

"이제야 좀 재밌어지려고 하네."

성빈의 능청에 하연이 픽 웃으며, 레몬 조각을 집어 입술에 꾹 물었다. 타이밍 좋게 화면에서는 주인공들의 두 번째 키스가 바로 이어졌다.

성빈의 긴 목이 망설임 없이 옆으로 휘어졌고, 뒤로 밀려나는 하연의 입술을 가르고 제 혀를 깊게 밀어 넣었다. 하연도 남자의 고른 치열 사이로 유연하지 못한 제 혀를 조심히 움직였다. 하연의 달콤한 타액이 넘어올 때면 성빈의 목울대가 오아시스에서 메마른 목을 축이듯 기분 좋게 꿈틀댔다. 강하게 입안을 휘젓는 남자의 욕망은 가히 짐승에 가까웠다.

숨이 버거운 하연의 상태를 파악한 성빈이 입술을 가까스로 떼어 냈다. 여자는 긴 시간 동안 참아 냈던 숨을 전부 몰아 내쉬었고, 점차 안정을 찾아갔다.

"하연 씨, 앉아 봐."

성빈의 위에 앉은 하연의 주름진 프릴 치마가 꽃이 피듯 펼쳐졌다. 그녀의 어깨를 지그시 감싼 성빈이 다시 입을 맞췄다. 하연의 머릿속은 아찔해져만 갔다.

"읍!"

하연의 입가에서 샌 신음이 성빈의 귓가를 적실 때면, 그의 이성은 한 단계 붉은 적색경보를 띄었다. 그리고 그 때마다 그녀를 괴롭히고 싶다는 생각이 한층 강해졌다. 하지만 성빈은 참기로 했다. 입을 뗀 하연이 숨을 몰아냈다.

'역시나 감당하기 힘든 남자야.'

제자리로 가려고 하연이 엉덩이를 들썩이는데, 성빈이 움직이지 못하게 붙잡았다.

"난 이 자세 마음에 드는데. 얼굴 좀 보면서 잠시만 이러고 있자."

"부, 부담스러워요."

"아까 센 척하던 모습은 어디로 간 거야."

성빈의 붉은 입술이, 정면으로 마주 보고 있는 하연의 단정한 이마에 쪽, 콧날에 쪽, 양 볼에 번갈아 쪽, 입술에 쪽쪽쪽 열렬한 키스를 퍼부었다. 하연이 간지러워 손등으로 쓸어내리는데, 성빈이 낮게 속삭였다.

"지금부터는 다른 곳에 키스를 할 거야."

"서, 성빈 씨……."

"약속한 대로 키스만 할게."

마음이 다급해진 하연이 눈에 들어오는 아무거나 가리켰다. 그렇게 그녀의 손가락 끝에 걸린 건 다름 아닌 크림빵. 하연이 아랫배를 만지며, 불쌍한 표정으로 성빈에게 말했다.

"성빈 씨. 나 너무 배고파서 그러는데 크림빵 먹으면 안 돼요?"

"안 될 게 뭐가 있어. 자, 먹어."

하연의 뻔한 잔머리쯤은 이미 파악한 성빈이 순순히 빵을 집어 하연에게 건넸다. 성빈의 눈치를 살피며 하연이 크림빵을 한 입 크게 베어 물었다.

"성빈 씨도 먹을래요?"

"그럴까."

하연이 입에 물고 있던 크림빵을 주려고 하는데, 성빈이 빵의 표면을 콱 눌러 버렸다. 순식간에 튀어나온 크림 파편이 하연의 입 주위에 번져들었다. 성빈이 일부러 의도한 걸 뻔히 아는 하연이 쏘아봤다.

"미안. 하연 씨, 닦아 줄게."

성빈이 상냥하게 말하며, 가식적인 늑대의 눈빛을 반짝였다. 휴지를 건네받으려고 하연이 손을 내미는데 성빈이 그녀의 손에 지그시 깍지를 꼈다. 하연의 턱 선 아래로 흘러내린 하얀 크림을 할짝, 돌기를 세운 맹수의 혓바닥으로 성빈이 최선을 다해 크림을 거둬들였다.

하데스의 지하 세계를 모방한 듯 어두운 공간 안에서, 성빈이 하연의 입술 사이를 거칠게 침범해 입안의 여린 살을 자잘하게 깨물었다.

"하연 씨……."

성빈이 그대로 소파에 하연을 털썩 눕혔다. 그런데 이 여자 표정 한번 가관이다. 단지 포즈만 바꿨을 뿐인데 잔뜩 경직돼 있었다. 귀여워 죽겠다. 하지만 현재 성빈의 상태로는 상대방에 대한 자비란, 그저 사치에 불과하다.

"성빈 씨. 키, 키스만 한다면서요. 이건 반칙이잖아요!"

대답이 없는 성빈의 입가엔 그저 가벼운 호선이 그려지고, 몸을 낮춰 하연의 빨간 입술을 그대로 덮쳤다. 그녀의 입술은 절대 질리지 않는 달콤한 금단의 열매와도 같았다.

이내 성빈의 뜨거운 입술이 귓불로 향했다. 그러자 하연의 온몸에 있는 감각들이 선명하게 깨어나기 시작했다.

따뜻하게 빨려 들어오는 숨결, 엇박자로 짧게 끊어지는 그의 고른 호흡, 그의 입술이 닿는 곳마다 인두에 낙인이라도 찍히듯 꽃이 피는 살결, 하연은 우위를 선점하고 있는 강자에게 그냥 모든 걸 맡기고 싶은 곤란한 유혹에 빠져들었다.

"저……성빈 씨?……."

하연의 흐릿한 부름에, 성빈이 고개를 들었다.

위에서 자신을 내려다보고 있는 성빈의 파리하고 하얀 얼굴이, 마치 천사의 형상을 한 퇴폐적인 달콤한 악마처럼 느껴졌다. 성빈은 이어질 그녀의 말을 기다렸다.

'또다시 완곡한 거절인가.'

성빈은 심지에 제대로 불이 붙은 뜨거운 자신을 애써 진정시켰다. 하연의 긴 속눈썹이 몇 번 깜빡이더니, 한참이나 망설이던 입술이 꽃잎처럼 열었다.

"……사랑해요, 성빈 씨."

뜻밖에 받은 선물. 성빈이 본인의 아랫입술을 살짝 깨물며 기분을 만끽하더니, 그녀의 목덜미에 고개를 묻으며 작게 중얼거렸다.

"잘 안 들려. 다시 말해 봐."

"사랑해요."

하연의 하얀 목덜미에 자신의 열꽃을 새기며, 다시 읊조렸다.

"다시."

"사……랑……! 아웃……"

정확한 발음을 굴리기 힘들 정도로 하연의 입가엔 날선 야한 신음이 들썩였고, 성빈의 숨결이 지나가는 자리에는 붉고 뚜렷한 반점이 제 모양을 남겼다.

인내의 시간이 길었던 만큼 성빈은 신속하고, 또 정확하게 하연을 지배해 나가고 있었다. 솜털이 곤두선 채 뻣뻣하게 잔뜩 긴장한 귓불을 한참이나 가지고 놀던 성빈이, 손을 움직여 하연의 헐렁한 회색 니트를 끄집어 올렸다.

브래지어 밑에까지 말려 올라간 니트 아래로, 하연의 뽀얀 살결이 드러났다. 성빈이 하연의 참외 배꼽을 기점으로 할짝대며 간지럽히기 시작했다. 간지러움이 느껴지는 이 낯선 애무에, 하연은 콧잔등을 찡그리며 허리를 비틀었다.

"성빈 씨, 간지러워요!"

바디로션의 풍부한 향이 성빈의 머릿속을 어지럽혔다. 성빈은 하연의 반응이 재밌는지 한참을 원을 그리며 반복해 할짝대더니, 불 같이 달아오른 제 몸을 일으켰다.

성빈이 위험 속에 갇힌 여자를 내려다봤다.

퉁퉁 부어오른 입술, 귓불부터 선을 타고 내려오는 흰 목덜미까지 본인의 열꽃으로 새겨진 문신을 보고 있자니 짜릿한 쾌감에 젖어 들었다.

성빈이 아무렇게나 널브러져 있는 하연의 두 팔을 들더니, 자신의 가슴팍에 갖다 댔다. 얇은 와이셔츠 한 장을 가운데에 두고, 성빈의 단단한 가슴팍에 하연의 손길이 닿았다. 하연의 두 눈이 호기심으로 빛이 났다. 성빈이 짤막하게 유혹했다.

"당신 건데. 궁금하지 않아?"

"……."

하연은 섣불리 대답하지 못하고, 욕망에 번뜩이는 성빈을 올려다봤다.

위험하지만 굉장히 달콤한 제안, 악마와의 계약을 할 때 이런 기분일까? 호기심이 일었지만 그를 자극해서 좋을 건 없었다. 그러나…….

"풀어 봐."

하연의 손길이 성빈이 의도한 방향에 이끌린 채, 한 군데에서 멈췄다. 커다란 고뇌가 그녀를 휩쓸기도 전에, 하연의 손을 잡아 성빈이 단추 하나를 끌렀다.

더 이상의 친절한 안내는 없다. 성빈의 손이 떨어져 나가고, 하연이 주춤거리며 단추를 풀기 시작했다. 자신을 빤히 내려다보는 성빈의 뜨거운 눈길에, 당장이라도 온몸이 아이스크림처럼 녹아 사라질 것만 같았다. 성빈의 타이트한 흰 와이셔츠가 하연의 손길을 따라, 점차 벌어져 흘러내리고 있었다.

직각으로 드러난 넓은 어깨부터, 아찔하게 파인 골짜기가 매력적인 쇄골, 굴곡진 라인으로 입체감마저 드는 탄력 있고 자잘한 근육이 솟아난 가슴팍은 눈이 부실 정도로 근사하고 견고했다. 하연이 턱 끝까지 숨이 막혀 왔다.

마지막, 한 개 남은 단추까지 모두 제 손으로 풀어 낸 하연은, 희대의 조각상을 완성한 듯한 착각에 빠져 성취감마저 느꼈다. 흠뻑 빠진 하연의 눈빛이 성빈은 꽤 만족스러웠다.

"만져 봐."

성빈이 와이셔츠 안으로 하연의 손을 쓸었다. 성빈의 도드라진 근육이 손안에 담기며 뜨거운 열기를 품어 냈다. 성빈에게서 탁한 음성이 흘러나왔다.

"어때. 만족스러워?"

"성빈 씨, 너무 근사해요."

성빈의 입꼬리가 기분 좋게 올라갔다.

"다행이군."

하연이 제법 오랫동안 아랫배를 짓누르는 불편한 느낌에 고개를 살짝 들어 확인했다. 순간 하연의 얼굴에 화악, 큰 빨간 빗금이 쳐졌다. 푹신한 소파에 그녀가 다시 고개를 털썩 내려놨다.

"뭐가 부끄럽다고 얼굴을 가려."

"성빈 씨, 미쳤나 봐!"

하연의 입술에 다시 한 번 키스를 박은 성빈이 자신의 밑에 깔려 있는 그녀의 다리를 들었다. 주름진 치마가 자연스럽게 걷어지고, 하연이 본능적으로 다리를 오므렸다.

하연의 안쪽 허벅지로 내려간 성빈의 입술이 불같은 숨결을 쏟아 냈다. 낯선 촉감에 의해 닭살이 잔뜩 돋아난 하연의 여린 살결을 자잘하게 씹던 성빈이, 귓전에 울리는 익숙한 소리가 없어 고개를 들었다.

손끝에 뭉친 니트를 입에 문 하연이 눈에 들어왔다. 성빈이 픽 웃으며, 상체를 일으키더니 하연을 다정하게 끌어안으며 은밀하게 속삭였다.

"음소거하면 재미가 덜 하잖아."

"창피해서요."

"당신이 내는 소리. 정말 섹시한데, 왜."

이 정도면 하연 또한 자신만큼이나 충분히 달궈졌다고 판단한 성빈이, 자연스럽게 등 어귀로 손을 뻗었다. 달칵. 브래지어 후크가 풀리고, 성빈이 달콤한 말투로 마지막 경고를 했다.

"브레이크 걸 거면 지금 해. 선 넘은 후엔 곤란해. 안 멈출 거야."

"서, 성빈 씨!"

하연이 헐거워진 브래지어를 움켜잡고, 불안한 눈빛으로 성빈을 올려다봤다. 성빈이 연속으로 눈을 깜박였다. 이 정도까지 왔는데 진짜 멈출까 싶었는데 사실 좀 당황스럽다.

성빈의 기분이 거품 빠진 맥주처럼 착 가라앉았다. 하지만 최대한 티 내지 않고, 후크를 다시 채워 주며 건조한 투로 물었다.

"솔직히 처음은 아닐 테고, 혹시 트라우마나 결벽증 같은 거라도 있는 거야?"

하연이 니트를 끌어내렸다. 성빈의 질문에 대답은 하지 않은 채, 속으로 작게 한숨을 내쉴 뿐이었다. 사실 그녀는 경험이 없었다.

성빈은 그 전에 달수와 사귀었던 걸 알고 있으니 경험이 있을 거라 생각하는 게 분명했고, 하연 또한 표현하지 못하는 난감한 부분이기도 했다.

달수에게는 조금 더 쉽게 거절을 했던 거 같다. 그렇다고 그 이유가 뚜렷한 정조 관념 때문이라거나, 혼전 순결주의자의 명목인 것은 결코 아니었다. 하지만 매번 이런 낯선 상황이 닥칠 때면 본능적으로 본인을 방어하는 버릇이 생겨 버렸다. 사실 두려운 마음이 크고, 잠자리의 끝에 더욱 견고한 사랑이 과연 다져지는 게 맞을까 의문도 들었다.

뭐 그 탓에 달수가 상사와 제대로 바람나, 허무하게 사랑이 끝나 버린 슬픈 과거도 있지만. 그런 전적이 있기에 성빈에게 너무 미안했다.

지금이라도 성빈이 이끄는 대로, 정신 줄을 놔 버린 채 끝까지 가 볼까 고민도 들었지만, 쉽게 내릴 수 있는 결정이 아니었다. 처녀가 아닐 거라고 판단하는 성빈에게 어설프게 첫 경험을 내맡겨, 부담을 안겨 주고 싶지도 않았다.

"사실 전, 성빈 씨한테 부담을 주고 싶지가 않아요."

"반대로 해석하면 하연 씨도 나한테 확신이 없다는 건가?"

하연이 빠르게 고개를 저었다.

"그런 건 전혀 아니에요. 다만 제가 아직⋯⋯."

말을 멈춘 하연이 곤란한 표정을 지었다. 문득 성빈은 유선의 말이 떠올랐다. 순진한 여자한테 쉽게 책임질 짓을 하지 말라던⋯⋯.

맞는 말이었다. 무리하게 제 연애관에 하연을 맞추려고 억지를 부리는 건 이기적인 일이었다. 어쩌면 자신과의 만남을 계속 걱정하는 그녀는 아직 확신이 서지 않았는지도 모르겠다. 하연의 입장에서는 어쩌면 당연한 일이었다.

"하연 씨, 내가 좀 성급했던 거 같아."

"아뇨, 제가 느린 거죠."

"사실 그건 맞아. 여기에서 끊는 건 좀 너무하긴 했어."

성빈이 하연을 꽉 끌어안아 줬다. 남자의 품에서 하연이 작게 속삭였다.

"괜찮아요?"

"뭐가."

성빈의 탁한 음성이 갈라져 나왔다.

'남자는 이런 상태에서, 수그러들기가 쉽지 않다고 하던데.'

에둘러 미안한 마음을 표현하려고 단어를 찾는데, 성빈이 앞서 심드렁하게 말했다.

"당신도 양심이라는 게 있으니 미안하긴 한가 보지."

"무, 뭐가요."

"순진한 척 적당히 해. 뭐긴 뭐야."

성빈은 이해를 하는 건 하는 거고, 짜증이 나는 건 어쩔 수 없었다.

"저 원래 순진한 여자예요."

질려 버린 성빈이 혀를 찼다.

"당신이 이 녀석을 오래 외면하는 만큼, 때가 됐을 때 자비 따윈 없을 줄 알아."

"말 좀 직구로 안 하면 안 돼요?"

하연이 양쪽 귀에 손가락을 꽂고 목소리를 높였다. 오히려 그런 반응이 이해 안 되는 성빈이, 하연의 턱을 살짝 치켜들었다.

"사랑하는 사람끼리 이런 말도 가려서 해야 돼? 난 당신의 가슴이 복숭아처럼 풍만하고 모양이 예쁜지 궁금하고, 못생긴 캐릭터를 앞세워 몇 번이나 방어 제대로 치고 있는 당신 팬티 속이 궁금해서 돌기 직전이야."

성빈의 표현이 짙어질수록 하연의 입이 경악스러움에 점차 벌어졌다. 하연의 반응에 성빈은 희열을 느꼈다. 제대로 농락당한 하연이 얄밉게 정면에서 히죽거리며 웃고 있는 성빈의 뺨을 가볍게 '찰싹' 치며 한마디 했다.

"이 남자, 완전 별꼴이야."

하연의 손이 스쳐 간 하얀 뺨을 어루만지며, 성빈이 지지 않고 맞받아쳤다.

"당신이야말로."

*　　*　　*

"수은아. 하연이 이모 말 얌전하게 잘 들어야 돼?"

양 갈래 머리에 커다란 딸기 모양 핀을 예쁘게 꽂은 여섯 살 남짓의 수은이 고개를 끄덕였다. 민경이 수은이의 머리를 손으로 쓰다듬으며, 하연에게 미안한 얼굴을 지었다.

"너한테도 황금 같은 주말인데 미안해서 어떡해."

"어차피 성빈 씨도 바쁘고, 집에서 할 것도 없었는데 수은이랑 같이 콧바람이나 쐬지, 뭐. 정말 괜찮아."

사실 주말에 민경과 만날 때면 그녀는 조카 수은을 곧잘 데리고 나왔다. 민경에게는 두 살 터울의 언니가 한 명 있었는데, 일 년 전 남편과의 결혼 생활을 정리한 뒤 하나뿐인 딸 수은을 혼자 맡아 키우게 되었다. 웨딩 플래너 업체에서 보조 일을 하고 있는 민경의 언니는 아무래도 주말에 더 바빴기에 민경이 수은을 돌보는 일이 잦았다. 오늘도 상황은 비슷했고, 이번엔 민경 또한 회사에서 급하게 호출이 와서 하연에게 도움을 요청한 것이다.

"하연아. 그럼 이따가 전화 할게."

비교적 사람이 적은 한산한 카페 거리에서 내려 준 뒤 급하게 출발하는 민경을 배웅하고, 하연이 수은에게 말을 걸었다.

"수은이 배고프지? 이모랑 뭐 먹을까?"

끄덕끄덕. 하연이 고개를 들어 주변을 둘러봤다.

평소에 베이커리를 좋아하는 아이를 위해, 브런치 전문점으로 유명한 카페를 선택했다. 전망이 좋은 야외 테라스 의자에 수은을 앉히고, 주문을 위해 하연이 카페 안으로 들어갔다.

"주문하시겠어요?"

메뉴를 살피던 하연이 리코타 치즈 샐러드와 고르곤졸라 피자, 토마토 파니니를 선택했고 곁들어 마실 음료로 파인애플 에이드 두 잔을 골랐다. 음식을 기다리며, 수은과 하연이 소소한 수다를 떨었다.

유치원에서 어떤 걸 배우느냐, 친구들과는 잘 지내느냐, 좋아하는 남자애는 없느냐 등 수은의 속마음을 채근하며, 장난을 치기 바빴다. 수은의 수줍어하며 꺄르르 웃었다.

"하여간 우리 수은이 귀여워 죽겠다니까."

어린아이의 티 없는 웃음은 참 싱그럽다. 하연이 아이의 젖살이 빵빵한 볼을 쓰다듬어 주고 있는데, 전화가 왔다.

"성빈 씨."

[어디야. 집인가?]

하연이 나긋하게 대답을 했다.

"밖이에요. 민경이 조카 좀 보고 있어요."

[당신이 왜?]

"설명하자면 길어요."

[그래. 오후 일정 다 취소됐으니, 우리 얼굴 좀 봐. 지금 있는 장소 메시지로 좀 찍어 줘. 바로 출발할게.]

전화를 끊은 하연이 음식을 받아 오며 주소를 물어 성빈에게 메시지를 보냈다. 하연이 샐러드를 잘 섞어 수은에게 한입 먹여 줬다.

"수은아 어때? 맛있어?"

"응, 이모 맛있어! 또 줘."

"다행이네, 대충 넘기지 말고 꼭꼭 씹어."

하연도 피자 한 조각을 꿀에 찍어 입으로 가져갔다. 생각보다 잘 받아먹는 아이를 흐뭇하게 바라보고 있는데, 저 멀리 카마로에서 내려 선글라스를 벗는 성빈이 보였다.

"성빈 씨, 여기예요."

하연을 발견한 성빈이 걸음을 재촉해 테라스로 빠르게 걸어왔다. 올려다보는 하연의 어깨를 부드럽게 팔로 감싸더니, 성빈이 상체를 낮춰 가볍게 입을 맞췄다.

"입술 맛이 오늘따라 달콤한데?"

"피자에 꿀 찍어 먹어서 그래요. 참, 수은아. 아저씨한테 인사해. 성빈 씨 아까 말했던 민경이 조카예요."

성빈이 다리를 접어 수은과 시선을 맞췄다. 낯선 사람의 등장에 수은이 잔뜩 긴장한 채 배꼽에 양손을 올리고 크게 인사를 했다.

"아저씨. 안녕하세요!"

"그래, 꼬맹아. 만나서 반갑다."

의자에 걸터앉은 성빈이 다리를 꼬며, 에이드로 목을 축였다.

"점심은요?"

"아직이긴 한데, 밀가루는 안 땡겨서. 신경 쓰지 말고 먹어."

성빈이 쏟아져 내리는 가을 햇살에 눈을 가늘게 뜬 채, 여유롭게 주변을 살폈다. 주말인데도 불구하고 단지 내에 위치한 카페 거리라서 그런지 한산한 편이었다.

성빈이 와이셔츠 위 단추를 풀며, 아이를 챙기는 하연을 쳐다봤다.

"이모, 이제 그만 먹을래. 수은이 배불러."

"그래? 자, 그럼 에이드 마셔."

빨대의 방향을 잡아 수은의 입에 고정해 주는 하연의 세심함이 성빈의 감탄을 자아냈다.

"그런 정성을 나한테도 좀 쏟아 보지 그래?"

하연이 못 들은 척하며, 아이의 입가를 냅킨으로 닦아 줬다. 음료를 몇 모금 먹은 수은이 눈을 부비며 칭얼거렸다.

"이모한테 와. 안아 줄게, 기대서 자자."

하연이 수은을 품에 안고는, 눈이 감길락 말락 하는 아이의 등짝을 부드럽게 쓸어내렸다. 성빈이 그런 둘의 모습을 말없이 응시했다.

"성빈 씨는 아이 좋아해요?"

"음......"

그는 사실 아이를 별로 좋아하는 편이 아니었다. 이유는 단순했다. 어린아이 특유의 조르기, 안 되면 떼를 쓰고, 울기까지 하는 행동들이 그에게 박혀진 아이의 이미지였고, 그것은 피곤함 그 자체였기 때문이다. 아이를 따스하게 바라보는 하연의 눈길에, 성빈이 말을 아끼다 조심스럽게 물었다.

"하연 씨도 나이가 있으니, 결혼도 생각하겠네."

"그냥 뭐……."

"언제쯤 해야겠다, 뭐 이런 것도 정해 놨나. 여자들은 그런 계획 짜는 거 좋아하던데."

성빈의 질문엔 여러 가지 의미가 담겨 있다는 걸 하연은 느낄 수 있었다. 하연이 담담한 표정으로 대답을 했다.

"정해 놓은 계획 같은 건 없어요. 언젠간 때가 되면 하겠죠."

하연은 성빈에게 부담 주고 싶지 않았다. 그런 데다 성빈의 질문 속에는 '함께'라는 느낌이 전혀 없었기에, 가슴팍에서 곤히 잠든 수은에게 시선을 고정한 채 하연이 대답을 했다.

그녀의 나이 스물아홉, 이 연애 초반부터 고민해 왔던 부분, 어쩌면 성빈도 하고 있을 고민일 것이다. 가벼운 마음으로 시작한 이 연애의 후반전은 절대 쉽지 않다는 걸 직감적으로 두 사람 다 알고 있었다. 그래서 하연은 감정을 밀어내려고 나름 애도 써 봤지만, 이젠 돌이킬 수도 없이 깊이 빠진 상태였다. 지금에 와서는 사실 될 대로 되라는 자포자기 심정에 이르렀다.

잠시 말이 없던 성빈이 부드럽게 말했다.

"하연 씨는 아이를 많이 좋아하는 거 같네."

"네, 좋아해요."

"아이는 나중에 몇 명 낳을 건데."

수은이의 머리칼을 만지던 하연의 손길이 멈췄다.

"두세 명 정도요."

"그래."

"성빈 씨는요?"

이번엔 하연이 물었다. 잠시 고민하던 성빈이 뒷머리로 손을 뻗었다.

"음……글쎄……."

뒷머리를 쓸어 터는 성빈의 동작이 눈에 들어왔다. 뭔가 일이 잘 안 풀리거나, 난감할 때, 기분이 안 좋을 때 꼭 나오는 버릇이라는 걸 이제 하연은 잘 안다.

"한 명 정도."

하연은 말이 없었다. 수은을 한참 안고 있었더니 허리가 당겨와 하연이 자세를 비틀었다. 서둘러 성빈이 자리에서 일어났다.

"꼬맹이 나한테 줘. 내가 안을게."

"괜찮은데."

받아 들긴 했는데, 어떻게 안아야 되나 성빈이 버벅대 하연이 자세를 잡아 줬다. 아이를 먹이느라 잘 못 챙겨 먹은 하연에게 성빈이 음식을 권했다.

"하연 씨. 좀 식긴 한 거 같은데, 마저 먹어."

"대충 다 먹었어요."

그때 하연이 울리는 핸드폰을 받았다.

"응, 민경아."

[수은이랑 점심은 잘 먹었어?]

"응. 밥 먹고 지금은 자고 있어. 그나저나 넌 급한 일은 잘 처리된 거야?"

민경의 목소리에 미안함이 배어 들었다.

[그래서 말인데, 조금 더 늦을 거 같아서 전화했어. 미안해서 어쩌지?]

"아니야. 우리 집에서 마저 재우면 되지. 천천히 일 보고 끝나면 전화 줘."

[정말 미안해. 하연이 너밖에 없어.]

통화가 끝나자 성빈이 물었다.

"민경 씨야?"

"네, 늦을 거 같다고. 그래서 말인데 집에 좀 데려다줄래요? 한참 자는 애 데리고 계속 이러고 있을 수도 없는 노릇이고."

잠시 고민하던 성빈이, 아이를 안은 채 자리에서 일어났다.

"우리 집으로 가. 이따 또 꼬맹이 데려다주고 하려면 택시 타야 하고 번거롭잖아."

"정말 괜찮은데…… 성빈 씨도 피곤할 텐데 집에 가서 쉬든지 일 보든지 해야죠."

성빈이 카마로 뒷좌석 문을 열어 줬다.

"먼저 타."

하연이 올라타서 자리를 잡자, 성빈이 안고 있던 수은을 그녀의 품에 내려놨다. 문을 닫고 운전석에 오른 성빈이 울리는 전화를 받았다.

"너 바쁜데 자꾸 전화할래?"

[오빠 지금 어디야!]

선인장처럼 바짝 가시 돋친 여자의 목소리가, 핸드폰 너머로 들려왔다.

"집에 가는 중이야."

[알았으니까 끊어.]

전화를 끊은 성빈이 어깨를 돌려 하연을 바라봤다.

"불편하진 않아?"

"네. 근데 방금 누구예요?"

"세라."

하연이 웃음을 꾹 참으며, 창밖으로 시선을 돌렸다. 역시 같은 핏줄 아니랄까 봐, 목소리만 들어 봐도 세라 역시 엄청 다혈질이 구나 싶었다. 근데 아까부터 속이 더부룩한 게 자꾸 윗배가 불편했다.

곧 성빈의 맨션에 도착을 하고, 성빈이 문을 열어 수은을 안아 들었다. 하연이 불편한 기색으로 성빈에게 말했다.

"성빈 씨, 속이 더부룩한 게 소화제 좀 사서 먹어야겠어요. 먼저 올라가요."

"알았어."

약국에 들른 하연이 그 자리에서 바로 소화제를 입에 털어 넣은 다음 꿀꺽 삼켰다. 밖으로 나온 하연이 잠시 고민하더니 마트로 향했다.

점심도 거른 성빈에게 뭘 만들어 줄까, 이리저리 둘러보다 포장 팩에 든 커다란 백숙용 닭과, 삼계 약재, 찹쌀을 골라 담았다. 수은의 간식까지 고른 하연이 계산을 하고 성빈의 집으로 향했다. 넓은 집은 고요하기만 했다.

"성빈 씨?"

식탁에 산 것들을 올려놓고 하연이 집을 둘러보는데, 침대에 눕힌 아이 옆에서 고개를 묻은 채 잠든 성빈을 발견했다.

"많이 피곤했나 보네."

하연이 조용히 방문을 닫았다. 하연이 헬스 기구 옆에 놓인 박스에서 앞치마를 꺼내 들었다. 전에 할아버지 오신다고 바리바리 쓸데없이 산 물건들이 한가득 담겨 있었다.

"손에 잡히는 대로 집더니, 하나도 안 쓰는 거 봐. 이럴 줄 알았어."

하연은 일단 찹쌀부터 물에 담가 두었다. 냄비 안을 깨끗하게 씻은 다음 손질을 마친 큰 닭을 집어넣었다. 삼계 약재와 파, 대추까지 넣은 뒤 뚜껑을 닫고 가스 불을 높였다. 앞치마 주머니에 손을 꽂은 하연이 거실로 나오는데 방문이 열렸다. 성빈이 피곤한 얼굴로 나왔다.

"성빈 씨. 눈 좀 붙인 김에, 더 자지 그래요."

"정신 좀 차리게 샤워 좀 하고 나올게."

샤워실로 향하는 성빈의 뒷모습을 하연이 안쓰럽게 쳐다봤다.

이따 죽에 넣을 야채를 다듬어 놓은 하연이 기지개를 켜며 창으로 다가가 고층 전망을 구경했다. 그때 샤워를 마친 성빈이 타월 하나만 허리에 걸친 채 젖은 머리칼을 수건으로 쓸어 털며 나왔다.

양 볼이 분홍빛으로 달아오른 하연이, 손으로 얼굴을 가리며 소리쳤다.

"옷 좀 걸치고 나오지 그게 뭐예요!"

"입으러 드레스 룸에 가는 중이잖아. 하여간 호들갑은."

태평하게 걸어가는 성빈을 손가락 사이로 노려봤다. 역시 다시 봐도 몸매 한번 예술이다. 특히 흰 피부가 유독 탐이 났다. 뱀파이어도 아니고 어쩜 저렇게 하얄 수가 있는 거지?

'밝은 데에서 보니 정말 관능적이긴 하네.'

하연이 침을 삼키며, 손가락 사이로 유유히 걸어가는 성빈을 염탐하는데 별안간 성빈이 홱 몸을 돌렸다.

화들짝. 벌어졌던 하연의 손가락이 간격을 메우며 다시 성빈을 가렸다. 성빈의 눈이 못마땅하게 가늘어지더니, 혀를 내둘렀다.

"어떻게 이런 몸매를 보고도, 욕심을 안 낼 수가 있지?"

"일단 옷이나 갈아입고 나와요."

입체적인 실사의 유혹에도 끄떡없는 하연을 게슴츠레하게 흘기며 성빈이 드레스 룸으로 향했다.

"하아, 저 남자 정말……"

하연이 아쉬운 숨을 깊게 몰아 내쉬며, 다시 주방으로 향했다. 냄비를 열어 뽀얀 국물이 잘 우러나고 있는 삼계탕을 확인하며 중얼거렸다.

"조금만 더 끓이면 되겠다."

"뭐하는 건데?"

진한 스킨 향과 함께 하연의 허리에 긴 팔이 파고들더니, 성빈이 어깨에 얼굴을 묻으며 속삭였다. 목덜미가 간지러운 하연이 움츠리며 대답했다.

"성빈 씨 점심 걸렀잖아요. 삼계탕 하는데, 별로 안 좋아해도 그냥 먹어요."

"알았어."

최대한 티 나지 않게 벗어나려고 슬며시 몸을 비트는 하연을 성빈이 그대로 안아 들어 식탁 위에 앉혔다. 성빈이 어깨를 낮춰 식탁에 양손을 짚은 채, 하연과 정면으로 시선을 마주했다.

두 사람 사이에 묘한 분위기가 조성되었다. 바로 코앞까지 바짝 다가온 성빈의 입술이 운을 뗐다.

"속은 좀 어때. 기어코 얹힌 거야?"

"아뇨, 약 먹으니 많이 괜찮아졌어요. 신경 쓰지 마요."

성빈의 손가락이 하연의 내려온 옆머리를 살짝 넘겨 주며 다정하게 말했다.

"아까 내가 했던 질문이 당신을 많이 불편하게 했나 봐."

"아니에요."

하연이 옅은 미소를 지으며 고개를 저었다. 성빈의 선명한 검은 눈동자는 강렬하게 그녀에게 꽂혀 있었다. 그런 성빈의 눈빛이 부담스러운 하연이, 설핏 허공으로 시선을 피했다.

상반된 두 남녀의 초점 사이로, 성빈이 굳게 닫혀 있는 하연의 입술을 가르고 제 혀를 밀어 넣었다. 치약의 쌉쌀한 민트 맛이, 하연의 입안으로 점차 퍼져 나갔다.

"으읍……."

그동안의 키스와는 사뭇 달랐다. 성빈은 거친 본능을 이성으로 애써 억누르며, 하연의 방식에 맞춰 최대한 달콤하고 부드럽게 입술을 점령해 갔다.

할짝. 달싹이는 하연의 얇은 입술을 간질이기도 하고, 알사탕 굴리듯 빨아 입안으로 삼키기도 했다. 식탁을 짚은 성빈의 두 손에 힘이 들어갔다. 자꾸만 엄한 데로 향하려는 제 입술을 참아내며, 앞에서 두 눈을 꼭 감고 받아들이는 하연의 입술을 한참이나 사랑해 줬다.

"하아……하……."

숨이 턱까지 차오를 때쯤 성빈이 아쉬운 듯 하연의 입술을 놓아주었다. 하연이 고개를 돌린 채 숨을 고르고 있었다.

성빈은 잠깐의 틈을 못 참고 저한테 시선을 뗀 하연의 턱 밑을 끌어올려 두 눈을 마주치게 했다. 고요한 호수와도 같은 성빈의 어두운 눈빛이 하연의 가슴을 무겁게 짓눌렀다.

"당신 서운한 거 알아."

"무슨 말이에요?"

"그래서 무의식적으로 내 시선 자꾸 피하고 있잖아."

참 무서운 남자다. 스스로도 제대로 알아차리지 못한 이 공허한 기분을 어떻게 캐치한 걸까? 솔직히 서운하지 않았다면 거짓말이다. 하지만 이런 식으로 성빈에게 까발려지는 건 싫었다.

"하연 씨에 대한 내 감정은 당신이 정확하게 느낄 테니 더 잘 알겠지."

"잘 알아요. 성빈 씨가 저 많이 아껴 주는 거……."

"시간은 좀 걸릴지도 몰라. 전에 번지점프 할 때 당신에게 말했었던 것처럼 준비가 되면, 난 망설이지 않아. 그러니 당신 실망시킬 일 없어."

에둘러 달래 주는 성빈의 말을 듣던 하연의 눈에 힘이 바짝 섰다.

"성빈 씨 착각하지 말아요. 당신이 결정을 내렸을 때, 내가 당연히 그에 맞춰 따라간다는 생각 따윈 어디서 나온 발상이에요? 나는 왕자님이 유리 구두를 들고 찾아오기를 기다리는 신데렐라 따위 될 생각 없어요."

예상과 다른 하연의 냉랭한 반응에 성빈이 당혹감을 감추지 못했다.

"성빈 씨, 우리 어렵게 생각하지 말아요."

하연의 어투는 단호했다.

"서로에 대한 감정 그대로 거짓 없는 사랑 솔직하게 하면 되는 거고, 언젠가 식으면 그것도 그거대로 어쩔 수 없는 거잖아요. 그러니 서로 촌스럽게 부담 주지 말아요."

성빈의 머릿속이 혼미해졌다. 맞닿고 있는 한 뼘의 거리가 무색하게 선을 그어 버리는 하연의 찬바람에 심장이 내려앉았다.

"허⋯⋯."

헛웃음이 절로 새어 나왔다. 활화산처럼 타들어 가는 심장이 시커멓게 타다 못해 바스러지기 일보 직전이었다. 하연이 가볍게 픽 웃었다. 가소롭다는 하연의 미소에, 스산한 음성이 성빈에게서 흘러나왔다.

"하연 씨. 지금 나 가지고 노는 거야?"

하연은 대답 대신 평소에 성빈이 자신을 무시할 때 하던 어깨를 쓰윽 들어 올리는 액션을 따라 했다. 그런 하연의 얄미운 행동에 성빈이 이성의 끈을 놓아 버렸다. 그대로 하연을 식탁에 눕히고선, 낮게 으르렁 댔다.

"박하연, 당신 진짜⋯⋯."

성빈의 분위기에 움츠러든 하연이 눈을 연속으로 깜빡였다.

하연은 괜히 과하게 성빈을 자극했나 하는 후회가 들었다. 하연을 내려다보는 성빈의 눈이 서슬 퍼런 빛을 내며 고압적이게 변해 있었다.

"성빈 씨, 화났어요?"

"⋯⋯."

"삼계탕 다 됐을 거 같은데?"

성빈이 흘러내리는 흑발을 신경질적으로 쓸어 넘겼다.

"그럼 당신이 날 가지고 못 놀게, 내 쪽에서 수를 쓰면 되는 건가?"

"서, 성빈 씨!"

"영원히 벗어나지 못할, 개미지옥으로 안내하지. 당신 제대로 실수한 거야."

성빈의 얼굴에는 웃음기 따윈 전혀 섞여 있지 않았고, 하연은 정말 위험할 수도 있겠다는 위기감이 들었다. 삐딱하게 틀어진 성빈의 턱 선이 거침없이 내려오는데, 삐빅— 도어록이 해지되는 버튼 소리가 들렸다.

문 쪽으로 향하는 성빈의 시선에 맞춰, 하연이 애벌레처럼 몸을 꿈틀거렸다. 성빈이 못 움직이게 어깨를 압박하며 들어오는 사람을 확인했다. 다름 아닌 세라였고, 성빈이 짜증스러운 한숨을 내뱉었다. 성빈이 놔주자 하연이 빠른 몸놀림으로 식탁에서 내려왔다.

"저 여자는 왜 또 여기에 있는 건데?"

"세라 너 말 가려서 안 해?"

세라를 내려다보는 성빈이 잘생긴 얼굴에 퍼런 냉기를 내뿜으며 강하게 경고를 때렸다. 주춤, 성빈의 무시무시한 검은 오라에 세라가 한 발자국 뒤로 물러서며 한참을 노려봤다. 성빈이 명령조로 작게 속삭였다.

"너 당장 인사부터 안 해?"

"오빠!"

"너 정말 말 안 듣지."

강렬한 성빈의 위압감을 견디다 못한 세라가 결국 고개를 뻐금 내밀며 하연에게 퉁명스럽게 인사를 건넸다.

"언니도 있었네요."

"네, 세라 씨. 오, 오랜만이에요."

하연에게서 시선을 거둔 세라에게 성빈이 낮게 읊조렸다.

"급한 일 아니면 가라."

"이렇게 매정하게 굴 거야? 비켜."

세라가 코트를 벗어 소파에 내려놓으며, 거실을 둘러봤다. 코를 파고드는 음식 냄새, 편안한 차림의 성빈과, 그나마 다행스럽게 느껴지는 외출복 차림의 하연이 눈에 걸렸다.

"세라 씨. 삼계탕 곧 있으면 되는데, 같이 먹어요."

"그래요."

세라가 건성으로 대답하며, 오랜만에 들른 오빠의 집 안을 천천히 살펴봤다. 침실까지 이르렀을 때, 별생각이 없던 세라의 두 눈이 커졌다. 침대 위에 곤히 자고 있는 수은을 발견한 세라의 심장이 격하게 쿵쾅거렸다.

'저 아인 대체 뭐야? 이 오빠 소싯적에 놀아도 너무 고삐 풀고 논다 싶었는데, 설마 결국엔?'

성빈을 큰 목소리로 부르려고 세라가 폼을 잡는 데, 때마침 하연이 방 안으로 들어오며 어색하게 말을 붙였다.

"세라 씨, 제 친구 조카예요. 귀엽죠?"

"크응, 그래요?"

허탈한 세라가 심드렁하게 대답하며, 침대 맡에 걸터앉아 수은을 내려다봤다. 혹시 또 몰라 아이의 얼굴에 성빈의 흔적이 있나 살펴봤지만 다행히도 전혀 딴판이었다.

하연은 갑작스럽게 마주친 세라가 부담스러웠지만 살갑게 대하려고 노력했다. 평소 아이를 좋아하는 세라가 수은의 볼을 살짝 튕기며, 하연에게 언짢은 투로 말을 건넸다.

"언니 솔직히 말해 봐요. 연기하느라 힘들죠?"

"연기라뇨?"

하연의 반문에, 알면서 뭘 물어보냐는 의심 어린 눈빛을 세라가 발사했다.

"언니 오빠랑 진짜 사귀는 거 아니잖아요."

"왜 그렇게 생각하는데요?"

"딱 봐도 언니, 저 인간 타입이 아닌데?"

"믿고 싶진 않겠지만. 안타깝게도 그쪽 오빠가 저한테 목매다는 중이에요."

하연의 시원한 대답에, 세라가 믿을 수 없다는 표정을 지었다.

"말도 안 돼."

"세라 씨가 힘 좀 써서 말려 보든가요."

"지금 진심으로 하는 소리예요?"

하연이 단단한 얼굴로 고개를 끄덕였다.

"제가 오빠를 많이 좋아하는지는 안 궁금해요? 그게 더 문제일 텐데."

"그건 중요하지가 않죠."

씁쓸한 미소가 옅게 비쳤지만, 곧 표정을 바로 한 하연이 살갑게 말했다.

"저도 성빈 씨 많이 좋아해요. 그래서 세라 씨한테도 잘 보이고 싶고, 아쉬운 입장에서 한 가지 알아 줬으면 하는 건……."

"……."

"누구보다 제 위치 잘 아는 저로서는, 세라 씨 오빠 좋아하기까지 많은 용기를 냈어요."

말을 마친 하연이 몸을 일으키며 싱긋 웃었다.

"삼계탕 다 됐는데, 나와서 같이 먹어요."

하연이 사라진 자리를 물끄러미 응시하던 세라의 얼굴이 점차 굳어졌다.

첫 만남에서의 하연은 분명 진정성이 부족해 보였다. 그렇기에 상대할 필요도 없는 여자라고 판단했었는데…… 생각보다 단단한 느낌에, 그리고 진술하게 상대에게 진심을 전달하는 방식에, 예상과는 다른 하연의 이미지로 혼잡한 기분에 휩싸이는 세라였다.

"이거 심란해지네……."

거실로 나오니 이미 식탁에는 하연이 세팅을 마친 뒤였고, 정구와 간단한 통화를 마친 성빈이 계단을 내려오고 있었다. 터덜터덜 방에서 나오는 세라를 성빈이 무심하게 쳐다봤다.

"너 아직도 안 갔어?"

"배고파. 닭 먹고 갈 거야."

마주 보고 앉은 두 남녀를 번갈아 보던 세라가 짜증스러운 얼굴로 하연의 옆에 의자를 빼내 앉았다. 비닐장갑을 낀 하연이 닭을 뜯으려고 하는데, 성빈이 손목을 붙잡았다.

"손 데면 어쩌려고 그래. 비닐장갑 줘 봐."

"별로 안 뜨거운데."

"원래 이런 건 남자가 하는 거야."

비닐장갑에 손을 우악스럽게 끼워 넣은 성빈이 닭을 움켜잡았다.

"아! 앗, 뜨거!"

바로 닭에서 손을 떼며 성빈이 인상을 있는 대로 쓰더니 장갑을 벗어 던져 버렸다. 세라는 그런 성빈을 한심하게 쳐다봤다. 성빈의 반응을 예상했었던 하연이 픽 비웃었다.

하연이 널브러진 장갑을 손에 끼운 다음 닭다리를 하나 뜯어 성빈의 앞 접시에 놓아 주며 상냥하게 말했다.

"성빈 씨, 배고플 텐데 얼른 먹고 몸보신해요."

"몸보신은 해서 뭐 해. 쓸 일도 없는데, 비실비실한 게 낫지."

세라가 혼잣말로 중얼거렸다.

"누가 들으면 혼자 독수공방이라도 하는 줄 알겠네."

"세라, 네가 머리는 나빠도 눈치는 빨라."

성빈의 대답에 세라가 하연을 쳐다봤다. 그와 동시에 하연은 성빈을 노려봤다.

"우리 두 사람, 지금 정신적인 사랑을 하고 있는 중이야."

"이게 뭔 소리래? 설마 둘이 여태껏 안 잔 거야?"

역시 저 집안 핏줄을 남다르다. 세라마저도 저런 조심스러운 질문을 직구로 날리다니, 진땀이 다 나는 하연이다. 못 들은 척하며 하연이 나머지 닭다리 하나를 세라 앞에 놓아 주는데, 성빈이 심각한 얼굴로 말을 이었다.

"그래서 말인데, 하연 씨. 우리 관계를 조금 더 직접적인 방식으로 접근해 보면 어떨까 해."

저 남자, 또 무슨 소리를 하려고 저런 어려운 단어를 쓰는 거지?

"그게 무슨 소리예요?"

"우리가 일주일에 만날 수 있는 횟수가 지극히도 제한되어 있다는 거 당신도 잘 알고 있지?"

"자주 못 만나는 편이긴 하죠."

하연이 경계를 늦추지 않고, 성빈의 진짜 속내를 살폈다.

"그런 데다 아까 확실히 깨달았어. 당신은 날 사랑하긴 하지만, 그 속엔 내가 짐작하는 거보다 얕은 속임수가 있을 수도 있다는 걸."

"성빈 씨, 그 얘기는 세라 씨 없을 때 나중에 해요."

성빈이 망설임 없이 단칼에 잘라 버렸다.

"당신, 우리 집으로 들어와."

하연이 놀란 마음을 감추지 못한 채, 입을 살짝 벌렸다.

"오빠! 미쳤어? 고모도 두 사람 동거 안 한다는 거쯤은 알고 있어."

세라가 앙칼지게 몰아붙였다.

"그런 데다 지금 내 앞에서 이런 얘기를 하면 뭐 어쩌자는 건데? 나 통해서 고모 귀에 들어갈 수도 있다는 사실, 알고도 그러는 거야? 난 못 들은 걸로 할게."

세라를 무시하며, 하연을 똑바로 직시하던 성빈이 다시 한 번 못을 박았다.

"박하연. 알아들었어?"

"오빠! 정말!"

성빈은 거침이 없었다.

"일부러 전하라고, 너 있는 자리에서 이렇게 말하는 거야. 막무가내 같아도, 내 딴에는 박하연 당신한테 한발 더 다가서기 위한 처절한 몸부림이야."

잠시 얼음이 되었던 하연이, 이내 잡고 있던 닭으로 시선을 떨어뜨렸다. 기분 나쁘지 않게 부드러운 어조로 대답을 했다.

"성빈 씨. 미안한데, 거절할게요."

"뭐?"

분주하게 움직이고 있는 하연의 손을 꽉 눌러 정지시킨 성빈이 자신을 바라보게 했다.

"이 여자야. 나라고 쉽게 말 꺼낸 건 줄 알아?"

"그래서 저도 미안함을 듬뿍 담아 정중하게 거절한 거잖아요."

성빈은 어이가 없었다.

"어떻게 생각도 안 해 보고, 바로 거절부터 할 수가 있어."

하연으로선 막무가내인 성빈의 제안이 오히려 어이가 없었다.

"이 집에 들어온다 치면, 저한테 득 될 게 뭐가 있는데요?"

"그야 나와……."

"집에서 혼자 해 먹기도 귀찮은 식사, 가뜩이나 까다로운 입맛을 지닌 성빈 씨한테 맞춰서 조금이라도 챙겨 먹이려고 매번 신경 써야 할 테고."

하연이 비닐장갑을 빼더니, 팔짱을 꼈다. 그런 뒤 신랄하게 다음 말을 이어 갔다.

"매일 늦게 들어오는 당신, 망부석처럼 하염없이 기다리면서 성에 갇힌 라푼젤처럼 이 넓은 집이나 덩그러니 혼자 지키라고요? 그런 데다 어디 놀러 다니고, 사람 좀 만날라치면 눈칫밥은 있는 대로 줄 테고."

심각하던 세라의 입술이 히죽 말려 올라갔다.

"가끔은 전화 통화만으로도 사람의 기가 다 빨릴 수 있다는 걸 체험하는데, 성빈 씨랑 같이 살게 되면 제 쪽이야말로 이집트 피라미드에 갇힌 미라처럼 바짝 말라 버릴지도 몰라요."

성빈의 미간이 점차 좁아졌다. 하지만 본인에 대한 문제점을 정확하게 파악하고 있는 성빈은 반박할거리가 마땅치 않았다.

"틀린 말 하나 없네. 진짜 사람 제대로 질리게 하는 타입이지."

"저걸 그냥."

세라가 쏘아보는 성빈에게 입술을 삐죽 내밀었다. 하연이 참을까 하다가 한마디를 더 보탰다.

"그런 데다 다른 걸 다 떠나서 확실히 남자 입장에선 동거 자체를 좀 더 쉽게 생각할지는 몰라도, 여자인 저한테는 득 될 게 하나도 없는 걸요."

이 부분에 있어서는 성빈은 납득할 수 없었다.

"어째서 하연 씨는 득 될 게 없다는 건데? 사랑하는 두 사람이 함께하자는 건데, 서로 누가 더 득이 되나, 실이 되냐 따져 가면서 불필요한 밀당을 할 필요가 있을까?"

성빈이 날카롭게 물었다.

"허울 좋게 성빈 씨 식대로 밀당이라고 부르지 마요. 전 미래의 마지막 종착역이 될 남자에게 미안한 과거를 남겨 주고 싶지 않은 거뿐이라고요."

"허."

성빈은 오늘 혀를 몇 번이나 차는지 모르겠다.

"왜 현재 사랑하는 남자한테 먼저 충실할 생각은 안 하는 거지? 그런 데다 하연 씨가 내세우는 의견은 너무 고전적인 발상 아니야? 당신, 생각보다 굉장히 보수적이네. 말마따나 내가 마지막 남자가 될 수도 있는 거잖아."

"글쎄요……."

하연의 풍성한 속눈썹이 느슨하게 내려앉았다.

"성빈 씨는 연애 상대로는 아찔한 긴장감이 있어서 스릴도 있고 괜찮긴 한데, 배우자로는 좀……."

"뭐?!"

"아, 아니에요. 이거 옻닭이었나, 뇌에 두드러기가 났는지 정신이 오락가락하네."

성빈이 의자에서 벌떡 일어나 하연을 죽일 듯이 노려봤다. 하연이 태연한 척 눈을 바짝 내리깔고, 세라에게 시선을 돌렸다.

"세라 씨, 먹을 만해요?"

"아직 손도 안 댔는데요."

세라가 가시가 잔뜩 돋친 성빈을 슥 쳐다보며, 닭다리를 입에 물었다.

하연의 눈꺼풀이 식탁에 붙을 만큼 바짝 내려가 성빈의 시선을 철저히 외면했다. 성빈이 뒷머리를 거칠게 쓸어 털며 분노를 참지 못하고 거실로 나가 버렸다.

"이것만 먹고 가야겠다. 저 인간 제대로 열 받았는데, 괜히 불똥 튈라."

성빈이 주방에 나가기 전까지 태연함을 유지하던 하연이 입술에 잔 경련을 일으키며 세라에게 절박하게 부탁을 했다.

"세라 씨, 제발 더 있으면 안 돼요? 그쪽 오빠기도 하니깐 성격 어떤지 잘 알 텐데, 나 지금 위험해요."

옷자락을 붙잡은 채 불쌍한 표정을 짓는 하연을 보며 세라가 헛웃음을 터트렸다.

"그렇게 감당도 못 할 거면서 왜 센 척은 해요?"

"내 말이요. 안 그래도 아까 일 차로 약 올린 게 있어서, 지금 독이 바짝 올랐을 거예요."

세라가 닭고기를 씹으며, 몸서리치는 하연을 은근한 눈길로 바라봤다.

이 언니, 생각보다 제법인데? 유선 언니랑은 반대라 지루한 스타일일 줄 알았는데, 차분하게 코미디 한 편 찍는 모습이 나름 귀엽네?

"언니는 우리 오빠 어디가 좋아요?"

"잘생겨서요."

"그게 다는 아닐 테고?"

"돈도 많잖아요. 그냥 많은 것도 아니고 재벌인 데다."

하연의 대답엔 망설임이 없었다. 세라가 픽 웃었다.

"언니 꽃뱀이에요?"

"차라리 그러면 마음이나 편하겠어요."

"성빈 오빠가 쉬운 상대는 아니죠?"

세라의 질문처럼 하연은 나름대로 최선을 다하고 있었다.

"사실 세라 씨가 물어봐서 하는 말이지만, 성빈 씨를 감당하려면요."

"힘들다고요?"

"아뇨."

"사람 질리게 한다고요?"

"틀렸어요."

"짜증 나서 못 해 먹겠다고요?"

하연이 작게 소리 내 웃었다.

"강한 집중력이 필요해요."

"무슨 말이에요?"

"성빈 씨는 세상에 여자는 저 하나밖에 없다는 듯이 사랑해 주기 때문에, 그에 맞는 집요한 관심을 늘 보여 줘야 하거든요."

세라가 인상을 찌푸렸다.

"지금 저한테 두 사람이 얼마나 사랑하는지 자랑이라도 하는 거예요?"

"피곤하다는 말을 적당히 포장한 거예요."

그때 거실에서 성빈의 목소리가 들렸다.

"하연 씨, 민경 씨한테 전화 왔네."

하연이 얼른 튀어 나가 성빈이 건네주는 전화를 받았다. 발코니로 시선을 돌리니, 벌써 어둑한 초저녁 시간이었고 간단한 통화 후 전화를 끊는데 성빈이 물었다.

"지금 데리고 오라는 건가."

"네. 겸사겸사 저녁 사 주겠다고 같이 먹자네요."

"그럼 데려다줄게."

하연은 대답도 하기 전에, 드레스 룸으로 걸어가 버리는 성빈의 뒷모습에 쓴 입맛을 다셨다. 티는 안 내지만 분위기가 제법 쌀쌀맞은데, 삐친 건가?

눈을 비비며 방금 일어난 수은에게 겉옷을 챙겨 입히고, 세라까지 함께 집을 나섰다. 밴에서 기다리며 졸고 있던 매니저가 한 달음에 달려 나와, 세라에게 차 문을 열어 주었다. 세라가 차에 오르기 전 두 사람을 쳐다봤다.

"오빠, 나중에 따로 한번 봐."

"그래. 너도 요즘 바빠서 피곤할 텐데 고생하고."

성빈에게서 시선을 거둔 세라가 하연에게 가볍게 인사를 했다.

"언니. 삼계탕 잘 먹었어요."

"맛있게 먹어 줘서 제가 더 고맙죠. 다음에 봐요."

세라가 고개를 까닥 끄덕이고선, 밴에 올라탔다. 성빈이 출발하는 밴을 멍하니 쳐다보고 있는 하연의 어깨를 툭 치며, 가자는 신호를 보냈다. 하연이 수은이의 손을 잡고 엉거주춤, 카마로 뒷좌석에 타자 성빈이 시동을 걸었다.

"아까 그 카페에서 내려 주면 돼요."

"알았어."

하연은 잠이 덜 깬 아이를 챙기다 보니, 차 안이 한겨울만큼이나 서늘하다 걸 뒤늦게 깨달았다. 룸미러로 성빈의 눈치를 살피는데, 별다른 특이점은 발견할 수 없었다. 평소와 같았고, 그 이상의 차분한 눈빛이 인상적이었다.

곧 낮에 브런치를 먹었던 카페에 도착했고, 민경이 그들을 기다리고 있었다. 성빈이 운전석에서 내려, 뒷좌석 문을 열어 줬다. 제 이모에게 쪼르르 달려 와락 안기는 수은을 받아 들며, 민경이 성빈에게 인사를 했다.

"성빈 씨, 번거롭게 해 드려서 어떡해요. 같이 저녁 먹고 가요."

"괜찮습니다. 아까 하연 씨가 식사 차려 줘서 먹었어요."

성빈이 거절을 하자, 민경이 하연과 따로 이별 인사를 나눌 수 있게 멀리 떨어져 줬다. 하연이 성빈을 지그시 올려다봤다. 그런 그녀의 머리를 헝클어뜨리며 성빈이 부드럽게 말했다.

"저녁 맛있게 먹고, 조심히 들어가. 너무 늦지 말고."

"성빈 씨, 저기 있죠."

"그리고 아까 내 제안은 좀 이기적이었던 거 인정해. 미안해. 이만 갈게."

말을 마친 성빈이 어깨를 돌렸다. 하연은 그가 어디론가 사라질 것만 같은 불안한 마음이 불쑥 들었다. 팔을 뻗어 재빠르게 성빈의 허리를 끌어안았다.

"성빈 씨……!"

크게 한발 내딛던 성빈의 구두가 자리에서 멈췄다. 두근두근. 두 남녀의 온기가 맞닿아, 서로를 향해 뛰고 있는 심장 소리가 리듬에 맞춰 콩닥거렸다.

"왜 그래?"

"저기 성빈 씨…… 있잖아요."

성빈에게 미움 받고 싶지 않다는 생각뿐인 하연이, 꼭 껴안은 팔에 한층 힘을 주며 말했다.

"이대로 보내면 어디론가 사라져 버릴 것만 같아요."

"절대 그럴 일 없어."

"아까 성빈 씨가 개미지옥으로 안내한다고 협박했었잖아요?"

성빈의 고독한 눈빛에, 그제야 잔잔한 생기가 감돌았다.

"이미 감당하기 힘든 당신이라는 남자한테 빠져서, 헤어 나오고 싶어도 이젠 어쩔 도리가 없어요. 제가 아까 했던 말들, 보잘것없는 제 자신을 방어하고자 부렸던 알량한 자존심일 뿐이에요. 큰 의미 두지 마요."

성빈의 입꼬리가 살짝 올라갔다.

"나 바보 아냐. 그쯤은 알고 있어."

하연이 허리를 껴안은 팔에 힘을 빼며, 장난스러운 웃음을 지었다.

"그런데 지금 솔직히 삐쳤잖아요."

"난 삐치고 그런 거 유치해서 못 하는 사람이야."

"에이, 딱 보니깐 운전 내내 얼굴 굳어서 정색하고 있던데요. 뭘."

기어코 마무리까지 약 올리려는 하연을 쏘아보려고 뒤돌았는데, 성빈의 표정이 오묘하게 바뀌었다. 장난기 배인 말투와는 상반된, 잔뜩 시무룩한 하연의 눈빛이 여실히 눈에 들어왔다.

하연이 정면 와이셔츠에 달린 작은 단추를 콕 찔렀다.

"차라리 제가 남자였으면 참 좋았을 텐데, 성빈 씨가 여자고……."

"그건 또 무슨 소리야."

머뭇거리던 하연이 대답을 했다.

"전 성빈 씨한테 이렇게 안겨 있으면, 너무 따뜻하고 좋은데…… 가끔은 그런 생각이 들어요. 제가 전봇대같이 큰 장신이 돼서 성빈 씨를 품에 와락 가두고 포근하게…… 또 힘껏 부서지게 안아 주고 싶어져요."

경직돼 있던 성빈의 미소가 허탈하게 풀렸다.

"내 남자에게도 위로가 필요할 때가 있잖아요."

하연의 따뜻한 말 한마디가 성빈의 가슴을 녹였다.

"물론 가끔 너무 말도 안 되는 억지를 부릴 때면, 목덜미에 헤드록을 걸어서 엎어치기 백만 번은 해 주고 싶을 때도 있어요."

하연이 입술을 삐죽 내밀었다.

"그리고 누군 그런 판타지 없는 줄 알아요?"

"갑자기 판타지가 왜 나와?"

"제가 남자였으면 당장에 성빈 씨 보쌈해 가서 집에 감금할 거라고요. 세상에 남자는 나밖에 없으니깐 나만 사랑하고, 나만 바라보고, 내가 하자고 하는 대로만 해. 물론 밤일은 따로 말 안 해도 서비스인 거 알지?"

성빈이 너무 어이가 없어, 실소를 터뜨렸다.

"지금 판타지로 비유하면서까지 내 수작에 대해 대신 늘어놓는 이유가 뭔데?"

"이 남자는 눈치까지 빨라서 당해 낼 재간이 없어."

하연의 손목을 붙잡은 성빈이 품으로 끌어당겨 여자를 아스러지도록 힘껏 껴안았다.

"이 여자야, 언젠간 잡아먹을 거야."

"성빈 씨."

"말해."

"사랑해요."

"다시."

"사랑해요."

성빈이 나지막이 중얼거렸다.

"하여간 이놈의 인기는."

"성빈 씨는 안 해 줘요?"

"뭘."

"사랑한다는 말. 저한테는 자꾸 원하면서 정작 본인은 진짜 안 해 주더라?"

하연의 투덜거림이 귀여운 성빈이 야들하게 대꾸했다.

"미안한데 난 오늘 그 단어를 말하기에는 당신에 대한 애정도가 희미해."

"나쁜 남자."

"민경 씨 기다리겠다. 저 멀리 표정 보니깐 슬슬 열 받아하는 거 같은데."

"관심 없어요. 눈꼴 좀 시려 봐야, 정신 차리고 남자 좀 만나죠."

성빈이 입가에 호선을 그리며, 하연을 품에서 떼어 냈다.

"진짜 갈게. 자, 입술."

"……읍."

가벼운 입맞춤으로 영역 표시를 한 성빈에게, 잠시 망설이던 하연이 입을 열었다.

"성빈 씨 할 말 있어요."

"말해."

"다른 말 안 할게요. 저 여자 문제는 감당 못 해요. 알죠?"

무슨 얘긴지 단번에 알아들은 성빈의 눈이 살짝 커졌다. 곧 그의 손이 하연의 앞머리를 흐트러뜨렸다.

"걱정 마. 당신이 신경 쓸 일 전혀 없을 테니."

"그럼 됐어요."

"오늘은 나 삐친 걸로 돼 있으니깐, 말 잘 들을 거라 믿어. 집에 일찍 들어가."

하연이 비장한 표정으로, 손바닥을 이마에 댔다 떼며 우렁차게 대답했다.

"알겠습니다. 교관님."

"그럼 자네를 믿겠네. 이만 가지."

운전석에 오르는 성빈에게 손을 흔들며 하연이 배웅을 했다. 한결 마음이 가벼워진 하연이 신이 나서 민경에게로 걸어갔다. 이미 눈이 썩은 지 오래인 민경이 하연에게 타박을 줬다.

"……너네 진짜, 덤앤더머 같아."

9장
그 남잔 말야

라페르 대표실 앞 로비의 책상.

정구가 본인의 자리에 한 낯선 여자를 앉혀 두고 업무에 관해 설명 중이었다.

"내가 밖으로 잡힌 스케줄이 많아서 자리를 비울 때가 많을 거야. 성경이 네가 할 일은 간단하게 전화 받아서 메모 남기고, 사장님 스케줄 체크해 드리는 거. 그리고 임원 회의나 외부 클라이언트 미팅 잡혔을 때 준비 잘해 주면 돼."

정구의 설명을 꼼꼼히 받아 적는 성경의 얼굴에 긴장감이 맴돌았다. 그때 정구의 눈에 출장을 마치고 얼마 쉬지도 못하고 곧장 출근하는 성빈이 보였다. 정구는 성경의 귀에 작게 '저분이 우리 사장님이셔.' 하고 속삭였다.

숙지할 게 많아 머릿속이 뒤죽박죽이고, 알기 어려운 까만 글씨 덕분에 흐리멍덩했던 성경의 두 눈이 탁 트였다. 드라마 속에서만 존재하는 줄 알았는데. 정말 저리 수려하게 잘생기고, 젊은 사장이 현실에서도 있었단 말이야?

정구가 별생각 없이 지나치려는 성빈을 불러 세웠다.

"사장님. 객실에서 주무시고 나오시는 거예요?"

"응."

"아, 그리고 이쪽은 저번에 제가 말씀드렸던 아는 동생이에요."

성빈의 긴 속눈썹이 느릿하게 깜빡이며, 성경에게로 향했다. 성경이 벌떡 일어나, 주름진 치마를 손으로 펴며 인사를 건넸다.

"안녕하세요. 정성경이라고 합니다."

"반가워요."

집무실로 들어가는 사장의 뒤를, 정구가 보고할 것을 한 아름 들고 따라 들어갔다. 의자에 털썩 앉은 성빈이, 깊은 숨을 몰아쉬며 책상 위를 가득 메운 서류를 하나씩 펼쳐 들기 시작했다.

"저 외근 나가 있을 때는 사장님 관리하는 일은 주로 성경 씨가 담당하게 될 거예요."

"아는 동생이라고."

"네. 그래 봤자 한 살 어려요. 저한테 하던 식으로 구시지 말고, 잘 좀 대해 주세요. 어차피 길어 봐야 한 달 정도 볼 텐데."

성빈은 대답이 없었고, 정구는 곧장 이번 연말에 진행되는 백화점 이벤트 건에 대해 브리핑을 시작했다. 성빈은 책상 위를 손가락으로 한 번씩 두드리며, 정구의 말에 집중을 했다.

"수고했어. 나가 봐."

모니터를 열심히 들여다보며, 깔려 있는 프로그램들을 열어보던 성경이 자리에서 몸을 일으켰다. 정구가 싱긋 웃으며, 소매를 걷어 시간을 확인하며 말했다.

"지금 당장 나가 봐야 해서, 성경이 네가 사장님 좀 살펴야 할 것 같은데. 일단 적당히 눈치 봐서 뭔가 일이 잘 안 풀리고 심각해 보일 때는 블랙커피 타서 드리면 되고, 한숨 돌리면서 쉬는 타임인 거 같다 싶을 땐 원두커피 좀 챙겨 드려."

"아, 응응. 걱정하지 마."

별거 아니지만, 성빈의 기분을 잘 파악해야 한다는 점에서 까다로운 주문이기도 했다.

"그리고 식사를 잘 안 드시니깐, 점심시간에 맞춰서 샌드위치나 스콘 같은 거 가볍게 챙겨 드리면 될 거 같고."

"알았어."

"아, 그리고 선약으로 잡힌 스케줄이 아니면 되도록 저 문을 통과시키면 안 되고. 그 밖엔 사장님이 간단하게 시키시는 일이나, 아까 말했던 대로 전화 잘 받고 스케줄만 꼬이지 않게 잘 전달해 드리면 돼. 별거 없지?"

지시 사항을 전달한 뒤, 홀가분한 얼굴로 코트를 챙겨 입는 정구를 보는 성경의 눈빛이 왠지 불안했다. 북적거리는 작은 사무실에서 사람들과 치이며 일했던 그녀는 사실 일대일 업무가 부담스러웠고, 한편으로는 사장이 까칠해 보여 걱정이 앞섰다.

"정구 오빠. 근데 사장님 성격은 어때? 좀 까칠해 보이시던데."

"천사같이 착하고 순한 분이서."

정구는 성경에게 미안했지만 어쩔 도리가 없었다. 업무는 감당이 안 돼 돌아 버리겠고, 당장에 쓸 만한 사람을 구한다는 것도 쉽지가 않았다. 아는 지인 중에 백조 두 달 차 성경이 그에겐 단비 같은 존재였고, 꼭 필요한 인물이었다.

그리고 생각을 해 보면, 사장은 성격이 더럽긴 해도 건들지만 않으면 순한 편 아니던가? 그래, 나름. 나름대로.

정구가 외근을 나간 뒤, 탕비실에 도착한 성경이 고민을 했다. 일단 커피 머신에 원두커피 원형 티백을 넣고 버튼을 눌렀다. 고소하고 진한 원두 향이 코끝을 휘감았고, 본인 것도 한 잔 만들어 쟁반에 올렸다. 쟁반을 로비 책상까지 가지고 온 성경이 본인이 마실 커피를 내려놓은 뒤, 비어 있는 작은 접시에 자신의 가방을 뒤져 꺼낸 쿠키를 모양 내 담았다.

집무실 문 앞에서 심호흡을 크게 한번 한 뒤 똑똑 노크를 했다. 대답이 없다. 다시 두드려 봤지만, 역시나 대답이 없다. 떨리는 마음으로 문을 여니, 사장의 정수리가 저 멀리 보였다.

성경이 책상 근처까지 가서야 인기척을 느낀 성빈이, 눈앞에서 보이는 그녀의 치마에서부터 천천히 고개를 들어 눈을 마주쳤다. 성경의 굳은 입꼬리가 샐쭉 올라갔다.

"노크를 해도 대답이 없으시길래, 그냥 들어왔어요."

"아, 네."

"원두커피랑 쿠키 좀 담아 왔는데 드세요."

그녀의 잘 다듬어진 손가락이, 커피 잔과 접시를 내려놓았다. 성빈이 보던 서류로 다시 시선을 옮기더니, 짤막하게 대답을 했다.

"고마워요."

"부탁하실 일이나, 필요하신 거 있으시면 말씀해 주세요."

"네."

문을 열고 나오는 성경이 가슴을 쓸어내렸다. 잔뜩 긴장한 첫 대면치곤 꽤 생각보다 괜찮았다. 정구가 말한 대로 사장 스타일은 젠틀한 편이었고, 시크한 아우라와는 다르게 부드러운 말투였다.

정신없이 정구가 말해 준 것들을 숙지하며 시간을 보내고 있는데, 성빈이 집무실에서 나왔다.

"어? 사장님, 필요한 거 있으세요?"

그의 손엔 묵직한 서류 뭉치가 들려 있었다. 입에 만년필을 문 성빈의 낯빛은 평온해 보였다. 그 편안한 얼굴에 성경은 한편으로 무서운 생각이 들었다.

그런데 시선을 내리까는 사장의 눈빛이 점차 예사롭지 않다.

성경이 그 시선을 피해 자연스럽게 모니터에 떠 있는 스케줄을 확인하는데, 아뿔싸! 아침에 정구가 미리 언질을 해 줬던 '부서 긴급회의' 메시지가 크게 적혀 있었다.

'벌써 시간이 이렇게 됐나.'

"아, 사장님! 하도 정신이 없어서 제가 잠시 일정을 착각했나 봐요. 차는 금방 준비할게요."

성경이 겸연쩍은 얼굴로 개구리처럼 팔딱 일어나 탕비실로 부리나케 달려갔다. 결국 회계팀 여직원들까지 동원해 회의 준비를 어렵사리 마쳤다.

생각보다 지체된 시간을 확인한 성빈이, 서둘러 회의 진행을 촉구했고 성경이 회의실 문을 조용히 닫고 나왔다. 출근 하루 만에 기가 다 빨려 버렸다. 그녀는 지친 기색으로 한숨을 푹 내쉰 뒤, 의자에 털썩 앉아 고개를 처박았다.

첫 출근이라 잔뜩 긴장하고 있었는데, 실수를 해 버리다니. 사장이 사라지자 긴장이 풀려 저도 모르게 잠이 들었던 성경이 책상을 똑똑 노크하는 소리에 고개를 들어 흐릿한 시야로 상대방을 쳐다봤다.

밝은 핑크로 환하게 발색된 하연의 입술이 살짝 올라갔다. 풍성한 속눈썹이 인형처럼 아래, 위로 왔다 갔다 깜빡이고 볼 언저리로 도톰하게 올라간 광대는 사랑스러운 느낌을 더했다.

"사장님 뵈러 왔는데 안에 계신가요?"

하연의 단아한 음성이 실로폰의 멜로디처럼 귓가를 기분 좋게 두드렸다. 하지만 성경은 이미 한 실수가 있어 다소 까칠하게 대꾸했다. 정구가 선약 없이는 들여보내지 말라고 한 말이 생각났다. 물론 선잠을 깬 짜증스러움도 보태서.

"지금 안에 안 계시고요. 따로 선약하신 거 아니면 뵐 수 없겠는데요."

"이 시간쯤 회의 끝난다고 해서 약속 잡고 온 건데, 아니면 아직 회의가 안 끝난 건가요?"

성경이 사장의 미팅 스케줄을 확인하더니, 단호하게 말했다.

"제가 알기로는 오늘은 약속 잡혀 있는 미팅 건 없으시고요. 그쪽이 사장님 애인분이라고 할지라도, 들여보내 줄 수가 없을 것 같습니다."

성경의 단호박 같은 태도에, 하연은 난감했다. 앞에 비서도 회사 규정대로 외부 손님을 응대하는 것일 테니 무작정 우길 수도 없는 노릇이고, 이걸 어쩌나.

"안 가세요?"

성경이 지저분한 책상을 정리하며, 머쓱하게 서 있는 하연에게 다그쳐 물었다. 그때 멀리서 대리석 모퉁이를 돌아 회의를 마치고 서둘러 걸어오는 사장이 눈에 띄었다.

아까의 실수를 만회하기 위해 성경이 환한 미소를 지으며 '사장님. 회의는 끝나셨어요?' 발랄하게 톤을 높였다. 하지만 성빈은 쭈뼛거리며 서 있는 하연의 손목을 낚아채더니, 그대로 집무실 안으로 들어가 버렸다.

쾅!

닫힌 문으로 하연을 거칠게 밀어붙인 성빈이, 본능적으로 밀어내려는 그녀의 양손을 결박했다. 제 몸을 바짝 밀착시킨 성빈이 하연의 귓불 아래로 열에 들뜬 숨결을 위험하게 토해 냈다.

남자의 눈빛은 날이 바짝 선 굶주린 맹수의 본능과 닮아 있었다. 성빈의 고정된 시선에 하연은 옴짝달싹할 수 없었다. 오랜만에 마주하는 반가움을 넘어서는 위험신호에 어깨를 움츠렸다.

"성빈 씨, 보고 싶었!⋯⋯읍!"

하연이 그를 부르는 순간, 참기 힘든 성빈이 거칠게 그녀의 입술을 헤집었다. 한 손으로는 그녀의 정돈된 머리카락을 헝클어뜨리고, 다른 손으로 허리를 감싼 채 강하게 끌어당겼다.

"핫! 으읍!"

성빈과 문틈 사이에 짓눌린 하연이, 방어를 시도할 생각조차 못 하며 애무 버금가는 열정적인 키스를 받아 내고 있었다. 그때 허리를 휘감았던 성빈의 손바닥이 활짝 펴지더니, 점차 굴곡진 하연의 엉덩이로 쓸어 내려오기 시작했다.

"성빈 씨, 죽을래요?"

성빈의 나쁜 손을 인지한 하연이 서둘러 저지했다. 성빈이 콧등으로 하연의 턱을 건드려 추켜올리더니, 제 이를 드러난 목덜미에 박아 넣었다.

"아!"

작은 물림이었지만, 갑작스러운 공격에 오소소 닭살이 돋는 하연이다.

그녀의 여린 신음에 탄력을 받은 성빈이, 강약을 조절해 잘근잘근 목덜미의 살점을 깨물기 시작했다. 하연은 전기가 오르는 것만 같은 느낌에 살짝 눈을 감았다. 그 와중에 성빈의 체취가 은은하게 풍겨 왔다.

하연의 머리칼을 꽉 움켜잡은 성빈이, 아프지 않게 잡아당겨 천장을 올려 보게 한 뒤 눈에 들어오는 하얀 살결에 몇 번이나 키스마크를 새겼다.

화끈거리는 목 주변의 상태를 파악한 하연은 부끄러움에 몸서리를 쳤다. 성빈은 그제야 본인만의 인사를 마치고 하연의 입술에 다시 한 번 가벼운 입맞춤을 찍어 냈다.

"하연 씨, 보고 싶었어."

"하아, 하. 참 빨리도 인사하네요."

자신의 품 안에 갇혀, 반쯤 풀린 눈으로 거친 숨을 몰아쉬는 하연의 얼굴이 참 마음에 들었다. 무질서하게 흐트러지고, 치명적이게 야릇한 표정이었다.

"하연 씨. 당신, 정말 보고 싶었어."

성빈의 길게 뻗은 손가락이 제 것임을 확인하듯 하연의 반짝이는 눈과, 보송한 콧날, 립스틱이 번진 입술을 슥 매만지며 타국에서 느꼈던 여자에 대한 그리움을 걷어 냈다. 온전히 본인의 품 안에 느껴지는 그녀가 실재한다는 것에 안심하며.

"성빈 씨, 이번엔 제 방식대로 해도 돼요?"

거절할 이유가 없는 성빈이 윤기 나는 흑발을 섹시하게 쓸어넘기며, 상체를 낮춰 하연에게 배려를 선사했다.

"……읍."

성빈의 하얀 뺨을 두 손으로 감싼 하연이 가볍게 입술을 포갰다.

살짝 벌어진 틈 사이로, 제 혀를 밀어 넣은 그녀가 부드럽게 움직이기 시작했다. 그런데 이 남자, 같이 발맞춰 따라와 줬으면 했는데 그저 가만히 느낄 뿐이다. 평소엔 두 사람이 같이 진행하는 키스에 창피함이 덜했는데, 혼자 하려니 화르르 얼굴이 뜨거워지고 둥그렇게 말아 쥔 손아귀에 땀이 배어 나온다.

예상치 못하게 남자의 입천장에 혀가 닿자, 하연이 깜짝 놀라 입술을 떼어냈다.

"지금 뭐 한 거야?"

성빈이 야들하게 웃으며, 얄밉게 놀려대자 하연의 얼굴이 사과처럼 달아올랐다. 젠장, 괜히 오버했어. 잘 못할 거면 차라리 시도를 하지 말던가. 창피해 죽겠네.

무안함에 남자의 가슴팍을 밀어내는데, 성빈이 그런 하연의 손목을 지그시 잡으며 친절한 설명에 들어갔다.

"하연 씨가 크림빵을 좋아하니깐, 그걸로 예를 들어 줄게."

"무슨……?"

"사람은 변덕의 동물이니깐, 가끔은 빵은 두고 크림만 빼 먹고 싶을 때가 있잖아."

하연이 고개를 갸웃거리며, 성빈의 설명에 집중을 했다.

"빵을 반으로 잘라. 그리고 안에는 크림이 아쉬울 정도로만 있어."

"그런데요?"

"하연 씨가 느끼는 크림 맛은 어때?"

하연은 평소 본인이 느꼈던 대로 대답을 했다.

"크림 맛이야 부드러우면서도 달콤하죠."

"그거야."

"무슨 말이에요?"

문에 한쪽 팔을 기댄 채, 어깨를 낮춘 성빈이 다시 한 번 하연을 강하게 압박하며 뜨거운 숨결을 내려놨다.

"당신이 좋아하는 달콤한 크림을 핥아먹듯이, 자유롭게 맛보면 돼."

"뭐, 뭘 자유롭게······."

"이제 실전이야. 해 봐, 당신이 좋아하는 방식대로 먹어."

눈앞에 있는 성빈의 입술에, 하연이 심호흡을 한번 내쉬고는 다시 입을 맞췄다. 할짝. 성빈의 까만 눈동자가 하연을 빤히 관찰하는데 상기된 두 볼이 예쁘게 들떠 있었다.

성빈은 자꾸만 떠오르는 외설적인 희망 사항에, 주체할 수 없는 감정을 조절하느라 나름대로 애를 먹고 있었다.

하연이 남자의 빨간 입술 문을 '톡' 두드리며, 입장하려고 하는데. 얼레? 도통 열어 줄 생각을 안 한다. 남자의 긴 팔이 하연의 허리를 강렬하게 휘감더니 부서질 듯 뜨겁게 안으며, 나지막이 속삭였다.

"하연 씨. 크림이 조금 밖에 없다니깐? 욕심을 좀 부려 봐."

"정말 얄미워 죽겠다니깐."

약이 바짝 오른 하연이, 굳게 닫힌 성빈의 입술 틈으로 혀를

밀어 넣었다. 욕심이 난 하연은 절대 놓아주지 않겠다는 의지로
성빈의 혀를 옭아맸다. 성빈은 그런 여자를 즐기며 사악한 미소
를 지었다. 이내 하연의 입술이 아쉽게 떨어져 나갔다.

"하아…… 하…… 성빈 씨…… 이 정도면 완벽하죠?"

하지만 성빈은 여전히 하연이 부족했다. 그녀를 뒤로 밀어붙
이는데, 집무실 문이 벌컥 열렸다. 성빈의 무게까지 실은 하연이
뒤로 넘어갔다.

"아아아아!"

하연의 외마디 비명에, 성빈이 순발력을 발휘했다. 가까스로
바닥에 곤두박질치는 사태는 면했지만 하이힐을 신은 발목이 꺾
였다. 발목에 느껴지는 고통에, 하연의 눈이 빨갛게 충혈됐다.
문을 연 범인은 다름 아닌 성경. 사색이 된 그녀가 더듬거렸다.

"소, 손님 오셨으니, 차라도 한잔 드려야 할 것 같아서. 노크도
했었는데, 정말 죄송해요!"

성빈이 하연을 일으켜 주며, 성경을 신경질적으로 쳐다봤다.
하지만 곧 찌푸렸던 미간을 풀며, 괜찮다는 눈짓을 해 보였다.
일부러 그런 것도 아니고, 문에서 그러고 있을 거라고 예상이나
했을까.

그래도 눈물방울을 찔끔 달고 있는 하연을 보니 속이 상했다.
보아하니 오른쪽 발목이 제대로 삐끗한 거 같았다. 성빈이 안아
들며 걱정스럽게 물었다.

"많이 아파? 못 걷겠지?"

"아뇨. 그 정도는 아닌 거 같아요. 성빈 씨, 내려 줘요."

그때 성빈의 머릿속에 전구가 반짝 켜졌다. 말 그대로 루시퍼가 생각할 법한 나쁜 계획이 떠올랐기 때문이다. 성빈이 속내를 감춘 채, 하연에게 다정하게 속삭였다.

"어설프게 움직이면 더 부으니깐, 일단 자리 좀 옮기는 게 낫겠어."

"정말 괜찮다니깐요?"

테너 버금가는 굵은 목소리로 성빈이 의지를 내비쳤다.

"고집 좀 피우지 말고. 게다가 우리 보름 만에 보는 거잖아."

"이 엉큼한 남자야. 빨리 안 내려요?"

하연이 말아 쥔 손으로 성빈의 가슴을 치며 버둥거렸다. 하지만 성빈은 들은 척도 안 하며, 로비를 걸어 나갔다. 이내 성빈이 사악하게 웃으며 물었다.

"오늘 내가 만날 캐릭터 종류는 뭐야?"

"이거 봐! 이 남자 속내야 안 봐도 뻔하지."

농담이 세상에 존재한다는 걸 알기나 할까 싶을 만큼 포커페이스를 유지하던 사장의 도가 넘는 능글거림에 성경이 얼빠진 표정으로 유유히 걸어가 버리는 두 사람을 쳐다봤다.

*   *   *

평소에 묵는 비즈니스 룸으로 들어간 성빈이 침대에 하연을 조심히 내려놨다. 일단 다리를 접어, 발목부터 살폈다. 제법 부어 있었다. 성빈이 엄지손가락으로 살짝 누르며 물었다.

"어때. 아파?"

"살짝 당기긴 하는데, 그 정도는 아니에요."

성빈이 픽 웃었다. 그러더니 제 넥타이를 풀며, 수컷의 본능을 가감 없이 드러냈다.

"시간 좀 벌게 해 주려고 했더니, 배려심 깊게도 거절을 해 주네."

하연이 다다다 발을 굴려 침대 위쪽으로 몸을 사리자, 그대로 성빈이 엎드려 따라 올라갔다. 마치 공포영화의 한 장면과도 같은 상황에 하연이 내쉬던 숨을 도로 들이켰다.

"서, 성빈 씨……."

하연의 허리에 팔을 두른 성빈이 아래로 쑥 끌어내렸다. 삐용 삐용. 하연의 머릿속엔 사이렌 경고음이 미친 듯이 울려 댔다. 성빈이 눈꼬리를 달콤하게 내리며 상냥하게 말했다.

"하연 씨. 우리 이제 동화책 스케치는 그만하고, 진하게 색 좀 칠해 보자."

성빈의 손이 자연스럽게 스타킹을 쓸며 올라오기 시작했다. 홍조를 띤 하연의 불그스레한 뺨에, 성빈이 입술을 비벼 댔다.

성빈이 제 셔츠 단추를 풀어헤치며, 남은 손으로 치마에 꽂혀 있는 하연의 블라우스를 당겨 올리려는데. 하연이 그의 손을 움켜잡았다.

"이봐요, 성빈 씨! 잠시 만요! 사실 제가 처음……!"

그때였다. 똑똑. 정중한 노크 소리에 성빈의 성난 눈빛이 객실 문으로 향했다.

이런 중요한 타이밍에 어떤 정신 나간 인간이 감히 방해질이야? 엄지로 입술을 쓱 문대며, 그 누가 됐든 가만두지 않으리라 마음을 먹고 성빈이 침대에서 내려갔다.

"하연 씨, 잠시만."

짧게 한마디를 던지고, 저벅저벅 걸어가 문을 짜증스럽게 열어젖힌 성빈의 검은 눈동자가 방향을 잃고 정처 없이 흔들렸다. 김 여사가 그를 따스하게 올려다보며, 입꼬리를 말아 올렸다.

"아들 얼굴 한번 보기 참 힘드네. 꼴을 보아하니 자다 일어난 거야?"

객실 문고리를 잡은 성빈의 손아귀에 힘이 들어갔다.

"말도 없이 웬일이세요."

"우리 얼굴 못 본 지 두 달은 넘었어. 어제 새벽에 올라온다기에, 밥이라도 한 끼 같이 하려고 들렀어. 할 얘기도 좀 있고."

눈치가 빠른 김 여사는 손잡이를 붙잡고 있는 성빈의 손을 응시했다. 어설프게 열려 있는 문틈 사이로 이상함을 느낀 김 여사가 작은 체구로 아들을 강하게 밀치고 문을 열어, 객실 안으로 걸음을 옮겼다.

침대 위에 풀어헤쳐진 하연이 눈에 들어왔다. 자다 일어난 줄로만 알았던 아들이, 실은 다른 상황이었음을 쉽게 예상할 수 있었다. 성빈이 김 여사에게 작게 속삭였다.

"부탁이에요. 뭐라고 하지 마세요."

하연이 옷매무새를 추스르며 고개를 숙였다. 김 여사는 상대할 가치를 못 느끼고, 차디찬 눈빛을 거둬 성빈을 올려다봤다.

"오늘 온 목적대로 식사나 같이 해."

"지금은 좀."

"내가 지금 대화할 수 있는 성한 자식이 너 하나야. 이렇게 이기적이게 굴 거야?"

성빈이 한숨을 내쉬더니, 한 가지 조건을 내걸었다.

"식사 하연 씨도 같이 할 거예요."

"먼저 올라가 있을게."

내려놨던 백을 팔에 걸친 김 여사가 객실을 나갔고, 성빈이 하연에게 다가가 고개를 숙여 안색을 살폈다.

"하연 씨, 얼굴 좀 보자."

"저 괜찮아요. 어휴, 애도 아니고."

하연이 밝게 미소를 띠며, 살짝 균형이 안 맞는 발목에 힘을 줬다. 그리고는 곤란한 표정을 짓는 성빈의 와이셔츠 단추를 잠가주기 시작했다.

"기다리실 텐데 빨리 올라가 봐요."

"당신도 같이 가야 돼."

성빈의 권유에 하연의 손길이 잠시 멈추더니 고개를 저었다.

"저는 안 갈래요. 부담스럽기도 하고, 어머님도 제가 있으면 식사하실 때 불편하실 텐데."

"하연 씨."

성빈이 단단한 얼굴로 말했다.

"이번엔 당신이 조금 버겁더라도 나한테 한발 다가와 줘. 용기 내서."

"하지만……."

사실 하연은 속으로 덜컥 겁이 났다. 처음 만났을 때 철저하게 자신을 없는 사람 취급했던 김 여사의 모습이 떠올랐다. 방금 전에 자신에게 보여 줬던 김 여사의 눈빛 또한 예사롭지 않았다. 그런 하연의 의중을 알아챈 성빈이 뺨을 어루만지며, 사근하게 구슬렸다.

"옆에서 지켜 줄 내가 있잖아. 뭘 망설여."

"알겠어요."

성빈의 선명한 눈동자가 만족스러운 빛을 띠며, 하연을 데리고 레스토랑으로 향했다. 스카이라운지에 위치한 레스토랑의 전경은 밤이라 그런지 반짝이는 네온 불빛들에 반사돼 화려한 도심의 느낌을 세련되게 잘 그려 내고 있었다. 무표정으로 밖을 바라보고 있는 김 여사의 앞에 성빈과 하연이 나란히 앉았다.

메인 셰프가 나와 성빈과 준비할 코스 요리에 대해 간단히 의견을 나눴고, 한입 요리인 어뮤즈 부쉬부터 하나씩 세팅되기 시작했다.

"와인 하실래요?"

"됐어."

김 여사가 거절을 하며, 청대콩 퓌레와 각 채소들이 어우러진 랍스타 구이를 타르타르소스에 찍어 입에 넣고는 맛을 음미했다. 그런 김 여사에게서 시선을 거둔 성빈이 생 딸기를 얹은 푸아그라를 포크로 찍어 하연의 입에 갖다 댔다.

"먹어봐. 당신 입맛에 맞을 거야."

"성빈 씨, 괜찮은데……."

성빈이 하연에게 먹여 주는 모습을 지켜보는 김 여사의 동공에 냉한 기운이 감돌았다. 하지만 그녀는 최대한 감정을 드러내지 않고, 철저하게 하연의 존재를 무시한 채 입 주위를 냅킨으로 찍으며 무거운 어조로 운을 뗐다.

"삼촌이 네 앞으로 돌린 리조트 상속 인계 건은 잘 진행되고 있니?"

"그럭저럭요."

하연은 간혹 김 여사에게 시선을 던지며 미소를 지었지만, 돌아오는 반응은 없었다.

"약속 하나 잡아 놨으니 나가 봐. 예전에 네가 선 봤던 장소에 시간도 같다. 세명 그룹 둘째 딸이야."

"어머니."

성빈이 미간을 구겼다. 김 여사는 잠시 멈췄던 식사를 이어갔다.

그때 마케팅부 서 차장이 레스토랑 입구에서 모습을 나타냈다. 난처한 얼굴로 성빈에게 다가오더니 귀에 대고 긴급 사항을 전달했다.

"꼭 지금이어야 한답니까?"

"저도 웬만해선 식사하시는 데 이리 전달하는 거 내키지 않았습니다만, 좀 급한 건이라."

앞에 있어도 존재 자체를 부정하는 판국에 본인이 없으면 무슨 말로 하연에게 상처를 줄까 걱정되는 성빈이 자리에서 일어나며 김 여사에게 딱딱한 어투로 말했다.

"어머니 예의 없으신 분 아닌 거 알아요. 저 없을 때 비겁하게 하연 씨 잡지 마세요."

"그런 걱정할 시간에 차라리 일 처리나 빨리하고 오는 게 네 형편에 나을걸."

성빈이 하연의 어깨를 살짝 쓸어내리곤, 서 차장을 앞세워 서둘러 걸음을 재촉했다. 방어막이 사라지자 긴장되는 하연이 물을 마시는데, 단 한 번도 눈길을 주지 않았던 김 여사가 매섭게 그녀를 응시했다.

"아가씨. 우리 성빈이랑 노는 거 재밌어요?"

고압적인 눈빛과 신랄한 말투는 성빈과 오버랩이 되며 하연의 가슴을 시큰거리게 만들었다.

"저 말씀 낮추세요……."

"어리다고 해서 두 번 볼 일도 없는 사람에게 함부로 말 안 낮춰요."

김 여사가 하연의 말을 강하게 도려냈다. 하연의 목덜미에 아들이 남긴 게 뻔한 불그스레한 흔적들을 보자, 김 여사는 부아가 치밀어 올랐다. 겨우 감정을 억누르며 말을 이었다.

"그래도 당사자가 적극적으로 권유하니, 말 편하게 하지. 가만 보니 아가씨는 오늘처럼만 계속하면 될 거 같아."

"네?"

"우리 성빈이한테 아가씨가 줄 수 있는 건 남김없이 모두 내어 줘. 그쪽에 대해 궁금해하고, 욕심내 하는 것들. 어설프게 여우 짓하면서 재지 말고 나중에 성빈이가 아가씨한테 조금의 미련도 안 남게 전부 주란 말이야. 뭐 그래 봤자 아가씨한테 육체적인 관심, 그 이상은 성빈이 또한 기대하는 바가 없을 거야."

생각보다 센 김 여사의 인신공격에 하연의 입술이 파르르 경련을 일으켰다. 하지만 김 여사는 멈추지 않고, 제 혼잣말처럼 기가 찬다는 듯 중얼거렸다.

"뭐 그래 봤자 별 볼 일 없는 그쪽은 조만간 바닥이 드러날 테고, 성빈인 그때쯤 스스로 식어 가겠지. 만약 그래도 정신을 못 차린다면 내가 알아서 브레이크 걸 테니깐, 아가씨는 내 조언만 참고해 주면 될 것 같아."

하연이 침착하게 고개를 끄덕이며, 테이블 아래로 맞잡은 두 손에 힘을 줘 말했다.

"무슨 말씀이신지 충분히 알아들었어요. 어머님 말씀대로 성빈 씨가 절 단순히 데리고 논다고 하더라도, 네. 그 사람한테 제 전부를 내어 주고 아무것도 안 남고 끝난다 해도 그렇게 할게요."

김 여사의 눈동자가 날카롭게 빛이 났다.

"그런데 저도 사람인지라 저밖에 모르거든요. 그래서 처음 성빈 씨 받아들일 때 아무것도 없는 주제임에도 불구하고 의심도 하고 밀어내기도 했어요. 지금과 같은 상황의 상처도 받기 싫었고, 그저 똑같은 사람인데 왜 차이를 느껴 가면서까지 힘든 사랑을 해야 하나 부담감도 들었고요."

하연이 엷은 미소를 지으며, 담담하게 말을 이었다.

"어머님이 하신 말씀 하나도 틀린 거 없으세요. 그러니 정말 아니다 싶으시면 성빈 씨를 설득해 보세요. 그럼 저 또한 그 사람이 하자는 대로 따를게요. 그런데요."

김 여사의 안색이 한층 어두워졌다.

"성빈 씨에 대해 저보다 더 잘 아시겠지만 그 사람의 행동과 눈빛, 말 한마디에는 분명한 신념이 서려 있어요. 저를 가볍게 사랑할 수도 있겠지만, 그 사람이 저한테 주는 믿음, 그게 거짓이라고 보진 않아요."

한마디 몰아붙이려던 김 여사가 먼발치에서 모습을 나타낸 성빈을 보며 입을 다물었다.

큰 보폭으로 성큼성큼 걸어온 성빈이 의자에 앉으며 하연의 얼굴을 확인했다. 아까와 별반 다를 게 없는 편안한 미소였고, 성빈은 안심했다. 그 모습을 보던 김 여사가 핸드백을 집어 들며, 자리에서 일어났다. 그리고는 다시 한 번 성빈에게 확인 사살을 했다.

"네 호텔까지 직접 행차한 사람 바람맞히지 말고, 선 자리 꼭 참석해."

"들어가세요."

김 여사의 그림자까지 완벽히 시야에서 사라지자, 하연이 턱 끝까지 차올랐던 숨을 힘없이 내뱉었다. 성빈이 그런 하연을 자신의 방향으로 완전히 돌리더니, 미안한 표정을 지어 보였다.

"어머니가 무슨 말했어? 당신 많이 힘들게 한 거야?"

"별 얘기 안 했어요."

"그래. 그럼 당신 식사도 제대로 못 하고 힘들었을 텐데, 좋은 데로 옮겨서 식사도 다시 하고 숨 좀 돌리면서 같이 쉬자."

하연은 심신이 지쳤고, 혼자 쉬고 싶은 마음이 컸다. 김 여사가 했던 말은 생각보다 타격이 컸고, 성빈과 떨어져 생각을 좀 정리하고 싶었다. 하연이 티 나지 않게 에둘러 거절을 했다.

"출장 갔다 온 직후라 성빈 씨 많이 피곤하죠? 저도 오늘따라 편두통도 좀 있고, 어제 잠을 설쳐서 피곤하네요. 집에 가서 좀 쉬고 싶은데…… 그래도 되죠?"

하연은 걸을 때마다 시큰거리는 발목에 힘을 주며, 승강기 앞에 섰다. 성빈이 그런 하연을 치밀한 시선으로 한시도 눈을 떼지 않고 직시하고 있었다. 그가 참는 게 느껴졌다.

기분에 따라 주변의 공기부터 변하는 사람인지라 하연은 지금 그가 화가 많이 나 있다는 걸 알 수 있었다. 하지만 하연은 모르는 척하며 경직된 미소를 유지했다.

때때로 눈이 마주치면, 하연이 일부러 광대를 볼록 올려 보였다. 한참을 대화 없이 로비를 걸어가는데 성빈의 메마른 음성이 성대를 타고 탁하게 흘러나왔다.

"당신, 오늘 날 외면하고 싶을 만큼 상처받은 거지."

"아니라곤 말 못 하는데, 정말 괜찮아요. 저도 제 입장 다 말씀 드렸는걸요. 다만 머리가 좀 복잡해서 그래요."

하지만 이미 성빈의 기분은 상할 대로 상해 버렸다. 낯빛은 오 싹함을 자아낼 만큼 가라앉아 있었다. 도어맨에게 VIP 전용 리무 진을 주문해, 뒷좌석 문을 열고 하연을 태웠다.

허리를 굽힌 성빈이 하연의 앞머리를 걷어 올리더니, 가볍게 입을 맞췄다.

"집에 가서 아무 생각하지 말고, 당신 좋아하는 드라마 보면서 기분 좀 풀고 되도록 빨리 눈 붙여."

"알겠어요. 성빈 씨도 신경 쓰지 말고 푹 쉬어요."

하연이 성빈을 올려다봤다. 그의 얼굴이 업무에 지친 피곤함 을 넘어 유난히 외롭게 그늘져 있었다. 문을 닫으려는 성빈의 손 을 하연이 붙잡았다.

"성빈 씨, 잠깐만요."

"응."

힘들어하는 자신 때문에, 한층 어깨가 무거워진 성빈이 안타 까웠다. 하연이 성빈의 손바닥을 펴더니, 자신의 볼에 지그시 갖다 댔다.

"성빈 오빠. 잘생긴 얼굴 망가지니깐, 인상 좀 펴요."

"하연 씨……."

"둘 다 예상 못했던 일은 아니잖아요. 그러니 제 걱정은 마요."

성빈은 되레 위로를 해 주는 하연이 고마웠다.

"당신은 가만히 보면 참 강해."

*　　　*　　　*

하연을 보내고, 성빈이 주머니에 손을 꽂은 채 어두운 얼굴로 집무실로 향했다. 퇴근 준비를 마친 성경이 증발한 사장을 기다리다, 한참 만에 나타나자 반가운 마음에 자리에서 일어났다. 하지만 사장은 본 척도 안 하고 안으로 휙 들어가 버렸다. 심각한 얼굴로 생각에 잠긴 성빈이 책상에 걸터앉아 있는데, 핸드폰에 메시지가 떴다.

「다음 주 월요일, 오후 다섯 시. 너희 호텔 커피숍이야. 안 나가면 네 여자부터 치울 거야.」

김 여사의 메시지에, 참고 참았던 성빈의 분노가 폭발하면서 제 이름 석자가 박힌 명패를 집어 들어 고급 양주가 멋스럽게 나열돼 있는 진열장에 사납게 던져 버렸다.

큰 소음과 함께 와장창, 노란빛의 액체들이 깨진 진열장 사이로 흘러내렸다. 그럼에도 불구하고 감정이 쉽게 제어가 안 되는 성빈의 얼굴에 깊은 그늘이 졌다.

*　　　*　　　*

집무실 안을 들여다보며 가방을 꼭 쥐고 있는 성경의 어깨를 정구가 툭툭 쳤다. 성경이 공포 어린 얼굴을 한 채 손가락으로 안을 가리켰다.

"정구 오빠. 사장님 착하고 순하시다면서?"

"무슨 일이 있으셨나 본데. 일단 넌 먼저 퇴근해."

성경을 먼저 보내고 정구가 집무실 안으로 들어갔다. 창가 앞에서 팔짱을 낀 채 생각에 잠겨 있는 성빈에게 말을 붙였다.

"사장님. 저 왔어요."

대답이 없다. 정구가 다시 한 번 목소리에 힘을 실어 생각의 늪에 빠진 사장을 불렀다.

"사장님, 표정이 안 좋으신데. 무슨 일 있으셨어요?"

"어, 왔어."

성빈이 팔짱을 풀고 정구를 향해 뒤를 도는데, 아득한 눈빛이 무척 혼란스러워 보였다.

"일단 하연 씨한테 사람 좀 붙여."

"안 그래도 여사님이 사장님 언제 입국 하냐고 여쭤 보셨었는데. 설마 오늘 마주치신 거예요?"

정구의 물음에 천천히 고개를 끄덕이던 성빈이 코트를 챙겨 집무실을 나섰다. 곧장 주차장으로 가 카마로에 오른 성빈은 차창에 턱을 괸 채 비릿하게 입술을 비틀었다.

아까 하연이 보인 상처받은 눈빛이 아직도 생생하다. 아닌 척 가면을 써도 어쩔 수 없이 내면 깊숙이 생겨난 모멸감과 저 멀리 도망가고 싶은 심리는 성빈에게도 고스란히 전달됐었다.

어느새 하연의 집 앞에 도착을 했고, 차에서 내린 성빈이 핸드폰을 꺼내 들었다. 이 층을 올려다보니 방 안은 불이 꺼진 채 텔레비전만 켜 놓은 듯 희미한 불빛이 색색으로 바뀌며 새어 나오고 있었다.

단숨에 두 계단 씩 올라 현관문을 두드리려던 성빈이 주먹을 쥔 채 한참을 망설였다. 그는 직감적으로 알 수 있었다.

현재 그녀에게 자신은 불청객일 뿐이고, 숨 돌릴 여유조차 주지 않는다는 건 이기적인 처사라는 것을. 결국 현관문을 등지고 맨바닥에 털썩 앉은 성빈이, 핸드폰 메시지 창을 열었다.

서른두 해의 짧지만은 않은 인생을 살면서도 큰 난관이나 어려움 없이 편하게만 살았다고 생각했던 그였다. 그래서인지 지금 닥친 시련이 더욱 힘겹게 느껴졌다.

「하연 씨. 자?」

방어 심리로 머리끝까지 이불을 덮은 채 공허한 눈동자로 텔레비전을 멍하니 보던 하연이 부르르 떠는 핸드폰을 집어 들었다. 짧지만 여러 의미가 담겨 있는 성빈의 메시지를 확인한 하연의 입가엔 서글픈 미소가 걸렸다. 답장을 할까 생각도 들었지만, 하연은 관두기로 마음먹었다. 핸드폰을 꺼 버린 채, 저 멀리 침대 모서리로 밀어 두었다.

"성빈 씨 미안해요. 딱 오늘 밤만 지나면, 그리고 이 기분만 정리하면……그러면…….'

차라리 학창 시절에 골머리 좀 썩었던 수학 공식이라면 어떻게든 풀어내기라도 할 텐데. 이건 생각할수록 답은 안 나오고, 한편으로는 사실 결과가 뻔히 나와 있는 걸 고민할 필요가 있을까 하는 의문이 드니 더욱 머리만 아파 왔다.

"하지만 이젠 당신을 내가 못 놓겠는걸."

하연이 슬픈 얼굴로 혼잣말을 중얼거렸다. 베개에 얼굴을 깊게 묻었다. 가슴을 후벼 파던 김 여사의 말들이 생각난 하연이 괴로움에 베개를 콱 끌어안았다.

한편 메시지를 확인한 걸로 뜨는데 하연에게 답장이 없자, 성빈의 입에선 고뇌의 한숨이 뿌연 입김을 타고 하늘로 번져 갔다. 그래도 답장이 오지 않을까 미간을 좁힌 채 휴대폰 화면만 바라보고 있는데 그의 손등에 스륵, 하얀 눈이 내려앉았다.

성빈이 까만 밤하늘을 올려다봤다. 이번 년에 처음 내리는 첫 눈이었다. 짙은 어둠 속에서 사방으로 흩날리며 펑펑 쏟아지는 눈은 마치 흰 진주가 쏟아져 내리는 것 같았다.

성빈의 시선은 한참 동안 하늘에 고정돼 있었다.

그녀를 처음 만났던 계절이 생각났다. 날이 더운 그 시간들이 지나고 벌써 첫눈이 왔는데. 낭만을 즐길 줄 아는 제 여자와 함께 이 근사한 밤하늘을 손잡고 같이 구경하고 싶었는데, 그랬는데. 성빈이 바짝 얼은 손으로 다시 자판을 눌렀다.

「하연 씨, 첫눈 온다. 창밖에 한번 봐. 펑펑 쏟아지네.」

메시지를 보내 놓고, 현관문에 머리를 힘없이 기댄 채, 이 추운 날씨에도 식지 않는 뭉근한 제 가슴을 살며시 쓸어내리며 성빈이 괴로운 얼굴을 지었다.

어둠이 세상을 집어삼키기라도 한 듯 주변은 소슬한 분위기로 적막하기만 했다. 성빈은 그 가운데에서 시간 가는 줄 모르고 창살 없는 감옥에 갇혀 새벽녘까지 문 하나를 사이에 둔 채 여자를 한없이 그리워했다.

*   *   *

백화점 비서실 데스크를 지나가며, 성빈이 짧게 물었다.

"안에 회장님 계시죠. 블랙커피도 한 잔만 부탁해요."

"저, 저어 사장님! 잠시만요!"

오늘 끝나고 뭐 할까 친구와 한창 메신저로 대화중이던 비서가 성빈의 등장에 다급히 소리를 질렀다. 성격 급한 성빈이 주머니에서 손을 빼며, 비서를 향해 뒤를 돌았다.

"죄송한데, 지금 안에 손님 와 계셔서요."

"나 좀 급한데."

결국 비서가 인터폰을 눌러 회장에게 성빈이 와 있다는 메시지를 전달했고, 정확히 오 분 뒤에 문이 열렸다. 기다리는 걸 지독히도 싫어하는 성빈이 못마땅한 얼굴로 팔짱을 낀 채, 문을 열고 나오는 할머니를 쳐다봤다.

안에서 나온 할머니는 옆머리를 우아하게 쓸어 넘기며, 눈가에 잡힌 자잘한 주름 사이로 성빈에게 온화한 미소를 지어 보였다. 성빈은 별 표정 없이 그 옆을 지나쳐 방으로 들어가, 소파에 앉아 있는 큰 회장의 앞으로 자리를 잡았다.

"어, 왔느냐."

무슨 일이 있었는지 제법 상기돼 보이는 얼굴과 흔들리는 눈빛, 까끌까끌한 입술을 반복적으로 축이는 큰 회장의 행동에 성빈의 눈꼬리가 옆으로 늘어졌다.

"방금 나가신 분이랑 연애하시나 봐요."

"어흠, 목이 마르네."

큰 회장이 못 들은 척하며 식어 버린 얼그레이 차를 벌컥벌컥 들이켰다. 성빈이 쓴 미소를 지었다.

"마흔다섯 위로는 여자로 안 보이신다더니, 드디어 본인 나이를 깨달으셨나 보네요."

"됐고, 말도 없이 여긴 웬일이야."

그때 비서가 진하게 탄 블랙커피를 성빈 앞에 내려놓고선, 조용히 문을 닫고 나갔다.

"이번에 백화점 연말 VIP 파티 제가 전담해서 주최하겠습니다."

큰 회장이 콧방귀를 꼈다.

"저번 주에 비서 통해서 지시 내릴 때까지만 해도, 그런 자질구레한 것까지 자기가 맡아서 해야겠냐며 퇴짜 놓더니. 이제 와 무슨 바람이 불어 마음이 바뀌셨을까?"

상대의 속내를 깊게 파고드는 큰 회장의 날카로운 눈빛 앞에 성빈이 안 떨어지는 운을 뗐다.

"할아버지 도움이 좀 필요해요."

"알아듣게끔 말해."

성빈이 커피를 한 모금 넘기더니, 목소리에 힘을 실어 본인이 처한 상황을 설명했다. 처음엔 굳은 얼굴로 이야기를 듣던 큰 회장은 점차 눈가에 힘을 풀며 어깨를 쓰윽 올렸다.

"그래서 뭐가 문제야. 네 어미가 하라는 대로 선이야 보면 되는 거고, 하연이야 네가 감당 못하겠으면 정리하는 게 맞는 거지."

"할아버지."

"김 여사가 아직까지 하연이한테 직접적으로 압력을 넣은 건 없는 거고?"

성빈이 고개를 끄덕였다.

"그래서 생각이 바뀌었습니다. 이번 파티에서 공식적으로 하연 씨 내비칠 예정입니다."

"흠."

"도와주진 않으셔도 되니, 할아버지까지 막진 말아 주셨으면 합니다."

성빈의 진득한 눈길을 외면하며, 큰 회장이 말을 아꼈다. 두 남자 간에 잠시 침묵이 흘렀다.

"그럼 이만 가 보겠습니다."

혹시라도 큰 회장이 자신의 편이 돼 주지는 않을까 작은 기대를 품었던 성빈이 실망스러운 기색을 감추지 못한 채 몸을 일으켰다. 성빈이 나가고 간 자리를 보며, 큰 회장의 시름은 깊어져만 갔다.

"성빈이 녀석 어멈의 마음을 돌릴 수 있는 방법이 뭐 없을꼬."

＊　　　＊　　　＊

머리도 좀 식힐 겸 승강기를 뒤로하고 에스컬레이터에 몸을 실은 성빈이 착잡한 표정으로 백화점 안을 둘러봤다. 주말이라 그런지 많은 고객들로 인산인해를 이루고 있었고, 성빈의 눈엔 마냥 행복해 보이는 많은 커플들이 유난히 돋보였다.

그날 이후, 성빈은 이틀이라는 시간을 더 양보해 하연에게 한 발 물러나 있었다. 하지만 오늘은 봐야겠다고 마음을 먹은 성빈이 핸드폰을 꺼내 들었다.

연결음은 가는데, 전화를 도통 안 받는다. 몇 번이고 다시 걸어 보았다. 결국 하연에게 붙여 놓은 경호원에게 연락을 취했다.

[네, 사장님.]

굵은 톤의 다부진 여 경호원의 음성이 귓가를 때렸다.

"수고가 많아요. 하연 씨 지금 어디 있는지 좀 알려 줄래요?"

통화를 마친 성빈이 하연에게 선물해 줄 만한 게 뭐 없을까 백화점 주변을 둘러봤다. 하연이 느끼기에 부담스럽지 않으면서도, 둘만의 의미가 있을 만한 것이라는, 참 어려운 조건이 걸려 있다.

먼발치에서 두 남녀가 서로의 가슴팍에 감색 후드 집업을 대보며 깔깔거리고 있었다. 쯧, 유치하다. 정말 유치해.

예전부터 느꼈지만 왜 커플룩 따위를 맞춰 입으며, 쌍둥이처럼 촌스럽게 하고 다니는 걸 즐기는 것인지. 정말 꼴사나운 일이 아닐 수 없다. 속마음과는 반대로 자연스럽게 매장으로 들어선 성빈이, 옷걸이에 걸려 있는 상품들을 살펴보기 시작했다. 화려한 색상의 옷가지들 속에 그의 눈을 사로잡을 만큼 마음에 드는 옷은 딱히 없었다. 그길로 나가려고 하는데 점원이 성빈을 붙잡았다.

"사장님! 왜 몰래 들어오셨다가 그냥 가세요."

"좀 둘러봤는데, 마땅한 게 없네요."

사장의 그 한마디가 점원의 자존심에 깊은 스크래치를 냈다.

요즘 아웃도어 분야 쪽에서 가장 잘 나가는 부동의 매출 일 위 명품 브랜드인데, 제가 뭘 안다고 이리 무시를 할 수가 있나? 하긴 맨날 정장만 입으니, 알 턱이 있나. 점원이 속으로 투덜대면서도 웃으며 말을 이었다.

"어떤 용도로 입으시려고 하시는데요? 운동하실 때?"

"음."

"아니면 필드 나가실 때 걸치실 만한 패딩도 많은데 추천해 드릴까요?"

잠시 고민하던 성빈이, 본인 스스로가 하는 말에 이질감을 느끼며 대꾸했다.

"아까 보니깐 여기서 커플룩 많이들 사가는 거 같던데. 내 또래에 입을 만한 게 있을까요?"

"어머. 애인 분이랑 맞추시려고요? 그럼요, 종류야 많죠."

점원이 매장 안에서 가장 눈에 띄는 라인으로 사장을 데리고 가더니 커플 패딩, 무스탕, 야상 등을 연속해 들어 올리며 부지런히 입을 놀리기 시작했다.

"이쪽이 요즘 가장 잘 나가는 머스트 해브 아이템(must have item)이에요. 패션에 대해 좀 안다 싶은 커플들에게 불티나게 잘 팔리는 애들이죠."

점원 손에 들려 있는 빨간 패딩을 건네받은 성빈이 진지한 눈길로 살피는데, 악마의 유혹은 쉬지 않고 계속됐다.

"방송에 유명 아이돌이 입고 나와서 폭발적인 반응이었어요. 게다가 가격이 비싼 편인데도 디자인이며 색상이며 워낙 잘 빠져서 추천 상품으로 매스컴 여러 번 탔거든요. 이거 하나 입고 나가면 그냥 주위에서 부러운 시선을 쫘악, 온몸으로 느낄 수 있다니깐요."

절대 팔랑귀가 아닌 성빈이 솔깃할 만큼 점원의 입심은 대단했다.

"그래요?"

"그럼요. 없어서 못 파는 제품이에요. 뭐 워낙 정장만 고집하시는 사장님 같은 경우라면, 커플 코트 같은 것도 추천해 드릴수가 있긴 한데…… 커플룩 느낌 제대로 살리시려면 아무래도이런 패딩이나 야상이 나으시겠죠?"

성빈이 결국 계산을 하고, 큰 쇼핑백을 옆구리에 낀 채 매장을 나섰다.

그런 사장의 뒷모습을 점원이 승리의 미소로 바라봤다. 이번 달도 브랜드의 각 지점 말발 고수들을 제치고, 매출 왕의 자리를 유지할 수 있게 되었다.

도서관에서 책을 보던 하연이 열람실을 나오며 휴대폰을 켜냈다. 몇 번째 오는 전화인 건지. 오늘은 연락을 해야겠다는 생각에 부재중 전화를 확인하는데 그 사이에 고모의 전화도 끼어 있었다.

[여어. 하연아.]

"고모 전화가 들어와 있길래요. 어젯밤에 전화했는데 일찍 주무셨나 봐요."

미용실에 사람이 많은지 고모 주변이 시끄러웠다.

"아름이 말로는 고모 미용실 건물 철거가 예정보다 일찍 들어갔다고 하던데 맞아요?"

[맞긴 한데…….]

"그럼 다른 곳에 들어갈 장소는 알아보셨어요? 저번에도 말씀
드렸던 것처럼 미용실 뺀 보증금만으로 부족하면, 저도 여윳돈
으로 삼천 정도 있으니깐 꼭 말씀하세요."

[그려.]

고모가 작게 대답을 했다. 하연이 안부 말을 보탠 뒤 전화를
끊으려고 하는데, 왠지 뒷말이 더 남은 느낌이 들었다. 핸드폰을
귀에서 뗐던 하연이 다시 고모를 불렀다.

"고모 무슨 하실 말씀 있으세요?"

[아녀. 날이 추우니깐 감기 안 걸리게 따뜻하게 챙겨 입고 다니
라고.]

"네, 고모두요. 그럼 끊을게요."

하연이 고개를 살짝 갸웃거리며, 도서관을 나가는데 바로 앞
에 성빈이 보였다.

"여긴 어떻게 알고 왔어요?"

성빈이 말없이 웃어 보이기만 한다. 하연이 더 물어보려다 말
고 말을 돌렸다.

"계속 도서관에 있어서 성빈 씨한테 전화 온 거 지금 확인했어
요. 일부러 안 받은 게 아니라."

"이렇게 얼굴 봤으면 된 거지."

"그런데 성빈 씨 가뜩이나 바쁠 텐데 이 시간에 어쩐 일이에요?"

하연의 옆으로 바짝 붙은 성빈이 다정하게 말했다.

"당신이랑 같이 있으려고, 내일 오전까지 일정 비워 놨어."

"갑자기 왜요?"

"내가 일하는 기계도 아니고, 가끔은 숨 좀 돌려야지. 그리고 사실 하연 씨가 딴 생각이라도 할까 봐 좀 불안해서."

역시 참 솔직한 남자다.

"성빈 씨가 잘못한 것도 없는데, 왜 조바심을 내요. 저 이래 봬도 막장 드라마 광팬이라 이 정도 자극으로는 전혀 흔들리지 않아요. 그래서 어떻게 하면 꽃뱀 티 안내면서, 성빈 씨를 잘 잡아먹을까 계획을 좀 짜고 있었던 거뿐이에요."

되려 당돌하게 또박또박 말하는 하연의 태도에 성빈은 할 말을 잃었다. 이 여자 때문에 꼬박 이틀 동안 마음고생은 있는 대로 다 했는데, 정말 너무한 거 아닌가?

성빈의 손이 꽂혀 있는 코트 주머니에 손을 쓱 집어넣은 하연이 깍지를 꼈다.

"성빈 씨 손, 이 정도로는 안 놓을게요. 걱정 마요."

"눈물 나게 고맙군. 내가 계속 아쉬운 쪽이 되는 이 현실이 지독하게도 싫어."

성빈의 말은 진심이었다. 하연에게 미안한 감정이 들 수밖에 없는 사건들이 터질 때마다 자꾸 본인의 위치가 낮아지는 게 싫었고, 쉽게 갈 수도 있겠다 싶은 애정 전선에 문제가 생겨 어려워져만 가는 것도 불만이었다.

"원래 바로 에어로빅 가야 하는데. 오늘 중요한 부분 배운단 말이에요."

"오늘은 빠져."

성빈이 열어 준 조수석에 올라탄 하연이, 허기진 배를 쓸며 물었다.

"성빈 씨 배고프지 않아요?"

"뭐 좀 먹을까."

"근데 우리 어디 가요?"

성빈이 뒷좌석에 둔 쇼핑백을 집어 하연의 무릎 위에 올려놨다.

"이게 뭐예요? 어, 웬 점퍼예요?"

"당신 추울까 봐."

하연이 픽 웃으며, 부피가 큰 빨간 점퍼를 펼쳐 보았다.

"어머, 정말 성빈 씨가 고른 거 맞아요? 어? 하나 더 있네?"

"점원한테 추천받아서 산 거야. 마음에는 들어?"

커플로 맞춘 걸 알아챈 하연이 시큰둥한 표정의 성빈의 옆구리를 콕 찔렀다.

"일부러 준비했구나. 예쁘긴 한데, 성빈 씨한테는 안 어울리겠다."

"내가 왜 안 어울려."

"워낙 캐주얼한 옷을 안 입으니까 어색할 거 같아요. 일단 나와 봐요. 한번 대 보게."

결국 다시 차 밖으로 나온 두 사람이 점퍼를 나눠 입으려는데, 하연이 가격표를 보고 두 눈이 커졌다.

"성빈 씨. 미쳤어요? 가격은 보고 산 거예요?"

"이거 가짜야."

성빈은 나름 부담스럽지 않은 가격대로 고른 건데, 하연의 반응에 말도 안 되는 변명부터 나왔다.

"가짜는 어디서 사는지 알기나 하고 거짓말하는 거예요?"

"대충 좀 입자."

"매번 이런 식으로 받기만 하는 거 사람 곤란하게 만든다는 생각은 못 해 봤어요?"

하연은 이쯤에서 확실히 짚고 넘어가고자, 허리에 손을 얹고 잔소리를 늘어놓기 시작했다.

"솔직히 성빈 씨한테는 이 정도 별거 아닌 거 잘 알아요. 하지만 저한테는 부담스럽단 말이에요. 받을 때마다 표현은 못 했어도 얼마나 속앓이를 하는지 알기나 해요?"

더 이상은 못 들어주겠는 성빈이 하연의 위아래 입술을 손가락으로 모아 꾹 닫아 버렸다.

"알았으니깐 그만 열 내고 오늘까지만 좀 봐 줘. 나 춥다니깐? 당신 남자 떨고 있는 거 안 보여."

"정말 진상이라니깐."

하연이 지퍼를 열어 어깨를 숙이는 성빈의 팔에 끼워 넣으며 연신 구시렁댔다.

피부색이 흰 편인 남자가 대조되는 빨간 점퍼를 걸치자, 십 년은 거슬러 올라간 듯 캠퍼스물 남자주인공처럼 싱그러운 분위기가 느껴졌다. 잘생기고, 청순한 남자를 구경하던 하연도 다소 헐거운 점퍼를 챙겨 입더니, 털이 보송하게 나 있는 모자를 쓰며 한 바퀴를 빙글 돌아 보았다.

"성빈 씨, 어때요? 상큼한 대딩 같지 않아요?"

"귀엽네. 깨물어 죽이고 싶을 만큼."

"하여간 애정표현 한번 과격하다니까."

성빈이 장난스럽게 미소 지으며, 하연을 다시 카마로에 태웠다.

"당신 평소 하고 싶었던 데이트라도 있어?"

"너무 많아서."

"하자는 대로 맞춰 줄게. 생각해 봐."

하연이 고민을 하다, 케이랑 자주 놀러 가는 대학로를 선택했다.

"하연 씨는 원래 사람 많은 곳을 좋아하나 봐."

"밀폐된 공간을 좋아하는 그쪽이랑은 다르게, 전 사람 만나고 구경하는 걸 즐겨 하는 타입이거든요."

성빈이 콧방귀를 뀌며, 천연덕스럽게 응수했다.

"왜 이래. 나도 탐험가 기질 다분한 사람이야. 요즘 정복하려 는 대상이 그린벨트라도 걸어 놨는지 영 허가가 안 떨어져서 애 를 먹고 있긴 하지만."

성빈의 진한 농담에 내성이 생긴 하연이 들은 척도 안 하며 음 악 재생 버튼을 꾹 눌렀다. 잔잔한 클래식 선율이 차창 밖의 바람 처럼 두 사람의 귀에 스며들었다. 대학로 근처에 차를 주차하고,

허기진 배를 채우고자 고민하던 하연이 악마의 미소를 지었다.

"성빈 씨. 매운 떡볶이 먹을래요? 저 요즘 완전 빠졌는데."

"그래, 뭐. 아무거나 괜찮아."

청춘의 메카나 마찬가지인 대학로다 보니 워낙 많은 인파들로 인해 거리가 북적였다. 인파 속에서 하연이 성빈의 손을 이끌고 떡볶이 집으로 들어섰다. 좁아터진 자리에 겨우 구겨 앉은 성빈이 짜증스럽게 말했다.

"아니. 떡볶이 하나 먹겠다고 이런 불편함을 감수해야 돼? 도대체 얼마나 맛있길래."

"스트레스 받을 때 이 떡볶이 한번 먹어 주면 싹 풀린다니까요."

곧 커다란 접시에 벌건 국물의 떡볶이와 계란찜, 주먹밥까지 나오고 하연이 포크로 찍어 성빈에게 내밀었다.

"한번 먹어 봐요. 근데 성빈 씨 매운 거 잘 못 먹어서 괜찮을지 모르겠네요."

"매워 봤자지."

하연이 내민 떡볶이를 입에 넣은 성빈이 별다른 반응을 안 보였다. 하연이 유심히 성빈을 살폈다. 그가 자극적인 맛에 약하다는 걸 하연은 잘 알고 있었고, 이건 요 며칠 마음고생을 시킨 당사자에 대한 소심한 복수였다. 그때 성빈의 얼굴이 일그러지더니, 냉수를 벌컥벌컥 들이켰다. 어휴, 이 남자야 꼬시다. 성빈의 격렬한 반응에 하연이 얄밉게 웃음을 터트렸다. 성빈이 하연과 떡볶이를 번갈아 노려봤다.

"이거 사람 먹는 거 맞아? 도대체 왜 일부러 이런 고통을 즐기는 거야."

"고통이라뇨. 얼마나 맛있는데."

하연이 어묵을 젓가락으로 말아 입에 넣으며 태연하게 대꾸했다. 열심히 떡볶이를 먹는 하연을 물끄러미 보던 성빈이 물었다.

"그렇게 맛있어? 진짜 잘 먹네."

"너무 매운데 맛있어요."

"그런 거 많이 먹으면 속 버려. 가끔씩만 먹어."

얼마쯤 먹고 하연이 젓가락을 내려놨다.

"다른 거 먹으러 가요. 진짜 맛있는 맛집 데리고 갈게요. 여긴 성빈 씨가 먹을 게 너무 없다."

"난 정말 괜찮아. 신경 쓰지 말고 더 먹어."

하연이 벌건 얼굴로 거절을 했다.

"사실 저도 더 이상은 매워서 못 먹겠어요. 일어나요."

"그래, 그럼."

가게에서 나오는데 벌써 하늘이 어둑해져 있었다. 하연이 성빈에게 팔짱을 꼈다. 대학로 거리에선 크고 작은 연극과 공연들에 대한 호객 행위가 활발히 이루어지고 있었다. 하연도 알바생이 건네는 팸플릿을 받았다.

"성빈 씨 우리 이 공연 보러 갈래요? 재밌을 거 같은데."

"그래."

하연의 적극적인 권유에 소극장에 도착한 성빈이 표를 사기 위해 줄을 섰다. 하연은 잠시 화장실을 다녀오겠다며 자리를 비웠다. 성빈이 제 차례가 돼서 지갑을 꺼냈다.

"자리가 여기 밖에 안 됩니까? 이왕이면 맨 앞에서 보고 싶은데."

"죄송한데 앞에는 관계자석이라서요."

공연은 현장감 때문에라도 앞에서 봐야 제대로 즐길 수 있다는 걸 아는 성빈이 고민을 했다. 무심결에 펄럭이는 현수막을 쳐다보는데, 어디서 많이 봤던 로고가 보였다. 성빈이 바로 어디론가 전화를 걸었다.

[성빈아, 잠깐만.]

옆 사람에게 간단하게 지시를 내리던 진욱이, 다시 휴대폰에 귀를 갖다 댔다.

[미안, 성빈아. 웬일이야. 한잔하자고 전화한 거야?]

"잠깐만. 이 연극 기획사 대표인데, 좀 받아 볼래요."

성빈이 핸드폰을 안내 직원에게 건네줬고, 잠시 두 사람의 통화가 이어졌다. 창구 직원은 처음엔 인상을 쓰더니, 컴퓨터를 검색해 무언가 알아보더니 긴장된 얼굴로 바뀌었다. 연신 고개를 끄덕이던 직원이 대화를 끝내고, 성빈에게 도로 핸드폰을 돌려줬다.

[야, 김성빈. 상황은 설명해 주고 넘겼어야 하는 거 아냐. 대뜸 바꾸면 어떻게 해?]

"그래서 해결 안 됐어?"

[관계자석 빼 주라고 했어. 하연 씨랑 데이트하는 중이야?]

"어. 덕분에 잘 볼게. 그리고 저번에 말했던 거, 파티 전에 잘 맞춰서 부탁해."

[일단 사진이나 좀 보내. 그래야 올리든 말든 할 거 아냐.]

"알았어. 하연 씨 온다. 끊어, 수고하고."

직원의 안내에 따라 소극장 앞줄 정중앙에 자리를 잡은 하연이 뒤에 가득 메운 사람들을 돌아보며 성빈에게 말했다.

"성빈 씨 운도 좋네요. 완전 명당자리 차지하고."

"그러게."

하연의 내려온 머리카락을 귀 뒤로 넘겨 주며 '순진한 여자야, 참 사랑스럽다.' 혼잣말을 속으로 되뇌었다. 그때 아까 진욱과 통화했던 직원이 테이크아웃 커피 두 잔을 들고 오더니, 성빈과 하연의 손에 들려 주었다.

"웬 커피까지?"

하연이 수상쩍은 눈빛을 보내자, 성빈이 다리를 꼬며 고개를 저었다. 하연의 미심쩍은 시선은 사라지지 않았지만 곧 소극장 내 조명이 어두워지고, 공연이 곧 시작됐다.

하연은 각 코너마다 배꼽을 잡고 넘어가기 직전까지 박장대소를 멈추지 않았지만, 성빈은 건조하게 관람할 뿐이었다. 다만 무척 신경 쓰이는 한 가지. 지속적으로 성빈의 허벅지를 때리고, 쓸어내리고, 만지작거리는 하연의 못된 손이 굉장히 거슬렸다.

그때 쉬어가는 타임으로 '사랑은 허벅지를 타고' 라는 커플들을 위한 코너가 진행되려 하고 있었다.

자발적으로 신청하는 커플 중 여섯을 뽑아, 대결을 하는 코너였다. 게임은 남자가 여자를 안은 채 앉았다 일어났다 하는 방식으로 진행되는데, 가장 많은 개수를 해 낸 커플에게는 상품으로 유명 가수의 연말 콘서트 티켓을 준다고 했다.

이윽고 손을 든 커플들이 무대 위로 올라가기 시작했다.

"자! 두 커플 자리 남았는데, 빨리 용기들 내세요. 그쪽 커플 한 번 도전해 보시지 그래요."

"됐습니다."

성빈이 귀찮다는 듯이 손을 휙 저어 보였다.

"나도 저 가수 콘서트 한 번쯤 가 보고 싶었는데."

"데려가 줄게."

"그래도 저런 상품으로 타서 가면, 더 뜻깊을 거 같지 않아요?"

성빈의 뜨거운 눈빛을 느낀 하연이 어색하게 웃으며 손을 흔들었다.

"아, 저거 하고 싶다는 말은 절대 아니고요."

"이 여자가 또 사람 제대로 자극하네."

성빈이 점퍼를 거칠게 벗어 던진 뒤, 하연을 폴더처럼 접어 안아 들더니 무대 위로 올라갔다.

"참여 안 하실 거처럼 그러시더니, 상남자 포스 풍기면서 올라오시네요?"

진행자가 성빈을 놀려 댔고, 집중되는 관객들의 시선에 하연의 두 볼이 달아올랐다.

"성빈 씨. 아직 시작도 안 했는데, 일단 내려 줘요."

"시끄러워."

그때 마지막으로 계단을 올라가는 커플의 예사롭지 않은 모습에 사람들의 이목이 집중됐다. 한 겨울임에도 근육이 드러나는 얇은 티셔츠를 딱 달라붙게 입은 남자는 운동 좀 했는지 몸매의 굴곡이 남달랐다.

"오! 마지막으로 올라온 남자 분 몸매 장난 아니다."

진행자가 후딱 달려가 근육남의 팔뚝을 매만지며, 감탄사를 연발했다. 그 모습을 성빈이 가소롭다는 듯이 쳐다봤다. 곧 나란히 선 커플들의 인터뷰가 한 팀씩 시작됐다.

핫도그 때의 인터뷰가 떠오른 성빈이 낮게 한숨을 내쉬었다. 진행자의 짓궂은 질문들이 커플들을 당황시켰고, 관객들은 후끈 달아오른 분위기 속에 즐거워했다.

"자, 이쪽 커플은 남자 분이 계속 여자 분을 안고 있는데요. 안 무거우십니까?"

"무겁긴 한데, 들고 있을 만합니다."

진행자가 픽 웃으며, 하연에게 마이크를 내밀었다.

"내 남자가 이길 수밖에 없는, 이유를 한 가지 꼽는다면?"

"딱 봐도 튼실해 보이잖아요."

하연이 얼굴이 벌게져 대답을 했고, 성빈이 콧방귀를 뀌었다.

"당신이 내 허벅지가 튼실한지는 어떻게 아실까나."

"적당히 대답하는 거잖아요."

진행자가 자신을 가운데 두고 투닥거리는 커플을 재밌게 쳐다봤다.

"그럼 여자 분은 요즘 흔히 낮과 밤을 비유해 말하는 내 남자의 유형! 어떤 거 같아요?"

"……그게."

하연이 성빈의 눈치를 슬그머니 살폈다. 성빈은 어찌 대답하나 한번 두고나 보자 하는 심보로 빤히 쳐다보고 있었다. 궁지에 몰린 하연이 마이크에 입을 갖다 댔다.

에라, 모르겠다.

"낮이밤져 스타일인 거 같아요."

"이 여자가 제대로 미쳤나! 정신이라도 나간 거야?!"

하연의 대답에 관객들이 '와!', '저런.' 안타까운 신음을 터트렸고, 곧바로 터져 나온 성빈의 발작 버금가는 격한 반응에 다들 깔깔대기 시작했다. 진행자도 슬픈 눈길로 성빈을 훑어보며 중얼거렸다.

"겉으로는 그렇게 안 보이는데, 안타깝네요."

"아, 정말 사람 돌겠네."

독기가 서린 성빈의 검은 눈동자를 외면하던 하연이 안 되겠는지 다시 진행자를 붙잡았다.

"사실 농담이고요. 저희 성빈 씨가 너무 뜨거운 남자라, 좀 식히라는 의미에서 장난 좀 친 거예요."

"그래요? 그럼 사실은……."

하연이 제 아랫입술을 살짝 물어뜯으며, 현기증 난다는 표정으로 거친 호흡을 담아 속삭였다.

"사실은 완전히 짐승이에요. 그것도 판타지에서나 나올 법한 여러 가지 능력을 구사할 수 있는 만능 엔터테이너 같은 남자예요."

진행자가 아직도 굳어 있는 성빈의 어깨를 툭 치더니, 엄지를 치켜세웠다.

"어쩐지! 내가 보면 딱 아는데, 이분은 포스부터가 남다를 거 같았어."

"이봐요. 지금 성희롱하는 겁니까?"

이미 기분이 상한 성빈이 차갑게 쏘아붙였고, 진행자가 웃음으로 답하며 다른 팀으로 넘어갔다. 성빈이 제 품에 안겨 있는 하연을 고깝게 내려다봤다.

"이 여자야. 사람 공개적으로 망신 주니깐 재밌지."

"결국은 사실대로 말했잖아요."

"사실이라는 건 당신이 무슨 수로 아는데?"

그거야, 키스만으로도 짐작할 수 있는 게, 내 남자의 남다른 테크닉이랄까?

"성빈 씨. 이제 시작하네요! 아자, 파이팅!"

진행자의 시작 신호에 따라, 관객들이 숫자를 외치자, 참가자들이 앉았다 일어났다를 반복했다. 성빈도 열심히 다리를 접었다 펴는데, 문득 본인이 이 여자한테 제대로 미쳤구나 깨닫기에 이르렀다.

"도대체 당신이 뭐라고 내가 이런 짓까지 해야 하는 거지?"

"절 사랑하니까요."

하연이 목소리에 힘을 실어, 부드럽게 대꾸했다.

"허."

성빈의 짧은 탄성에, 하연이 옅은 미소를 지었다.

하연의 메말랐던 마음의 호수엔 어느새 차고 넘칠 정도로 이 남자의 사랑이 가득했고, 그게 참 고마운 반면 한편으로는 미안했다.

"자, 다 떨어져 나가고, 이제 두 팀 남았는데요."

근육남의 속도를 확인하는 성빈의 입가에, 질 낮은 미소가 걸렸다.

"쯧. 근육만 키운다고, 근력까지 셀 거라는 착각은 도대체 어디서 나온 발상인지."

"성빈 씨 안 힘들어요? 정말 포기해도 괜찮아요."

하연이 송골 맺혀 있는 땀을 닦아 주며, 성빈을 달랬다.

"당신한테 저 티켓 안 쥐여 줄 거면, 애초에 올라오지도 않았어. 아직도 나란 남자에 대해 파악이 안 돼?"

"성빈 씨 힘들까 봐 그러죠."

'고양이가 쥐 생각해 주는 것도 아니고, 정말 웃기는 여자로군.' 성빈이 하연의 엉덩이에서 한 손을 떼 이마를 콕 찌르며 신경질을 부렸다.

"지금 날 제일 곤란하게 하는 긴, 박하연 당신이야."

"뭐가 그리 곤란한데요?"

"육체적으로도, 심적으로도 전부 다. 당신 때문에 요새 내가 제정신이 아니라고."

두 남녀가 옥신각신하는 사이, 벌써 여든일곱 번째 앉았다 일어나기 게임이 반복되고 있었다. 근육남의 헐떡대는 거친 숨소리가 멀리서 들려왔다. 결국 포기를 선언한 근육남보다 두 번 더 자세를 반복한 성빈이, 지친 기색으로 하연을 바닥에 내려놨다.

"이야. 완전히 반전이네요. 역시 올라올 때부터 상남자의 포스를 풍긴다 했더니, 결국 티켓을 거머쥐네요!"

진행자가 콘서트 티켓이 든 봉투를 하연에게 건네줬다. 신난 하연이 관객들에게 흔들어 보였다. 그런 뒤 허리를 반쯤 접고 숨을 고르는 성빈에게 다가서, 고개를 숙여 입술을 찾았다.

머리를 귀신 같이 늘어뜨리고 입술 박치기를 해 주는 하연이 사랑스러워, 그대로 허리를 감싸 안고 허공에 띄운 성빈이 진하게 키스를 해 주었다.

"으읍!"

고향에서 비슷한 자세로 키스를 해 본 적이 있는 하연이, 흑발을 움켜잡고 아직도 달뜬 숨을 힘겹게 내뱉고 있는 성빈에게 몇 번이고 입술을 내리눌러 제 사랑을 표현했다.

급기야 진행자가 두 남녀를 만류했다.

"아하하, 역시나 짐승 커플답게 참 열정적이시네요. 기쁜 심정은 잘 알겠는데, 이 이상은 모텔에 가서 해 주시기 바랍니다."

무대에서 내려온 성빈이 파김치처럼 축 늘어졌다. 성빈은 그 뒤로도 한참이나 이어지는 공연을 멍한 눈길로 관람해야 했다.

*   *   *

공연이 끝나고 건물 밖으로 나온 하연은 야경이 예쁜 낙산 공원으로 성빈을 안내했다. 성곽을 따라 또렷하게 박혀 반짝이는 금빛 조명과 서울의 풍경이 운치 있게 한눈에 들어오는 전망에 하연의 가슴이 설레었다. 이 시간이 두 사람에겐 더없이 소중했다. 추운 날씨 탓에 전망대까진 못 올라가 보고, 다시 내려오는 길에 커피를 파는 트럭이 보여 둘은 그 앞으로 향했다.

"성빈 씨는 아메리카노죠?"

"카페모카."

하연은 작위적인 얼굴로 마음에도 없는 메뉴를 주문하는 성빈이 우스웠다.

"그냥 아메리카노 마셔요. 성빈 씨 카페모카 시키면 거의 입에도 안 대잖아요."

"무슨 소리야? 카페모카 내 스타일인데."

"참 나."

"이 여자야. 토 달지 말고 마시고 싶다는 거 시켜 줘."

꽤나 노력하는 타입이군.

재벌 집 아들로 태어나 모든 일이 일사천리로 진행되는 편한 삶을 살겠거니 늘 부러워했었는데, 아까 게임 때도 그렇고 이제 보니 굉장히 근성 있는 스타일이었다.

"카페모카랑 아메리카노 한 잔씩 주세요."

"나 카페모카 마신다니깐."

하연이 심드렁하게 대꾸했다.

"누가 뭐래요? 제가 아메리카노 마시려고 그래요."

주문한 커피를 받아 들고, 성곽을 내려오는데 성빈이 물었다.

"이제 시간도 늦었는데. 우리 어디 가?"

"글쎄요."

"추운데 안으로 좀 들어가야 하지 않을까."

"그게 낫겠죠?"

하연의 동조에, 성빈의 두 눈동자가 반짝였다. 기운이 없던 성빈의 얼굴에 점차 화색이 돌았다. 그가 두뇌를 초고속으로 회전시키기 시작했다. 남자의 속내야 뻔히 보이는 하연이 속으로 픽웃었다.

"근사한 데로 옮길까? 인적 드물고, 좀 조용한 데로."

"그런 데가 어딘데요?"

하연의 적극적인 질문에, 성빈이 만족스러운 미소를 띠며 비위를 맞췄다.

"말만 해. 지금이라도 유람선 예약해서 둘만의 파티를 열어도 되고, 당신이 좋아할 법한 월풀 스파가 딸려 있는 호텔 스위트룸도 괜찮고. 그것도 성에 안 차면 해외로 나갈까? 날씨 따뜻한 데로. 아, 그건 시간이 안 되겠구나."

하연이 고민하는 척하며 성빈을 데리고, 목적지를 향해 한참을 걸어갔다. 성빈이 상기된 얼굴로 인내하며, 여자를 느긋하게 기다려 줬다. 이윽고 평소에 잘 가던 찜질방 건물 앞에 도착한 하연이 방글 웃었다.

"날 추울 땐 역시 찜질방이 최고예요. 그렇죠?"

빨간 네온사인이 박혀 있는 무늬만 선정적인 찜질방 간판을 올려다보는 성빈의 억장이 무너졌다.

"표정이 왜 그래요?"

"하연 씨. 나 사람 많은 데에서 잠 못 자."

"그럼 그냥 각자 집에 갈까요?"

거친 소용돌이가 성빈의 가슴속에 휘몰아쳤고, 해도 너무한다 싶어 여자를 노려봤다. 덩달아 하연도 눈꼬리를 옆으로 늘리며 퉁명스럽게 물었다.

"컴백 홈?"

"하연 씨, 정말 너무하네."

*   *   *

결국 하늘색 찜질복으로 갈아입은 성빈이 머쓱한 얼굴로 탈의실에서 나왔다. 그때 쟁반을 든 하연이 쪼르르 성빈에게 달려와 옆에 자리를 잡았다.

"성빈 씨. 아직 드라마 시작 안 했죠?"

"글쎄."

하연이 화면을 힐끔 확인하고선, 안심하며 씩 웃었다.

"저 음악 프로 끝나고 해요. 자요, 식혜 마셔 봐요."

식혜를 빨대로 쭉 마신 성빈이, 생각보다 괜찮은 맛에 입을 삐죽거렸다.

"생각보다 괜찮네. 당신 거는 뭐야."

"아이스 녹차요."

하연이 맥반석 달걀을 성빈에게 내밀었다.

"까서 먹어 봐요. 찜질방 계란 진짜 맛있어요. 아까 밥도 제대로 못 먹었잖아요."

"나 그거 깔 힘이 없어."

예정에도 없던 허벅지 운동에다, 김이 팍 샌 뒤라 더욱 기운이 없는 성빈이 엄살을 부리며 고개를 저었다.

"그럼 제가 까 줄게요."

하연이 계란을 들어, 성빈의 이마에 '탁' 부딪쳐 깼다. 성빈의 눈썹이 일그러졌다.

"방금 하연 씨가 가격한 이 머리로, 어떤 일을 처리하는지 알기나 해?"

"원래 이렇게 먹어야 더 맛있단 말이에요. 많이 아팠어요?"

"손대지 마. 병 주고 약 주는 것도 아니고."

"자, 먹어 봐요."

하연이 성빈의 입에 계란을 넣어 줬다.

"하나 더 까 줘 봐. 오늘 제대로 먹은 게 없어서 그런지, 은근히 허기지네."

"알겠어요."

하연이 계란 껍데기를 까면서 TV를 보는데, 익숙한 노래가 나오고 있었다.

"성빈 씨, 요즘 제가 배우는 안무가 저거예요. 오늘 두 번째 날이라 중요한 진도 꽤 나갔을 텐데. 다음 수업 때 따라잡으려면 고생 좀 하겠네."

양쪽 팔을 바닥에 짚으며 몸을 늘어트린 성빈이 건조하게 대꾸했다.

"에어로빅 학원에서, 저런 것도 가르치나 보지."

"그럼요. 평소에는 에어로빅 동작 수업하고, 이 주에 한 번씩 아이돌 안무도 가르쳐 줘요."

성빈은 별생각이 없었다. 써먹지도 못할 저런 쓸모없는 춤은 뭐하러 배운다는 건지. 하연이 손동작을 가볍게 따라 하며, 춤을 맞춰 보고 있었다.

그때 성빈의 뇌리에 불빛이 번쩍였다. 그가 신경을 곤두세워 화면에 집중하기 시작했다.

화면 속 걸 그룹의 댄스는 요염하면서도 상큼했다. 무대 위에 그녀들에게는 전혀 관심 없었지만 저 안무를 마스터할 제 여자의 모습을 상상하니 절로 기대 어린 미소가 번졌다.

"하연 씨, 그럼 저 춤은 언제 다 배우는 거야? 난 언제 볼 수 있는 건데."

"성빈 씨한테는 안 보여 줄 거예요."

성빈이 사기당한 눈빛으로 빠르게 반문했다.

"왜 안 보여 주는데."

"창피하단 말이에요. 그리고 저게 뭐라고 앞에서 선을 보여요."

하연이 민망한 얼굴로 거절했다. 그러자 성빈이 그럴듯한 논리를 앞세워 설득하기 시작했다.

"아니. 말도 잘 못하는 어린애들도 부모님이 돈 들여 유치원 보내면 연말에 재롱 잔치는 하는데, 하연 씨도 당연히 그 정도의 성의는 보여 줘야 하는 거 아냐?"

고개를 절레절레 젓는 하연이 얄미워, 성빈이 계란 하나를 집어 하연의 이마에 '탁' 소리 나게 깼다.

"하여간 이기적인 여자야. 아무튼 부지런히 배워서, 오빠 앞에서 선보일 준비해."

"흥! 오, 성빈 씨. 엔딩 무대에 세라 씨 나오네요."

하연이 세라를 가리키며 주의를 끌었지만 다시 흥미가 떨어진 성빈이, 손에 잡히는 대로 계란을 까서 먹기 시작했다.

"하연 씨. 뭐 좀 물어봐도 돼?"

"언제부터 허락받고 물어봤다고 그래요. 뭔데요?"

성빈이 하연의 입술 옆에 묻은 계란 조각을 떼 주며 물었다.

"어머니가 그날 뭐라고 한 거야. 힌트 좀 줘."

"성빈 씨도 '너 내 거 할래' 드라마 보죠?"

"최근 거는 못 봤는데, 왜?"

하연이 태연하게 대답을 했다.

"거기에서 본부장 어머니가 여주인공한테 했던 경고, 비슷하게 당했어요."

"허."

"근데 전 여주인공처럼 당신 아드님과는 절대 안 헤어지겠다, 어머니 말씀 거스를 수밖에 없겠다…… 이러지 않았어요."

"그럼?"

녹차 통을 집어 든 하연이, 괜스레 입이 말라 빨대를 한입 쭉 빨았다.

"아드님 설득해 보시라고 권유드렸어요. 성빈 씨가 헤어지자고 한다면 따르겠다고."

"하연 씨, 지금 당신이 내뱉은 말 진심이야?"

성빈이 한기를 담아 차갑게 물었다.

"제가 하고 싶은 말은, 추후에라도…… 성빈 씨도 사람이니깐 힘들고 감당이 안 될 때가 올 수도 있고…… 그땐 미련하게 혼자 버티지 말고 그냥 제 손 놔요. 그리고 이번에 보라는 선도 꼭 보고."

"지금 말 다했어?"

하연이 쏘아보는 성빈의 시선 아래로, 손가락에 끼워져 있는 반지를 만지작거렸다.

"성빈 씨 힘든 거 싫어서 그래요."

진심이었다. 같이 막아 줄 힘이 없는 하연은 혼자 감당해야할 성빈에게 부담이 되기 싫었다.

"이 여자야, 내가 전에도 말했지? 비련의 여주인공 코스프레하지 말라고. 저번에 어머니에게 당하게 했던 일보다 더 비참하게 만들지도 몰라. 당신 얻으려고 많이 울릴지도 모르지. 그래, 인정해."

머리를 신경질적으로 쓸어 넘긴 성빈이, 제 입장을 분명히 했다.

"난 어떤 게임이든 내 스스로에 대한 믿음이 확고하지 않으면, 시작 따위 안 하는 사람이야. 당신 믿고 시작한 게임 아니라고."

성빈이 하연을 훑어보고는 단호하게 말을 이었다.

"당신이란 여자? 분명 매력적이지. 근데 내가 그동안 만나 왔던 여자들이랑 달라서 신선함에 끌렸던 것도 솔직히 사실이야. 하지만 그뿐이지, 겉으로 봤을 때 그 이상의 메리트는 사실 없어. 순진한 여자 괜히 상처 줄까 봐 부담스럽기도 했고."

성빈의 냉정한 평가에, 하연의 입술이 실룩거렸다.

"하연 씨 크게 착각하는 거 같은데, 당신이 내 손 잡는 거 많이 망설여서 나는 쉽게 당신 선택한 거 같겠지만 아니, 틀려. 처음에 당신이 나한테 좋아하냐고 물어봤을 때 대답 아낀 거. 혹시 내가 실수했다는 생각 들었을 때 언제든지 발 빼려고 수작 부린 거야."

양 볼에 바람을 넣은 채 쩌려보고 있는 하연의 뺨을 쭉 늘리면서, 성빈이 단호하게 말했다.

"당신은 대단한 여자가 아니야. 다만."

"다만?"

"나란 대단한 남자를 미치게 만든."

"만든?"

쭉 늘어진 살에 넙치처럼 못생겨진 얼굴로 하연이 물었다.

"대한민국 최고의 강태공이야."

"참나."

"그러니깐 그쪽이 굉장한 대어를 낚았으니, 어떻게든 온 힘을
동원해서 잡아 올려."

어이가 없는 하연이 헛웃음을 터트렸다. 성빈이 그녀의 머리
를 부드럽게 쓰다듬으며 말했다.

"무슨 조건이 더 필요해. 김성빈이란 대어가 당신이란 여자한
테 낚이고 싶어서 미쳐 있는걸. 그거 하나면 충분해."

성빈의 확언에 찬 고백에 하연의 심장이 아릿하게 저려 왔다.
언제나, 늘 뜨거운 열정으로 최선을 다해 보듬어 주는 남자. 비
록 짧은 기간 동안 그를 알아 왔지만, 시간이 갈수록 참 근사한
사람이라는 확신이 들었다. 괜히 쑥스러운 하연이 수건으로 양
머리를 만들어, 성빈의 머리에 얹혀 줬다.

"양 머리를 한 늑대라니. 참 안 어울린다."

"안 그래도 당신 때문에 조만간 진짜 초식 동물 되겠어. 아, 맞
다. 우리 사진 한 장 찍어."

하연이 고개를 갸우뚱거렸다.

"사진은 갑자기 왜요?"

"올릴 데가 있어."

"어디요?"

"친구들 좀 보라고 올리게."

하연이 수상쩍은 눈빛을 발사했다.

"그러니깐 친구들 보라고 왜요."

"일단 좀 찍어."

양머리를 한 두 남녀가 바짝 붙어 카메라 각도를 조절했다.

"둘 다 잘 나오게 화면을 가운데로 잡아야죠. 그렇게 하면 잘 린다고요."

"알았으니깐 좀 붙어 봐."

하연이 성빈의 옆에 붙어 입술을 쭉 내밀고, 눈 옆에 손가락을 갖다 대고 브이를 해 보였다. 몇 차례에 걸쳐 찍은 사진을 진욱에게 전송을 했다.

"그런데 친구들한테 왜 갑자기 보여 주려는 건데요?"

"쓸 데가 좀 있어."

사무실에서 작업 중이던 진욱이 성빈이 보내온 사진을 사이트에 올렸다. 상류층의 자제들만 은밀하게 공유하는 동문 네트워크망에, 성빈 커플의 사진이 올라가자 반응은 실로 뜨거웠다.

"성빈 씨."

벌러덩 누워 나무 베개에 머리를 눕힌 성빈을 하연이 불렀다.

"다리 좀 주물러 줄까요?"

"괜찮아."

"오늘 고생했는데, 안마 서비스 좀 해 줄게요."

하연이 드라마를 보며, 성빈의 종아리를 주무르기 시작했다. 점차 긴장했던 근육이 풀리는 느낌에 성빈이 느슨한 눈으로 천장을 바라봤다. 슬슬 졸음이 쏟아졌다.

"성빈 씨 졸리면 좀 자요."

"그나저나 하연 씨, 이번 연말에 잡혀 있는 백화점 파티에 당신 데리고 갈 거야."

"절요?"

"그래. 부담스러워도 참석해."

"파티에 왜 데리고 가려는 건데요?"

"공개적으로 내 옆자리에 당신이 있다는 거 내비치려고. 이번까지는 선을 보더라도, 다음번은 없어야지."

하연이 입을 다물었다. 다시 드라마에 집중을 했다.

"본부장 진짜 멋있다."

"하연 씨 내 말 아직 안 끝났어."

아닌 척하지만 수심이 번지는 하연에게, 성빈이 뒷말을 덧붙였다.

"어머니는 안 올 거야. 걱정 마."

"생각해 볼게요."

분위기 전환을 위해 성빈이 화제를 돌렸다.

"그나저나 저거 본부장 완전 막무가내 아냐? 욱하는 것도 정도
가 있지."

"성빈 씨가 할 말은 아닌 거 같은데요?"

성빈이 자신의 옆으로 하연을 끌어당기더니 머리를 기대게 했
다.

"편하게 봐. 본부장 너무 집중해서 보지 말고."

"우리 본부장님, 너무 잘생기지 않았어요? 완전 순정파고."

성빈의 눈매가 휘어지면서, 화면 속의 본부장을 응시했다. 선
이 뚜렷하고 큼지막한 이목구비, 남자다운 느낌이 강한 갈색 피
부가 유난히 돋보였다.

"하연 씨는 저런 남자다운 스타일이 끌려?"

"그런 거 없어요. 근데 뭐, 솔직히 섹시하긴 하죠."

"그럼 나도 태닝 좀 해서 태워 볼까?"

하연이 어깨에서 머리를 떼더니, 방글 웃으며 대답했다.

"절대 싫어요. 성빈 씨는 하얀 게 어울려요. 예쁘기도 하고."

드라마 예고편까지 시청을 마친 두 사람이 매트를 깔고 누웠
다. 사람 많은 곳에서 절대 못 잔다고 했던 성빈은, 많이 피곤했
는지 하연을 품에 안고 어느새 새근거리고 있었다. 간헐적으로

새어 나오는 숨결에 따라, 하연의 앞머리가 한 번씩 폴싹였다.

성빈의 단단한 가슴팍에 갇힌 하연은, 이대로 주위의 아무런 방해 없이 영원히 속박당해 사랑받고 싶다는 욕심에 한숨을 내쉬며 눈을 감았다.

*   *   *

찜질방에서 나온 두 사람. 일정이 빡빡해 시간이 빠듯한 성빈이 서둘러 하연을 차에 태웠다.

"성빈 씨, 어제 저랑 데이트해서 일 많이 밀렸죠?"

"아니라곤 말 못해."

"미안해서 어떡해요. 전 덕분에 즐겁긴 했는데……."

잠시 고민하던 성빈이 말을 해 둬야 할 것 같아 덤덤하게 운을 뗐다.

"오늘 저번에 어머니가 말했던 여자랑 선 잡혀 있어."

"아."

"당신 신경 안 써도 된다고. 이 말 하려고."

하연이 차창 너머로 눈길을 돌렸다. 거리에 쌓인 눈처럼 마음 한편이 쓸쓸해졌다. 그와 선을 보게 될 같은 부류의 여자를 속으로 그려 보는데, 하연은 저도 모르게 쓴웃음을 지었다.

"성빈 씨, 제 입장에서는……."

"알았어."

"뭐라고요?"

"하연 씨 의견을 존중해서, 성의껏 잘 볼게."

하연의 매운 눈길에, 성빈의 한쪽 입꼬리가 올라갔다.

"그러니깐 이 여자야, 마음에도 없는 말 좀 하지 마."

"잘 보면 죽는다고 하려고 했거든요?"

"그래? 그렇다면 다행이고. 당신 협박대로 잘 처신할게."

집 근처에 위치한 책방이 보이자, 하연이 다급히 손을 들었다.

"성빈 씨, 저 그냥 여기에서 내려 줘요."

"왜?"

"책 좀 빌려 갈까 싶어서요."

"알았어."

하연이 내리기 전에 성빈의 볼에 가볍게 입맞춤을 해 줬다.

"바쁠 텐데 빨리 들어가 봐요. 전화할게요."

"저, 하연 씨."

"네?"

사실 하연에게 할 말이 있는 성빈이 잠시 뜸을 들였다. 추후 하연의 반응이 걱정되는 성빈이 속으로 짧게 한숨을 내쉬었다.

"아니야. 그럼 가 볼게."

성빈을 배웅한 하연이 책방으로 들어섰다. 자주 다녀 제법 친해진 책방 언니와 인사를 나누고, 신간을 둘러보기 시작했다. 그동안 못 챙겨 봤던 책을 훑어보던 하연이 책방 한구석에 결국 자리를 잡았다.

하연은 밖이 어두워지도록 시간 가는 줄 모르고 집중했다. 그때 책방 언니가 아이스커피를 탁자에 내려놓으며, 하연에게 말을 붙였다.

"요즘 왜 이렇게 안 왔어?"

"좀 바빴어요. 언니, 서운했구나."

"그럼. 저번엔 달수도 책 빌려 가면서, 너 요즘 안 오느냐고 묻던데."

"달수가요?"

하연이 고개를 갸웃거렸다. 그때 밖에서 자전거 멈추는 소리가 들리더니, 책방으로 머리 하나가 슥 들어왔다. 손님이 온 인기척에 책방 언니가 카운터로 서둘러 향했다.

"달수 너도 양반은 못 되네? 하연이랑 방금 네 얘기하고 있었는데."

*   *   *

임원 회의를 막 끝내고 집무실로 들어선 성빈이 긴장했던 호흡을 풀었다. 책상 위에 올려놨던 핸드폰을 들어 수신을 확인하는데, 큰 회장에게 전화가 들어와 있었다. 성빈이 바로 걸었다.

[너 지금 어디야. 호텔이야?]

"네."

[그럼 지금 제주도 호텔로 좀 넘어와.]

"갑자기 왜요."

[골프 약속 잡아 놨으니깐 앞으로 같이 일하게 될 리조트 관련 인사들 소개 좀 받아.]

갸름한 손가락으로 책상을 가볍게 툭 치던 성빈이 고개를 끄덕였다.

"바로 출발하겠습니다."

[그래. 이따 보자.]

통화를 끝냄과 동시에 밖에서 노크를 했다. 성경이 스콘과 생과일주스가 담긴 쟁반을 들고 집무실 안으로 들어왔다.

"사장님. 간단하게 챙겨 드실 만한 것 좀 준비해 봤는데요."

"나 지금 나가 봐야 하는데. 빨리 선부터 해치우고, 제주도로 바로 넘어가야 되니…… 내일이나 모레쯤 다시 호텔에 도착할 거 같아요."

"애인 있으신 분이 선을 왜 보세요?"

저도 모르게 튀어나온 도를 넘는 질문에 성경이 손으로 입을 가렸다. 성빈이 픽 실소를 터트렸다.

"애인 있는 사람은 선보면 안 되는 겁니까?"

"그게 사실……."

성경은 이미 내뱉은 말이 있어 제 할 말은 해야겠는데, 혹시나 상사의 비위를 거스르는 대답이 될까 우물쭈물거렸다.

"애인 분께서 서운해하실 수도 있겠다 싶어서요."

"그건 아니라고 보는데?"

성빈이 쟁반에 놓인 주스를 입으로 가져가며, 미간을 살짝 찡그렸다.

"서운한 정도가 아니라 속으로 죽일 놈이라며, 살벌하게 욕하겠지."

"예?"

"아무튼 주스 잘 마셨어요."

성경을 뒤로하고, 성빈이 호텔 카페로 내려갔다. 예전에 늘 선을 봤었던 지정석 자리에 아리따운 여성이 여유로운 미소로 앉아 있는 게 눈에 띄었다.

성빈이 그녀와 마주 보며 의자에 착석했다. 성빈의 등장에 맞선녀의 얼굴에 화색이 맴돌았다. 어느새 다가온 점원이 잔에 물을 채워 주면서, 두 사람에게 친절하게 물었다.

"차는 어떤 걸로 준비해 드릴까요?"

"전 커피 주세요."

맞선녀의 대답에, 성빈 또한 동의한다는 고갯짓을 해 보였다. 점원이 되돌아가고, 맞선녀가 먼저 차분하게 입을 열었다.

"반가워요. 윤해리라고 해요."

"김성빈이라고 합니다."

해리의 두 볼에 기분 좋은 미소가 떠올랐다. 이어지는 성빈의 말을 듣기 전까진.

"헛걸음하게 만들어서 죄송하다는 말부터 먼저 드려야 할 것 같네요."

"무슨 말씀이세요?"

성빈이 막 점원이 두고 간 커피 잔을 들며, 담담하게 말했다.

"사실 제가 애인이 있습니다."

"음. 정유선 씨?"

"아닙니다. 그쪽이 알 만한 여자가 아니에요."

해리의 눈빛에 실망하는 기색이 번졌다.

"아쉽네요. 이번만큼은 성빈 씨 혼자인 줄 알고, 내 사람 만들 자신 있었는데."

"무슨 말씀인지?"

"이 년 전에 뉴욕 카리프엔 파티에서 성빈 씨를 처음 봤어요. 물론 그때는 정 작가님이 옆에 계셨었고."

혀끝을 휘감는 풍부한 원두 맛을 느끼며 성빈이 그녀의 말에 집중했다.

"그때 성빈 씨가 하는 행동이 눈에 띄었어요. 애인 분에 대한 뜨거운 눈길, 젠틀한 말 한 마디, 한 여자에 대한 식지 않는 열정에 정 작가님이 참 부럽다는 생각이 들었었거든요. 동시에 성빈 씨 참 탐나는 남자라 욕심이 들기도 했고요."

"네."

"공부를 마치고 최근에 한국 들어왔는데 마침 성빈 씨가 혼자라는 얘기를 듣게 됐어요. 이런 말 하면 좀 그렇지만 예전에 그쪽한테 느꼈었던 설렘이 되살아나더라고요. 다른 사람이 채 가기 전에 빨리 다리를 놔 달라고 집에 부탁을 했었는데. 역시나 잘난 남자의 옆자리는 금방 차는군요."

아쉬움이 배어 나오는 해리의 한숨에, 성빈의 긴 속눈썹이 살 긋이 내려앉았다.

"그런데 제가 알 만한 분이 아니라는 말은……."

"평범한 여자예요."

"이런 말 좀 주제넘을 수도 있겠지만, 오래 함께하기엔 비슷한 사람끼리 만나는 게 편하지 않을까요?"

성빈이 고개를 끄덕이며 동조했다.

"아무래도요. 그런데 절 유심히 관찰하셨다니 아시겠지만, 전 제 눈에 들어온 대상 외에는 경우의 수를 만들지 않습니다. 말 그대로 융통성이란 게 전혀 없는 사람이에요. 그쪽이랑 잘되면 안정된 미래, 분명 보장이야 되겠지만 난 그런 식으로 내 진심까 지 무시하면서 대단한 삶을 살고 싶지가 않아요."

해리는 가슴 한편이 뭉클해지는 걸 느꼈다.

"성빈 씨는 볼 때마다 참 사람을 반하게 하는 매력이 있네요."

해리의 칭찬에, 성빈이 야들하게 웃으며 뒷머리를 쓸어내렸다.

"워낙 주변 인간들이 인색해서 그동안 칭찬이라는 단어가 있 는 것만 알았지 어떤 건지 통 몰랐는데…… 오늘 해리 씨 덕분에 내가 생각보다 더 괜찮은 남자구나 싶네요."

해리가 살짝 흘겨보며, 식어 버린 커피를 한 모금 넘겼다.

"대신 약속 하나만 좀 해 줘요."

"뭘요."

"만약에 지금 만나시는 분이랑 정말 만약, 잘 안되시면 그다음 기회는 꼭 저한테 주기로."

성빈이 단호하게 고개를 저었다.

"전 애매한 단어 별로 안 좋아해요. 미안하지만 만약은 없을 거예요."

"야박하네요."

시간을 확인한 성빈이 재킷 단추를 여미며 자리에서 일어났다.

"미안한데 좀 바빠서 먼저 일어나 볼게요. 마저 커피 마시고 가요."

"잘 가요. 오늘 즐거웠어요."

해리가 멀어져 가는 성빈에게 눈을 못 떼며, 곧추세웠던 허리에 힘을 풀었다. 카페의 큰 창가 밖으로 화려한 거리의 네온사인들이 반짝거리며 빛을 내고 있었다. 연말을 준비하는 세상은 한껏 들떠 분주하기만 한데, 이 년 전 남자를 만났었던 회상에 갇힌 해리만 슬픈 표정으로 가라앉아 있었다.

*　　　*　　　*

달수가 책을 고르는 척하며, 자연스럽게 하연의 쪽으로 걸어 갔다. 양반 다리를 하고 소파에 앉아 있던 하연이 그를 추궁하려는 찰나, 벨소리가 울렸다. 발신자가 고모인 걸 확인한 하연이 달수를 째려보던 시선을 거두고 버튼을 눌렀다.

[하연아. 고모다.]

"고모, 안 그래도 저녁에 전화드리려고 했었는데."

하연이 책을 탁자에 엎어 놓으며, 반가운 목소리를 했다. 하지만 고모는 이유 모를 한숨을 작게 내쉬었다. 잠시 뜸을 들이던 고모가 안 떨어지는 입을 열었다.

[계속 하연이 너한테 말을 안 하고 있는 건 좀 아닌 거 같아서.]

"무슨 말이요?"

[사실 미용실 개업한 지가 한 달이 쪼끔 넘었어.]

무슨 말인지 이해가 안 되는 하연이 고개를 갸웃거렸다.

"아직 입점할 건물 구하고 있으셨던 거 아니에요?"

[그게…….]

"시원하게 말 좀 해 보세요."

[저번에 네가 데리고 내려왔었던 서울 촌놈이 말이다.]

태연했던 하연의 얼굴이 고모의 설명이 길어질수록 점차 어두워졌다.

사연인즉 고모가 운영했었던 미용실 건물 철거가 예정보다 빨라졌는데, 성빈이 그에 발맞춰 바로 앞에 들어서는 감호동의 새 건물 이 층으로 이전을 해 줬다는 것이다. 삼 년 계약으로 임대료를 한 번에 선납하고, 확장된 미용실의 규모에 맞춰 새로운 직원 두 명까지 고용해 줬다는 말도 안 되는 얘기였다. 그리고 본인이 말할 때까지는 하연에게 비밀로 해 달라고 간곡하게 부탁까지 했다고 한다.

하연의 입술 사이로 메마른 날숨이 격하게 흘러나왔다. 도대체 왜 자신과 한마디 상의도 없이 덥석 받아 버리셨냐고 고모에게 따져 묻고 싶은 마음이 들었지만 꾹 참았다.

고모의 목소리에서 충분히 미안함과 많이 고민했던 감정이 묻어났기에. 그래도 결국 하연이 못 참고 한마디를 내뱉었다.

"그래도 저한테 말씀해 주셨어야죠."

하연은 더 이상 고모의 미안하다는 말을 듣는 게 불편해 대충 대화를 마무리했다. 전화를 끊은 하연의 기분이 착잡해졌다. 울상을 짓고 있는 하연이 걱정된 달수가 다가왔다.

"하연아. 너 무슨 일 있어? 괜찮아?"

"이거 놔."

하연이 달수의 손을 뿌리치며 자리에서 일어나 가방을 챙겨 들고 책방 문을 열고 나오는데, 마침 성빈이 차에서 내리고 있었다. 성빈이 환한 미소로 그녀를 반겼다.

"집에 없길래 아직 책방에 있나 해서 들렀는데. 근데 당신 표정이 왜 그래?"

그때 하연의 뒤로 책방 유리 너머 비치는 달수가 눈에 들어왔다. 예상 못 했던 상황에, 성빈의 입술이 반쯤 벌어졌다. 성빈의 긴 손가락이 책방 유리 너머 달수를 정확히 가리켰다.

"저 자식이 여기에 왜 있는 건데?"

"성빈 씨, 지금 중요한 건 그게 아니에요."

하연이 뜨거워지는 눈가를 참으며 성빈의 팔을 흔들어 자신을 보게 만들었다. 하지만 성빈의 눈이 하연을 스치고 난감한 표정을 짓고 있는 달수에게로 다시 날카롭게 향했다.

"박하연. 이게 중요한 게 아니야?"

"그냥 우연히 마주친 거뿐이에요. 됐죠. 성빈 씨, 이제 나 봐요."

성빈의 입술이 비릿하게 뒤틀렸다.

"우연히? 당신 이딴 식으로 성의 없게 변명할래?"

"사실인 걸 어떡하라고요."

하연도 지지 않고 되받아쳤다.

그 상황을 지켜보던 달수가 집었던 책을 내려놓고 조심스레 책방을 빠져나갔다. 하연을 괜히 곤란하게 만든 것 같은 상황에 달수가 자신을 노려보고 있는 성빈에게 변명을 했다.

"저희가 같은 책방을 이용하다 보니 정말 우연하게 마주친 거뿐이에요. 오해하지 마세요."

"됐으니깐 달수 넌 좀 들어가 있어."

성빈이 질 낮은 웃음을 터트렸다. 하얀 입김이 아스라이 허공에 퍼져 나갔다.

"지금 두 사람 내 앞에서 뭐 하는 거야?"

"제발 들어가라고."

하연의 재촉에 달수가 안 떨어지는 걸음으로 다시 책방으로 향했다. 달수의 뒷모습을 성난 눈빛으로 쏘아보던 성빈의 흑색 눈동자가 하연에게로 떨어졌다.

"전 애인이랑 같이 있는 모습을 나한테 보였는데, 고작 한다는 변명이 우연? 그래, 당신 말이 그렇다면 맞는 거겠지. 그래도 두 사람 같이 있는 그림을 봤을 때의 내 기분을 생각한다면, 이런 식으로 성의 없이 대답하는 건 좀 아니지 않아?"

하연이 거친 숨을 애써 쪼개 내쉬며, 고개를 끄덕였다.

"미안해요. 그런데 지금 그런 거까지 헤아릴 기분이 아니라서 그래요. 방금 고모한테 전해 들었어요. 성빈 씨가 한 일에 대해……."

딱딱하게 굳어진 성빈의 눈매가 한층 싸늘해졌다.

"어떻게 그런 일을 한마디 상의도 없이 성빈 씨 마음대로 진행을 해요?"

"그건 미안하게 됐어."

"성빈 씨한테 고맙다는 말을 하기도 전에, 제 마음속에 드는 이 버거운 감정은……흑……."

하연의 눈시울이 붉어졌다. 굳게 닫혀 있던 성빈의 입술 사이로 차분한 음성이 흘러나왔다.

"미안한데 하연 씨, 이쯤에서 확실히 짚어 줄 게 있어. 고모님의 일은 나한테는 고민할 거리도 안 되는 작은 문제에 불과해."

"그게 무슨 말이에요?"

"알아보니 반복되는 적자로 쓰러져 가는 그 건물은 보증금도 제대로 안 나오지, 고모님 미용 기술 살리는 거 말고는 따로 취직하실 상황도 여의치가 않지, 게다가 그 미용실 계속하느라 달랑 하나 있는 집마저도 저당 잡혀 있지."

하연의 말아 쥔 두 주먹에 불끈 힘이 들어갔다.

"그럼 답안은 당신 서울 생활 정리하고 김천에 내려가는 수밖에 없는 건데, 내가 평범한 남자였다면? 좋다 이거야. 당신이란 여자한테 미쳐 버린 놈이니깐 곧장 따라 내려가서 농사를 짓든, 일자리를 다시 구하든 방법이야 찾아보면 많겠지."

하연의 절망하는 눈빛에, 성빈이 눈에 힘을 풀었다.

"근데 현실은 그게 안 되잖아."

하연의 서글픈 표정이 도저히 감당이 안 되자, 성빈이 그녀의 손목을 끌어당겼다.

"하연 씨가 그런 얼굴 하고 있으면 내 마음이 어떻겠어."

"우……으흑……."

성빈의 품에 안긴 하연이 눈물을 쏟아 냈다. 복잡한 감정이 휘몰아쳤다. 성빈에게 미안하고, 고마운 마음이 컸지만 그것과는 별개로 부모와도 같은 하나뿐인 고모를 제 손으로 지켜 내지 못했다는 슬픔이 계속 눈물로 넘쳐 났다.

"하연 씨……."

성빈이 슬픈 어조로 제 연인을 불렀다. 하연과 미래까지 함께하고 싶은 그로서는 힘들어하더라도 그녀에게 알려 줄 필요가 있었다.

"이쯤 되면 당신이 상대하고 있는 남자 위치가 어디쯤인지는 파악하고, 감수할 부분이 있으면 버겁더라도 받아들일 줄 알아야 돼."

하연의 입술 새로 소리 없는 울음이 흘러나왔다. 시간이 별로 없는 성빈이 안고 있던 하연을 품에서 떼어 냈다. 어깨를 낮춰 하연과 시선을 맞추며 부드럽게 물었다.

"하연 씨, 진정은 좀 됐어?"

"네⋯⋯저 그리고 고마워요. 성빈 씨는 일부러 신경 써 준 건데⋯⋯."

성빈이 고개를 저었다.

"나도 잘한 거 없어. 당신한테 상의 안 하고 멋대로 처리한 거 미안해."

"그래요. 그건 좀⋯⋯ 성빈 씨가 너무했어."

하연이 뽀로통하게 대답을 하자, 성빈이 그녀의 머리를 헝클어트렸다.

"하연 씨 미안한데 나 바로 제주도 가 봐야 돼. 할아버지가 부르셨어."

"그래요. 늦으면 안 되니깐 빨리 출발해요."

마음이 불편한 성빈이 간신히 하연과 떨어져 서둘러 발길을 돌렸다. 성빈이 차에 올라 시동을 거는데 하연이 손을 가볍게 흔들어 줬다. 백미러로 하연을 보던 성빈이 이윽고 차를 출발시켰다.

"⋯⋯하아⋯⋯."

터덜터덜 골목을 지나 녹색 문에 도착한 하연이 계단을 오르기 시작했다. 맨 위 계단까지 오른 하연이 맨바닥에 그대로 엉덩이를 붙였다. 접은 다리 위로 하연이 얼굴을 묻었다. 저절로 메마른 숨이 갈라져 나왔다.

"머리가 아프다……."

철거 예정일이 잡힌 이후부터 하연은 고모에게 금액에 대한 상황을 알려 달라고 꾸준히 얘기를 해 왔었다. 수중에 여윳돈으로 가지고 있는 삼천만 원의 적금과 지역 대출도 신경 써 알아보는 중이었다. 그런 여러 가지 해결 방안을 염두에 두며 마음고생을 했던 하연으로서는 적잖게 당황을 한 게 사실이었다. 또한 그 남자가 왜 그런 거까지 신경을 써 줘야 하나 제 처지가 한심하게 느껴졌다.

고모가 성빈에 대한 귀띔이라도 해 줬더라면, 적어도 지금보다는 나은 결정을 할 수 있었을 텐데 하는 원망이 들기도 했다. 덩달아 달수 일까지 보태 성빈의 마음을 심란하게 만든 게 걸리는 하연이 주머니를 뒤져 핸드폰을 꺼냈다. 이미 성빈에게서 메시지 한 통이 도착해 있었다.

「하연 씨 그렇게 두고 출발해서 마음에 좀 걸리네.」

하연이 언 손으로 버튼을 꾹꾹 눌렀다.

「조심해서 잘 다녀와요. 그리고 달수 일은 우연이라도 정말 미안해요.」

성빈에게 답장을 보낸 하연이 고개를 들었다. 까마득하게 먼 밤하늘을 한참이나 올려다봤다.

10장

사랑 더하기

비가 오려는지 바람이 세차게 부는 궂은 날씨 덕에, 짜 놓았던 스코어를 끝까지 달성하지 못한 채 결국 필드에서 건물 안으로 걸음을 옮겼다. 큰 회장의 지휘 아래 게임에 동참한 사람들과 마무리 인사까지 나눈 성빈이, 담당 캐디에게 골프채를 넘겨주며 의자에 앉았다.

이온 음료를 넘기던 큰 회장의 짙은 눈썹이 못마땅하게 올라갔다.

"요즘 필드 안 나간 지 꽤 됐어? 왜 이렇게 실력이 형편없어졌어."

"오늘따라 재미가 없네요."

시큰둥한 성빈의 대답에, 큰 회장이 눈을 가늘게 떴다.

"딱 보니깐 하연이랑 싸웠구먼."

"아닙니다."

"누굴 속이려 들어. 내가 모르는 게 있을 것 같아?"

장갑을 벗던 성빈이, 비위를 긁는 큰 회장에게 발끈했다.

"또 사람이라도 붙이신 겁니까?"

"아니라곤 말 못 하지."

"분명히 저번에 사생활 존중 차원에서 뒤 좀 캐지 말아 달라고 부탁드렸잖습니까."

큰 회장이 고깝다는 얼굴로 웃음을 터트렸다.

"하연이 사생활에 무진장 참견하는 너한테 들을 말은 아닌 거 같구나. 그런 데다 네 녀석이 경영에 손댄 지 아직 얼마 안 돼서, 불안한 면도 없잖아 있어."

"할아버지답네요."

성빈의 건조한 대답에, 큰 회장이 헛기침을 두어 번 내뱉었다.

"결과가 어찌 됐던 하연이로서는 유일한 가족인 고모 일인데, 뒤늦게 모든 상황이 정리된 이후에 소식을 들었으니 기분이 어땠을 거 같으냐."

큰 회장의 나무람에 성빈은 대답이 없었다.

"물론 너란 녀석은 다른 선택의 여지가 없었기 때문에 제일 나은 방법을 선택했을지는 몰라도, 그러기 전에 하연이한테 먼저 알리고 처리하는 게 예의지. 안 그러냐."

성빈이 쓴 미소를 지었다. 그런 시니컬한 성빈의 반응에 큰 회장이 어깨를 툭 치며 일어났다.

"방에서 잠깐 쉬다가 서울로 올라갈 준비해. 피곤해서 먼저 들어간다."

성빈이 뻐근한 목을 좌우로 돌리며, 핸드폰을 꺼내 수신함을 확인했다. 하연에게 문자가 와 있었다. 제주도 하늘은 예쁘냐는 둥 헛소리가 나열돼 있었다. 글자를 찍으려다 귀찮은 성빈이 목소리를 가다듬고, 전화를 걸었다.

[성빈 씨.]

"응."

[골프는 잘 치고 있어요?]

회색 하늘을 올려다보며, 성빈이 가볍게 혀를 찼다.

"날씨가 안 받쳐 줘서 파토난 지 오래야. 그런 데다 당신 신경 쓰여서, 결국 가장 낮은 점수로 게임 마무리했어."

[그럼 꼴등한 거예요?]

성빈은 차마 제 입으로 내뱉지 못한 단어를 하연의 목소리로 듣고는 미간을 구겼다.

"그래, 꼴등했어. 그런데 하연 씨."

[네.]

"당신, 기분은 좀 나아진 거야."

[그러는 성빈 씨는요?]

옅게 울리는 하연의 목소리가 오늘따라 바닷물처럼 넘실거렸다.

"나야 뭐."

[저한테는 중요해요. 우리 성빈 씨 기분…….]

"갑자기 왜 이래."

[그냥 여러 가지로 신경 써 줬는데 제대로 고맙다는 말도 못한 거 같아서요.]

성빈이 콧방귀를 꼈다.

"이 말 한마디 하려고 구름 타령이니, 뭐니 참 많이 돌아왔지? 그런데 하연 씨."

[네.]

"어제도 말했지만 나도 잘한 건 없어. 당신이랑 한마디 상의도 없이 멋대로 일부터 벌린 거 내가 생각해도 좀 성급했어. 다른 것도 아니고 개인적인 가족 일인데, 내가 생각이 짧았어. 그런데 있지."

하연이 잠시 말을 망설이는 성빈을 차분히 기다려 줬다. 그리고 단호한 한마디.

"사실 후회는 안 해. 그게 솔직한 내 진심이야."

[네.]

차분한 하연의 음성에 그제야 성빈의 눈매 곡선이 부드럽게 휘어졌다.

[성빈 씨, 서울엔 언제쯤 올라와요?]

"이따 오후에 바로 출발할 거야. 그건 왜."

[그냥 물어봤어요.]

"하여간 박하연 시시하긴."

성빈이 의자에서 몸을 일으키며, 느릿하게 물었다.

"올라가면, 당신 집으로 갈까?"

[아뇨. 좀 피곤해요.]

하연의 거절에, 성빈의 반듯한 이마가 구겨졌다. 하지만 뾰족하게 솟은 불만 어린 감정을 애써 숨기며, 성빈이 차분한 어조로 마무리를 했다.

"알았어. 이따 집에 도착하면 다시 전화할게."

[네, 들어가요.]

객실로 들어선 성빈이 골프웨어를 벗고 스파로 들어가 녹신한 몸을 풀었다. 고정된 자세로 업무를 오랜 시간 보는 탓에 요즘 따라 자주 뻐근함을 느끼는 목덜미를 가볍게 스트레칭해 줬다. 개운하게 씻은 후 탁 트인 제주도의 근사한 전망을 배경 삼아 조용히 사색하기를 한참, 문밖에서 큰 회장을 보필하는 비서의 묵직한 음성이 그를 불렀다. 출발을 알리는 소리였고, 성빈이 서둘러 준비해 둔 가방을 들고 방을 나섰다.

무뚝뚝한 두 남자가 말없이 비행기 탑승을 기다리는데, 갑자기 큰 회장의 두 눈이 번쩍였다. 성빈이 이상한 눈으로 큰 회장을 쳐다보다, 별 관심은 없지만 예의상 질문을 던졌다.

"왜 그러세요?"

"초콜릿을 샀어야 했는데!"

"애도 아니고 뭔."

큰 회장이 서둘러 같이 동행한 경호원에게 부탁을 했다. 어이가 없는 성빈이 관심을 끄며 다리를 꼰 채 주변을 둘러봤다. 아슬아슬하게 시간 맞춰 도착한 경호원이 쇼핑백 두 개를 큰 회장에게 건네줬다. 성빈이 심드렁하게 혼잣말을 중얼거렸다.

"딱 보니 저번에 봤던 그 여사님 드리려고 준비하는 거네."

"자. 인심 썼다."

쇼핑백 하나를 내미는 큰 회장의 손을 내려다보던 성빈이 전혀 받고 싶은 마음이 안 드는 데도 저절로 손이 움직이는 신기한 광경을 보았다. 마음과 달리 손은 쇼핑백을 신속하게 낚아채 제 옆자리에 내려놨다.

"하연이 하나 갖다 줘. 이게 제주도 유명 초콜릿이래. 여자들이 환장해."

김포공항에 도착하니 벌써 밖은 어두웠고, 시계는 여덟 시를 가리키고 있었다. 손에 대롱거리는 초콜릿이 담긴 쇼핑백을 내려다보던 성빈이 차에 올라타 조수석에 밀어 두며 고민에 빠졌다.

생각이 변했을지도 모르니, 다시 한 번 전화를 걸어 볼까? 하지만 성빈이 이내 마음을 접으며, 차에 시동을 걸었다.

*　　　*　　　*

맨션에 도착한 성빈이 쇼핑백을 들고 내렸다. 도어록 비밀번호를 풀고 집안으로 들어서는데, 그의 눈빛이 생소한 상황에 빛을 내며 반짝였다.

평소 어두웠던 집안에 웬일인지 환하게 불이 켜져 있었다. 사람이 있을 리 없는 데도 부스럭거리는 사람 인기척 소리가 들렸고, 거실 한편에 낯선 미니 트리가 전구에서 빛을 뿜으며 그를 반기고 있었다.

"어? 성빈 씨 왔나 보다."

도어록 비밀번호 누르는 소리에, 놀란 건 주방 안쪽도 마찬가지였다. 숨을 크게 한번 들이마신 하연이, 의아한 얼굴로 현관문에서 슬리퍼를 갈아 신은 뒤 들어오는 성빈에게 짠 모습을 보였다.

앞치마에 손을 꽂은 채 화사한 분위기로 나오는 하연의 등장에, 성빈의 입술 끝이 기분 좋게 휘어졌다. 성빈이 손에 들고 있던 물건을 바닥에 내려놓으며, 하연에게 가까이 오라는 눈짓을 보냈다. 하연이 앞치마에서 손을 빼내더니, 살긋이 성빈에게로 걸어가 매끈한 허리에 팔을 둘렀다. 애달았던 두 남녀의 몸이 주저 없이 겹쳐졌다. 성빈의 세찬 숨결이 하연의 귓불에 내려앉았다.

"하연 씨, 이게 웬 뜻하지 않은 선물이야?"

"한 번쯤 해 주고 싶었어요. 이렇게 성빈 씨 반겨 주는 거."

성빈이 손가락으로 하연의 뺨을 콕 찌르더니, 아래턱을 살짝 들어 올렸다. 홍조를 띤 발그레한 하연의 미소가 눈에 들어오자 성빈의 가슴이 간질해졌다.

"읍!"

성빈이 더 이상은 참지 못하겠다는 듯 하연의 가지런한 잇새를 가르고, 제 혀를 밀어 넣었다. 가빠지는 하연의 숨을 머금으며, 한참 동안 입술을 농밀하게 덧그리던 성빈이 아쉽게 떨어져 나갔다. 고개를 숙인 채 숨을 고르는 하연의 볼에, 다시 한 번 성빈이 뽀뽀를 해 줬다. 집 안에는 맛있는 음식 냄새가 먹음직스럽게 퍼지고 있었다.

"하연 씨, 오늘 서비스 많이 준비했네?"

"재료는 신선한 걸로 제대로 준비했는데, 솔직히 맛은 보장 못해요."

성빈이 작게 소리 내 웃었다.

그런 성빈의 허리를 끌어안고, 주방으로 들어서는 하연은 심장에 작은 떨림이 느껴졌다. 식탁 위엔 요리를 마치고, 막 올린음식들이 정갈하게 준비돼 있었다.

"나 입 짧은 거 알면서 뭐 하러 이렇게 많이 준비했어. 고생스럽게."

"그래 봤자 네 가지 종류 밖에 안 돼요. 얼른 앉아요."

밑반찬 세팅을 마무리하고 해물탕까지 식탁에 올린 하연이, 전기레인지에서 막 돌린 즉석밥을 꺼내 밥그릇에 옮겨 담았다. 하연이 김이 올라오는 밥그릇을 성빈의 앞에 놓으며, 투덜댔다.

"할아버지 오셨을 때도 느꼈었지만, 전기밥솥 하나 있어야 할 것 같아요. 할 수 없이 일회용 밥 사서 전자레인지에 돌린 건데 좀 푸석할 거예요."

수선을 떨며 해물탕을 덜어 주는 하연을 성빈이 지그시 바라봤다.

신경 써 한 듯한 화사한 색조 화장에 하연의 얼굴은 밝아 보였지만, 그와는 대조적으로 까만 눈동자는 희미하게 외로운 색을 띠고 있었다. 성빈의 시선을 느낀 하연이 씩 웃었다.

"왜 안 먹고 사람 얼굴만 쳐다봐요? 성빈 씨 월남쌈 좋아하는 거 같아서 만들어 보긴 했는데, 생각보다 재료 준비하는 시간이 너무 오래 걸려서 애 좀 먹었어요. 하나 싸 줄게요."

라이스페이퍼를 집어든 하연이 준비해 둔 물에 살짝 담근 뒤 재료를 조금씩 얹기 시작했다. 성빈이 그 모습을 조용히 지켜봤다. 하연이 소스를 찍은 월남쌈을 내밀자, 성빈이 받아먹었다. 하연이 기대 어린 눈빛으로 성빈을 바라봤다. 말없이 씹던 성빈이 한쪽 입꼬리를 슥 올렸다.

"제대로네. 맛있어."

"다행이다."

성빈의 칭찬이 흡족한 하연이 해물탕에 있는 전복을 집게로 건져 냈다.

"커서 먹기 불편하니깐 잘라 줄게요. 빨리 밥 들어요."

"하연 씨."

딱지에 붙어있는 전복 살을 떼어 내려는 하연의 손을 잡아 멈춘 성빈이 자신을 바라보게 만들었다. 두 남녀의 시선이 아련히 맞닿았다. 운을 떼려는 성빈의 말을 하연이 가로챘다.

"성빈 씨, 저 정말 괜찮아요. 그냥 맛있게 먹어 주면 그게 더 위로가 될 것 같은데."

"알았어."

하연의 의중을 파악한 성빈이 더 이상 군소리 없이 밥그릇을 비워내는 데 집중하기 시작했다. 옆에서 하연이 얹어 주는 반찬도 받아먹고, 새처럼 조잘거리며 쓸데없이 물어오는 질문에도 적당히 대답을 해 줬다.

식사가 끝날 즈음 하연이 다정하게 성빈을 보며, 조심히 입을 열었다.

"성빈 씨, 고모 일은 다시 한 번 정말 고마워요. 그런데 부탁이 있어요."

"뭔데?"

"사실 고아나 다름없는 저를 거둬서 이만큼이나 키워 준 하나뿐인 고모예요. 저한테는 부모님이나 마찬가지여서 제가 해야 할 도리가 분명히 있어요."

하연의 처진 눈가에 파리한 경련이 일어났다.

"그리고 제가 부탁하고 싶은 건……."

"말해 봐."

"제가 고모한테 해 드려야 할 도리를 성빈 씨가 고맙게도 대신해 줬으니깐, 금액이 적어서 성빈 씨한테는 의미가 없더라도…… 제가 고모한테 드리려고 했던 여윳돈이 있는데, 작은 성의로 꼭 받아 줬으면 좋겠어요."

성빈이 하연의 뺨을 손으로 감싸더니 부드럽게 쓸어내렸다.

"알았어. 생각 좀 해 볼게."

씻고 나오라는 하연의 말에 샤워실로 들어간 성빈이 문을 닫고 잠시 생각에 잠겼다. 저 융통성 없는 여자가 방금 내놓은 타협점에 도달하기까지 얼마나 마음고생을 했을까 심장이 시큰거렸다. 오늘만큼은 하연을 생각해 조금 더 편안한 분위기를 만들어야겠다고 생각한 성빈이 샤워를 마치고 거실로 나와 소파에 대자로 털썩 누워 버렸다.

"성빈 씨, 이 와인 맛있어요?"

주방에서 정리를 끝낸 하연이 미리 준비해 놓은 와인과 나쵸, 네모난 치즈 안주를 쟁반에 담아 탁자 위에 올려놓았다. 성빈이 결국 못 참고 탁자를 정리하는 하연의 뒤통수에 대고 한마디를 쏘아붙였다.

"하연 씨, 왜 안 하던 짓을 해? 분위기는 왜 잡는데?"

"저 남자는 해 줘도 난리네."

"그리고 솔직히 나 당신 손에 물 묻혀 가면서 이런 거 준비하는 거 별로야. 다음부턴 분위기 잡고 싶으면 차라리 밖으로 나가지 이런 식으로 사서 고생하지 마."

와인 오프너를 든 하연이 와인을 따겠다고 폼을 잡자, 못마땅한 성빈이 홱 일어나서 하연을 뒤에서 껴안은 자세로 대신 따 주기 시작했다.

"이 와인 저기 수납장에서 아무거나 하나 꺼내 온 건데. 맛은 있어요?"

"나쁘진 않아."

"아, 그리고 정구 씨한테 물어봤더니 성빈 씨가 유일하게 재밌게 본 게, 이 영화라고 해서 빌려 왔어요."

성빈이 말없이 DVD 세팅까지 마친 뒤, 소파에 다시 앉으려다 말고 벌떡 일어나 현관에서 초콜릿이 든 쇼핑백을 가지고 왔다. 하연이 두 개의 잔에 번갈아 와인을 채우다가 성빈이 주는 쇼핑백을 뒤적거렸다.

"오, 이거 제주도 감귤 초콜릿 아니에요? 진짜 맛있는데."

성빈이 속으로 '가만히 보면 노인네가 나보다 여자 다루는 기술이 더 뛰어나.' 중얼거리며, 다시 소파에 털썩 누웠다. 하연이 초콜릿을 하나 까먹어 보더니, 성빈에게 엄지를 척 들어 보였다.

"성빈 씨도 먹어 볼래요?"

"난 됐어."

하연이 네모난 초콜릿을 한 주먹 들고, 소파에 대자로 누워있는 성빈의 위로 샌드위치처럼 겹쳐 엎드렸다. 성빈의 가슴팍에 초콜릿 뭉텅이를 올려놓고 하나씩 까먹으며, 하연이 영화를 시청하기 시작했다.

"성빈 씨 무거워요?"

"어."

"그래도 안 내려갈 거예요."

성빈이 손을 뻗어 하연의 머리를 쓰다듬어 주기 시작했다. 성빈이 하얀 천장을 쳐다보며, 제 스스로 조용히 뇌까렸다.

"애완동물을 별로 좋아하진 않지만 당신이 차라리 개나 고양이었다면, 집에 가둬 놓고 산책도 절대 안 시켜 주고 나만 바라보게 할 텐데."

"소오름."

하연이 반쯤 상체를 들더니 성빈을 이상한 눈으로 쳐다봤다. 성빈이 뻔뻔한 얼굴로 '정말이야.' 하고 못 박자, 하연은 성빈의 근육이 잡힌 배에 다시 고개를 묻었다.

"영화 나름 재밌네요."

하연이 화면을 한참이나 응시했다. 소리 없이 나오는 한숨이 그녀의 현재 메마른 심정을 대변하고 있었다. 하연이 어색하게 굳은 얼굴 근육을 풀며 초콜릿 하나를 까 입에 물었다.

"저, 성빈 씨……."

고개를 들고 자신을 쳐다보는 하연의 고혹적인 눈빛에, 성빈이 쓰다듬던 손을 멈췄다. 하연이 몸을 올려 성빈에게 다가가 입술 사이를 가르고, 입에 문 초콜릿을 부드럽게 밀어 넣어 줬다.

성빈으로서는 하연이 먼저 손을 내민 게 반가운 입장이었고, 진하게 키스를 해 주는 것으로 열렬히 보답했다. 솜사탕을 혀 안에 내려놓고 비벼 없애듯, 하연의 도톰한 아래 입술을 집중해 빨고 물기를 반복했다.

그런데 뭔가 좀 이상했다.

평소 키스만으로도 버거워하는 여자가 오늘따라 뭐가 그리 급한지 입술에서 떨어져 나가자마자 빠르게 목덜미로 고개를 묻었다. 선을 따라 쇄골 근처까지 지분거리며 내려오는 하연의 손이 유독 눈에 띄었다. 꽉 움켜 말아 쥔 주먹에서는 하연의 자연스럽지 못한 결심이 느껴졌다.

성빈이 고개를 들어 하연을 살펴봤다. 속눈썹은 파르르 진동이 일어나고 있었고, 지나칠 만큼 상기된 두 볼은 미리 앞일에 대한 두려움을 예감하는 것처럼 딱딱하게 굳어 있었다.

그 와중에 가장 눈에 들어오는 건 눈빛이었다.

사랑하는 사람과 함께하고 있다는 애틋한 감정만큼이나 걱정이 밴 탁한 기운이 블랙홀처럼 동공을 휘감고 있었다. 눈물이 흐르진 않았지만 이미 젖어 있는 눈가.

성빈은 적잖게 당황을 했다. 이 여자가 지금 무슨 심정으로.

"하연 씨……."

성빈의 탁한 음성에, 하연이 고개를 들었다. 호흡곤란으로 작게 들썩이고 있는 하연의 어깨가 왜 이리 쓸쓸해 보이는지, 성빈의 명치끝이 아려 왔다. 하연이 옅게 웃으며 말했다.

"성빈 씨가 그동안 힘들게 참아 준 거 알아요. 이젠 제가 못 참겠어요."

"박하연."

내가 지금 이 여자에게, 무슨 짓을 한 건지.

"오늘은 제가 유혹하는 거예요."

코너에 몰린 여자가 어떤 부담감까지 느끼게 된 것인지.

"그러니깐 거절은 사양할게요. 그런 수상쩍다는 눈빛은 그만 거두고."

하다못해 이런 결심까지 하게 만들었는지.

"오늘 밤 성빈 씨한테 안기고 싶어요."

말을 마친 하연이 본래 자리로 다시 얼굴을 묻었다. 허공에 '허' 탄식을 내뱉은 성빈의 눈에 화기가 서렸다. 힘줄이 바짝 선 손아귀에 무섭게 힘을 준 성빈이 하연의 허리를 잡아 거칠게 끌어올렸다. 바로 눈앞에서 마주하게 된 성빈의 성난 눈동자에, 하연은 숨이 턱 막혀 왔다.

"성빈 씨, 왜……요?"

까닭을 알 수 없는 하연의 두 눈이 몇 번이나 깜박거렸고, 낭패감에 젖은 성빈의 눈엔 사나운 불길이 일었다. 성빈이 하연의 얼굴을 제 가슴에 묻더니, 부서질 정도로 힘껏 껴안아 줬다.

"……!"

순식간에 압박당한 하연이 신음을 내뱉었다. 하연의 고운 머릿결을 귀 뒤로 넘기며, 성빈이 애절하게 속삭였다.

"평범한 당신, 나 같은 놈 만나서 마음고생 시키는 거 정말 미안하게 됐어."

"그게 무슨……."

"애쓰지 마, 더욱이 이런 식으로는. 하연 씨 눈에서 상실감을 알아챈 내가 방금 얼마나 큰 상처를 받았는지, 당신은 짐작조차 못할 거야. 당신이 나한테 어떤 의미의 여자인데, 어떻게 그런 불순한 생각을 감히 가질 수가 있어."

"성빈 씨……."

하연의 눈이 벌게졌다. 그런 여자의 앞머리를 거둬 입을 맞춰 준 성빈이 그윽한 울림을 담아 다시 한 번 제 마음을 고백했다.

"하연 씨, 당신이란 여자는 내 인생에서 가장 큰 사치야."

*　　　*　　　*

연말이다 보니 일정이 어느 때보다 빠듯한 성빈이 출장을 간 지 벌써 나흘째였다.

'분명 당신과 연애를 하는데도 외롭네요, 성빈 씨.'

항상 바쁘고, 머릿속이 복잡한 일로 가득 찬 성빈에게 하연은 제대로 된 투정을 부릴 생각조차 하지 못했다. 늘 괜찮다는 말을 앵무새처럼 반복하는 하연이었다.

그래 괜찮아, 지금도.

성빈이 없기에 더 바쁘게 하루를 보낸 하연이 버스에 몸을 실었다. 차창 밖으로 얇은 눈발이 휘날리고 있었다. 하연이 혼자 이런저런 생각을 하다가 괜히 청승 떠는 것 같아 가벼운 미소를 지었다. 정류장에서 내려 집으로 걸어가는 길에 성빈에게 전화를 걸었다. 한참만에야 목소리를 들을 수 있었다.

[하연 씨, 집에 가는 길이야?]

"네. 지금 바쁘죠?"

[아니야. 잡고 있는 거, 대충 다 끝냈어.]

책상에 걸터앉은 성빈이 피로한 눈을 손가락으로 꾹 눌러 지압했다.

[오늘 뭐 했어?]

"영화도 보고, 쇼핑도 하고, 도서관 가서 책도 읽고, 저녁도 먹었어요."

[혼자서?]

잠시 망설이던 하연이 짧게 대답했다.

"네."

성빈이 들리지 않게 한숨을 내뱉었다.

"성빈 씨는 기 빠지게 일하고 있는데, 혼자 사방으로 놀러 다니고 있으니 부러워 죽겠죠?"

[하연 씨].

"나중에 성빈 씨 출장 갈 때 한번 따라갈까 봐요."

[혼자인 걸 익숙하게 만들어서 미안.]

두 남녀는 각자 자신의 말만 했지만, 서로에게 표현하고자 하는 의미를 정확하게 알 수 있었다. 하연이 먼 하늘을 올려다보며, 탄식처럼 허공에 고백을 했다.

"어떤 이유에서건 성빈 씨를 만난 건 제 인생 최고의 행운이에요."

[사실 그건 맞아.]

하연이 오랜만에 기분 좋은 웃음을 터트렸다.

"그리고 아름이랑 통화했는데, 역시 달가운 시선은 아니더라고요."

[고모님 일 때문에?]

"아무래도요. 전 괜찮은데, 성빈 씨 오해받는 게 싫더라고요."

[하연 씨 마음이 기특하네. 음…….]

잠시 성빈은 생각에 잠겼다. 하연과 자신과의 관계에 있어서, 분명 확실한 고리가 필요했다.

하연에 대한 마음은 날이 갈수록 선명하게 새겨지는데, 그들의 관계는 여전히 불확실했다. 더 이상 이전처럼 흐릿하게 질질 끌고 가면 안 되겠다는 판단이 섰다. 타이밍을 아는 남자는 결정을 내렸다.

하연을 완벽하게 자신의 여자로 만들어야겠다고 생각을 굳힌 성빈이 아스라이 먼발치에 있는 제 연인에게 사랑의 밀어를 속삭였다.

[하연 씨, 당신에 대한 내 결심이 섰어.]

"그게 무슨 말이에요?"

[가끔 당신에 대한 갈증으로 숨이 턱까지 차오를 때면, 이렇게 만든 당신이 원망스러워. 우습겠지만 화가 날 때도 있어. 그러니 잘 들어. 더 이상 말로만 내 여자라고 고집하는 억지는 이제 끝낼 거야.]

그녀의 전부를, 아득한 미래를, 또 자신의 인생을 걸 준비를 마친 성빈이 힘을 줘 말했다.

　[하연 씨, 당신을 완벽하게 가질 거야.]

*　　*　　*

　외근을 마친 달수가 회사 정문으로 들어서는데 직원들이 소식란 벽면 앞에 웅성대며 모여 있었다. 뭔가 싶어 다가가 보니, 요즘 한창 말이 많았던 해외 지사 마케팅부 공고가 드디어 난 모양이었다.

　그래 봤자 본인과는 무관한 일이었기에 달수가 무시하고 승강기 쪽으로 걸어가는데 소식란 앞에 붙어 있던 동기 한 명이 그를 불렀다.

　"달수야!"

　동기가 얼른 와 보라는 손짓을 해 보였다. 달수가 귀찮은 얼굴로 그에게 다가갔다.

　"우리랑 상관도 없는 공고는 뭐 하러 보는데?"

　"상관도 없는 네 녀석 이름이 왜 여기에 박혀 있냐?"

　동기 녀석의 손가락이 가리킨 공고에서 제 이름 석 자를 발견한 달수가 두 눈을 깜박였다.

　해외 지사 발령은 근무 연수 3년 이상 되는 정직원들 중에서도 대리 이상의 직급에만 해당되는 얘기였다. 왜 본인이 명단에 포함 되어 있는 건지 의문이 들었다.

옆에 참고 사항에는 '신입 특별 선임'이라는 문구가 적혀 있었다.

사무실로 돌아온 달수가 서류 가방을 내려놓으며 이상함에 머리를 갸우뚱거리며 컴퓨터를 켰다. 부팅된 모니터에 부장실로 들어오라는 그룹웨어 메신저가 반짝 떴다.

넥타이를 바로 고치고 심호흡을 길게 한번 내쉰 달수가 노크를 하고 부장실로 들어섰다. 중요한 전화인 듯. 심각하게 통화 중이던 부장이 잠시 대기하라는 눈치를 보냈고 달수가 긴장한 얼굴로 고개를 끄덕였다. 한참만에야 통화를 끝낸 부장이 몸을 일으켰다.

"달수 씨. 공고 난 거 확인했지?"

"네. 안 그래도 좀 이상해서 부장님께 여쭤 보려고 했습니다. 잘못 난 거죠?"

부장이 식어 버린 믹스 커피를 마시며 고개를 저었다.

"잘못 난 거 아니야."

"하지만 부장님, 전 직원 평가에서도 점수가 그리 높지 않았던 걸로 압니다. 근무 연수도 턱없이 부족한데……."

부장이 와이셔츠 단추를 단정하게 여미며 픽 웃었다.

"해외 지사 같은 경우에는 보낼 직원들 중에 특별히 보는 게 하나 더 있는데 그곳에서 잘 적응할 수 있느냐 하는 문제야. 이번에 새로 도입된 신입 특별 선임 부분에서 인사관리 팀 김 부장이 달수 씨가 가장 적합하다는 의견을 내놨어."

인사도 제대로 안 받아 주던 인사관리 팀 김 부장이 나를?

"연봉이나 근무 조건은 지금이랑 천차만별로 달라질 거고, 정년 보장 제도 대상에 달수 씨도 포함될 예정이야. 나머지 중요한 조정은 대표실 가서 다시 얘기하자고. 일어나지."

부장 뒤를 따르는 달수의 마음이 왠지 불안했다. 빌딩 맨 꼭대기에 위치한 대표실 문 앞에 선 달수가 두방망이질하는 심장을 억누르며, 앞에 선 부장을 따라 안으로 들어갔다.

"어? 달수 씨 왔나?"

얼굴 보는 게 쉽지 않은 사장이 달수를 반겼다. 그 옆의 소파에는 한 중년 여성이 커피를 마시고 있었다. 사람이 들어오는데 눈길도 안 주던 중년 여성이 느릿한 손길로 찻잔을 탁 하고 소리 나게 탁자에 내려놨다. 그러더니 달수를 냉연한 미소로 올려다봤다.

그런데 어디서 많이 본 눈빛이다. 피부가 유독 하얀 중년 여성의 입술이 벌어지더니 그에게 첫 마디를 내뱉었다.

"그쪽이 박하연 그 아가씨, 전 애인이 맞나?"

순간 달수는 그녀가 성빈의 어머니임을 알 수 있었다. 당혹스러움에 달수가 잠시 머뭇거리고 있는데, 사장이 김 여사의 소파 맞은편에 앉으라는 눈짓을 해 보였다.

"네. 맞습니다."

침착하게 상황을 파악하려고 애쓰며 달수가 소파에 엉덩이를 붙였다. 김 여사의 냉랭한 눈동자가 묘한 빛을 내뿜으며 달수에게서 진득한 시선을 붙인 채 떼지 않고 있었다. 달수는 괜스레 목이 말랐다.

"그쪽이 눈치 없는 타입은 아니길 바라며, 간단하게 얘기하지. 박하연, 그 아가씨 데리고 해외로 나가."

"무슨 말씀이신지……."

김 여사가 차분한 어조로 설명을 보탰다.

"성빈이 녀석이 그 여자를 데리고 있는 시간이 내 기준으로 봤을 때 정도를 넘었어. 그럼 내 쪽에서 알아서 정리를 해 주는 게 맞겠다는 판단이 들었고, 가장 쉬운 방법으로 전 애인과 엮어서 해외로 보내는 편이 괜찮겠다는 결론에 도달했지."

달수는 그녀가 하는 말을 정확히 이해했다. 동시에 이 잔인한 방법이 가장 쉽다고 말하는 태도가 대단하다는 생각이 들었다.

"하지만 제가 볼 때, 두 사람 서로에 대한 진심이 깊은 거 같던데요."

"그래서?"

망설임 없이 되묻는 김 여사의 얼굴에 빈정거리는 웃음이 번졌다.

"그딴 게 뭐 얼마나 중요하다고? 세상엔 여러 가지 기준점이 있지. 그 중에 감정이라는 뜬구름 같은 소리가 자기 기준이라며 사는 인간들도 많겠지만 적어도 우리 집안엔 해당 안 돼. 수준 차이가 정도껏 나야 말이지."

김 여사가 쯧, 하고 작게 혀를 찬다. 달수는 가슴이 아려 왔다.

성빈과 대면할 때마다 느꼈던 억눌리는 무거운 분위기가 김 여사와의 자리에서도 느껴졌다. 조금의 불편한 심리 상태 하나도 절대 넘어갈 수 없다는 독선적인 성향에서 나오는 위압감. 자연스럽게 자신이 위에 있다는 걸 강조하는 강렬한 기세에 달수는 숨통이 막혀 왔다. 자신과는 지독하게도 다른 부류의 사람이었다.

"죄송한데 전 이번 해외 지사 인사 발령 건 받아들이지 못할 거 같습니다."

달수가 아무렇지 않은 척 담담한 어조로 거절의 뜻을 내비쳤다. 김 여사가 달수의 대답에 낮게 실소를 터트렸다.

"이봐. 그쪽이 좀 착각을 하는 거 같은데."

"네."

"난 오늘 그쪽한테 부탁이나 설득 따위를 하려고 온 게 아니야. 시키는 일 차질 없이 잘 처리하라고 지시하려 부른 거지."

사람을 오싹하게 만드는 김 여사의 싸늘한 표정에 달수가 땀이 밴 손아귀를 말아 쥐었다.

"난 이제부터 박하연 그 아가씨를 비롯해서 주변 사람들 전부를 망가뜨릴 거야. 그 안에 물론 당신도 포함되어 있지."

한층 긴장한 달수가 김 여사의 협박에 심장이 떨려오기 시작했다.

"어려운 살림에 공무원 준비한다고 몇 년을 썩히다가 결국 실패하고 간신히 취직했지. 그러니 이 회사가 그쪽한테 전부인 거 잘 알아. 하나뿐인 아들 뒷바라지한다고 어려운 집안 처지 내색 안 하며 고생하던 아버님은 요새 폐결핵 증상과 류머티즘 관절염으로 병원 내원하시는 중이고, 그마저도 제대로 된 치료 못 받고 있다는 건 안타까운 일이야."

김 여사가 틈을 주지 않고 코너로 몰아붙였다.

"작년에 시집 간 누나도 넉넉하진 않은 형편이라 친정 들여다볼 여유 없는 거 같던데? 중요한 건 누나가 현재 임신 중이라는 거겠지. 신혼부부인 두 사람이 미래를 꿈꾸며 한창 좋을 때인데, 매형이 잘 다니던 직장에서 잘리면 좀 곤란해지잖아. 안 그래?"

이쯤 되니 달수는 현기증이 몰려들 정도로 정신이 아찔해졌다.

"아예 다 알아보시고…… 작정을 하시고 오신 거네요."

달수의 목소리가 떨렸고, 김 여사가 대답 대신 고개를 살짝 기울였다.

"하지만 하연이가 저랑 절대 안 갈 겁니다."

"그건 내가 알아서 해. 물론 적당한 연출이 필요하면, 그쪽한테 부가적으로 주문을 넣을 거야."

이제야 말이 통하는 달수에게 김 여사가 태연하게 말을 이었다.

"낯선 땅에 정착하기 위해서 불편하지 않도록 조건은 보장해 줄게. 금전적으로 아쉬운 소리 안 나오게 지원해 줄 테니, 그쪽은 마음만 확실하게 굳히면 돼. 그리고 한국에 남은 당신 가족 또한 걱정 안 해도 될 거야."

잠시 생각을 정리한 달수가 슬픈 어투로 마지막 반항을 시도했다.

"본인의 아드님이 많이 사랑하는 여자인데, 정말 괜찮으시겠어요?"

"그래서 당신을 붙여 준 거잖아."

"그게 무슨……."

김 여사의 눈빛이 착 가라앉으며 한기를 품고 말했다.

"김성빈 그 녀석의 집요함이라면 자기 여자 찾는다고 지구 끝까지라도 뒤질 테지. 하지만 만약 남자랑 떠난다면, 그것도 전 애인과의 동반 출국이라면 얘기는 달라질 거야."

"정말 잔인하시네요."

"그 녀석은 나보다 더 차가운 심장을 지닌 놈이야. 예민한 남자 문제가 얽히게 된다면, 뒤도 안 돌아볼 냉혈한이지."

낭패감에 젖은 달수의 얼굴이 김 여사의 눈에 들어왔다.

"최종적으로 이 제안, 그쪽이 받아들이지 않는다면 박하연 그 아가씨를 좋은 지역으로 보낼 생각도 없어."

"……."

"성빈이 녀석이 그 여자 머리카락 한 올도 찾아낼 수 없을 만큼 힘든 환경으로 숨겨 버릴 거라는 얘기야."

김 여사의 진심이 느껴지는 말에 달수는 심장이 뛰었다.

"방법이 잔인해 보일지는 몰라도 내 딴에는 아들 녀석이 품었던 여자니깐 최대한의 배려를 해 주는 거야."

김 여사의 말투가 아까보다 제법 부드러워졌다. 더 이상의 방도가 없는 달수가 긴 한숨을 내쉬었다.

"힘들어할 그 여자 당신이 붙잡아 주지 않으면, 혼자 떨궈진 외지에서 정말 안 좋은 생각을 하게 될지도 몰라. 그러니 아직도 박하연, 그 여자를 많이 아끼는 김달수 당신도 신중히 생각하는 게 좋아."

*　　*　　*

하연은 드레스 피팅이 한창 중이었다. 그녀가 서 있는 단상을 둘러싸고, 두 명의 디자이너가 최고의 작품을 만들기 위해 심혈을 기울이고 있었다.

"하연 씨는 청순한 인상이니, 우아함을 더해 골드 계열로 맞춰 봤는데. 어떠세요?"

정면으로 비치는 거울을 바라보는 하연의 눈이 반짝였다. 연예 시상식에서나 보던 드레스를 갖춰 입은 제 모습은 본인도 놀랄 만큼 아름다웠다. 옆에 있던 정구가 엄지를 치켜세웠다.

"예상은 했었지만, 정말 아름다우신데요?"

"정말요? 제가 봐도 잔뜩 꾸며 놓으니깐 예쁘긴 하네요."

"그럼요. 아 참! 잊을 뻔했네. 미리 예약해 둔 주얼리 좀 준비해 줄래요?"

의상 피팅까지 마친 하연을 직원이 앤티크한 느낌의 의자로 안내했다. 곧 장갑을 낀 남자가 나오더니 하연의 머리를 살짝 넘겨 귀에, 하얀 목덜미에, 팔목에 보석 세트를 걸어 줬다. 정구가 물었다.

"하연 씨, 마음에 드세요?"

"네, 정구 씨. 마음에 들긴 하는데……."

"큰 회장님이 선물하시는 겁니다. 하연 씨한테."

"네?"

남자가 갖다 대 주는 거울을 들여다보던 하연의 눈이 커졌다.

"사장님께는 비밀로 저에게만 따로 지시하셨고, 이 선물의 의미는 따로 말씀 안 드려도 아실 거라고 생각합니다."

"이거 많이 비싸지 않아요?"

정구의 대답엔 망설임이 없었다.

"보석 브랜드 중에서도 단연 고가의 명품이니까요."

"좀 부담스러운데……."

"그러실 필요 없으세요. 중요한 건 큰 회장님이 하연 씨를 받아들이시기로 한 결정입니다."

그럼에도 부담이 되는 건 사실이었다. 하지만 하연에겐 선택의 여지가 없었다. 성빈과 함께하는 데 있어서, 피할 수 없는 부분이라면 받아들여야 했다. 성빈이 끼워 준 반지를 어루만졌다.

"하연 씨, 이제 시간이 좀 촉박한데 출발하실까요?"

준비돼 있는 리무진에 오른 하연이, 차창 밖 눈발이 흩날리는 거리를 바라봤다. 흰 눈이 뒤엉켜 세상을 뿌옇게 채색하고 있었다. 멀지 않은 거리라 금방 호텔에 도착했고, 도어맨이 열어 주는 문으로 하연이 드레스를 잘 정리하며 내렸다. 정구의 안내를 받아, 연회장 앞에 도착한 하연이 미소 지었다.

"정구 씨, 오늘 여러모로 신경 써 줘서 정말 고마워요."

"아닙니다. 제가 할 일을 했을 뿐인걸요."

파티 웨이트리스에게 하연이 코트를 건네주는데, 기다리고 있던 성빈이 다가왔다. 평소에도 멋진 남자는 오늘따라 평소의 세련됨을 넘어서는 근사한 분위기가 물씬 풍겼다.

"하연 씨, 오느라 고생했어."

성빈의 긴 속눈썹이 동공을 따라 위에서 아래로 천천히 내려갔다. 기대 이상의 하연의 아리따운 모습에, 성빈은 설레는 마음을 담아 흡족한 미소로 띠었다.

"예상은 했지만, 이 정도로 현기증 나게 예쁘면 곤란하잖아."

"어우, 성빈 씨 느끼하게."

쑥스러운 하연이 성빈의 가슴팍을 툭 쳤다. 그때 지나가던 한 남자가 가볍게 말을 붙였다.

"성빈아, 얼굴 오랜만에 보네. 잘 지냈지?"

"뭐, 나름대로."

"우리 하연 씨도 오늘 끝내주게 예쁘네요. 자주 좀 봐요."

하연은 당황스러웠다. 분명 처음 보는 낯선 얼굴인데, 이미 몇 번은 만난 것 같은 태도였다. 그 남자가 지나간 뒤로도, 성빈의 또래로 보이는 다른 사람들은 익숙하게 하연을 대했다.

"성빈아, 오늘 파티 괜찮은데? 어? 하연 씨다. 뵙고 싶었는데, 영광입니다."

"하연 씨, 성빈이 녀석 때문에 골치 좀 아프죠? 마음 넓은 하연 씨가 너그러이 이해해요."

"민낯도 아름다우신데, 꾸민 모습은 여신이시네요. 반하겠습니다."

얼떨결에 어색한 대답만 줄곧 하던 하연이 결국 의아한 얼굴로 성빈을 올려다봤다. 그의 얼굴엔 여유로움이 넘쳤다.

"왜? 뭔가 이상해?"

"아…… 아니…… 다들 마치 오랜만에 보는 사이처럼 말을 붙여서요."

하연의 어리바리한 표정에, 성빈이 자상하게 답해 줬다.

"이번 파티에 당신 큰 결심하고 나온 거 잘 알아."

"그렇긴 하죠."

"그래서 당신이 조금이라도 덜 괴리감을 느끼도록 나름대로 수를 좀 쓴 거야. 저번에 찜질방에서 우리 사진 한 장 찍었었잖아?"

하연은 반 민낯으로 사진을 찍었던 그날의 기억을 떠올렸다.

"진욱이 통해서, 동문 사이트에 우리 사진 올렸어."

"아…….."

"하연 씨 보면 모두 편하게 대해 달라고, 부탁을 해 놨어. 당신 어색하지 않게 말이야."

무덤덤하게 말하는 성빈을 바라보는 하연은 진한 감동이 밀려드는 걸 느꼈다. 오늘 이 자리에 오기까지 하연이 내심 꿍꿍 걱정했던 부분을 정확하게 알고 배려를 해 준 성빈이 고마웠다.

"성빈아, 늦었지? 하연 씨 오늘 예쁘시네요."

진욱이었다. 그의 옆에는 오늘도 이 파티의 여왕벌은 본인이라는 듯 한껏 꾸민 현아가 서 있었다. 반가운 얼굴들에 하연도 인사를 건넸다.

"두 분 다 잘 지내셨죠?"

"어유, 하연 씨 우리 말 좀 편하게 해요. 그래야 친해지죠."

현아의 빨간 입술이 친절하게 대꾸했다. 성빈은 말할 틈도 없이 계속 밀려드는 손님들의 인사를 받아 주느라 정신이 없었다. 그 옆에 그저 웃으며 서 있는 하연을 진욱이 데리고 구석으로 갔다.

"하연 씨, 제가 좀 동의를 구할 게 있는데요?"

"어떤 걸요?"

"이번 파티에 하연 씨 데려온 거, 공식적인 자리라 일부러 그런 건 아시죠?"

하연이 대답 대신에 고개를 살며시 끄덕였다.

"성빈이가 부탁한 게 있습니다. 이번 재계 소식통에, 하연 씨 실어 달라고 하더라고요."

"그게 어떤 의미죠?"

이해가 잘 안 되는 하연이 되물었다.

"쉽게 말씀드리면 성빈이 옆자리에, 사람이 찼다는 걸 공식화하는 거죠. 그럼 라페르 계열 상속자 약혼녀는 확정된 거나 마찬가지니, 더 이상 맞선이나 혼사 관련 문제는 없어질 겁니다."

갑작스러운 이야기에 하연의 입술이 파르르 떨렸다. 진욱이 싱긋 웃었다.

"하연 씨한테 성빈이가 언질을 안 해 줬나 보네요? 놀라시는 거 보니, 하하."

"네…… 못 들었어요."

"저 그럼 동의는 하시는 걸로 해 둬도 되는 거죠?"

하연이 잠시 고민에 빠졌다. 멀찍이서 손님들과 한창 인사 중인 성빈을 바라봤다. 저 넓은 어깨에 짐이 될 게 분명하지만, 그가 한 결심에 망설이는 모습을 보여 주는 건 도리가 아니라는 생각이 들었다. 이토록 노력을 해 주는 사람인데…… 그리고 자신 또한 그를 놓을 용기가 없었다. 심호흡을 한 하연이 힘 있게 고개를 끄덕였다.

"네, 진욱 씨. 동의할게요."

"감사합니다. 어? 회장님, 오랜만에 뵙습니다. 그간 잘 지내셨지요?"

진욱이 하연의 뒤로 걸어오는 큰 회장에게 예의 있게 고개를 숙였다. 큰 회장도 적당히 대답을 해 준 뒤, 하연에게로 시선을 돌렸다.

"신경 쓴 만큼 태가 나는구먼그래."

"할아버지, 감사해요."

"목걸이도 참 고급스러워. 선물해 준 남자가 누군지 제법 안목이 높아."

큰 회장의 능청에, 하연이 입을 가리고 웃었다.

"할아버지. 제겐 너무 과분한 선물이에요."

"성빈이 녀석을 잡은 보상 정도라고 해 두지. 그리고 이건 극히 일부야."

두 사람의 장면을 포착한 성빈이 서둘러 다가왔다. 그의 얼굴엔 긴장감이 스쳤다.

"할아버지 오셨어요?"

"그래. 제법 준비를 많이 했구나. 수고했어."

큰 회장의 칭찬에도 성빈의 눈은 하연에게 향해 있었다.

"내가 하연이 잡아먹기라도 할까 봐 보호하러 득달같이 달려온 거냐? 다시 가서 볼일 봐. 알아 둬야 할 사람들하고 인사할 시간도 부족한 판에."

하연이 괜찮다는 눈짓을 성빈에게 보냈다.

"그렇다면 할아버지 믿고 하연 씨 맡겨도 되겠습니까?"

"쯧, 하여간 불신하는 저 태도가 마음에 안 들어. 당장 제자리로 복귀 안 해?"

성빈이 뒷머리를 쓸어내리며, 안 떨어지는 걸음을 옮겼다. 몇 번이고 혀를 차던 큰 회장이 하연을 데리고, 천천히 연회장을 둘러보기 시작했다.

"김 회장님, 안녕하셨습니까?"

"어허, 이게 누구야, 오랜만에 얼굴 보는구만. 정 회장은 회춘하셨네그려?"

나이가 지긋한 신사가 고개를 젖히더니 호탕하게 웃었다.

"허허! 사람 기분 띄워 주는 김 회장님 언변은 들을 때마다 기분이 좋습니다. 그런데 옆에 단아한 아가씨는 누구신가요?"

대화를 멍하게 듣고 있던 하연이 자신을 지칭하는 말에 얼른 정신을 차렸다. 큰 회장이 하연의 어깨를 감싸더니, 한발 앞으로 나오게 만들었다.

"성빈이 약혼녀 되는 애요. 하연아, 인사드려라."

"안녕하세요."

큰 회장의 입에서 나온 '약혼녀'라는 단어에 놀란 하연이 빠르게 고개를 숙였다. 정 회장이 인자한 미소로 인사를 받아 주더니, 칭찬을 아끼지 않았다.

"인상이 참 선하구만그래. 눈동자가 맑은 게, 내면이 단단하겠어. 그래, 어디 여식인가?"

"저…… 그게……."

아까보다 한층 밝은 얼굴로 큰 회장이 대답을 가로챘다.

"평범한 집안 여식이지. 근데도 탐나는 부분이 많아서 성빈이 녀석보다도 내가 더 서둘러 추진 중이요."

정 회장이 크게 고개를 끄덕였다.

"허어, 그렇습니까? 제가 봐도 좋은 기운이 넘치는 아가씨이니, 빨리 잡으셔야 할 것 같습니다. 복덩이 한 명만 들어와도, 집안 분위기부터 화사해지니 말입니다."

하연은 고마움에 다시 한 번 고개를 숙였다. 정 회장이 그런 하연을 흐뭇하게 바라봤다.

"참, 성하는 요즘 어떻습니까? 좀 괜찮아졌습니까?"

"이번에 내려갔을 때, 조만간 올라오겠다고 하더이다. 전보단 훨씬 좋아졌지."

"그것 참 다행입니다."

"정 회장이 신경을 써 주니, 내 고마운 마음이 크이. 조만간 골프 모임에서 봅시다."

큰 회장을 따라 인사를 하며 돌아다니는 하연은 정신적인 피로감이 장난이 아니었다. 다소 지쳐 보이는 하연의 기색을 발견한 큰 회장이 나긋한 어조로 물었다.

"티를 안 내려고 무지 애는 쓰는데, 딱 봐도 피곤해 보이는구나."

"어머. 아니에요, 할아버지."

씩씩하게 부정하는 하연을 데리고, 큰 회장이 바람을 쐬러 테라스로 향했다. 그때 감미로운 멜로디가 흘러나왔다. 큰 회장이 우스갯소리를 지껄였다.

"하연아. 한때 내가 이 곡으로 여자를 몇 명이나 울렸는지 모른단다."

"아하하하, 할아버지도 참!"

"정말이래도 안 믿네? 너 춤은 좀 출 줄 아느냐?"

하연이 걸어가는 큰 회장의 손목을 붙잡았다.

"빠른 멜로디는 좀 배워서 추는데, 블루스는 못 춰요. 가르쳐 주실래요?"

"성빈이 녀석한테 배우지 그러냐?"

"안 그래도 이따 성빈 씨랑 추고 싶은데, 창피당하고 싶지 않아서 그래요."

더 이상 두말 않고 큰 회장이 주름진 손바닥을 펼쳤다. 마주 댄 하연의 작은 손을 잡아 주고, 반대편 손으로 허리를 감싸 포즈를 잡았다.

"그냥 가볍게, 내가 이끄는 방향을 따라 부담 없이 움직이면 된단다."

"네, 할아버지."

버벅대던 것도 잠시, 하연은 곧 큰 회장이 이끄는 대로 미끄러지듯 하이힐을 움직였다. 몸에 배어 있는 큰 회장의 귀족적인 태에 맞춰, 하연도 허리를 최대한 곧추세우며 그림을 만들어 냈다.

"하연아, 아까 정 회장에게 했던 말은 내 진심이었단다."

큰 회장이 자상하게 속삭였다.

"네, 알아요. 그래서 할아버지께 감사한 마음이 커요. 늘 아껴 주셔서."

"공식적인 자리에 하연이 네가 얼굴을 비친 이상, 성빈이 어미가 가만있지는 않을 거야."

"……네, 성빈 씨 어머니께서 많이 속상해하실 거예요."

시무룩한 하연의 얼굴을 들여다보는 큰 회장의 마음은 불편했다. 처음 봤을 때 그저 밝기만 했던 하연의 얼굴은, 성빈과의 관계가 깊어질수록 애써 숨기는 티가 날 만큼 고민이 많아 보였다. 그런 하연을 큰 회장은 지켜 주고 싶었다.

"무슨 일이 있거나, 도움이 필요하면 주저하지 말고 전화해."

"할아버지 말이라도 감……."

"하연이 네가 하기 싫어도 결국 할 수밖에 없는 날이 올 거야. 그날이 멀지 않았을 테고."

큰 회장의 표정은 진지했다. 위로보다는 현실적인 상황을 파악시키는 게 우선이라고 판단한 큰 회장으로서는 멀지 않은 과거의 성하와 같은 일이 되풀이되는 것을 무척 염려스러워했다.

"할아버지, 하연 씨 표정이 왜 이래요?"

두 사람에게 다가 온 성빈이 하연의 안색을 살피며 목소리를 다소 높였다.

"성빈 씨, 할아버지한테 언성 높이지 마요!"

오해의 눈빛을 한 성빈을 째려보며 하연이 타박을 줬다. 되레 하연에게 기습을 당한 성빈이 머쓱하게 큰 회장에게 고개를 숙였다.

"죄송합니다."

"네놈 싹수없는 거야 하루 이틀도 아니고, 포기한 지 오래야.

그보다 나도 지인들과 좀 즐기게, 하연이는 이제 네가 맡아."

말을 마친 큰 회장이 미련 없이 뒤돌아 가 버렸다. 성빈이 하연의 손목을 잡아 테라스로 나갔다. 냉한 겨울바람이 두 남녀의 신경을 바짝 곤두서게 했다. 하연이 두 손에 입김을 불어넣더니, 발꿈치를 들어 성빈의 하얀 볼을 감싸 쥐었다.

"성빈 씨, 볼일은 다 본 거예요?"

"응."

"파티 주최하느라 고생 좀 했죠?"

"응."

"많이 피곤하겠어요. 좀 수척해진 거 같기도 하고……."

성빈은 앞에서 조잘대는 하연을 한참 동안 말없이 응시했다. 두 사람을 감싸며 떨어지는 함박눈 사이로 마주치는 시선. 방금까지 느끼던 각자의 시린 감정이 의미 없이 녹아내리는 순간이다.

"하연 씨, 이번 파티는 사실 나에게 중요한 의미를 담고 있어."

"알아요."

하연이 단호한 투로 성빈의 말을 무질렀다. 성빈이 이으려던 말을 삼켰다.

"성빈 씨가 저를 위해, 얼마나 애써 주고 있는지, 누가 모른대요?"

"……."

"그러니깐 설명은 됐어요. 오늘만은…… 오늘은……."

달빛에 반사돼 마치 신의 형상을 그려 내듯 수려한 남자에게 성큼 다가간 하연이 목덜미에 팔을 둘렀다. 점차 가까워지는 그의 입술을 탐닉하는 순간, 질끈 감은 하연의 눈에서 눈물이 흘러내렸다.

'성빈 씨, 당신을 알게 된 건 제 인생 최고의 행운이에요.'

입술 사이로 따뜻한 온기를 넘기던 성빈이 아쉽게 떨어져 나갔다. 숨을 고르는 하연을 짙은 눈길로 바라보던 성빈이 손을 내밀었다.

"하연 씨. 나 이제 당신, 책임질 준비 끝났어."

성빈이 내미는 손끝을 살며시 마주 잡는 하연. 성빈의 눈매가 휘어지더니, 달콤한 미소를 지었다. 희었던 하연의 뺨이 추위에 붉어지는 걸 발견한 성빈이 웃옷을 벗어 걸쳐 줬다.

"아무래도 안 되겠어. 당신 이러고 있다간 감기 걸리겠어."

"좀 춥긴 하네요."

"위에 내가 룸 잡아 놨는데, 올라가서 좀 쉬자."

연회장을 가로질러 가는 도중, 누군가 성빈에게 말을 붙였다.

"김성빈, 한참 찾았잖아."

"라이언 미안한데 지금 내가 좀 바빠."

하연이 성빈에게 말을 붙이는 이를 올려다봤다. 백인이었다. 종잇장 같은 흰 피부에, 깊은 호수를 연상케 하는 파란 눈, 선명한 이목구비를 자랑하는 그의 외모는 외국 배우를 눈앞에서 보는 듯한 착각에 빠지게 했다. 강렬한 빛을 내는 그의 눈동자가 하연에게로 향했다.

“누구?”

“애인이야. 하연 씨, 내 친구 라이언.”

하연이 고개를 숙였다. 라이언도 살짝 고개를 까닥이더니, 성빈에게 물었다.

“An ordinary girl?(평범한 여자야?)”

“그래.”

라이언의 눈초리가 흥미롭게 바뀌었다.

“어쩐지 익숙한 향기가 난다 했더니……..”

“백조안 말하는 건가 보네. 아무튼 나중에 얘기해.”

성빈이 라이언의 어깨를 툭 치며, 하연을 데리고 연회장을 빠져나왔다. 하연이 찝찝한 표정으로 승강기 버튼을 누르는 성빈을 보았다.

“방금 전, 성빈 씨 친구 라이언인가?”

“응.”

“한국말 유창하게 잘하더니, 갑자기 영어 쓰던데. 혹시 제 욕한 거 아니죠?”

성빈이 실소를 터트렸다.

“라이언이 몇 년 동안 애증의 관계로 목매다는 여자가 있는데, 분위기가 비슷하다고.”

“아……..”

“평범한 여자냐고 물어본 거야. 신경 쓸 거 없어.”

호텔 로열층에 도착을 하자, 성빈이 프리미엄 스위트룸으로 하연을 데리고 들어갔다. 방 안은 은은한 조명이 빛을 발하고 있었고, 따스한 온기로 가득 차 있었다. 창밖으로는 도심의 야경이 별빛처럼 흩어져 있었다. 창가에 선 하연이 넋을 잃고 바라봤다.

"야경이 정말 아름다워요."

그런 하연의 뒤로 다가간 성빈이 걸쳐 줬던 웃옷을 벗겨 주며 속삭였다.

"하연 씨만 하려고, 안 그래?"

"오늘따라 멘트가 왜 이렇게 느끼해요?"

음흉한 눈빛을 띤 성빈이, 본심을 드러냈다.

"글쎄? 무슨 의도라도 있나 보지."

"누가요?"

"당신 뒤에 있는 남자가 말이야."

엄습하는 긴장감에, 하연이 마른침을 삼켰다. 하연의 허리를 교차해 끌어안은 성빈이 고개를 내렸다. 하연의 어깨 부근에서 성빈의 달뜬 숨이 간헐적으로 흘러나왔다.

'하여간. 긴장해서 굳어 있는 모습이 귀여워 죽겠네.'

제 허리를 감싸 안은 성빈의 손등을 하연이 부드럽게 쓸어 내렸다. 남자는 자신을 잡은 이 손을 절대 놓지 않을 것이다. 그 믿음 하나면 이 남자에게 모든 것을 걸어도 후회하지 않겠지?

"……성빈 씨."

"말해."

"이젠 제가 당신 안 놔줄 거예요."

성빈의 손아귀에 힘이 들어갔다.

"듣던 중 반가운 소리네."

"가진 게 많은 성빈 씨가 저보다 훨씬 힘들겠지만, 어쩔 수 없잖아요."

"당신이 한 선택, 절대 후회 안 할 거야."

성빈의 팔을 푼 하연이 뒤를 돌았다. 그녀의 맑은 눈동자 속에, 제 남자가 비쳤다.

"성빈 씨, 저 반드시 지켜 줘요. 당신의 여자로."

"말뿐인 대답보단……."

하연의 입술을 엄지로 슥 쓸며, 성빈이 그윽한 눈길을 보냈다.

"오늘밤 나만의 방식으로 확실하게 대답해 줄게."

"하여간 엉큼한 남자라니깐."

"긴장 좀 풀게, 와인이나 한잔해."

목을 죄고 있던 와이셔츠 위 단추를 푼 성빈이, 와인병과 잔두 개를 들고 소파로 향했다. 마개를 따기 전, 전망에서 시선을 못 떼는 하연을 보며 자신의 옆자리를 툭툭 쳤다.

"야경 구경은 그만 좀 하고, 빨리 와서 잘생긴 애인 얼굴이나 감상해."

"본인 입으로 그렇게 말하면 안 창피해요?"

하연이 투덜대며, 성빈의 옆으로 자리를 잡았다.

"오래 입고 있으니, 역시 답답하네."

"뭐가?"

"드레스 말이에요."

성빈이 와인을 채운 잔을 하연의 손에 쥐어 줬다.

"조금만 참아. 곧 오빠가 벗겨 줄게."

"아, 정말!"

"일부러 스위트 와인으로 골랐어. 하연 씨 취향일 거야."

가볍게 잔을 부딪치고, 하연이 입으로 가져갔다. 진한 포도 향과 함께, 달콤한 와인이 보드랍게 입안을 적셨다. 하연이 눈을 감고선, 한 모금 더 넘겼다.

"음, 맛있어."

"많이 마실 생각하지 마. 긴장만 풀어."

하연이 고개를 끄덕였다.

"알았어요. 아, 근데 발목이 너무 조인다."

하이힐이 불편한 하연이 손을 뻗었다. 순간 성빈이 그녀의 양쪽 종아리를 낚아채, 자신의 무릎 위에 올렸다.

"내가 벗겨 줄게. 안 그래도 타이트한 드레스 때문에, 몸이나 제대로 접겠어?"

"그럼 그래 줄래요?"

"그리고 다른 것도 남김없이 벗겨 줄게."

"진짜 죽을래요?"

성빈이 얄밉게 입꼬리를 올리며, 하이힐을 바닥에 내려놨다.

"하, 이제야 살 거 같네."

하연이 해방된 발가락을 꼬물거리며, 시원한 표정을 지었다.

하연이 자세를 뒤바꿔, 성빈의 무릎에 얼굴을 내려놨다. 잘생긴 그의 얼굴이 자신을 내려다보고 있었다.

"성빈 씨, 정말 잘생겼네요."

"그걸 인제야 알았어?"

"흥, 하여간 자신감 없으면 시체인 남자라니깐."

하연은 자신과는 정반대의 타입인 성빈을 사랑했다. 자리가 그 사람을 대변한다고 그는 늘 자신감에 차 있었고, 자신의 의견이 분명했으며, 판단을 내린 후에는 확신을 가지고 그대로 밀어붙이는 불도저 같은 면을 지닌 남자였다.

"결국 승자는 하연 씨지, 뭐."

엥? 이건 또 무슨 소리인가?

"결국 이렇게 잘생기고, 괜찮은 남자를 쟁취한 건 당신이잖아."

"허?"

"그러니 즐겨. 한번 잡은 먹잇감에 밥 안 준다고 막 다루지 말고, 끊임없이 사랑해 줘."

"방금 한 말의 주어가, 설마 성빈 씨예요?"

하연의 앞머리를 넘겨 주던 성빈의 손길이 멈췄다.

"그럼 당신이 잡은 먹잇감이 나 말고 또 있나?"

"표현 한번 기똥차네요."

"한마디를 안 지려고…… 오빠한테 말대꾸 좀 하지 말고."

대화를 할 때마다 머리 꼭대기에서 놀려고 하는 남자의 언행이 굉장히 거슬렸지만, 이 또한 어찌하나. 그 말발에 말려서, 사귀게 됐고 이런 질척한 사랑하는 관계까지 와 버렸는 걸 말이다.

"하연아."

자상하지만, 느끼한 남자의 부름.

"성빈 씨, 그렇게 부르지 마요. 살 떨리니깐."

진저리치는 하연의 격한 반응에 성빈이 쓴 미소를 지었다. 그렇다면 의도한 대로 밀고 나가는 수밖에 없다. 성빈이 얼굴을 떨어트리더니, 하연의 이마에 입을 맞췄다.

"하연 씨는, 이마도 예쁘고……."

다음은 인상을 쓰고 있어, 주름이 진 눈꺼풀 위에 입술을 내려놨다.

"나만 바라보는 눈은 말할 것도 없고……."

하연이 결국 못 참고 스톱을 외쳤다.

"성빈 씨, 그만! 그만해요! 느끼하니깐……!"

"시끄러워, 이 여자야."

버둥대는 하연의 두 팔을 움직이지 못하게 고정한 성빈이 하던 걸 마저 이어 갔다. 쪽, 쪽. 하연의 양 볼에, 입맞춤을 한 성빈의 눈빛이 점차 위험하게 변모했다.

"하연 씨 볼은 복숭아처럼 싱그러워서 때론 깨물고 싶은 충동이 들어."

"벼, 변태 같은!"

하연은 누군가 강아지풀로 심장에 간질간질 장난질 치는 느낌이 들었다. 그만큼 성빈의 대사는 오글거리고, 창피해 죽을 것만 같았다. 조금 더 아래로 내려온 성빈이 픽 웃었다.

"난 그래도 그중에, 당신 입술이 가장 사랑스러워."

성빈이 제 입술을 찍어 내렸다. 하연이 저란 남자에게 얼마나 사랑받고 있는지 다시 한 번 인지를 시키는 게 그의 목표였다. 능숙하지만 부드럽게. 그리고 얼마나 절실하게 박하연이라는 여자를 원하는지 느낄 수 있도록 뜨겁게 키스를 해 줬다. 둘의 입맞춤은 한참 동안이나 농밀하게 이어졌다.

"하아, 성빈 씨……."

성빈이 하연을 잠시 내려다보다 갑자기 번쩍 그녀를 들어 안았다. 하연이 균형을 잡기 위해, 성빈의 목에 팔을 둘렀다.

"하연 씨는 일단 불편한 드레스부터 벗고 싶은 거지? 또 씻었으면 싶고. 그렇지?"

"네, 솔직히 좀 답답해요."

"나랑 같네. 월풀 스파 준비해 놨으니깐 같이 들어가."

하연의 눈이 삽시간에 커졌다.

"에?!"

성빈이 품에서 안 떨어지려는 하연을 스파 안으로 조심히 내려놨다. 아까 디자이너들이 했던 말이 떠올랐다. 이 드레스가 몇천만 원이라고 했었지? 하연은 골치가 아팠다.

"아, 머리야."

바닥에서 한 번씩 바뀌는 형형색색의 불빛들과, 보글거리며 올라오는 물방울 가운데에서 황금빛 꼬리를 가진 인어처럼 앉아 있는 하연의 모습은 실로 아름다웠다. 성빈이 흐뭇한 미소를 지었다.

"하연 씨, 당신은 볼 때마다 사람 반하게 하는 능력이 있어."

"그거 콩깍지예요."

말은 그렇게 하지만, 하연 또한 더 이상은 성빈을 눈으로만 보며 만족할 자신이 없었다. 완벽하게 자신의 남자로 만들고 싶었다. 아니, 이젠 그래야만 했다. 아까 성빈이 손을 내밀었던 그 결심과 같은 마음으로 이번엔 하연이 용기를 낼 차례였다.

"성빈 씨, 자요. 들어와요."

"내게 거부권은 없지."

하연이 내미는 손을 잡고, 성빈이 스파 안으로 들어갔다. 그의 음성이 열에 들떠 있었다.

"드디어 우리의 첫날밤이네. 그 동안 기다린 만큼 사랑해 줄게."

"아, 아뇨. 저는 정말 첫날…… 밤이라 그건 좀."

하연이 정색을 하며, 뒤로 물러났다.

"그래, 당신 기억에 남을 만한 첫날밤을 만들어 줄게."

"돼, 됐거든요! 저는 진짜 처음…… 아, 아니. 성빈 씨, 제발 진정 좀 해요!"

하연은 속으로 '망했다!'를 외쳤지만, 뜨겁게 다가서는 남자를 거부할 방법은 없었다. 성빈이 하연의 어깨에 지그시 손을 올렸다.

"하연 씨, 돌아 봐. 드레스 벗겨 줄게."

"네······."

성빈의 섬세한 손길에 의해 돌아 앉은 하연의 드레스가 점차 벌어졌다. 그녀의 매끄러운 등이 성빈의 눈동자에 담겼다. 천천히 감상하며 어깨에 걸쳐 있는 드레스를 마저 내리는데, 하연이 그의 손을 붙잡았다.

"성빈 씨, 정말 여기에서······?"

떨리는 음성으로 묻는 여자를 성빈이 뒤에서 껴안았다.

"아니면 침대로 갈까?"

"네······ 아무래도 전 그게 좋을 거 같은데······."

"천천히 준비해. 괜찮아."

성빈은 이 정도의 기다림 쯤이야 충분히 감수할 수 있었다. 하연을 스파에 두고 나온 성빈이 욕실로 향했다. 간단히 반신욕을 하며, 쌓인 피로를 풀어냈다.

"하, 개운하네."

성빈이 머리를 털며 나오는데, 침대 위 하연이 긴장된 얼굴로 그를 반겼다.

"성빈 씨 오래 걸렸네요?"

침대 위에 앉아 있는 하연에게 성빈이 다가갔다. 그녀의 말간 뺨을 손가락으로 살짝 튕기며, 성빈이 가벼운 투로 물었다.

"결심이 선 거야? 억지스러운 건 별로라서."

"성빈 씨를 갖고 싶어요."

"그럼 오늘 밤 내 모든 걸 당신에게 줄게. 감당할 각오나 해."

여자가 사랑스러운 성빈이 그녀를 강하게 끌어당겨 가슴팍에 가둔 채 오랫동안 품어 줬다. 애써 떨리는 감정을 숨기며, 아무렇지 않은 척 새치름하게 안겨 있는 하연은 이미 머릿속이 터져 나갈 것처럼 복잡하면서도 새하얘져 있었다.

하지만 성빈을 더 이상 힘들게 하고 싶지 않았다. 또한 더 깊게 그를 알고 싶은 마음이 컸기에 힘들지만 용기를 냈다. 하연이 달뜬 숨을 목 언저리에 내뱉고 있는 성빈의 고개를 들어 올리더니 눈을 마주치며 작게 속삭였다.

"오늘 밤 두고 볼 거예요. 당신이란 남자가 절 얼마큼 열정적으로 사랑하는지 말이에요."

"도발하지 마. 진짜 위험해지는 수가 있어."

성빈의 달콤한 경고에, 살구꽃처럼 청순한 미소를 그리던 하연이 금세 꼬리를 내렸다.

"그럼 바로 취소할게요."

"그런데 하연 씨, 이미 접수는 끝났어. 당신은 오늘부로 나란 남자한테서 못 벗어나."

말을 마친 성빈이 여자를 제 품에서 떼어 냈다.

뒤로 넘어간 하연이 푹신하게 주름진 시트 위, 순백의 한 송이 꽃처럼 고운 자태로 미동 없이 누워 있었다. 청초하게 늘 예쁜 웃음으로 눈을 마주쳐 주던 여자가 많이 긴장하긴 했나 보다. 성빈의 검은 눈동자가 그녀의 머리끝에서부터 긴장감에 잔뜩 움츠린 발가락까지 짙은 시선을 담아 샅샅이 제 가슴속에 새겼다.

성빈은 자신의 품에 처음으로 안기는 여자의 모습을 생생하게 기억하고 싶었다. 젖은 흑발을 살짝 뒤로 넘기며, 상체를 낮춰 하연에게 바짝 다가갔다.

두 남녀가 바로 앞에서 서로를 바라보고 있었다. 새근새근 약하게 내쉬는 하연의 작은 숨이 성빈의 콧잔등을 간지럽혔다. 노골적인 남자의 시선이 쑥스러운 하연이 살긋이 홍조를 띤 채 조용히 부탁을 했다.

"성빈씨, 스탠드 불만 켜면 안 될까요? 너무 환해서 좀 창피한데."

"거절할게."

하연이 고개를 갸웃거렸다.

"왜요?"

"이 순간 당신의 모든 걸, 전부 내 눈 안에 담을 거야."

말을 마친 남자가 야릇하게 눈웃음을 짓더니, 하연의 입술로 빠르게 내려가 격렬하게 덮쳤다.

샌드위치처럼 겹쳐진 입술 아래로 한참을 비비적대던 성빈이, 고개를 틀어 벌어진 틈으로 제 혀를 밀어 넣었다. 반들거리는 타액을 따라, 하연의 혀를 옭아맨 채 한참을 거침없이 농락하던 성빈이 가늘게 눈을 떴다. 갇힌 숨 자락을 어디로 토해 내야 할지 난감해하며, 거친 호흡을 따라 감긴 눈을 몇 번이나 찡긋거리는 하연이 무척 귀여웠다.

"웃……!"

밀려들기 시작한 강한 욕구를 못 참고, 성빈이 결국 여자의 아랫입술을 살짝 깨물어 버렸다. 상처 부분을 알사탕 머금듯 입안에 쏙 빨아들이고선 잠시 기다리던 성빈이 제 손가락으로 괜찮나 다시 한 번 여자의 입술을 쓸어 주고는 몸을 일으켰다.

호흡 곤란에 의해 가슴팍을 들썩이고 있는 여자를 내려다보는데, 왜 이리 관능적이고 야하게 보이는지. 방금까지도 느긋했던 것은 거짓이라는 듯 조급해진 성빈이 하연의 등짝을 부드럽게 쓸며 상체를 살짝 들어 올렸다.

헐렁한 옷자락을 목 위로 당겨 벗겨 버리는 순간에도 성빈의 입술은 쉬지 않고 하연의 귓불을 할짝대며 영역 표시를 하기에 바빴다. 하연의 목이 저절로 반대로 돌아갔고, 마음에 안 든 남자가 바로 위치를 바꿔 아래턱부터 얼굴선을 타고 벌어진 그녀의 입술 사이로 부드럽게 스며들었다. 한참이나 성빈에게 취해진 하연의 입술은 금세 부어올랐다.

겉 옷자락이 벗겨진 하연이 추운지 몸을 살짝 움찔거렸고, 눈치가 빠른 남자가 뜨거운 숨결을 내려놓으며 여자의 하얀 살결에 열꽃을 새기기 시작했다. 목덜미를 시작으로, 쇄골라인, 브래지어 근처, 참외 배꼽이 귀여운 하얀 배까지 남김없이 온도를 나눠 줬다.

"하아, 하……."

말을 꺼내려던 여자가 하려던 말이 뭔지 끝까지 못 이으며 작게 신음을 흘렸고, 제대로 자극받은 성빈이 제 옷도 훌러덩 벗어 침대 맡으로 던졌다. 큰 움직임에 침대가 낮게 삐거덕거렸다. 사실 지금 성빈은 그녀에게 배려를 쏟을 만한 여력이 없는 급한 상황이었지만 최대한 차분히 하연의 뺨을 어루만졌다.

"하연씨. 두렵더라도 당신 남자 품 안에서 힘들어하는 거니깐 조금만 참아 줘."

하연은 대답 대신에 옅은 미소를 띠며 고개를 끄덕였다. 더 이상 주저할 이유가 없는 성빈의 손이 하연의 브래지어 후크를 달칵 풀었다.

남자의 손길에 하연의 복숭아 같은 뽀얀 가슴이 제 모습을 드러냈다. 오랫동안 기다렸던 성빈이 벅찬 숨결을 쏟아 냈다. 하연이 창피함에 자연스럽게 몸을 꼬았다. 성빈이 그런 여자의 어깨를 지그시 눌러 처음 보게 된 제 여자의 몸을 잠시 감상했다. 잠시 후 그의 입술이 세찬 입김과 함께 봉긋이 모양 잡혀 있는 풍만한 가슴으로 내려앉았다.

처음 느껴 보는 낯선 감촉에, 하연의 몸이 크게 움찔거렸다.

성빈이 가슴의 원을 따라 혀를 굴리며 그녀를 간지럽혔다. 곧 하연의 나직한 신음이 터짐과 동시에, 그대로 맨 끝의 정점에 남자의 이가 박혀 들어갔다.

"……하웃!"

놀란 하연이 반사적으로 고개를 뒤로 젖히며, 달뜬 숨결을 토해냈다.

성빈이 느릿하게 입술을 덧그리며, 그녀의 여린 살을 연속으로 힘 있게 입안으로 빨아들였다. 다른 한쪽 가슴도 놔주지 않겠다는 열의로 꽉 움켜잡은 채, 손가락으로 가운데를 빙그르 비틀었다.

"읏!"

하연의 심장이 격정적으로 뜀박질을 했다. 이런 야릇한 기분이 세상에 존재하는 게 맞나 싶을 정도로 혼란에 휩싸이는데, 성빈이 상체를 일으키더니 아래로 내려가 다리 틈 사이로 고개를 묻었다.

오, 마이 갓! 말도 안 돼.

어느새 성빈의 손가락에 걸려 침대 아래로 떨어지는 속옷을 보며 하연은 속으로 경악을 했다. 정신이 번쩍 들려는 찰나 아까와는 비교도 안 되는 생소한 감각에 아랫배가 저절로 뒤틀렸다.

만개한 여자의 꽃잎에 내려앉은 성빈이 금단의 열매를 머금은 듯 조심스럽게 맛을 봤다. 그런 성빈의 머리칼을 꽉 움켜쥔 하연이 고개를 세차게 흔들었다. 놀란 여자를 달래 주고자 빠르게 위로 올라간 성빈이 콧등에 입을 맞춰 주었다.

"하연 씨 괜찮아, 놀라지 마."

여자를 부드럽게 달래 준 성빈이 목적을 달성하기 위해 다시 내려왔다. 그런 뒤 부푼 꽃잎 사이의 구슬을 손으로 살며시 굴리더니 입술을 박고 진하게 키스를 하기 시작했다. 하연의 신음이 간결하게 터져 나왔다.

"아웃, 서, 성빈 씨. 핫!"

하연이 아랫입술을 절박하게 깨물었다. '이건 말도 안 돼. 말도 안 돼.' 연신 속으로 되뇌는 사이, 성빈은 한참만에야 아쉬운 듯 고개를 떼 내고는 반들거리는 제 입술을 엄지손가락으로 쓱 훔쳤다. 여자의 골반 언저리를 섬세한 손길로 쓰다듬어 내리던 성빈이 하복부에 걸쳐 있는 제 속옷을 떨어뜨렸다. 이미 터질 듯이 부풀은 남성은 아릿한 통증이 느껴질 만큼 이미 준비를 끝낸 상태였다. 달빛에 반사되는 여자의 아름다운 나신을 다시 한 번 그윽한 눈길로 감상하던 성빈이 점차 허리를 굽혔다. 충분히 풀어 줬다고 생각한 하연의 꽃잎에 느릿하게 다가선 성빈이 오랫동안 기다려왔던 자신을 밀어 넣기 시작했다.

"아훗! 아!"

몸이 반으로 쪼개지는 것과 같은 극심한 고통에 하연이 외마디 비명을 내질렀다.

첫 관계 시 아프다는 건 알고 있었는데, 그래서 어떻게든 참아 보려고 했는데. 생각했던 것 그 이상의 아픔에 저도 모르게 눈물이 터져 나왔다. 그런 하연의 모습에서 이상함을 느낀 건 성빈도 마찬가지였다.

자세를 유지한 채 몸을 천천히 낮춘 성빈이 시트 자락을 핏줄이 서도록 꽉 움켜잡은 채 바들거리고 있는 하연에게 조용히 물었다.

"하연씨, 설마."

"……."

"당신 처음이야?"

"……네, 훗."

힘들어 보이는 하연의 대답에 성빈의 눈동자가 혼란스러움에 젖어 들었다. 허스키하게 내뱉어지는 한숨을 동시에 여자의 가녀린 어깨를 팔목으로 감아 제 품 안에 가두었다.

"왜 미리 말 안 했어."

"초, 촌스럽다고 비웃을까 봐요."

이 와중에도 농담을 건네는 하연의 강단에 성빈이 실소를 터트렸다. 하연이 성빈의 귓가에 대고 사박하게 속삭였다.

"성빈씨를 드디어 제가 완벽히 가졌네요."

"……미안한데, 아직이야."

그 순간,

"아윽!"

여자가 감당해야 할 짙은 고통의 시간을 조금이라도 줄이기 위해, 성빈이 입구에 맴돌던 제 남성을 단번에 안으로 밀어붙였다. 하연이 허리를 휘더니, 제대로 된 소리도 못 내며 울음을 터트렸다. 그런 여자의 고사리 손을 거둔 성빈이 자신의 허리에 두르게 만들었다. 그런 뒤 여자의 귓전에 대고, 다정하게 속삭였다.

"하연 씨가 지금 안기고 있는 남자를 잘 새겨 둬."

"……네."

안에 들어찼던 남자가 부드럽게 빠져나가더니, 반동을 일으켜 거세게 다시금 파고들었다.

성빈의 등짝에 얹혀 있는 하연의 손에 힘이 바짝 들어갔다. 성빈 또한 나지막이 신음을 흘리며, 탁한 음성으로 다시 한 번 하연에게 제 존재를 각인시켰다.

"그리고 당신이 깊게 품고 있는 날, 끝까지 책임져."

"……."

"하연 씨, 대답해."

흐느낌과 함께 하연이 작게 대답했다.

"흐…… 알겠어요."

만족스러운 성빈이 가속을 붙여 강하게 하연을 안기 시작했다. 하연 또한 처음 느껴 보는 고통 속에서도 남자를 느끼기 위해 다분히 애써 봤지만, 사실 경험이 처음인 그녀로서는 어려운 일이었다. 서로의 살이 맞닿는 마찰음 소리가 방 안에 가득 찼다. 안에 들어찬 남자는 너무 크고 버거워, 정신이 아득해져만 갔다. 설상가상 그간 긴장했던 게 풀려서인지 졸음까지 밀려들었다.

사나운 움직임이 일순간 멈추고 하연이 칭얼거림 섞인 숨을 토해 내고선 정신을 잃었다. 그런 여자를 선명한 눈동자로 확인을 마친 성빈이 미안한 얼굴로 이마에 입을 맞추는데 입술에 닿는 느낌이 생각보다 뜨거웠다.

녹진한 몸을 하연의 옆으로 털썩 떨어트린 성빈이 손을 펴서 하연의 하얀 이마를 짚어 봤다. 심하진 않지만 열이 있는 건 분명했다.

마음이 불편해진 성빈이 하연의 축 처진 몸을 끌어당겨 제 품 안에 가뒀다. 첫 관계라는 사실에 적잖게 놀란 건 사실이었지만 이 여자라면 충분히 그럴 수도 있겠다 싶었다. 차라리 다행이었다. 그동안 잠자리를 피한 게 과거에 트라우마나 상처 때문이 아니라면 그 하나로 남자에겐 고마운 선물이었다.

성빈은 잘 알고 있었다. 내면이 강한 그녀였지만, 너무나 다른 자신을 감당할 만큼 대범한 여자는 아니라는 걸.

제 식대로 돌아가기 위해 망설이는 그녀를 볼 때면 그 조급한 마음을 못 참고 몰아세웠던 자신에게 실망스러울 때도 있었다. 하지만 그에겐 여유가 많지 않았고, 눈치 빠른 여자가 알아주고 잘 따라와 주길 바랐다.

앞으로도 여자에게 이기적인 사랑을 요구할지도 모르겠다.

그럼에도 이 작은 손을 절대 놓을 수가 없는 성빈이 두 볼을 발그레하게 물들인 채 잠들어 있는 하연의 머리를 살긋이 쓰다듬어 줬다. 거사를 치른 뒤 제 여자가 유난히 예뻐 보이는 건 수컷의 본능인지라 부정할 수 없었다.

살아가는 이유를 다시 한 번 느끼게 해 준 하연의 입술을 소중히 찍어 내린 성빈이 제 스스로에게 경고했다.

"네놈이 이 여자, 어떻게든 책임져."

11장
폭풍 전야

하연이 무거운 눈에 힘을 줬다. 완전히 떠지지 않은 눈으로 들어오는 광경은 흐릿하게만 보였다. 짙게 밀려드는 두통도 잠시, 몽둥이로 후려 맞은 듯 온몸이 당기고 뻐근해 낮게 신음을 흘렸다.

"으······."

어제 일을 기억해 낸 하연의 미간이 예민하게 구겨졌다. 아, 창피해.

주위를 살펴본 하연이 방 안에 혼자임을 확인하고선 시트를 살짝 걷어 내며 몸을 일으키는데 달칵 문이 열리는 소리가 났다. 다시 이불을 머리 꼭대기까지 덮은 하연이 자는 척을 했다.

하연의 옆으로 침대 매트리스가 푹 꺼지더니, 성빈이 이불을

잡고 걷어 내려고 했다. 머리끝까지 끌어올린 이불을 꽉 움켜쥔
채 어떻게든 놓지 않으려는 요지부동의 하연을 성빈이 이불 채
그대로 끌어안더니 고개를 파묻었다.

"일어난 거 다 아니깐, 얼굴 좀 보여 주지 그래?"

숨이 막힐 즘에야 결심이 선 하연이 이불과 함께 부담스러운
성빈을 밀어내며 태연한 척 입꼬리를 끌어 올렸다.

"성빈 씨, 좋은 아침이에요. 잘 잤어요?"

"내가 문제가 아닌 거 같은데."

하연이 귀여워 죽겠는 성빈이 야들하게 웃으며 얼굴에 뽀뽀
세례를 퍼부었다. 그런 남자의 입술을 피해 고개를 옆으로 돌리
며, 하연이 간질거리는 마음을 애써 숨겼다.

"너무 속 보이는 거 아니에요. 저도 잘 잤으니깐 그만해요."

"근데 당신 감기 기운이 있나 봐. 열이 좀 있어."

성빈의 차가운 손이 하연의 이마에 닿자 움찔거렸다. 성빈의
손등 위로 하연이 제 손을 겹쳐 감싸더니 잠시 정지된 화면처럼
멈췄다. 하연이 헤벌쭉 미소를 지었다. 성빈이 실소를 터트렸다.

"표정이 왜 그래. 정말 상태가 많이 안 좋긴 하나 보네."

"그동안 힘들게 해서 미안해요."

"하연 씨 그럴 만한 이유 충분했어. 괜찮아."

하연의 모든 걸 가진 성빈의 눈동자는 그 어느 때보다도 진중
했다. 한눈에 봐도 기운 없어 보이는 하연을 시트 자락과 함께
성빈이 안아 들었다.

"윽!"

아릿하게 전해지는 통증에 일부러 하연이 입술을 꾹 다물었다. 성빈이 욕실로 걸음을 옮기며 그녀의 귓가에 대고 상냥하게 말했다.

"오빠가 씻겨 줄게."

"뭐라고요?"

"욕조에 뜨거운 물 받아 놨으니깐, 담그고 있으면 좀 괜찮아질 거야."

욕실 문을 여는데 정색을 한 하연이 발버둥을 치며 성빈에게서 빠르게 내려왔다. 성빈이 왜 그러냐는 눈빛을 보냈다. 하연이 그대로 혼자 욕실로 쏙 들어가 문 사이로 얼굴을 빼꼼히 내밀었다.

"성빈 씨, 마음만 받을게요. 마음만!"

"처음 내 여자가 된 날이니깐, 직접 씻겨 주고 싶은 마음이 큰데."

"어제도 씻겨 줬잖아요. 정말 괜찮아요."

하연이 세차게 도리질을 하며 문을 닫고 모습을 감췄다. 그런 하연의 모습을 아쉽게 바라보던 성빈이 뒷머리를 살짝 쓸어내리며 중얼거렸다.

"철벽 방어 완전히 해제시키려면 갈 길이 멀겠어."

따뜻한 물이 기분 좋아 꽤 오랫동안 씻고 나온 하연이 침대 위에 성빈이 미리 준비해 둔 원피스를 챙겨 입었다. 드라이기로 젖은 머리를 말리고 있는데 성빈이 들어왔다.

"어디 갔다 왔어요?"

"휘트니스 클럽에서 운동 좀 하고 왔어. 하연 씨, 배고프지?"

성빈이 룸서비스를 시키려는데, 하연이 말렸다.

"성빈 씨, 지금 입맛이 좀 없는데. 그냥 집에 가서 쉬면 안 될까요?"

"그래도 뭐라도 챙겨 먹어야지."

간단하게 먹을 만한 빵과 스프, 주스 등을 주문한 성빈이 하연을 소파에 앉혔다. 블루베리 주스로 입을 축인 하연이 수프를 떠먹기 시작했다.

"음, 따뜻해. 고소하니 맛있어요."

"다행이네. 남기지 말고 먹어. 빵도 찍어 먹고."

그 사이 성빈이 하연을 데려다주기 위해 나갈 채비를 했다. 간단한 식사를 마친 두 사람이 호텔에서 나와, 카마로에 올라탔다.

"탁자에 둔 약은 챙겨 먹었어?"

"네."

"그럼 집에 가는 동안 눈 좀 붙여."

"옆에서 운전하는데 어떻게 그래요."

성빈의 손가락이 하연의 이마를 가볍게 튕겼다.

"딱 봐도 컨디션 안 좋아 보이는데 말 좀 들어."

"하여간 멋있는 척은 다해."

"척이라니. 이쯤에서 솔직히 말해 봐. 나 볼 때마다 반하는 감정 숨기고, 덜 좋아하는 척 애쓰는 거 힘들지?"

어쩜 저런 소리를 제 입으로 뻔뻔하게 할 수 있는 거지? 농담이 아닌 진심이 진하게 느껴지는 물음에 순간 할 말을 잃은 하연이다.

"못 들은 척하지 말고."

"그래요. 성빈 씨처럼 근사한 남자를 어느 여자가 마다하겠어요."

"지금 비아냥거리는 거야?"

하연이 고개를 저었다.

"진심이에요. 저도 궁금한 게 있어요."

"말해."

"성빈 씨는 제 어디가 좋아요?"

차창에 턱을 괴었던 팔을 내린 성빈이, 사랑스럽게 하연을 바라봤다.

"참 빨리도 궁금해하네."

질문을 던지고선 괜히 민망해진 하연이 입술을 부풀리며 물었다.

"예뻐서?"

"응."

"성격도 이 정도면 괜찮고."

"응."

"요리도 잘해."

"맞아."

"애교는 없나?"

성빈이 단호한 투로 맞장구를 쳐 줬다.

"당신 애교 많은 편이야."

"다행이다."

"그냥 간단히 말해 주자면."

깊은 성빈의 눈동자에 생기가 돌더니, 진심을 담아 담백하게 표현했다.

"당신은 내 모든 걸 뒤엎었어."

"무슨 말이에요?"

"난 복잡한 건 딱 질색인 사람이야. 하연 씨를 얻으려면 분명 피곤한 일들의 연속일 거고, 외모부터 성격까지 내가 그동안 추구했던 이상형과는 많이 다른 게 사실이야. 그런데 문득."

하연의 손을 지그시 잡아 주며, 성빈이 눈이 달콤하게 휘어졌다.

"당신은 조건을 걸고 내 옆에 있는 건데, 내 거라도 된 것처럼 착각하고 있다는 걸 깨달았지. 전화를 안 받으면 초조하고, 다른 남자랑 있으면 화가 나고, 서운하기도 하고. 부담스럽다고 밀어내는데 솔직히 어이가 없더라고. 계약하자고 한 건 난데, 무슨 미친놈도 아니고."

성빈의 과격한 표현에, 하연이 소리 내 웃었다.

"어쨌든 전에도 말했지만 방법이 없었어. 세상에 널린 여자들 제치고 당신밖에 눈에 안 들어오는데, 나한테 여지 따위가 있었겠어? 일단 잡고 봐야지, 그래야 내가 사는데."

"듣다 보니 이기적이네요."

새치름한 분위기를 뿜는 하연의 어깨를 끌어당긴 성빈이 뺨에 입을 맞췄다.

"당신이란 여자 너무 사랑스러워. 예쁘고, 성격도 좋고, 말은 좀 안 듣지만 그것마저도 귀여워서 사람 미치게 만드는 매력을 지녔어. 가끔 작정하고 부리는 애교도 사람 달아오르게 만드는 데 뭐 있고."

성빈의 과한 애정 표현에, 하연이야말로 후끈 달아올랐다.

"어휴, 사람 부끄럽게. 충분하니깐 그만해요. 예뻐서 좋아하는 걸로 그냥 결론 낼게요."

하연이 사과처럼 빨개진 얼굴을 돌려 버렸다. 성빈이 웃음을 지었다. 이내 잠잠해진 차 안, 몇 번이고 졸린 눈을 치켜뜨던 하연이 곤히 잠들어 버렸다. 성빈이 음악을 끄고, 조용히 차를 몰았다.

어느새 녹색 문 앞에 도착해 하연을 깨우려던 성빈이 뻗던 손을 거뒀다. 아무래도 하연을 혼자 두는 게 마음에 걸려 결국 제집으로 차를 돌렸다. 맨션에 도착을 하고 성빈이 조수석 문을 열어 하연을 안아 들려는데, 찬 공기에 하연이 닭살 돋은 팔을 감싸며 잠에서 깼다.

"성빈 씨, 도착한 거예요?"

"응. 몸도 안 좋은데 집에 혼자 두기 좀 그래서 우리 집으로 데리고 왔어."

"괜찮은데……."

차에서 내려 뒤에서 성빈의 허리를 끌어안은 하연이, 그대로 승강기를 향해 몸을 밀었다. 한 번씩 코를 훌쩍거리는 하연을 심란한 눈빛으로 내려다보던 성빈이 어디론가 전화를 걸었다.

맨션으로 들어선 하연이 좀비처럼 침대로 걸어가 몸을 뉘었다. 성빈이 냉장고를 뒤져 보는데 이놈의 집구석은 뭐가 하나도 없다. 그때 침실에서, 하연이 그를 부르는 소리가 들렸다.

"하연 씨, 우유라도 사 올까 봐. 당신 따뜻한 거 마셔야 할 거 같은데, 뭐가 하나도 없어."

"우유는 됐어요. 그냥 저 잠들 때까지만 안아 주면 안 될까요?"

정중한 말투와는 반대로 칭얼거림이 가득한 하연의 볼멘 표정에 성빈이 말없이 침대로 들어갔다. 팔베개를 해 주고, 하연을 품에 안아 줬다. 약 기운 탓인지, 금세 곯아떨어지는 하연을 완전히 잠들 때까지 품어 주던 성빈이 거실에서 들리는 핸드폰 벨소리에 몸을 조심히 일으켰다.

정구의 전화였고, 밀린 업무 때문에 빨리 호텔로 나와 달라는 요청이었다. 통화를 끝낸 성빈이 낮게 한숨을 내쉬는데, 마침 주치의가 도착을 했다. 하연의 상태를 간단히 설명한 성빈이 영양제 링거를 부탁했고, 서둘러 작업을 끝낸 주치의와 함께 집을 나섰다.

별다른 불편함 없이 초저녁까지 푹 잠을 잔 하연이 나른한 눈을 깜박였다.

　뒤척이다 링거가 빠질까 빡빡하게 고정한 것인지 불편한 팔을 확인한 하연이 조심스레 바늘을 떼어 냈다. 한결 가벼워진 몸을 일으킨 하연이 기지개를 쭉 켜며 거실로 나갔다.

　"성빈 씨? 이 층에 있나."

　계단을 오른 하연이 이 층 서재 문을 열어 봤지만 그곳에도 성빈은 없었다. 다시 내려온 하연이 정수기 물을 받아 마른 목을 축였다. 거실로 나온 하연은 예전에 그녀가 사다 놓은 미니트리로 다가가 다리를 접었다. 현란한 불빛이 연달아 바뀌는 트리를 한참 구경을 하던 하연이 성빈에게 전화를 했다.

　[하연 씨. 일어났어?]

　"네, 회사예요?"

　[응. 몸은 좀 어때?]

　"아까보다 훨씬 좋아졌어요."

　하연의 대답에 성빈이 안도했다.

　"성빈 씨 언제쯤 와요? 장봐 와서 저녁 차려 놓을게요."

　[절대 하지 마. 적당히 호텔에서 준비해서 갈게.]

　"그래도……!"

　[멋대로 상 차려 놓으면 먹지도 않을뿐더러 화낼 거야.]

　하연이 옅은 미소를 띠었다.

　"알겠어요. 그럼 언제 와요?"

[마무리만 하고 지금 바로 출발할 거니깐 얼마 안 걸릴 거야.]

"운전 조심히 해요."

전화를 끊은 하연이 심심해 집을 둘러보기 시작했다. 탁자 위에 널브러져 있는 퍼즐도 맞춰 보고, 집 안 곳곳에 걸려 있는 액자들도 구경을 했다.

"와, 무슨 술이 이렇게 많아."

하연이 진열장을 가득 메우고 있는 양주를 살펴봤다. 그러고 보니 담배도 안 피우고 나름대로 금욕적인 삶을 추구하는 남자가 술은 꽤 좋아하는 편인 거 같았다.

찬바람을 쐬러 하연이 발코니로 나왔다. 그때 눈에 책이 들어왔다. 구석에 쌓여 있는 은하수 작가의 책 한 권을 들어 의자에 걸터앉아 읽기 시작했다. 다시 읽어 봐도 역시 재밌었다.

"세상에 이런 멋진 남자가 도대체 어디 있어. 말도 안 돼."

하연이 픽 웃으며 혼잣말을 했다.

이 작가가 집필한 로맨스 소설 속 남자 주인공들은 말도 안 되게 환상적이었다. 반하게 만드는 확실한 행동과 말투가 특히 매력적이었다. 멋진 남자 주인공만큼 필력도 수려했기에 하연도 은하수 작가의 굉장한 팬이었다.

예전에도 느꼈지만 이 작가의 책이 뜬금없이 성빈의 집에 있는 게 신기했다. 나중에 물어봐야지 생각을 하며 하연이 책을 덮는데, 저 멀리 눈에 익은 노란색이 다가오는 게 보였다. 다름 아닌 범블비였다.

"성빈 씨 왔다!"

벌떡 일어난 하연이 트리 옆 인형에 얹혀 있는 루돌프 빨간 코를 집어 현관 복도로 나가 성빈을 기다렸다. 생각보다 빨리 도어록 비밀번호 누르는 소리가 들렸다.

삐비빅. 삐빅.

그런데 이 바보 같은 남자가 계속 비밀번호를 틀린다. 못 참겠는 하연이 빨간 코를 제 콧잔등에 올린 채 문을 벌컥 열어 줬다.

"짠! 금방 온다더니 뭐예요. 루돌프가 얼마나 기다렸는지 몰……."

하연의 눈동자가 당황스러움에 정처 없이 흔들렸다. 그런 하연을 마주한 상대방도 어처구니가 없다는 얼굴로 빨간 입술을 비릿하게 틀었다. 이내 헛웃음을 터트리는 여자.

"하!"

성빈의 전 애인 정유선, 그녀였다. 당황했던 하연의 눈가에 이내 차가운 서리가 내려앉았다. 그건 상대도 마찬가지였다. 유선이 진하게 그린 눈썹을 찌푸렸다. 살짝 벌어진 입술 사이로 스산한 냉기를 담아 저음으로 물었다.

"이 문을 당신이 열 줄이야. 비밀번호는 그쪽이 바꾼 건가?"

이 집 주인의 애인이 누군지 구분 못하고 뻔뻔한 질문을 하는 유선을 어이없다는 눈으로 쳐다보던 하연이 빨간 코를 주머니에 찔러 넣으며 팔짱을 꼈다.

"이봐요, 정유선 씨. 말꼬리부터 길게 빼지 그래요? 처음 만났을 땐 경황이 없어서 그냥 넘어갔었는데, 함부로 사람 쉽게 보고 반말하지 말아요. 기분 나쁘니깐."

처음 유선을 마주했을 때 그 이상의 사나운 분위기가 하연의 숨통을 매섭게 조였다. 하연의 말을 무시한 채 유선의 빨간 입술이 들썩였다.

"생각보다 오래 가네. 성빈 씨 저렴한 수준하고는."

*　　*　　*

그치지 않을 것만 같았던 거센 눈발이 어느새 그치고, 저 먼 산봉우리 위로 밝은 해가 떴다. 오랜만에 외출복을 챙겨 입은 성하가 차분한 걸음으로 방에서 나왔다.

"아가씨, 준비 다 되셨어요?"

거실에서 성하를 반기는 이 실장의 감회가 새로웠다. 이 별장에 처음 왔을 때 성하가 보여 줬던 어두운 얼굴은 확연히 밝아져 있었다. 불안해 보였던 것도 마음속 정리를 거듭한 현재는 많이 진정이 된 모습이었다.

"실장님."

"네, 아가씨. 말씀하세요."

캐시미어 코트를 성하의 어깨에 걸쳐 주며 이 실장이 대답했다. 꽤 오랫동안 들을 수 없었던 성하의 청아한 음성이 귓가를 반갑게 두드렸다. 코트를 걸친 성하가 뒤를 돌았다.

"그동안 돌봐 주셔서 감사해요."

"별말씀을요."

"대화 나눌 상대도 없고, 하루 종일 우울한 사람 옆에서 얼마나 고생이 많으셨어요."

이 실장이 고개를 저었다.

"아가씨가 이렇게 호전되신 것만으로도 전 그저 다행이고, 감사할 뿐입니다."

"이 은혜 잊지 않을게요."

이 실장의 손을 잡고 한참 고마움을 표한 성하가 별장을 나섰다. 먼 산 위의 파란 하늘을 잠시 바라보던 그녀가 숨을 고르더니 벤츠에 올라탔다.

"실장님, 그럼 가 볼게요. 한 번씩 들를게요."

이 실장의 배웅을 받으며, 성하가 차를 출발시켰다. 평소 좋아하는 팝 음악을 틀었다. 양 길가에 곧게 뻗은 나뭇가지 위로 눈꽃들이 햇살에 반사돼 반짝반짝 빛을 내고 있었다. 생각에 잠긴 성하의 눈엔, 아련한 추억이 아지랑이처럼 피어올랐다. 그러나 이내.

"그만. 이제, 정말 그만."

한참을 달려 가장 보고 싶었던 얼굴을 찾아갔다. 우아한 클래식 곡조가 흐르는 미술관 안으로 성하가 발걸음을 옮겼다. 먼발치에서 큐레이터와 대화 중인 그녀가 보였다.

"이 화가의 작품은 이번에 처음 국내에 들어오게 됐어. 희귀하다는 평판이 자자한 이유는 보면 알겠지만 원색의 진한 색채를 살려서⋯⋯."

인기척을 느낀 김 여사가 고개를 돌렸다. 성하와 눈이 마주쳤다. 싱긋. 그 사건 이후, 단 한 번도 편하게 잠들어 본 적이 없는 김 여사다. 꿈에서도 보기 힘들었던 성하의 웃는 모습에 김 여사의 눈꺼풀이 파르르 떨렸다.

"엄마, 보고 싶었어."

성하가 그런 김 여사의 품에 와락 안겼다. 이제는 평범한 모녀 사이로 돌아갈 수 없을 거라고, 절대로 자신을 용서하지 않을 거라고 생각했던 딸 성하의 온기는 눈물이 날 만큼 따뜻했다.

"성하야⋯⋯."

"응, 그런데 엄마 표정이 왜 그래? 내가 반갑지도 않은가 봐? 사람 섭섭하게."

김 여사는 말없이 성하의 등을 쓰다듬어 줬다. 다시 들을 수 없을 것만 같았던 딸의 목소리를 듣는 순간, 그 감격스러움은 말로 표현이 안 되었다. 성하를 품에서 뗀 김 여사가 물었다.

"많이 괜찮아진 거야?"

"응, 덕분에."

"그래. 정말 다행이다. 일단 들어가서 얘기해."

사무실로 향한 두 모녀가 소파에 나란히 앉았다. 예전보다 많이 수척해진 성하의 얼굴에, 김 여사는 마음이 아팠다. 끈덕지게 저를 관찰하는 엄마의 시선에, 성하가 옅게 웃었다.

"엄마, 얼굴 닳겠어. 어디 안 달아나니깐 천천히 좀 봐요."

"성하야, 엄마는…… 너한테 용서받을 수 없다는 거 잘 알아."

김 여사의 약한 모습에 성하가 울컥했다.

"무슨 그런 말을……."

"하지만 엄마로선 또다시 그때로 돌아간다고 해도……."

성하는 자신이 엄마에 대해 간과하고 있던 점을 깨달았다. 그녀의 엄마는 속내를 절대 숨길 수 있는 사람이 아니었다. 그것이 상대방에게 상처를 주더라도 말이다.

그걸 알기에 마냥 엄마를 탓할 수는 없었다. 방금의 말처럼 김 여사의 입장에서는 그 모든 게 성하를 위한 최선의 선택이었기 때문이다. 김 여사의 방식은 달라지지 않을 것이다.

예전도, 그리고 지금마저도.

"똑같은 선택을 했을 거야. 성하 널 위해 말이야."

"우리 그 얘긴 그만해요."

성하가 착잡한 심정을 숨기며, 빠르게 화제를 돌렸다.

"그나저나 라임사 일까지 얹혀 줘서, 우리 성빈이 혼자 뛰어다니느라 바쁘겠네."

"요즘 리조트 상속 건 때문에, 눈코 뜰 새 없이 바쁜 거 같더라."

성하가 마시던 찻잔을 내려놨다.

"할아버지가 하나씩 호되게 가르치면서 상속 절차 진행하실 텐데, 우리 성빈이 고생 좀 하겠네."

"별수 없지."

"뭐 그동안 라임사는 하연 씨가 맡아 줬으니, 그나마 좀 나았으려나."

성하의 입에서 튀어나온 이름에 김 여사의 눈빛이 차게 식었다. 그런 김 여사의 분위기를 눈치 못 챌 리 없는 성하였지만 되레 태연하게 물었다.

"엄마도 하연 씨 봤어? 난 몇 번 봤는데, 사람 참 괜찮던데."

"성빈이가 너한테까지 그 아가씨를 보여 줬니?"

김 여사의 입술이 신경질적으로 비틀렸다.

"하연 씨가 나 신경 쓴다고 안부 연락도 자주하고, 여러모로 챙겨 줬어. 덕분에 심적으로 많이 위안이 됐고."

안 그래도 이번에 공식적인 자리에 성빈이 데리고 나왔다는 소문을 접한 후 벼르고 있는 김 여사였다. 표정이 안 좋은 김 여사를 보는 성하의 속이 쓰라렸다.

'성빈이만큼은 절대 안 되는데…….'

불끈 쥔 김 여사의 작은 주먹이 성하의 눈에 들어왔다. 제발, 이번만큼은.

"엄마, 충분히 겪어 봤잖아요."

"아까도 네게 말했지만, 난 아닌 건 아닌 거야."

"주변 모든 사람에게 상처잖아."

성하의 설득에도, 김 여사의 눈빛은 매섭기만 했다.

"성빈이 엄마랑 성격 같은 거 알잖아."

"그래. 그래서 난 설득이 될 줄 알았어. 누구보다 날 닮은 녀석이니깐. 말이 통할 줄 알았어."

"나로 끝내면 안 돼? 지금 성빈이 힘을 내도 모자랄 판인데……."

"성하야."

김 여사가 차분하게 성하의 말을 끊었다.

"성빈이 녀석이 내 아들로 태어난 이상, 선택의 여지는 없어."

*　　*　　*

"하!"

적나라하게 비꼬는 유선의 혼잣말에 하연은 절로 어이없는 감탄사가 튀어나왔다. 그런 하연의 반응에 유선이 여유로운 미소를 띠며, 굵게 웨이브 진 머리를 어깨 뒤로 스륵 넘겼다.

그때 정면으로 마주한 하연의 눈에 유선의 벌어진 블랙 코트 안으로 장미 무늬가 수놓아진 흰색의 시스루 원피스가 박혀 들었다. 안에 입은 브래지어가 선명하게 다 드러나는 선정적인 디자인에 하연은 기가 찼다.

"그러는 정유선 씨는 참 고상하고 배운 여자라서, 그런 의상으로 이 밤에 찾아왔나 보죠? 왜요, 성빈 씨 유혹이라도 하려고요?"

유선의 입술이 일자로 다물어졌다. 단순히 비꼬려고 던진 말이 아니었기에, 하연은 진심을 담아 유선을 노려보았다.

잘 손질된 유선의 은색 손톱이, 쥐고 있는 클러치 백을 소리 나게 긁어내렸다.

"당신이 뭘 안다고 함부로 날 판단하고 입을 놀려."

"무례하게 군 건 그쪽이 먼저예요."

첫 만남 때도 느꼈었지만 정유선이 내뿜는 기운은 사람을 소름 돋게 할 만큼 음산했다.

높은 콧대 위로 상대를 내리깔아 보는 거만한 눈빛이 차게 빛을 발한다. 강렬한 색감으로 덧발라진 진한 입술과 몸매에 딱 달라붙게 코디한 의상은 흡사 영혼 없는 잘빠진 바비 인형을 연상시켰다. 하연의 숨이 차오르는 걸 억누르며, 냉랭한 투로 말했다.

"성빈 씨 보러 왔다면, 미안하지만 지금 집에 없어요."

"짜증나는군."

"그건 저도 마찬가지예요. 두 사람 헤어진 지 꽤 된 걸로 아는데, 왜 자꾸 미련을 못 버리고 성빈 씨 찾아오는 건데요. 신경 쓰이게."

유선의 얼굴이 신경질적으로 구겨지더니, 하이힐 각을 세워 하연에게 한발 바짝 다가섰다.

"주제에도 안 맞는 남자가 예뻐해 주니깐, 눈에 뵈는 게 없지?"

"그런데 이 여자가 정말!"

일부러 자존심 긁는 단어만 골라 공격하는 유선의 태도에 화가 난 하연이 결국 이판사판 똑같이 굴어 주자 마음먹고 고개를 쳐들었을 때였다. 승강기에서 막 내린 성빈이 두 여자에게로 걸어왔다.

성빈의 미간에 깊은 주름이 파이더니, 하연을 노려보고 있는 유선의 어깨를 돌려 제 쪽으로 시선을 앗아 갔다.

"정유선, 네가 여기 왜 있는 건데?"

"당신 보러 왔어."

유선의 너무 쉬운 대답에, 성빈은 뒷골이 당겨 왔다.

"그걸 지금 말이라고 내뱉는 거야."

유선도 지지 않고 갈기를 세우며 으르렁댔다.

"연락은 아예 안 받지. 죽어도 만나 주지를 않는데, 직접 찾아오는 거 말곤 나한테 다른 방법이 없잖아!"

"그거야 우리 두 사람이 만날 이유 같은 거 없으니까."

옛 연인과 치열한 시선을 부딪치던 성빈의 눈길이 하연에게로 넘어갔다. 혹여 상처라도 받았을까 봐 노심초사한 성빈의 심정을 알아챈 건지, 하연이 뚱한 표정으로 어깨를 슥 들어 올려 보였다. 그 모양새에 성빈의 가슴에 화기가 치솟았다.

"정유선, 너 때문에 내 입장이 지금 얼마나 곤란해졌는지 알기나 해?"

"알아듣게끔 말해."

"이전엔 이 여자가 전 남자 친구랑 우연히 마주치기만 해도 미친놈처럼 날뛸 수 있었다고. 그런데 내 완벽한 신용을 당신이 한 방에 떨어뜨렸어."

하연이 실소를 터트렸다. 반대로 유선은 인상을 있는 대로 쓰며, 까랑까랑하게 목청을 높였다.

"김성빈, 넌 지금 내가 온 이유는 궁금하지도 않니?"

"전혀."

"어쨌든 할 말 있어. 내려가서 얘기 좀 해."

잠시 고민하던 성빈이 하연의 앞에서 이런 꼴을 보이느니, 차라리 그 편이 낫겠다 싶어서 고개를 끄덕였다.

"너 내려가서 두고 봐. 하연 씨, 걱정할 일 안 만들게. 그러니……."

"싫어요."

하연이 성빈의 소맷자락을 단호하게 붙잡았다. 그런 하연의 손길을 본 유선이 눈에 격렬한 파도를 일으켰다.

"일방적으로 그냥 찾아온 사람 상대해 줄 필요 없잖아요."

"하, 저걸!"

"성빈 씨 입장에서 더 이상 할 말이 없는 거라면, 여기서 두 사람 대화 그만 섞었으면 좋겠어요."

눈에 실핏줄이 서도록 힘을 준 유선을 외면한 채, 하연이 현관 안으로 성빈을 끌어당겼다. 손에 잔뜩 들려 있는 짐들을 뺏어 바닥에 내려놓은 뒤, 하연이 매끈한 성빈의 허리에 견고하게 팔을 둘렀다.

"안 그래도 요즘 피곤한 일투성이일 텐데, 이런 별것도 아닌 일로 성빈 씨 열 내는 거 보기 싫어요."

"저게 정말!"

클러치 백을 움켜쥔 유선의 손이 분노로 바들바들 떨렸다. 하연이 미어캣처럼 성빈을 사랑스럽게 올려다보더니, 이내 유선을 보며 느슨하게 입꼬리를 말아 올렸다.

"앞으로는 집으로 찾아오는 일 없었으면 좋겠어요. 어차피 매번 이 문을 여는 사람, 성빈 씨가 아니라 제가 될 테니깐 이쯤에서 포기하시라는 말이에요."

더는 못 들어 주겠다는 듯 유선이 성빈에게 잘라 말했다.

"밖에서 한번 만나. 내가 호텔로 찾아가든지, 아니면 당신이 집으로 오든지 해."

"방금 내 여자가 한 말 뭐로 들었어."

"내 성격 당신이 더 잘 알잖아. 나 한다면 하는 거 알지?"

이 상황이 괴로운 성빈이 허탈한 웃음을 토해 냈다.

"정유선. 네 성격 누구보다 잘 아니깐 묻는 건데, 도대체 왜 이렇게 너답지 않게 행동하는 건데?"

"눈치 빠른 당신이 모를 리가 없잖아."

"그만 좀 실망시켜. 지금도 하연 씨 때문에 당신한테 비수 같은 독설을 날려야 하나 고민이 앞서는데 애써 참고 있는 중이야. 그 참는 이유도 물론 이 여자 때문이야."

성빈의 진심 가득한 목소리에 유선의 굳었던 얼굴이 풀리면서 슬프게 무너져 내렸다. 마무리 짓듯 무겁게 한마디를 더 보탰다.

"이 여자한테 질 낮은 모습 보이기 싫으니깐."

"김성빈, 당신…… 진짜……."

"조금이라도 밉보일까 봐, 이미지 관리하는 중이니깐 그만 건드려."

두 사람 사이에서 힘든 건 하연도 마찬가지였다. 아까와는 달리 평범하기 그지없는 한 여자가 된 유선이, 실연의 고통이 담긴 눈빛으로 절박하게 입술을 움직였다.

"당신을 놓으려고 아무리 애써 봐도 눈 뜨면 그리워서 눈물부터 나는 걸 어떡하란 말이야."

"……."

"내 모든 삶에 당신 손길이 안 닿았던 게, 단 하나도 없는데 순식간에 지운다는 게 그렇게 쉽겠니?"

"……."

"나답지 않다는 게…… 도대체 뭔데? 그깟 사랑 따위가 뭐 대단하다고 자존심을 세우겠어. 난 그냥 지금 숨 쉬는 거조차 힘겨워서…… 내 목숨, 그걸 쥐고 있는 당신한테 본능적으로 달려온 거뿐이야. 제발 한 번만 살려 달라고."

성빈의 허리를 끌어안고 있던 하연이, 그의 심장 부근이 매섭게 요동치는 걸 느낄 수 있었다. 순간 덜컥 겁이 났다. 처음 연인이 된 직후부터 한결같은 마음을 보여 준 성빈에게 늘 안정된 사랑만 받았던 하연은 방어막이 풀린 느낌에 문득 두려워졌다. 유선에게 향해 있던 눈길을 거둔 성빈이 하연을 내려다봤다.

"성빈 씨……."

제 허리를 두른 하연의 손에 힘이 빠져나가는 걸 알아챈 성빈이 목울대로 갈라진 숨을 내보냈다. 그러더니 떨어지려는 하연을 가슴팍으로 깊게 밀착시켰다.

하연의 살구 같은 두 뺨을 손바닥으로 감싼 성빈이 턱을 삐딱하게 기울였다. 유선의 흔들리는 눈동자를 뒤로하고 하연을 슬픈 얼굴로 바라보던 성빈이 나직이 중얼거렸다.

"그 말은 내 목숨 포기하란 소리로밖에 안 들려. 미안한데, 이 여자 없으면 내가 죽어."

*　　*　　*

뜻하지 않았던 폭풍이 거칠게 휩쓸고 간 자리. 하연이 바닥에 놓아 둔 짐들을 챙겨 거실로 들어갔다. 그런 하연을 뒤에서 바라보는 성빈의 마음이 편치 않았다.

작게 내려앉는 어깻숨과 함께 테이블 앞에 엉덩이를 붙인 하연이 고개를 돌려 성빈을 쳐다봤다. 두 남녀의 눈이 마주쳤다. 하연이 제 옆자리를 툭 치며, 앉으라는 눈치를 줬다.

가까이 다가온 성빈에게서 시원한 향이 풍겼다. 자신의 옆에 앉은 성빈의 뻗친 뒷머리를 발견한 하연이 상체를 일으켰다. 한 뼘 다가선 하연이 성빈의 머리를 제 품 안으로 끌어당겼다.

쓰담쓰담. 성빈이 끼워 준 반짝이는 반지와 함께 하연의 보드라운 손길이 한참이나 그의 머리칼을 쓸어내렸다.

"하연 씨, 내가 참."

한숨과 함께 흘러나오는 성빈의 탁한 음성에 하연이 대신 말을 이었다.

"면목이 없죠?"

"그래."

"그럴 필요 없어요. 세상은 원래 마음대로 안 되는 일투성이잖아요."

하연이 희미한 미소를 지었다.

"그리고 절 위해서 참아 준 거 고마워요."

"당신은 나한테 화도 안 나?"

성빈의 검은 눈동자가 슬프게 일렁였다.

"나 같았으면 두 사람 다 가만 안 뒀을 거야. 사랑하는 사이라고 해서, 그 사람의 과거까지 감당할 필요는 없잖아."

"방식이 다른 거뿐이에요."

가슴에서 얼굴을 뗀 성빈을 정면으로 바라보며, 하연이 포근한 미소를 지어 보였다.

"우리 두 사람 많이 다르잖아요."

"그러게."

"전 저와 반대로 늘 뜨거운 성빈 씨를 사랑해요. 둘 다 열정적일 필요는 없잖아요."

자신이 말하는 동안에도 정말 상처받지는 않았는지, 독심술이라도 하듯 날 선 눈빛을 보내는 성빈의 한쪽 볼을 하연이 쭉 잡아 늘렸다.

"저, 오빠. 지금 표정 진짜 음흉한 거 알아요?"

"착각이야."

하연이 고개를 설레설레 저었다.

"솔직히 두 사람 성격이 어쩜 그렇게 똑같던지, 완전히 데칼코마니인 줄 알았어요. 한편으로는 저래서 만났나 싶더라니까요."

"뭐라고?"

"성격은 제어가 안 될 만큼 불같고, 말본새도 어쩜 그렇게 강압적인지…… 말 몇 마디 나누고 기운이 다 빠졌어요."

성빈의 이맛살이 구겨졌다.

"지금 내 얘기하는 거 아니지?"

"성빈 씨 말고, 제가 아는 노는 오빠 한 명 있어요. 어휴."

누구를 콕 집어 말하는 건지 모를 리 없는 성빈이 시니컬한 표정으로 하연을 응시했다. 성빈의 매운 눈길을 피해, 하연이 음식이 담긴 상자를 하나씩 펼치기 시작했다. 정체를 알 수 없는 음식들을 둘러보는 하연의 고개가 갸웃거렸다.

"이게 다 뭐예요?"

"하연 씨, 다른 거보다 이거 좀 들어."

성빈이 챙겨 온 음식들 중 고이 싸 가지고 온 미니 뚝배기를 앞에 놔줬다. 아직 열기가 식지 않은 고법불도장이었다. 하연이 수상쩍다는 표정으로 알 수 없는 건더기와 맑은 국물이 넘실거리는 뚝배기를 내려다봤다.

"그런 얄미운 눈빛 그만 거두고 부지런히 먹어."

"이게 뭔데요?"

"상어 지느러미, 해삼, 전복, 자연송이, 도가니 뭐 암튼 몸보신에 좋은 건 다 넣어서 푹 우린 거야. 국물도 다 떠먹고."

하연이 여전히 게슴츠레한 눈빛을 거두지 않은 채, 숟가락으로 국물을 떠서 조심히 맛을 봤다. 진한 향내와 함께 깔끔하고 깊은 맛이 입안을 적셨다. 본인에게 집중하고 있는 성빈을 슥 건조하게 쳐다봤다.

"먹을 만해요. 잘 먹을게요."

"사람 성의를 봐서 조금 더 사랑받는 행복한 여자 표정 좀 짓지그래."

성빈의 압박에 하연이 작위적이게 양쪽 입꼬리를 끌어올려 보였다. 원래 같았으면 기어코 한마디를 더 보탰을 성빈이 애써 참는 게 느껴졌다.

테이블 위를 쭉 둘러보던 하연이 종류별로 맛깔나게 담겨 있는 초밥 용기를 열어 대방어 초밥을 꺼냈다. 평소 해산물 쪽을 선호하는 성빈의 입으로 가져가자 금세 사라졌다.

"다른 초밥도 줄까요?"

"내가 알아서 먹을게. 하연 씨나 얼른 식기 전에 먹어."

일부러 성빈이 신경 써 챙겨다 준 고법불도장을 뚝배기 바닥이 드러나도록 말끔히 비운 하연이 배를 두드렸다. 식사를 마치고 씻기 위해 욕실로 들어가는 성빈의 뒷모습을 바라보는 하연이 생각에 잠겼다. 그것도 잠시, 테이블을 정리하고 주방에서 디저트가 예쁘게 담긴 상자를 열어 접시에 채우기 시작했다. 빨간 딸기의 겉면을 달콤한 초콜릿으로 덮은 스트로베리 가니쉬 하나를 집어 입안으로 쏙 집어넣었다.

"음. 달콤해."

쟁반을 든 하연이 다시 거실로 나오는데, 성빈이 앉았던 소파 옆에 작은 쇼핑백 하나가 눈에 띄었다. 쟁반을 내려놓은 하연이 감각적인 디자인의 쇼핑백을 집어 드는데, 막 씻고 나온 성빈이 성큼 다가와 하연의 손이 닿기 전에 잽싸게 가로챘다.

"내 거야. 볼 거 없어."

"딱 보니깐 여자 취향의 포장인 게 제 선물인데요, 뭘. 얼른 줘 봐요."

하연의 반대 방향으로 고개를 돌리며, 빌어먹을 타이밍에 성빈이 인상을 찌푸렸다. 이내 태연한 태도로 하연의 앞에 앉은 성빈이 쇼핑백을 저 멀리 밀어 버렸다.

"세라가 부탁했던 물건이 있어서 구해 놓은 거야. 신경 쓰지 마."

하연이 어깨를 슥 올리며 순순히 고개를 끄덕였다. 분명 자신의 것이 맞을 거라는 직감이 들었지만, 저리 방어를 하는데 떼를 쓸 이유도 없었다. 초콜릿을 입에 문 하연이 TV를 틀었다.

"성빈 씨는 안 먹어요?"

"군것질 잘 안 하는 거 알잖아. 근데 하연 씨 아까 했던 말 중에 기억에 남는 게 있는데 말이야."

성빈의 의도된 상냥한 말투가 거슬리는 하연이 심드렁하게 대꾸했다.

"뭔데요."

"앞으로 이 집 현관문을 내가 아니라 당신이 열겠다는 말, 진심이야?"

하연이가 픽 웃으며 고개를 저었다.

"그냥 한 말이죠. 그 여자 못 찾아오게 하려고."

성빈의 다정했던 미소가 김이 팍 샌 맥주처럼 식어 버렸다.

"난 한 입 가지고 두말하는 거, 별로 안 좋아하는 사람인데."

"전 좋아해요."

한 치의 망설임 없이 이죽거리는 하연을 성빈이 고깝게 쳐다봤다.

"그 예쁜 입으로 얄미운 대답은 그만하고 진지하게 좀 고려해봐."

"대신 자주 놀러 올게요."

하연이 입을 꾹 닫은 성빈의 눈치를 보며 삐죽 웃었다.

"또 삐지는 거 봐."

"내 식대로 방법을 쓰든지 해야지. 이 여자, 속 뒤집는 데는 아주 일가견이 있어."

하연이 소리 내 웃자 성빈이 해바라기를 닮은 사랑스러운 연인의 얼굴을 물끄러미 감상했다. 그의 눈가에 따스한 바람이 들어찼다.

단 하나도 놓칠 수 없다.

거짓 없이 맑게 비치는 유리알 같은 깊은 눈동자와, 늘 조금은 상기돼 선명한 색을 띄고 있는 흰 뺨, 꽃잎 두 장을 겹쳐 놓은 듯 싱그러운 입술 새로 흘러나오는 단아한 음성은 그를 매번 반하게 만들었다. 성빈의 심장이 저릿하게 당겨 왔다.

"왜 그렇게 쳐다봐요?"

"그냥."

"싱겁기는."

성빈이 하연의 팔목을 잡아 자신의 쪽으로 끌어당겼다. 잠시 머뭇거리던 하연이 성빈의 품에 들어가 고개를 살짝 파묻었다. 남자의 나긋한 숨결이 목덜미 부근에 한 번씩 내려앉았다.

"성빈 씨, 힘들어요?"

"응."

예상은 했었지만 막상 성빈의 대답을 듣고 보니, 가슴이 아려 오는 하연이다. 슬프지만 이해할 수 있었다.

왜 안 힘들겠어. 지금은 우리가 연인이 돼 이렇게 애틋하지만, 지난날 사랑했던 순간 또한 거짓 없이 순수한 감정이었을 텐데. 그걸 인정하지 못하는 게 더 바보스러운 일이겠지. 날 이렇게 아껴 주는 만큼 당신은 그녀 또한 모든 걸 바쳐서 열심히 사랑해 줬을 테니깐. 정유선 씨는 그 따뜻했던 손길을 잊을 수 없는 것일 테고, 당신은 이제는 의미 없는 추억이 남긴 후유증에 시달리는 거겠지.

하연이 성빈의 등 언저리를 부드럽게 쓸어내려 주며, 조용히 속삭였다.

"전부 이해해요. 그러니 혼자 아파하지 말아요."

"당신은 몰라."

"성빈 씨가 처음 저 만났을 때 잡아 줬던 것처럼, 저도 힘이 되고 싶어요."

하연의 오해에 성빈이 좁혔던 미간을 풀며 픽 웃었다.

"잘못 짚었어. 이 여자야."

"무슨 말이에요."

"날 지금 힘들게 만드는 건, 바로 당신이야."

괜히 심각했던 하연이 몸을 떼려는데, 성빈이 깊숙이 안으며 귓가에 입술을 갖다 댔다.

"당신의 모든 걸 가졌는데도, 왜 이렇게 만족이 안 되지?"

"아."

"나한테 도대체 무슨 짓을 한 거야."

성빈의 손가락이 하연의 턱을 비스듬히 들어 올렸다.

"그런데 반대로 당신은 늘 평온해 보여. 그게 참 불공평해."

"전혀요."

성빈을 내리깔아보는 하연이 자조적인 미소를 지었다.

"만약에라도 성빈 씨가 정유선 그 여자한테 흔들리기라도 했다면, 비겁한 방법을 쓸 생각이었어요."

"그게 뭔데."

"제 첫 순결을 뺏어 갔으니, 어떻게든 책임지라고. 참 구시대적인 발상이지만 그 순간에는 그런 계획까지 짤 만큼 절박했어요. 만약에 혹시라도, 정말 혹시라도 성빈 씨가……."

듣던 성빈이 짜증스러운 얼굴로 단박에 하연의 말을 막았다.

"아직도 나란 남자에 대해 모르겠어? 아니면 이때야말로 벗어날 수 있는 절호의 찬스다 하며 기회만 노리고 있는 거야. 너무하네, 정말."

"계획이 실패했네요."

장난스러운 대꾸에 진심으로 빈정이 상한 성빈이 품에서 하연을 밀어냈다. 냉수라도 들이킬 요량으로 성빈이 벌떡 일어나 주방으로 들어가 버렸다. 너무 약을 올렸나 하연이 미안한 마음이 드는데, 성빈이 밀어 버렸던 쇼핑백이 눈에 걸렸다. 아무래도 뭔가 수상해.

대리석 바닥을 엉금엉금 기어간 하연이 쇼핑백 안에서 고급스럽게 포장된 상자를 꺼냈다. 세라를 준다고 하기에 살펴만 보고 도로 넣으려고 하는데, 곱게 묶인 리본에 'My Darling'이라는 귀여운 문구가 보였다. 하연은 내 거로구나 확신했다.

하연에게 줄 오렌지 주스를 들고 돌아오던 성빈이 하연의 손에 걸려 있는 속옷을 보며 헛기침을 두어 번 내뱉었다. 하연이 도끼눈을 하며, 제 앞에 태연한 태도로 앉는 성빈을 닦달했다.

"하여간 이 남자는 매번 실망을 안 시켜."

"하연 씨, 난 단지."

성빈이 점잖은 얼굴로 차분히 변명을 했다.

"첫 기념으로 선물을 해 주고 싶었던 것뿐이야."

"참나."

"그리고 하연 씨, 아니. 하연아. 아깐 오빠 진심으로 기분 나빴어."

하연이 연기에 들어간 성빈을 보며 코웃음을 쳤다.

"이렇게 일편단심인 남자가 어디에 있다고 그런 오해를 할 수가 있니."

"정말……."

"우리 하연이야말로 오빠 책임 안 질까 봐, 이 오빠는 어젯밤 이후로 계속 불안해."

하연이 순하게 눈초리를 내리며, 성빈을 안아 주려는 듯 자세를 잡았다. 늑대의 속내를 숨긴 남자가 쾌재를 부르며, 수줍게 팔을 벌렸다. 하연에게 천천히 다가가던 성빈이 제 연기가 완전히 먹혔다고 착각하고는 결국 결정타를 날렸다.

"하연아. 이 오빠 믿지? 그러니까 집에도 들어오고, 저 속옷도 잘 어울리나 한번 입어 보자."

그 순간 성빈의 머리채가 하연의 손아귀에 붙들렸다. 하연에 의해 좌우로 머리가 흔들리는 성빈이 쓴웃음을 지으며, 속으로 '젠장!' 욕을 내뱉었다.

                              *   *   *

　"실장님, 식사하러 가요."

　"아, 벌써 시간이 이렇게 됐나. 태희 씨, 금방 준비할게요."

　"네. 요 앞에 돈가스 가게가 하나 생겼는데, 맛있다고 소문났더라고요. 우리 거기 가요!"

　"좋아요. 태희 씨, 콜!"

　하연이 안경을 벗으며, 기지개를 켰다.

　"이번 달 출간이 잡힌 신작들 모니터링하는 시간만 해도 꽤 걸리네."

　피로감이 밀려드는 눈 주위를 꾹 누르던 하연이 자리에서 일어났다. 지갑을 챙겨 사장실을 나가려는데, 열려 있는 문으로 성빈이 들어왔다.

　"어? 성빈 씨 연락도 없이 웬일로?"

　"당신이랑 점심이나 하려고."

　"잘됐다. 태희 씨가 회사 앞에 돈가스 집 맛있는 곳 생겼다던데, 팀원들이랑 같이 가요."

　성빈이 뒤를 돌더니, 마케팅 팀원들에게 말했다.

　"그럼 다들 식사하고 오세요. 실장님은 저랑 먹을게요."

　다들 예상한 듯 옹기종기 짝지어, 사무실을 나갔다. 성빈이 하연에게 타박을 줬다.

　"하여간 눈치 없기는. 내가 다 같이 둘러앉아 식사하자고, 귀한 시간을 쪼개서 들렀겠어?"

"인정. 제가 좀 눈치가 없긴 했네요. 그나저나 우린 뭐 먹을까
요?"

어느새 하연에게 다가간 성빈이 허리를 들어 책상에 앉혔다.

"지금 뭐하는 거예요?"

"보고 싶었던 내 여자 얼굴 좀 자세히 관찰하려고."

하연의 얼굴이 확 달아올랐다.

"장소 좀 구분해요. 성빈 씨, 저리 안 비켜요?"

"싫다면?"

"저 지금 무지 배고프단 말이에요."

성빈이 장난스럽게 히죽댔다.

"누가 우리 하연 씨 굶기겠대?"

"장난치지 말고 좀……."

밀쳐 내는 하연의 손목을 붙잡은 성빈이 끈적한 분위기를 흘
리며, 다가서는데.

"너희들 지금 내 책상에서 뭐하는 짓이니?"

성하의 등장에, 두 남녀의 눈이 큼지막해졌다. 성빈을 밀치고
책상에서 후다닥 내려오는 하연을 보며 성하가 느긋하게 팔짱
을 꼈다.

"두 사람 표정이 왜 그래? 귀신이라도 본 것처럼."

"누…… 나."

잔뜩 놀란 얼굴로 갈피를 못 잡는 성빈을 보며, 성하가 눈웃

음을 지었다.

"그런 눈빛은 이제 그만 거둬. 누나 정말 괜찮아."

"다행…… 정말 다행이다."

안도한 성빈이 마음을 정리하기까지 무척 힘들었을 누나에게 다가가 몸이 부서져라 끌어안아 줬다.

"누나 정말 고마워. 다시, 다시…… 일어나 줘서."

"내 동생, 그동안 혼자 얼마나 힘들었을 거야. 나야말로 고맙다."

성하를 품에서 뗀 성빈이 한참이나 감격스러운 눈으로 그녀를 바라봤다. 남매의 애틋한 재회에 가슴이 뭉클하여 눈물이 날 것만 같아, 하연은 조용히 그 모습을 지켜봤다.

"그래도 하연 씨가 우리 성빈이 옆자리를 지켜 줘서 안심이 됐었어요. 정말 고마워요."

"아니에요, 언니. 그런데 정말 괜찮으신 거죠?"

걱정이 밴 하연의 물음에, 성하가 고개를 끄덕였다.

"네. 하연 씨를 비롯해서, 주변 많은 분들이 신경 써 준 덕분이에요."

"정말 다행이에요. 아, 그리고 언니 말씀 편히 놓으세요."

성빈 또한 그리하라는 눈짓을 해 보였다.

"하연 씨, 그럼 그럴까?"

"네, 언니. 저도 그게 편해요."

하연이 기다렸다는 듯이 냉큼 대답했다.

"정구 씨한테 성빈이 너 라임사 가는 중이라는 얘기 듣고 잘됐다 싶어 온 건데. 두 사람 식사는 했니?"

"우리도 먹으러 나가려던 참이었어. 누나, 같이 식사해."

라임사 근처에 위치한 한정식 집으로 자리를 옮긴 세 사람은 정갈하게 준비된 상차림에 식사를 시작했다. 평소 생선을 좋아하는 성하의 앞으로 성빈이 도미찜을 밀어 줬다.

"내가 알아서 먹을게. 하연 씨나 챙겨 줘."

"안 그래도 그러려던 참이야."

성빈이 앞 접시에 한우 밀푀유 나베를 건져 하연의 입으로 가져갔다.

"성빈 씨, 앞에 두면 제가 먹을게요."

"팔 떨어지겠어. 빨리 먹어."

성빈의 재촉에, 하연이 성하의 눈치를 보며 받아먹었다.

"맛있네요. 성빈 씨도 얼른 들어요."

"또 줄까?"

"아뇨, 아뇨. 괜찮아요."

"하연 씨. 내숭 떨지 말고, 먹고 싶은데 손 안 닿는 거 말해. 가져다줄 테니깐."

결국 하연이 테이블 아래로, 성빈의 허벅지 살을 움켜쥐고 세게 비틀었다.

"악! 이 여자가, 정말."

"성빈 씨 제발 우리 조용히 식사해요."

"엊그제는 사람 머리채를 잡고 흔들더니…… 하연 씨 요즘 너무 폭력적인 거 아니야?"

하연이 '아, 성빈 씨. 제발 좀!' 속으로 외쳤다. 성하 앞에서 면구스러운 하연이 얼굴을 붉혔다.

"성빈아. 하연 씨 그만 곤란하게 만들고, 식기 전에 얼른 먹어."

"알았어."

성빈이 점잖게 식사를 하는데, 하연이 종종 반찬을 밥 위에 올려 줬다. 식탐이 별로 없는 성빈은 이것저것 잘 챙겨 먹는 타입이 아니어서, 같이 식사를 할 때면 하연이 골고루 챙겨 주는 편이었다. 두 사람의 모습을 보는 성하의 얼굴에 흐뭇한 미소가 번졌다.

"음, 그리고 하연 씨."

"네, 언니."

"내가 회사에 복귀하더라도, 계속 실장 자리에 있어 줄래?"

하연이 고개를 갸웃거렸다.

"저는 상관없지만, 언니가 불편하실 수……."

"누나, 안 돼."

가만히 듣고 있던 성빈이 대화에 끼어들었다.

"왜 안 되는데?"

"임시 사장 자리였을 땐 몰라도, 라페르 호텔 대표 애인이 실장이라니. 구색이 안 맞아."

제 동생다운 생각에, 성하가 웃음을 터트렸다.

"작은 출판사 실장 자리에 하연 씨를 앉히기에는 모양새가 안 맞다 이거니?"

"누나한텐 미안하지만, 사실이야."

"아하하, 틀린 말은 아닌데 너무 솔직하네. 너 가끔 그럴 때 사람 쿡 찌르는 건 알아?"

진심을 말해 놓고 괜히 미안해진 성빈이 변론할 거리를 찾는데, 마침 좋은 생각이 전광석화처럼 스쳐 지나갔다.

"아, 그리고 사실 하연 씨가 날 좀 도와줬으면 싶어서."

"뭘요?"

이번엔 하연이 궁금한 얼굴로 물었다.

"요즘 호텔뿐만 아니라, 리조트 사업까지 맡게 되다 보니 업무 보조해 줄 사람이 필요해."

"아, 이번에 들어온 성경 씨로도 부족해요?"

성빈이 난색을 표했다.

"뭐, 아무래도."

얄팍한 성빈의 속내를 모를 리 없는 성하의 입술이 말려 올라 갔다.

"김성빈. 그럴듯하게 포장을 하긴 하는데, 결국 하연 씨를 네 비서로 앉히겠다는 거잖아."

"으흠, 정확하네."

정곡을 찔린 성빈이 헛기침을 내뱉었다. 사실 그의 계획은 바뻔 일정으로 인해 자주 못 보는 하연을 가까이 두는 데 있었다. 더불어, 제 근무지의 장점을 살려 언제라도 애정 표현을 할 수도 있고.

"조만간 호텔 한구석에 아방궁 하나 차려지겠네?"

"누나는 무슨 말을……!"

그제야 성빈의 검은 흑심을 눈치 챈 하연이 눈을 흘겼다.

"그럼 하연 씨, 한 달 정도만 더 라임사 좀 봐 줘. 아직 정리할 게 좀 남아서."

"네, 언니. 그럴게요."

곧장 대답을 하며, 초승달처럼 눈웃음을 짓는 하연이다. 성하는 덩달아 같이 미소 지어 주면서도, 한편으로는 걱정이 앞섰다. 저 해사한 웃음이 눈물로 변질되어 아파하진 않을까.

"그럼 이만 가 봐야겠다. 성빈아, 연락할게. 하연 씨도 조만간에 또 보고."

"누나."

성빈이 차에 오르려는 성하의 손목을 잡았다.

"집에 혼자 있으면 생각만 많아지고 그러니깐, 친구들도 좀 만나고."

"안 그래도 그럴 참이야."

"만약 견디기 힘들거나, 감정이 주체가 안 되는 순간이 오면 무조건 내 번호부터 눌러."

"성빈아……."

근심이 가득한 성빈의 등짝을 성하가 쓰다듬어 줬다.

"네 누나 그렇게 약한 여자 아니야."

"알아."

"그러니 걱정할 거 없어. 아, 그리고. 귀 좀 대 봐."

성빈이 상체를 낮추자, 성하가 속닥거렸다.

"아까 엄마 만나고 왔는데, 지금 벼르고 계셔. 하연 씨한테 사람 좀 붙여."

"진작 붙이긴 했어."

"잘했어. 그럼 진짜 갈게. 하연 씨, 그럼 나중에 봐."

성하가 떠나고 난 자리, 방금 전 나눈 대화가 걸리는 성빈의 얼굴이 어두웠다. 하연이 그런 성빈에게 살긋이 팔짱을 끼며 그의 얼굴을 올려다봤다.

"성빈 씨, 성하 언니 정말 괜찮을 거예요. 그러니 굳은 표정 좀 풀어요. 네?"

"당신 말이 맞아. 그리고 여러 가지로 고마워."

아까 성하 차를 타고 이동을 했기에, 멀지 않은 거리의 라임사까지 성빈과 하연이 걸어가기 시작했다. 정오를 지난 오후 햇볕이 따사로웠다.

"하연 씨, 손 얼겠다. 안 추워?"

성빈에게 팔짱을 낀 하연이 고개를 저었다.

"괜찮아요. 우리 밖에서 이렇게 걷는 거 오랜만이잖아요. 너무 좋아요."

"그러지 말고 손 줘 봐."

성빈이 팔짱을 풀며, 하연의 손을 깍지 껴 쥐었다. 주머니 코트에 넣은 두 남녀의 손이 온기를 나눴다. 잠시 말이 없던 성빈이 얼굴에 철판을 깔고 하연에게 물었다.

"그럼 한 달 뒤에, 아까 내가 말한 제안대로 하는 거지?"

"무슨 제안이요?"

"내 일 좀 봐 달라고 했잖아."

하연이 심드렁하게 대꾸했다.

"미안하지만 거절할게요."

"하연 씨, 고집 피우지 말고 내 말 좀 들어 봐. 우리 요즘 일주일에 두어 번 얼굴 보기도 힘들잖아. 안 그래?"

"뭐…… 다른 커플도 다 그렇죠."

성빈은 들은 척도 안 하는 하연의 태도에 애가 탔다.

"지금 우리 얘기하는데 다른 커플 얘기가 왜 나와. 난 자주 보고 싶다고."

"그럼 내가 자주 찾아가면 되죠. 일 하는 데서까지 붙어 있을 필요 있나요."

"가만 보니깐 하연 씨 좀 이기적인 여자네."

"제가 뭘요?"

"연애하는 스타일이 딱 자기 방식대로만 고집하는 경향이 심해."

제 뜻대로 되지 않으니, 이판사판 힐난부터 하고 보는 성빈이 귀여운 하연이다.

"어휴, 알았어요. 고민 좀 해 볼 테니깐 그만 보채요."

"보채다니…… 나 진짜 어이가 없네."

"또 뭐가요?"

"일방통행도 아니고, 이게 짝사랑이랑 뭐가 달라?"

성빈의 노련한 눈길이 하연을 쏘아봤다.

"더 이상 양보 못 해. 둘 중에 하나 선택해."

"둘 중에?"

"이 여자가 듣지도 않고. 내 집으로 들어오든지, 호텔 일을 봐주든지."

이쯤 되니 하연은 문득 우겨 대는 성빈이 가련하다는 생각이 들었다. 항상 붙어 있고 싶은 마음이야 하연도 같았지만, 피곤할 거 같아 계속 거절을 해 왔다. 그런데 떼를 쓰는 스타일이 아닌 성빈이 이렇게까지 나오니 맘이 흔들렸다.

"성빈 씨는 제가 그렇게 좋아요?"

"내 참, 뜬금없어서. 좋아하지도 않는 여자한테 같이 살자고 하는 정신 나간 인간도 있나?"

하연이 빙그레 웃었다.

"알겠어요. 그럼 잘 생각해 보고 둘 중에 선택할게요."

"정말?"

"네, 저도 성빈 씨랑 있으면 좋긴 하죠. 다만 좀 피곤할 뿐."

성빈의 태세 전환은 신속했다.

"그래, 잘 생각했어. 오빠가 우리 하연이 피곤하지 않게, 최대한 다 맞춰 줄게.

"성빈 씨 마음에 드는 대답했다고, 제발 티 나게 착한 척하면서 잘해 주지 좀 마요. 속 보이니깐."

성빈이 소리 없는 사악한 웃음을 흘렸다. 어느새 라임사 건물 앞에 도착했다. 주머니에서 하연의 손을 뺀 성빈이 어깨를 끌어당겼다. 품에 안긴 하연은 미동도 없었다.

"하연 씨, 고개 들어 봐. 입 좀 맞추게."

"회사 앞이잖아요."

성빈의 넓은 가슴에 얼굴을 파묻은 하연이 도리질을 했다.

"우리 그럼 사각지대로 옮길까? 저쪽 구석도 괜찮을 거 같은데."

"핸드폰 진동 계속 울리던데, 빨리 호텔 들어가 봐요. 이런 건 나중으로 미뤄도 되잖아요."

하연이 새침하게 말하며, 성빈의 가슴팍을 밀어냈다. 속이 부글거리는 성빈이 한 마디 쏴붙이고 싶었지만, 하연은 중대한 선택을 앞두고 있었다. 여기서 망칠 수는 없었다. 어금니를 콱 깨물었다.

"우리 하연 씨는 내조도 참 잘한다니깐. 그래. 그럼 추운데, 얼른 들어가."

"성빈 씨도 운전 조심해요. 이따 전화할게요."

하연이 건물 안으로 모습을 감추고, 카마로로 걸어간 성빈이

짜증을 못 참고 타이어를 걷어찼다. 참는 자에게 복이 있나니,
그래 참자. 는 개뿔!

"참기는 뭘 참아. 두 번 참았다가는 사리 나와서 절 들어가도
되겠네, 젠장!"

*　　*　　*

삼 층으로 올라온 하연은 심상치 않은 사무실 분위기를 감지
했다. 전화기를 붙잡고 있는 유라희 팀장 주위로 본인의 일거리
를 쥔 채, 집중하고 있는 팀원들이 눈에 들어왔다.

"이 대리님, 무슨 일이에요?"

이 대리의 곁에 선 하연이 목소리를 낮춰 물었다. 난처한 눈빛
으로 대답을 망설이자 답답한 하연이 결국 민 차장에게 어깨를
돌렸다.

"차장님, 무슨 일인지 말씀 좀 해 주실래요?"

"저, 그게. 지금 유 팀장이 통화하고 있는 분이 정 작가님이시
거든요."

"정 작가님이요?"

"저기 그게……."

민 차장이 하연의 눈치를 살피며 선뜻 말을 못 꺼냈다. 그 때
하연의 머리를 스치는 이름 하나.

"설마…… 정유선?"

하연의 안색이 어두워지는데, 전화를 끊은 유 팀장이 길게 한숨을 내쉬었다. 무슨 일이 있었는지, 유 팀장은 한눈에 봐도 굉장히 힘들어 보였다.

"저 실장님. 잠시 안에서 얘기 좀 나눌 수 있을까요?"

"네, 그래요."

사장실 문을 닫고 마주 앉은 유 팀장이, 차분히 설명을 시작했다.

"그동안 정 작가님 원고는 사장님을 통해서 전달을 받았었어요."

"아, 네……."

"이유는 실장님도 아실 거예요. 정 작가님이 이사님의 전 애인분이기도 했고, 그래서 사장님과도 각별하게 친하신 사이셨거든요."

하연은 말없이 고개를 끄덕였다.

"어제 신작 원고가 마감되셨다고 연락이 오셔서, 제가 직접 진행을 하려고 했는데 단박에 거절을 당했어요."

"그럼 어떻게……."

"딱 집어서 실장님께 직접 원고 넘기시겠다고요. 제게는 전달하라고만 하셨어요. 제 딴에는 실장님 곤란하신 거 아니깐, 어떻게든 설득해 봤는데 전혀 안 통하시더라고요."

잠시 고민하던 하연의 머릿속에 한 가지 의문이 들었다.

"유 팀장님. 그런데 정 작가님은 주로 어떤 소설을 쓰시는 분이에요?"

"로맨스 분야요."

"그래요? 제가 알 만한 책인지 좀 볼 수 있을까요?"

"바로 저기에 꽂혀 있네요. 잠시만요."

유 팀장이 책상에 내려놓는 책은 다름 아닌 필명 '은하수' 작가의 작품들이었다. 심장이 뛰는 하연의 호흡이 불규칙해졌다. 성빈의 취향도 아닌 이 로맨스 책들이 왜 집안 한구석에 자리를 차지하고 있었던 것인지 하연은 그제야 이유를 알게 되었다. 유 팀장의 목소리가 조심스러웠다.

"실장님도 혹시 읽어 보셨어요?"

"네, 그거보다 유 팀장님. 정 작가님 번호 좀 주실래요. 제가 전화드릴게요."

하연은 유 팀장이 포스트잇에 적어 준 번호를 한참 동안 응시하고 있었다. 한밤중에 성빈의 집으로 찾아왔었던 정유선 그녀의 모습은 염려스러울 정도로 절박해 보였다.

'성빈 씨를 포기할 수 없다는 건가? 이 정도로 완강하게 나오는 태도를 보면……'

단단하게 마음을 먹은 하연이 적힌 번호를 눌렀다. 곧 수화기로 흘러나오는 조용한 음성.

[여보세요.]

"작가님, 안녕하세요. 라임사 박하연 실장입니다."

기다렸던 전화에, 블랙커피를 휘젓던 유선의 손놀림이 멈췄다. 느슨하게 움직이던 그녀의 눈꺼풀이 천장을 향해 올라갔다.

[기다렸어. 하연 씨 전화.]

"늦게 전화드려서 죄송합니다. 직접 원고 전달받아야 된다는 내용, 유 팀장님에게 들었습니다."

하연은 침착하게, 해야 할 말을 이어 갔다.

"작업하시느라 너무 고생 많으셨어요. 그럼 원고는 어떻게 전달하시는 게 편하실까요?"

[이봐, 하연 씨.]

"네, 말씀하세요."

유선의 음성이 을씨년스럽게 하연의 귀를 휘감았다. 앞으로 무섭게 닥칠 한파처럼.

[헛소리는 그만 집어치우고, 원고 받고 싶으면 직접 찾아와.]

*　　*　　*

하연이 택시에서 내렸다. 경기도 광주 외곽에 위치한 유선의 전원주택 주변은 한산했다. 초인종을 누른 하연이 초조하게 기다리는데, 문이 열렸다.

"들어오세요. 앞에 슬리퍼 신으시면 되시고요."

"감사합니다."

중년의 가정부 아주머니가 현관에서 하연을 반겼다. 가지런히 놓인 남자 구두 옆으로, 하연이 신발을 벗었다.

"아가씨는 지금 통화 중이신데, 잠시 앉아서 기다리시겠어요?"

"네, 그럴게요."

"마실 것 좀 드릴게요. 차나, 주스 중에 어떤 걸로 드릴까요?"

"그냥 물 한잔 주시겠어요."

하연이 핸드백을 내려놓으며, 소파에 앉았다. 내리쬐는 햇볕이 고스란히 들어오는 밝은 거실 중앙에는 넓은 책상이 자리를 차지하고 있었다. 노트북과, 복합기, 종이들이 어수선하게 쌓여 있었다.

"여기 물하고, 아침에 구운 쿠키도 좀 준비했어요."

"감사합니다."

"아가씨는 통화가 좀 길어지는 모양이에요."

"네, 괜찮습니다."

하연이 목을 축이며, 넓은 창을 통해 잎이 다 떨어져 황량한 정원을 바라봤다. 아침부터 어두웠던 회색 하늘은 비라도 오려는지 무거운 구름이 뒤덮여 있었다. 멍하니 밖을 보던 하연이 시선을 돌렸다.

"어……저건……."

책상 스탠드 조명 옆으로, 파란 빛을 띤 작은 병 하나가 눈에 들어왔다. 다름 아닌 성빈이 즐겨 쓰는 향수였다. 하연의 눈에, 작은 떨림이 일어났다.

"저 아가씨께서 작업실로 안내하라고 하십니다."

"아, 네."

가정부의 갑작스러운 부름에, 하연이 화들짝 놀랐다. 자리에서 일어나는 중에도 향수에 고정돼 있던 하연의 시선이 나란히 놓여 있는 액자로 향했다. 환하게 웃는 유선의 볼에 입을 맞추고 있는 성빈, 행복한 두 사람의 모습이 담겨 있었다.

"저 따라서 이쪽으로……."

"하아, 네."

하연이 얼른 눈을 돌리며, 가정부를 따라 걸음을 옮겼다. 어두운 복도만큼이나 하연의 눈빛이 가라앉았다. 반쯤 열려 있는 방문 앞까지 하연을 안내한 가정부가 자리를 비켰다.

"정유선 씨."

하연이 저음으로 그녀를 불렀다. 캐리어를 펼쳐 놓고, 무언가를 가방 안에 넣으며 짐을 싸던 유선이 뒤를 돌았다. 작정을 하고 부른 사람답게, 유선의 분위기는 날이 서 있었다.

"생각보다 빨리 왔네."

작업실로 안내를 한다더니, 아무리 봐도 이 방은 침실이 분명했다. 감을 잡지 못한 하연이, 긴장한 얼굴로 서 있었다. 그런 그녀를 유선이 내리깔아보며, 냉소적인 미소를 띠었다.

"원고 주기 전에, 하연 씨 온 김에 성빈 씨 물건 좀 챙겨 주려고."

"유선 씨."

하연이 이름을 불렀지만 이를 무시한 유선이 활짝 열어놓은 옷장으로 걸어갔다. 그녀의 동선을 하연의 눈길이 자연스럽게 따라갔다. 장롱 안에는 와이셔츠와 정장 몇 벌이 걸려 있었다.

"이걸 다 가져가기엔 무리일 거 같고, 아. 여기 있네."

유선의 손에, 고급스러운 회색 정장 한 벌이 들려졌다.

"큰 회장님이 성빈 씨 라페르 계열 상속자 공식화하시면서, 애쉬 홀트 디자이너한테 특별히 주문 제작해서 선물한 정장이야. 성빈 씨한테는 큰 의미가 있지."

핸드백을 쥔 하연의 손에 힘이 들어갔다. 입술을 꾹 다문 채 침묵하는 하연의 태도가 유선을 만족스럽게 했다. 고이 접어서 성빈의 정장을 캐리어에 담은 유선이 몸을 일으켰다.

"아, 그리고 성빈 씨가 유난히 좋아하는 화가가 두 명이 있어. 클로드 모네와 바로 이 작품을 그린 폴 고갱이야."

창가 쪽에 빛을 받고 있는 작은 액자를 떼어 낸 유선이 침대에 올려놨다. 잠시 그림을 감상하는 유선의 눈이 부드러워졌다.

"성빈 씨가 자신의 영혼을 흔든 최고의 작품이라고 극찬을 아끼지 않았어."

"……."

"그러면서 침대 맡에서 늘 함께 감상하고 싶다며, 나에게 선물했지."

하연의 잇새로 격한 날숨이 흘러나왔다.

"정유선 씨, 지금 사람 세워 놓고 뭐하는 거예요?"

하연이 격앙된 목소리에, 한층 흥분이 되는 유선이 소리 내 웃었다.

"당신 애인 물건 친히 챙겨 주고 있는 중이지, 뭐하는 거겠어?"

"이봐요."

"이 하이힐이 여기 있었네. 한참 찾았을 땐, 코빼기도 안 보이더니."

유선이 하연의 반응에는 아랑곳하지 않고, 서랍장 옆 구석에 놓아 둔 스틸레토 힐을 끄집어냈다. 유선이 발을 끼워 신어 보더니, 픽 웃으며 하연에게 시선을 돌렸다.

"여자 물건에 별로 관심이 없는 성빈 씨가 유일하게 구두만큼은 제 취향을 따지는 편이지. 안 그래?"

"유선 씨, 재미없어요."

가는 제 발목을 움직여, 느긋하게 하이힐을 살펴보는 유선.

"샤넬 한정판으로 전 세계에 딱 세 켤레 나온 구두야. 나밖에 소화할 수 없는 구두라며 칭찬하던 성빈 씨, 참 사랑스러웠는데 말이지."

한계를 느끼는 하연이 주먹을 말아 쥐었다.

"정유선 씨 말대로, 두 사람에겐 참 뜻 깊은 물건들이네요. 그런데 말이죠."

하연이 하이힐을 쏘아봤다.

"그 의미를 부여하는 것도, 이젠 정유선 씨 혼자의 몫이네요."

"뭐?"

"큰 회장님이 주신 정장부터, 영혼을 흔들어 댔다는 귀한 그림까지. 성빈 씨가 챙겨 갈 생각조차 안 한다는 건 다시는 정유선 씨랑 마주치고 싶지 않다는 의미 아닐까요?"

힘을 준 유선의 발목에 핏대가 섰다.

"유선 씨가 의미 부여하는 걸 좋아하는 거 같아서, 한마디만 더 해 줄게요. 현재 두 사람 사이는 의미 부여할 것도 없이 정유선 씨 혼자 삽질하고 있는 거예요."

"지금 말 다했어?"

미간에 깊게 주름이 파인 유선이, 언성을 높였다.

"정유선 씨가 준비한 쇼는 잘 봤어요. 나름 치밀하게 준비한 거 같은데, 미안하지만 하나도 재미없었어요."

"내가 이유를 알려 줄까? 전혀 공감이 안 돼서야."

"무슨 말인지 모르겠네요."

"내가 방금 늘어놨던 성빈 씨 취향에 대해서, 하나라도 아는 게 있었어?"

유선의 비아냥은 계속됐다.

"그쪽이 클로드 모네를 알긴 해?"

"…… 정말."

"수준 차이가 나서 성빈 씨랑 대화가 되긴 하나?"

"당신 최저네요. 정유선 씨."

하연은 장이 꼬이는 걸 느꼈다. 그래. 싸움에서 이기는 비결 중에, 인신공격만 한 게 없지.

"그러는 많이 배운 정유선 씨는 참 고상한 공격을 택하셨네요."

"그야 당신보다……!"

부아가 치미는 하연이, 단박에 유선의 말을 잘라 냈다.

"현재 애인한테 진하게 놀았던 과거나 들추면서 상처 주려는 거, 창피하지 않아요?"

"말과는 다르게, 얼굴은 짜증이 가득한데?"

두 여자의 치열한 시선이 서로를 매섭게 노려봤다. 곧 유선의 입술이 비릿하게 열렸다.

"내가 지금 억울한 게 뭔 줄 알아?"

"안 궁금해요."

"성빈 씨와 나. 서로 싫어졌거나, 질려서 헤어졌다면 이렇게 힘들지는 않았을 거야."

유선의 눈에 검은 불꽃이 일었다.

"오해가 깊은 성빈 씨에겐 시간이 필요했어. 난 차근히 매듭을 풀어 나갈 계획을 짰고."

"……."

"그런데 어디에서 상대할 거리도 안 되는 같잖은 당신이 불쑥 튀어나온 거야."

단어 선택을 무척이나 거슬리게 하는 유선의 말본새가 하연을 자극했다.

"작가라는 사람이 말 좀 예쁘게 하면 안 돼요?"

"당신한테는 해당 안 돼."

하연이 눈에 모를 세웠다.

"전 솔직히 두 사람 사이에, 무슨 일이 있었는지 몰라요. 사실 관심도 없고요. 하지만 성빈 씨가 그쪽 손을 쉽게 놓을 남자가 아니라는 건 알아요."

비록 짧은 연애 기간을 거쳤지만, 하연은 제 남자를 믿었다. 자신을 열정적으로 사랑해 주는 걸 보면 알았다. 성빈은 소중한 사람을 마음에서 쉽게 밀어낼 사람이 절대 아니었다.

"성빈 씨를 더 오래 알아 온 정유선 씨야말로, 지금 이 행동이 얼마나 부질없는 짓인지 잘 알지 않아요?"

"내 남자를 놓친 뒤, 후회만 하며 살고 싶지는 않으니깐."

하연은 지금 이 상황을 견뎌 내는 게, 괴로웠다. 유선이 의도한 대로 심장에 스크래치는 충분히 났고, 더 이상 상대했다가는 자신이 위태로워질 것만 같았다.

"당신도 보면 알겠지만 성빈 씨가 쓰던 물건, 아직 전부 그대로야."

이번엔 또 무슨 말을 하려고…… 하연의 심장이 불규칙적으로 뛰었다. 위험했다.

"성하 언니 그렇게 되기 전까지, 성빈 씨 거의 이 집에서 살았다고 보면 돼."

하연의 심장에 적색경보가 울렸다. '이쯤에서 그만해, 제발.' 하고 싶은 말을 입 밖으로 차마 꺼내지 못한 하연은 자존심을 지키기 위해 부단히 애를 썼다.

"불과, 일 년 전에……."

유선이 침대 옆의 협탁 문을 '드르륵' 열었다. 그녀의 손에 들어 올려지는 물건을 알아채지 못하는 하연을 위해 유선이 친절하게 설명을 보탰다.

"한 달 안에 다 쓰겠다며, 성빈 씨가 으름장을 놓으며 사다 놓은 거야."

유선이 손에 든 상자를 뒤집었다. 침대 시트로 후두둑, 떨어지는 콘돔들을 바라보는 하연의 눈동자에 파동이 일었다. 일순간 맥이 탁 풀려 버렸다.

"하아……."

하연은 유선이 쏟은 물건은 외면한 채, 고개를 돌려 버렸다. 성빈이 자신을 아껴 주는 만큼 전 애인과도 깊은 사랑했을 거라는 짐작, 물론 예상을 안 했던 건 아니었다. 하지만 유선이 눈앞에 펼쳐 놓은 물건 앞에서 하연은 절망할 수밖에 없었다.

힘들게 버티던 정신력이 무너짐과 동시에, 다리에 힘이 풀려 휘청거리는 그녀였다.

"내가 분명히 말했지? 덤비지 말라고."

잔인한 여자였다. 유선의 교활함에, 하연은 치를 떨었다.

"……정유선 씨."

"말해."

상실감에 빠진 하연의 목소리는 힘이 없었다.

"당신이 이겼어요. 그쪽이 의도한 대로 제 가슴 깊숙이 제대로 상처 났어요."

"다행이군."

"숨 쉬는 것도 버거울 만큼, 지금 힘들어요."

유선이 쓰게 웃었다. 하연은 조각난 제 가슴을 추스르기도 전에, 그가 떠올랐다. 자신의 남자, 김성빈이. 이 여자의 지독한 올가미를, 성빈은 겪게 하고 싶지 않았다.

"정유선 씨. 그러니깐 이 상처, 제 선에서 끝내요."

"무슨 소리야."

"성빈 씨한테는 이러지 마요. 안 그래도 요즘 힘든 상황인데…… 머리가 열두 개여도 모자랄 만큼 복잡하고 바쁜 사람이에요."

이번엔 반대로 유선이 하연에게 질려 버렸다. 과할 만큼 순애보가 넘치는 하연의 희생정신이, 유선은 거북했다.

"애초에 성빈 씨 때문에 벌인 일이야. 당신은 이래라저래라 할 자격 따윈 없어."

"그래요?"

유선의 대답에, 잠시 흐릿해졌던 하연의 초점이 선명해졌다. 유선의 비위를 맞춰, 조금이라도 성빈을 보호하려던 하연의 인내심이 무너졌다. 딱딱한 말투로 하연이 쏴붙였다.

"유선 씨 패는 다 꺼낸 걸로 보이는데, 좋게 넘어가려고 해도 안 될 거 같으니 그럼 저도 이쯤에서 연기는 끝낼게요."

"뭐?"

하연의 잠긴 목소리에, 강한 분노가 깃들었다.

"오늘 유선 씨 만나러 오길 잘 했어요. 확실히 깨달은 게 한 가지 있거든요."

"무슨 소리야."

유선의 언짢은 표정에, 하연이 입술 끝을 슥 올렸다.

"성빈 씨와의 관계가 깊어질수록, 사실 제가 부족한 부분이 많아 고심했던 게 많아요."

"이제야 주제를 깨달은 거야?"

"네, 확실히요. 정유선 씨 입을 통해 직접 들으니, 정신이 확 들더라고요."

하연의 말투는 차분했지만, 오싹한 기운을 담고 있었다.

"제가 망설였던 부분, 우리 두 사람 간의 차이에 대한 고민이 참 쓸모없는 걱정이라는 생각이 들었어요."

"빙빙 돌리지 말고, 알아듣게끔 말해."

"유선 씨가 저한테 하는 짓을 보며 느낀 거예요. 당신이 아무리 잘났어도, 이건 경우가 아니죠."

유선의 얼굴에 어두운 그림자가 드리웠다.

"성빈 씨가 불쌍하네요. 이런 질 낮고, 유치한 당신을 사랑하면서 시간 낭비한 게."

"지금 말 다했어?!"

하연이 지지 않고, 무섭게 맞받아쳤다.

"난 그래도 당신이랑 똑같은 급이 되지 않으려고 그동안 존칭을 해 준 거야. 그런데 정유선 씨?"

"……."

"당신 오늘 나한테, 제대로 실수했어."

유선을 향한 하연의 음성이 차갑게 올라갔다.

"당신 같이 세상에서 자기가 제일 잘났다고 자만하는 사람 괴롭히는 방법, 나 잘 알고 있어."

"뭐?"

"살면서 당신이 원하는데 가지지 못 했던 적. 단 한 번도 없지?"

하연이 픽 웃었다.

"그래, 당연히 없겠지."

유선의 어깨가 감정을 주체하지 못한 채, 부들부들 떨렸다.

"그런데 어쩌지? 이번엔 당신이 아무리 탐내도, 결국 못 가게 될 텐데."

"그 입 다물어."

"정유선, 당신 덕분에 나 결심이 섰어."

하연의 눈매가 느슨하게 올라갔다.

"당신이 그토록 갖고 싶어 하는 성빈 씨, 내가 가질 거야."

"네가 미쳤구나?"

씩 웃는 하연의 미소엔 신랄함이 넘쳤다. 오기를 넘어선, 자신감이었고 상대방을 향한 최선의 위협이었다.

"보잘것없지만, 내 전부를 걸어서라도 갖고 말 거야. 당신 때문에라도."

유선이 죽일 듯이 하연을 노려봤다. 두 여자는 한참 동안이나 서로를 잡아먹을 듯이 빈틈없는 시선을 부딪쳤다. 이내 하연이 빨갛게 충혈 된 눈에서 점차 힘을 뺐다.

"다시 한 번 경고하지만, 성빈 씨 건드리지 말아요. 우리 사이에, 당신이 끼어들 틈 따윈 없으니깐."

말을 마친 하연이, 방에서 나와 복도를 빠르게 걸어갔다. 전부 싫었다. 정유선 저 마녀 같은 여자도, 아직 성빈의 흔적이 남아 있는 이 집도, 지울 수 없는 두 사람의 과거마저도.

"하아, 하……으윽…….."

정신없이 구두에 발을 끼워 넣은 하연이 현관문을 빠져나오자마자, 그대로 자리에 주저앉고 말았다. 쓰러질 듯 잔뜩 웅크리고 앉은 하연이, 꺽꺽대며 소리 내 울기 시작했다.

"으허엉……윽, 우욱…….."

검은 구름이 잔뜩 낀 하늘이, 기어코 굵은 빗방울을 하나둘 떨구기 시작했다. 빌어먹을 타이밍이었다. 정유선이 했던 말이 떠오를 때마다 심장이 바닥으로 곤두박질을 쳤다. 뚝뚝. 쏟아지는 빗줄기 사이로, 하연의 눈물도 그칠 줄을 몰랐다.

*　　*　　*

"그럼 하연 씨는 지금 집으로 이동 중입니까? 알겠습니다."

동남아 풀빌라 확장 프로젝트 건으로 해외 임원진과 콘퍼런스를 마친 성빈이 집무실로 들어왔다. 왜인지 정구의 얼굴은 자못 심각해 보였다.

"표정이 왜 그래?"

한참 자리를 비우는 성빈을 대신해 전화를 받은 정구는, 여 경호원을 통해 유선의 집에 하연이 들렀다는 보고를 받았다. 잠시 후 집에서 나온 하연의 상태가 말이 아니었다는 우려와 함께. 정구가 들은 그대로 성빈에게 보고를 했고, 이야기를 듣는 남자의 얼굴은 점점 굳어져 갔다.

"젠장!"

성빈이 낮게 욕지거리를 내뱉으며, 집무실을 박차고 나갔다. 차에 시동을 건 성빈이, 무서운 속도를 내 운전을 하기 시작했다.

대문 앞에서 한참을 못 일어나고, 울기만 했다는 하연의 얘기를 듣는 순간 이성의 퓨즈는 나가 버린 지 오래였다.

"하연 씨 일단 좀 받아."

핸드폰 너머로는 신호음만 들릴 뿐, 하연은 도통 받을 생각을 안 했다. 짜증이 머리끝까지 치솟은 성빈이, 핸드폰을 조수석으로 집어던졌다. 액셀을 미친 듯이 밟았다. 정유선에게로 향하는 익숙한 이 도로가 제 과거를 마무리해야 하는 끝자락임을 깨달았다.

끼익— 운전석에서 내린 성빈이, 차 문을 쾅 닫았다. 철제 대문 앞에 우두커니 선 성빈의 눈빛이 차갑게 가라앉았다. 빗줄기가 제법 굵었지만, 상관하지 않았다.

쏟아지는 빗줄기만큼이나 질척거렸던 기억이, 다시금 그의 머리를 툭툭 두드렸다.

*　　　*　　　*

이른 아침, 응급실 벽에 기대서 있는 성빈의 얼굴이 초조함에 굳어 있었다. 땀에 밴 주먹을 몇 번이나 쥐었다 폈는지 모른다. 대기하는 시간이 길어질수록, 안 좋은 생각만 스쳐 지나갔다. 그때 병실 문이 열리고, 담당 전문의가 모습을 나타냈다.

"좀 어떻습니까?"

마음이 급한 성빈이 재촉해 물었다.

"현재 상태는 나쁘지 않습니다. 하지만 술과 함께 수면제를 과다 복용하셔서, 부작용이 좀 우려되는 상황이고요. 저혈압과 미세한 경련, 호흡곤란은 많이 진정된 상태입니다."

성빈의 입술 사이로 신음이 흘렀다.

"그럼 정신은 차렸습니까?"

"아직은 심한 의식 저하로 반 혼수상태이긴 한데, 크게 걱정하실 필요는 없으십니다. 위세척 마무리하고, 반나절 정도면 깨어나실 겁니다."

안심해도 된다는 전문의의 확언을 몇 차례 듣고 나서야 성빈이 그의 가운을 놓아주었다. 시간이 멈춘 듯, 석상처럼 미동 없이 자리를 지키던 성빈이 주머니에서 핸드폰을 꺼냈다.

"하아……."

그녀의 목소리가 듣고 싶었다. 심적으로 버거운 성빈이, 본능적으로 제 연인에게 전화를 걸었다. 곧바로 유선이 그의 이름을 불렀다.

[성빈 씨. 어쩐 일로 이 시간에, 전화를 다 했어?]

"그냥…… 당신 목소리 듣고 싶어서."

어느 때보다도 기운이 없는 성빈의 분위기에, 유선은 이상함을 감지했다.

[무슨 일 있어? 왜 이렇게 힘이 없어.]

유선의 히트작을 원작으로 한 드라마 제작 발표회가 있는 날이었다. 그래서 성빈은 일이 벌어진 이른 새벽부터 누나 성하의 곁을 지키면서 계속 망설여 왔다. 이 상황을 유선에게 말을 할까, 말까. 하지만 혼자 감당하기 힘든 상황에, 성빈이 성하의 일을 털어놓았다.

[어머……어, 어떻게! 그럼 언니는 괜찮은 거야?]

"별문제는 없을 거래."

[정말 다행이다. 성빈 씨도 얼마나 놀랐겠어? 자긴 괜찮아?]

성빈이 속으로 저를 비웃었다.

'이 위로 한 마디 듣겠다고…… 중요한 일 앞둔 유선이 마음을 불편하게 만들면 뭐 어쩌자는 건데. 한심한 놈.'

그러면서도 내심 유선의 목소리를 들으며 성빈은 안정을 찾아갔다.

"제작 발표회 끝나고 말했어야 했는데. 미안해."

[그게 무슨 소리야! 지금 내가 병원에 찾아…….]

"아니야, 오늘 일정 끝내고 와. 안 그러면 당신한테 말한 거, 나 후회해."

성빈이 단호한 어조로 유선의 말을 가로막았다.

[알았어. 그럼 발표회 끝나자마자 곧장 병원으로 갈게. 성빈 씨, 힘들어도 조금만 참아.]

통화를 끝낸 성빈의 표정에는 고마움이 번졌다. 유선은 주변 사람들에게 얼음 공주라 불릴 만큼 도도한 여자였지만, 성빈에게만큼은 봄 햇살과도 같았다.

"역시 당신은, 내가 살아가는 이유야."

성빈이 혼잣말로 읊조렸다.

그의 심장엔 오직 정유선, 그녀 이름 석 자만 빈틈없이 새겨져 있었다. 사 년을 만나 왔고, 남은 긴 세월을 함께 보내고 싶은 유일한 여자였다. 응급실 앞에 비치된 의자에 앉은 성빈이 머리를 벽에 기댔다. 천장을 올려다보는 그가 깊은 상념에 빠졌다.

"녀석아. 괜찮은 거야?"

그 이후로 얼마쯤 시간이 지났을까. 성하의 일을 듣고 해외 출장 중에 부랴부랴 입국한 큰 회장의 커다란 손이 성빈의 어깨를 쳤다. 성빈이 자리에서 일어났다.

"오셨어요."

"얼굴이 왜 그 모양이야? 의사한테 성하 상태에 대해선 듣고 왔다."

큰 회장과 간단히 대화를 나눈 성빈이, 바람을 쐬러 밖으로 향
했다. 진한 주홍빛의 노을이 걷히더니, 어느새 어둠이 찾아왔다.
아직 유선에게선 연락이 없었다.

"아직 일정이 안 끝났나."

전화를 걸어 볼까 하던 성빈이 관뒀다. 바쁜 유선에게 일부러
재촉하는 모습을 보이기는 싫었다. 하지만 가슴 한구석엔 외로
움이 쌩하게 스쳤다. 다시 안으로 들어온 성빈의 핼쑥한 몰골을
보며, 큰 회장이 혀를 찼다.

"너 식사는 하고 있는 거야?"

"괜찮습니다."

"누가 너 생각해서 그래? 회사 생각은 안 해?"

막말을 해 대도 누구보다 성빈을 아끼는 큰 회장은 마음이 불
편했다.

"그런데 유선이는 왜 얼굴도 안 비쳐?"

"일 끝나고 올 겁니다."

"쯧! 뭐 얼마나 대단한 일을 하기에, 이 시간까지 나타나지도
않고 있어?"

입을 일자로 꾹 다문 성빈이, 소매를 걷어 시계를 확인했다.
벌써 시곗바늘은 자정을 가리키고 있었다. 아직 일이 마무리가
안 됐나 보다. 성빈은 계속 되뇌며, 자신을 달랬다.

"저…… 환자분 깨셨어요. 가족분들 들어오시겠어요?"

침대에 힘없이 누워 있는 성하가 보였다. 눈을 가늘게 뜬 채 천장을 바라보고 있는 그녀의 얼굴이 파리했다. 성빈은 가슴이 욱신거렸다.

"성하야, 할아버지 왔어. 눈 좀 마주쳐 보자."

"…… 할…… 아버지……."

큰 회장과 시선을 마주친 성하의 눈시울이 붉어졌다. 결국 살아났다는 이 현실이 그녀를 괴롭게 만드는 듯했다. 먼저 떠나간 사랑하는 사람의 손을 잡고 함께 먼 곳으로 날아가고 싶은 성하였다.

"할아버지, 정말…… 흑…… 죄송해…… 요……."

"다 괜찮다. 얼마나 힘들었으면 이랬을 거야. 울지 마, 괜찮으니깐."

넓은 큰 회장의 품에서, 성하는 한참 동안 눈물을 쏟아 냈다. 성빈은 그 모습을 뒤에서 조용히 지켜봤다. 굳게 다문 입술에 힘을 준 성빈은 어떻게든 감정을 참아 냈다.

"우리 성빈이, 놀라게 해서 누나가 미안해……."

대답 없이 다가간 성빈이 으스러질 정도로 성하를 꽉 껴안았다. 쉼 없이 성하의 등을 쓸어내려 줬다. 항상 강하기만 했던 누나의 어깨가 이토록 가냘픈지 이제야 알았다.

"미안해…… 성빈아."

"한 번만 더 이런 짓 하면, 그땐 정말 용서 안 해."

성빈은 진심이었다. 성하의 자살 시도를 전해 들었을 때, 세상이 무너지는 줄 알았다. 이렇게 누나가 힘들어할 줄 알았으면, 자신이 조금 더 어머니를 설득해 볼걸. 하나라도 더 노력하고 애써 볼걸 하며 후회하고, 또 후회했다.

"성하 다시 잠들었어. 의사 말로는 완전히 안정기로 들어섰다고 하고."

"다행이네요."

"너 하루 종일 자리 지키느라 피곤할 텐데, 들어가서 눈 좀 붙이고 와."

성빈이 고개를 저었다.

"전 괜찮습니다. 할아버지야말로 연세도 있으신데, 무리하지 마시죠."

"아직 네놈보다는 팔팔해."

"그러면 할아버지, 죄송하지만 잠시만 자리 비우겠습니다."

날이 샐 무렵까지 연락 한 통이 없는 유선이 걱정됐다. 결국 몇 차례나 전화를 걸어 봤지만, 목소리는 들을 수 없었다. 머릿속이 성하의 걱정만으로도 터질 것 같은 성빈이었지만, 그 이상으로 유선에 대한 신경도 곤두서 있어 정신을 차릴 수가 없었다.

'너란 놈도 참 답이 없다.'

큰 회장에게 사정을 설명하고, 유선에게 들르기 위해 성빈이 복도로 나왔다. 그때 병실 문 앞에 심란한 얼굴로 서 있는 김 여사와 마주쳤다. 성빈의 미간이 좁아졌다. 오늘만큼은 그녀를 외

면하고 싶었다. 무심하게 지나치려는 성빈의 손목을 김 여사가
붙잡았다.

"……성빈아."

"어머니한테…… 정말 많이 실망했습니다."

성빈 딴에는 상처를 주고 싶었다. 하지만 김 여사의 신경은 온
통 한 곳에 집중되어 있었다.

"성하, 네 누나는 좀 어때?"

"괜찮대요."

"어디 이상이 있거나, 몸 상한 데는 없고?"

"직접 들어가서 살펴보세요."

"김성빈 확실히 대답해. 네 누나, 어디 이상은 없는 거냐고?!"

김 여사의 언성이 일순간 높아졌다. 꾸깃꾸깃 모나게 접혔던
성빈의 마음이, 살짝이나마 펴졌다. 긴 세월 동안 저희 두 남매
만 바라보며 살아온 어머니임을 모르는 바 아니었다.

'본인도 이렇게 감당할 자신이 없으시면서…….'

성빈을 잡고 있는 김 여사의 손이 불안함에 바들바들 떨렸다.
어떻게든 성빈에게는 티를 안 내려고 부단히 애를 쓰는 것도 눈
에 보였다. 결국 성빈이 제 엄마의 작은 손을 어루만졌다.

"누나 정말 괜찮아요. 아무 이상 없대요. 그러니 안심하세요."

충분히 김 여사를 달랜 성빈이 병원을 빠져나왔다. 마음이 급
한 채로 차에 올라탔다. 그 와중에도 핸드폰이 뜨거워질 때까지,
유선에게 전화 거는 걸 멈추지 않았다.

"정유선, 도대체 왜 안 받는 건데. 사람 미치게."

설마 무슨 일이 있는 건 아닐까. 피치 못할 사정 때문에 연락을 못 받는 걸까? 별의별 생각을 하며, 성빈이 유선의 집으로 차를 몰았다. 새벽인 터라 도로 사정은 한산해 괜찮았지만, 거리가 꽤 되는지라 한참을 달려야 했다. 불과 몇 시간 전에 성하의 일을 겪었던 성빈은 걱정이 앞서 말 그대로 돌기 직전이었다. 머리 위로는 아침을 알리는 해가 천천히 뜨기 시작했다.

성빈은 유선의 집에 도착하자마자 주차장을 확인했다. 다행히 그녀의 차는 제자리에 주차되어 있었다. 대문을 열고 거실로 들어가던 성빈이 걸음을 우뚝 멈췄다. 사랑하는 연인을 보기 위해 평소에 늘 찾던 공간인데 오늘따라 왠지 모르게 분위기가 낯설었다. 집 안은 쥐 죽은 듯이 고요했다.

"유선아."

그녀를 불렀다. 하지만 돌아오는 대답은 없었다.

"정유선, 안에 있어?"

한편 침대에서 이불을 머리끝까지 뒤집어쓴 유선이 괴로운 신음을 흘리고 있었다. 점차 정신이 드는 유선이, 밀려드는 숙취에 산발이 된 머리를 움켜잡았다.

"으……머리야."

그런 자신의 속도 모르는 남자가 자꾸만 옆에서 자신을 불러댔다. 신경질이 난 유선이 그래도 사랑하는 사이라고 팔을 뻗어 남자의 머리를 달래 듯 부드러운 손길로 매만졌다.

"성…… 빈 씨, 조용히 좀 해. 머리 울린단 말이야."

"정 작가? 눈 좀 떠 봐! 응?"

낯선 남자의 음성에 느슨했던 유선의 눈이 번쩍 떠졌다. 소스라치게 놀란 그녀의 눈동자에, 성빈이 아닌 다른 남자가 비쳤다. 그것도 실오라기 하나 걸치지 않은 나체인 상태로.

"정 작가, 이거 김 대표 목소리 맞지? 아, 나 이러다 죽는 거 아냐? 미치겠네!"

"민혁 감독님이 왜 여기에 있는 건데요?"

유선의 얼굴이 무섭게 일그러졌다. 민혁 감독은, 되레 그걸 왜 자신에게 묻느냐는 눈빛을 발사했다.

"어제 기억 안 나? 정 작가 집에 데려다줬는데, 가려고 하는 나 붙잡았던 거?"

"지금 제정신으로 하는 소리예요?"

절망감이 서린 유선의 얼굴이 무너져 내렸다. 격한 숨을 몰아쉬던 그녀는 이 말 같지도 않은 상황이 감당 안 되는 와중에 일단 바닥에 뒹구는 욕실 가운을 걸쳤다.

"근데 정 작가, 나 진짜 어쩌지? 김 대표 성격 장난 아니잖아!"

민혁 감독이 흘려 놓은 옷가지를 덤벙대며 주섬주섬 걸쳤다. 몇 차례 유선을 부르던 성빈의 부름이 이내 끊겼다. 상황 판단이 안 되는 상황에서 유선의 숨통이 조여 왔다.

"나 어, 어떻게……."

전날 밤 제작 발표회가 끝난 직후, 뒤풀이 자리가 바로 이어졌다. 유선은 빠지려고 했지만 딱 한 잔만 마시고 가라는 주위의 성화를 못 이기고 결국 참석을 했다. 적당히 맞추다가 자리에서 빠지려던 그녀는 분위기에 휩쓸려 주량을 넘기고 말았다. 결과적으로 사건의 마무리는 비참했다.

"정, 정 작가! 이 베란다 문 좀 열어 줘 봐! 한번 나가 보게!"

타악― 침실 방문이 열리고, 성빈이 서 있었다. 세 사람의 상반된 시선이 불편하게 뒤엉켰다. 더 경악을 한 쪽은 성빈이 아니라, 감독과 유선이었다.

"저, 저, 저 김 대표! 내가 의도했던 게, 아니라!"

민혁 감독은 끝까지 저밖에 모르는 비열한 놈이었다. 성빈은 말이 없었다. 그의 눈에 감독 따위는 들어오지도 않았다. 오직 유선만 응시할 뿐이었다.

"정말 실, 실수였어! 김 대표, 미안해요!"

공포에 질려 점차 뒤로 물러나던 감독이, 방문 앞의 성빈을 지날 용기가 나지 않는지 베란다 문을 열어 재빠르게 튀어 나갔다. 침묵을 지키는 성빈의 태도에 유선은 한층 두려워졌다.

"서, 성빈 씨……."

차라리 뺨을 한 대 갈기든, 고함을 지르든, 그 어떤 것이라도 좋으니 성빈이 제발 액션을 취해 주길 바랐다. 정지 화면처럼 멈춰 버린 이 순간이 유선에게는 더없이 고통스러웠다.

"나 참, 기막혀서……."

오랜 침묵 끝에 그가 입 밖으로 밀어낸 한마디가 비수가 되어 유선의 가슴에 박혔다. 이마에 손을 짚은 성빈이, 작게 헛웃음을 터트렸다. 유선이 빠르게 그의 곁으로 다가갔다.

"성빈 씨, 오해야. 내가 다 설명할게. 응?"

성빈이 제 팔에 매달리는 유선을 모질게 떨쳐 냈다.

"방금 본 장면이 오해라면, 내 눈은 장식용이라도 되나 보지?"

"당신 분 풀리게, 일단 뺨이라도 한 대 때려. 응?"

성빈을 올려다보는 유선의 시야가 슬프게 붉어졌다. 하지만 돌아오는 대답은 싸늘했다.

"정유선, 너는 그럴 가치도 없어."

"서, 성빈 씨…… 제발……."

"저 살겠다고 도망가기 바쁜 저런 놈 때문에 모든 걸 망치다니. 당신, 참 대단해."

유선이 울며, 필사적으로 성빈의 품에 파고들었다.

"제발, 한 번만…… 딱 한 번만 다시 안아 줘."

"이거 놔."

성빈이 진저리쳐 하며, 유선을 거칠게 밀어냈다. 그런 뒤 성빈의 손이 유선의 욕실 가운을 움켜쥐더니, 거친 손길로 어깨선까지 걷어냈다. 드러난 어깨에는 다른 남자에 의해 새겨진 선명한 흔적들이 남아 있었다.

"허."

다시 한 번 헛웃음을 터트린 성빈은, 차라리 정신이 나가 버리는 편이 낫겠다 싶었다. 그 순간 성빈의 결정은 어렵지 않았다.

"정유선. 난 내 모든 걸 걸고, 너란 여자 책임지려고 했었어."

"알아…… 성빈 씨, 잘 알아."

"그런데 그런 내 결심을 무너뜨린 건 너야."

"성빈 씨, 제발. 제발……."

성빈의 음성은 소름이 돋을 만큼 차분했다. 또한 진한 슬픔이
아련하게 배어 있었다.

"그런 내 결심을 존중하지 않은 넌, 사랑받을 자격 없어."

목숨만큼 사랑했던 여자의 배신보다도 성빈을 슬프게 하는
건, 그 오랜 시간 오롯이 한 곳만 바라봤던 제 심장이 이토록 순
식간에 정리될 수 있다는 허무함이었다. 끈질기게 부여잡는 유
선의 손을 뿌리치고 밖으로 나온 성빈의 얼굴이 고통스러움에
일그러졌다.

〈다음 권에 계속〉